FAUSSE ROUTE

DU MÊME AUTEUR
chez le même éditeur

Un enfant pour un autre

Véra va mourir

L'Homme à la tortue

La Gueule du loup

La Maison aux escaliers

L'Été de Trapellune

La Demoiselle d'honneur

L'Arbre à fièvre

Volets clos

DU MÊME AUTEUR
SOUS LE NOM DE BARBARA VINE

Ravissements

Le Tapis du roi Salomon

RUTH RENDELL

FAUSSE ROUTE

roman

Traduit de l'anglais
par Marie-Caroline Aubert

CALMANN-LÉVY

Titre original
GOING WRONG
(HUTCHINSON, LONDON)

ISBN 2-7021-2174-8

A Fredrik
et Lilian

1

ELLE DÉJEUNAIT toujours avec lui le samedi. Cela arrivait infailliblement, à moins que l'un d'eux ne fût en voyage. Il ne pouvait en être autrement. Tout comme le soleil se lève le matin, les étincelles jaillissent et l'eau trouve son lit. Il y puisait réconfort et confiance quand les choses allaient mal pour lui. Même s'il avait d'autres raisons de douter ou d'avoir peur, il savait avec certitude qu'elle déjeunerait avec lui le samedi suivant.

Lorsqu'il allait la retrouver à 13 heures, le samedi, il était généralement d'humeur optimiste. Cette fois-ci, peut-être accepterait-elle enfin de dîner avec lui un soir dans la semaine, ou de l'accompagner au théâtre ? Peut-être accepterait-elle de le revoir avant le samedi suivant ? Cela se produirait certainement un jour. Il le fallait, ce n'était qu'une question de temps. Elle l'aimait. Il n'y avait jamais eu personne d'autre, ni pour elle ni pour lui.

Alors qu'il marchait vers leur rendez-vous en ressassant ces mots, un frisson d'inquiétude le traversa. Son cœur flancha. Il se souvint de ce qu'il avait vu. Et il se répéta, pour la centième fois, que tout allait bien, qu'il se tracassait inutilement. Il releva la tête et se ressaisit.

Il se dirigeait vers un bar à vins proche de l'endroit où il l'avait rencontrée pour la première fois. C'est elle qui l'avait sélectionné, sachant qu'il aurait choisi un endroit luxueux. Quand il arrivait en taxi, elle faisait toujours une réflexion sur son argent, aussi était-il descendu de voiture en haut de Kensington Church Street pour parcourir les derniers mètres à pied. Il était riche selon les critères de tout le monde, sauf des vraiment riches, et passait pour un millionnaire aux yeux de la plupart des gens qu'elle connaissait. Des gauchistes, des écolos pétris de bonnes intentions, qui trouvaient une justification morale dans le fait de ne posséder ni congélateur ni four à micro-ondes, de camper pendant les vacances ou de se déplacer à bicyclette. Il aurait pu lui donner tout ce dont elle rêvait. Avec lui, elle aurait mené une existence de rêve.

Elle viendrait à leur rendez-vous en descendant Portobello Road à pied. Elle trouvait cela pittoresque, les étals du samedi, la rumeur confuse, la foule. Tout ce qu'il détestait, justement. Cela lui rappelait trop les mauvais côtés de son enfance et de sa jeunesse, ce qu'il avait laissé derrière lui. Il s'engagea plutôt dans cette longue avenue austère qu'est Kensington Park Road, l'artère vaste et impersonnelle qui va vers le nord. Les arbres empoussiérés par le plein été étaient d'une teinte vert sombre. Il faisait chaud. Le soleil était blanc sur les trottoirs, l'air se transformait au-dessus du macadam en volutes de chaleur ondulantes et vitreuses. Elle n'aimait pas ses lunettes de soleil, trouvant qu'elles lui donnaient un air de mafioso, aussi allait-il les ôter en pénétrant dans la pénombre du restaurant. Il espérait qu'ils se rencontreraient de ce côté-ci, quand elle arriverait de l'ouest, où elle vivait, au-delà de Ladbroke Grove. Ainsi, elle pourrait constater qu'il n'était pas venu en taxi.

Il jeta un coup d'œil sur la gauche, vers les *mews*[1] en contrebas. Il ne put s'en empêcher, bien que cela fût plutôt douloureux et porteur d'une nostalgie douce amère. Elle avait vécu avec ses parents dans une de ces maisons de poupée peintes en rose, avec des jardinières sur le rebord des fenêtres, celle qui avait un balcon semblable à la grille de l'âtre et une porte aussi blanche que de la crème fouettée. On aurait dit qu'elle avait choisi cet endroit pour déjeuner avec lui aujourd'hui dans la seule intention de le tourmenter. Pourtant, ce n'était pas son genre. En vérité, elle ne pouvait pas imaginer que cela le tourmenterait, elle n'avait plus aucune idée de ce qu'il éprouvait et il fallait le lui faire comprendre. Il devait obtenir qu'elle ressentît la même chose qu'à l'époque où elle passait devant l'immeuble de H.L.M. où *il* avait grandi, à quelques rues de là, dans Westbourne Park. L'espace d'un instant, il se demanda

1. Anciennes écuries transformées en maisons. Typiquement londonien. (N.d.T.)

comment ce serait de savoir qu'elle le désirait autant qu'il la désirait, que la simple vue d'un lieu où il avait vécu pouvait faire surgir en elle un îlot de souvenirs, de tendresse et de nostalgie pour la douceur du passé. Je peux lui faire éprouver tout cela à nouveau, se dit-il résolument.

Ils avaient déambulé au hasard de ces rues lorsqu'il avait quatorze ans et elle, onze. Sa bande. Ils n'avaient rien de gosses innocents, certes pas. Des petits durs, les Blancs comme les Noirs, drôlement grands pour leur âge, dans l'ensemble, chapardeurs habiles et fumeurs invétérés de marijuana. C'étaient les débuts de ses activités de revendeur et il s'en était bien tiré, amassant une petite fortune en faisant plonger les écoliers dans la drogue. Certains d'entre eux étaient vraiment riches, leurs parents habitaient le « bon » côté de Holland Park Avenue. Sa mère ne savait jamais où il était et ne s'en souciait guère tant qu'il ne la dérangeait pas. Et pourquoi l'aurait-il dérangée ? Il mesurait un mètre soixante-quinze et se rasait tous les matins, sortait avec une fille de dix-huit ans et allait encore à l'école la plupart du temps, mais il était déjà assez riche pour ne plus avoir à s'inquiéter de ça. Quand il ne conduisait pas la voiture de sa petite amie, il se déplaçait en taxi.

Mais elle... Il l'avait aimée au premier regard, au moment précis où elle avait descendu Talbot Road et s'était arrêtée au carrefour pour les regarder, la bande des quatre assis sur le rebord du mur, se passant le premier joint de la soirée. Elle était de petite taille et très jeune, avec un visage grave, avide d'expérience. Les autres n'y prêtèrent pas attention mais lui, il ne la quittait pas des yeux, et elle ne le quittait pas des yeux. Ce fut le coup de foudre pour tous les deux et quand vint son tour de prendre le joint, il le planta sur une épingle et le lui tendit en disant : « Vas-y, ne sois pas timide. »

Voilà les premiers mots qu'il lui avait dits : « Vas-y, ne sois pas timide. » Il les avait prononcés si gentiment que Linus lui avait lancé son regard à la Mohamed Ali et avait craché dans le caniveau. Elle prit le joint et le porta à ses lèvres, en le mouillant, évidemment, c'était toujours comme ça la première fois. Mais cela ne la rendit pas malade, elle n'eut pas la moindre réaction stupide, elle se contenta de lui sourire, son sourire à vous briser le cœur qui se terminait par un léger gloussement.

Ses parents y mirent le holà un mois plus tard. Ils mirent fin à ce qu'ils appelaient « jouer dans les rues ». C'était dangereux, n'importe quoi pouvait lui arriver. Bien entendu, ils continuèrent à se rencontrer, tous les deux, en dehors de l'école, sur le chemin de l'aller et celui du retour. Depuis lors, ils n'avaient pas cessé de se fréquenter, avec des interruptions bien sûr, trois ou quatre mois quand elle était en fac, mais jamais de véritable séparation. Rien ne pouvait les séparer, se dit-il en pénétrant dans le bar à vins et en descendant l'escalier en colimaçon.

Il s'arrêta pour enlever ses lunettes de soleil. Le décor évoquait les années trente et l'on passait une sélection de mélodies des films d'Astaire et Rogers. Les murs étaient couverts de photos d'anciennes vedettes de cinéma comme Clark Gable et Loretta Young, des gens oubliés depuis longtemps qui ne lui disaient rien. Elle était déjà là, assise au bar devant un jus d'orange, bavardant avec le jeune Français qui faisait office de barman. Il n'était pas jaloux. Il aimait bien la regarder quand elle n'en avait pas conscience.

Elle était très brune, comme les Celtes peuvent l'être, ce qui n'a rien à voir avec les Indiens ou les gens du Moyen-Orient, même pas les Espagnols. Son teint était hâlé en toutes saisons mais là, en plein été, elle était vraiment très bronzée. En dehors de ses yeux bleu foncé, ses traits n'avaient rien de particulièrement remarquable mais il se dégageait de l'ensemble une impression de beauté, quelque chose de parfaitement agréable et satisfaisant. Et l'on se disait en la voyant, voici à quoi devrait ressembler une femme de vingt-six ans jolie, sympathique, intelligente et intéressante. Il la voyait maintenant de profil, un petit nez droit, un menton légèrement trop charnu, un double pétale de rose rouge en guise de lèvres, des sourcils qui jaillissaient vers la racine de ses cheveux. Elle avait une chevelure de page dans un tableau de Rossetti. C'est ce que sa mère avait dit un jour, *sa mère.* Du brun le plus foncé qu'on puisse trouver sans être vraiment noirs, retombant en cloche au-dessous des oreilles, avec une frange barrant le front. Elle était vêtue de blanc, un short blanc s'arrêtant aux genoux, une chemise blanche à manches longues retroussées, une ceinture rouge, blanche et bleue mollement drapée autour de sa taille étroite. Ses jambes bronzées étaient vraiment longues, suffisamment longues et joliment galbées pour rester belles malgré les grosses soquettes blanches et les chaussures de jogging. Et ces boucles d'oreilles grotesques ! Des vases noirs munis de deux anses, qui semblaient sortir tout droit du tombeau d'une momie. Ces boucles d'oreilles provoquaient en lui une tendresse quasi intolérable.

Le barman dut lui chuchoter quelque chose car elle se retourna. Il aurait donné n'importe quoi pour voir le ravissement éclairer son visage, pour y lire ce qui apparaissait sur le sien quand il la voyait. Si seulement il avait pu se leurrer, croire que son visage reflétait autre chose que de la consternation. Disparue aussitôt, balayée par le sens du devoir, la politesse, la bonté fondamentale de son caractère. Mais c'était la consternation qui était apparue en premier. La déception de le voir déjà là, qu'il n'ait pas eu de retard, qu'il n'ait pas envoyé à la dernière minute un message pour s'excuser de ne pouvoir venir. Il eut l'impression qu'une longue aiguille effilée s'enfonçait dans son cœur. Puis il se leurra. Il était en train d'imaginer n'importe quoi. Elle était contente de le voir. Sinon, pourquoi maintenir la tradition de ces rencontres rituelles du samedi ? Regardez ce sourire ! Son visage lui parut soudainement radieux.

— Bonjour, Guy, dit-elle.

En la voyant, même après qu'elle lui eut adressé la parole, il eut du mal à parler. Pendant un instant, il prit la main qu'elle lui tendait et l'embrassa sur la joue gauche, puis sur la droite. Comme il aurait embrassé n'importe quelle amie. Et il sentit ses lèvres à elle se poser de la manière convenue sur sa joue gauche, puis sa droite.

— Comment vas-tu ?

Il y était arrivé. La glace qui retenait sa langue prisonnière avait fondu.

— Je vais bien.

— Tu prendras bien un vrai verre, maintenant ?

Elle secoua la tête. Parfois, elle buvait du vin, mais de l'alcool, jamais. Généralement, elle s'en tenait aux jus de fruits et à l'eau gazeuse. Comme il était loin le temps où ils s'asseyaient après l'école sur une pierre tombale, au cimetière de Kensal Green, et buvaient le cognac dont Linus affirmait qu'il était tombé de l'arrière d'un camion. On peut boire beaucoup de cognac, quand on a dix-huit et quinze ans. On a la tête solide et un estomac d'acier.

Il commanda au barman un autre jus d'orange et une vodka-tonic. Il devait exister quelque part au monde des oranges parfaites, mûries au soleil, sans pépins, grosses comme des pamplemousses et sucrées comme du miel de bruyère. C'était ce genre d'oranges qu'ils auraient dû avoir ici, ce genre d'oranges qu'ils auraient dû presser pour elle dans un grand verre de cristal aux parois préalablement givrées dans le congélateur, un verre de Waterford[1], à motif de feuilles et de fleurs délicatement gravé, qui irait s'écraser au sol quand elle en aurait bu le contenu. Cette idée le fit sourire. Elle lui demanda ce qui l'amusait et fronça les sourcils quand il commença à le lui expliquer.

— Guy, je voudrais que tu cesses de penser à moi comme ça.

— Comment ?

— Illusion romanesque. Cela n'a rien à voir avec le monde dans lequel nous vivons. C'est du conte de fées.

— Je ne pense pas à toi seulement comme ça.

Il la dévisageait avec intensité, parlant d'une voix lente, mesurée, raisonnable.

— Je crois que je pense à toi de toutes les manières possibles de la part d'un homme qui aime une femme. Je pense à toi comme à la fille la plus merveilleuse que je connaisse, et la plus belle. Je pense à toi comme à une créature unique, intelligente et douée, tout ce qu'une fille devrait être. Je pense à toi comme à ma femme et à la mère de mes enfants, partageant tout ce que je possède et vieillissant à mes côtés, et à moi t'aimant autant dans cinquante ans que maintenant. Voilà comment je pense à toi, Leonora, et si tu peux me citer d'autres manières, pour un homme, de penser à l'étoile la plus brillante qu'il ait dans son ciel, eh bien, je les suivrai aussi. Est-ce que cela te satisfait ?

— Me satisfaire ! Il ne s'agit pas de me satisfaire.

Il savait qu'elle avait déjà entendu ce discours, ou un autre très voisin. Cela faisait longtemps qu'il l'avait composé et appris par cœur. Il n'en était pas moins sincère et qu'aurait-il pu dire, sinon la vérité ?

— Te plaire, alors. Je veux te plaire. Mais je n'ai pas besoin de le répéter, tu le sais bien.

— Je sais que je ne serai pas ta femme, ni la mère de tes enfants.

Elle leva les yeux quand le jus d'orange arriva devant elle et accorda au barman le sourire qu'elle aurait dû lui destiner, à lui.

— Je te l'ai assez répété, Guy. J'ai essayé de te le dire gentiment. Je me suis efforcée d'être honnête et d'adopter une attitude correcte à ce sujet. Pourquoi ne pas me croire ?

1. L'industrie verrière de Waterford, en Irlande, est réputée pour sa finesse. (N.d.T.)

Il ne répondit pas. Il leva les yeux et la considéra d'un air sombre. Peut-être prit-elle ce regard intense pour un reproche car elle demanda d'un ton impatient :

— Qu'est-ce qu'il y a, maintenant ?

Cela lui était pénible mais il devait poser la question. S'il ne le faisait pas tout de suite, il finirait par le faire plus tard. Si ce n'était pas aujourd'hui, ce serait demain au téléphone. Mieux valait demander et savoir à quoi s'en tenir. Il fallait qu'il sache ce qu'il devait combattre, s'il avait un adversaire. Il se sentit la gorge sèche. Il voulait tellement ne pas parler d'une voix rauque.

— Qui est-ce ?

Mais sa voix était rauque. On aurait dit que quelqu'un l'avait saisi à la gorge. Elle eut l'air surpris. Il l'avait prise au dépourvu.

— Comment ?

— Je t'ai vue avec lui. Marchant dans Ken High Street. C'était mardi ou mercredi dernier.

Retenant son souffle, il affichait une désinvolture qu'il n'éprouvait pas. Il connaissait non seulement le jour, et ne l'oublierait jamais, mais aussi l'heure, l'heure précise, à la minute près, l'endroit exact. Il pourrait le retrouver en y allant maintenant, comme si les traces de leurs pas étaient gravées dans le trottoir. Il se savait capable de le retrouver les yeux bandés, ou pendant son sommeil. Et il les voyait encore ensemble, deux images pétrifiées dans sa mémoire, deux visages heureux — non, pas ça, ça il l'avait inventé — devant Kensington Market.

— Une petite crevure, dit-il avec une soudaine violence. Des cheveux roux. Qui est-ce ?

Elle aurait voulu qu'il l'ignore. Cela le réconforta un peu. Elle piqua un fard.

— Il s'appelle William Newton.

— Et qu'est-il pour toi ?

— Tu n'as pas le droit de me poser ce genre de questions, Guy.

— J'en ai le droit. Je suis la seule personne au monde qui en ait le droit.

Il craignit qu'elle le mît en doute mais elle se contenta de dire, d'un ton boudeur :

— D'accord, mais n'en fais pas toute une histoire. N'oublie pas que c'est toi qui as posé la question, donc tu dois accepter la réponse.

Pouvait-elle deviner que cela lui avait donné la nausée ? Il la regarda, retenant son souffle.

— En réalité, je le connais depuis près de deux ans. Cela fait un an que nous sortons ensemble. Je l'aime énormément.

— Qu'est-ce que cela signifie au juste ?

— Ce que je dis. Je l'aime énormément.

— C'est tout ?

— Guy, il m'est très difficile de parler de cela quand tu me regardes ainsi. William est en train de devenir quelqu'un de très important pour moi, et réciproquement. Voilà, maintenant tu es au courant

— Est-il ton amant ?

— Quelle importance ? Oui. Oui, bien entendu.

— Je n'en crois rien !

Elle essaya de prendre un ton léger.

— Pourquoi pas ? Je ne suis pas assez séduisante pour avoir un amant ? Je n'ai que vingt-six ans et ne suis pas trop laide.

— Tu es magnifique, ce n'est pas ce que je veux dire. Je parle de lui. Tu l'as regardé ? Un mètre soixante-cinq, une tête de zèbre sans les rayures — et qu'est-ce qu'un zèbre sans ses rayures, je te le demande ? Que fait-il ? A-t-il au moins de l'argent ? Non, ne réponds pas à ça. J'ai pu voir qu'il n'en avait pas. Un nabot, rouquin, un sans-le-sou. Je ne peux pas y croire. Qu'est-ce que tu lui trouves ? Pour l'amour du ciel, qu'est-ce que tu lui trouves ?

Elle répondit d'un ton égal, tout en consultant le menu et sans même lever les yeux :

— Tu tiens vraiment à le savoir ?

— Bien sûr que je veux le savoir. Je te le demande.

— Sa conversation.

Elle releva les yeux. Il crut l'entendre soupirer légèrement.

— S'il devait me parler tout au long de la journée et que je ne devais entendre personne d'autre jusqu'à la fin de mes jours, je ne m'ennuierais pas un seul instant. C'est l'homme le plus intéressant que j'aie jamais rencontré. Voilà, Guy. Tu m'avais demandé.

— Et moi, je suis ennuyeux ?

— Je n'ai pas dit ça. J'ai dit que, de mon point de vue, tu n'es pas aussi intéressant que William. Il ne s'agit pas seulement de toi, c'est valable pour tout le monde. Tu m'as demandé pourquoi je sortais avec lui et je t'ai répondu. Je suis tombée amoureuse de William à cause de ce qu'il dit et, bon, disons pour son esprit. C'est aussi simple que cela.

— Tu es tombée amoureuse ?

Oh, quelle abomination, d'avoir à prononcer ces mots ! Il aurait voulu mourir avant de les proférer, ou du moins que le fait de les dire suffise à le tuer. Il se sentit faible et perdit le contrôle de ses mains.

— Tu es amoureuse de lui ?

— Je le suis, déclara-t-elle, d'un ton officiel.

— Oh, Leonora ! Comment peux-tu me dire cela, à moi ?

— Tu me l'as demandé. Que suis-je censée faire ? Te dire des mensonges ?

Oh oui ! des mensonges ! Des mensonges plutôt que cette horrible vérité.

— Et tu couches avec lui à cause de sa conversation ?

— Tu fais ton possible pour que cela ait l'air ridicule, je sais bien. Mais oui, aussi curieux que cela puisse paraître, d'une certaine façon, c'est vrai.

Elle commanda du melon au jambon de Parme sans le jambon, puis des pâtes. Il choisit des gambas et un tournedos Rossini. Il fit un effort pour parler, pour dire n'importe quoi, et ne réussit qu'à prendre un ton de chaperon sentencieux.

— J'aimerais bien que tu te nourrisses convenablement, pour une fois. Je voudrais que tu prennes quelque chose de cher.

Il voyait bien qu'elle était soulagée de l'entendre changer de sujet — du moins, le croyait-elle. De fait, il ne pouvait pas supporter de continuer à parler de ça. Les mots le blessaient. Les mots qu'elle avait prononcés persistaient dans ses oreilles, les martelaient : « Je suis tombée amoureuse de lui. »

— A dire vrai, je n'aime pas que ce soit toi qui paies. Je n'appartiens pas à un monde où les hommes paient la nourriture des femmes comme si c'était une chose normale.

— Ne sois pas ridicule. Cela n'a rien à voir avec le sexe, c'est simplement parce que je gagne cinquante fois plus d'argent que toi.

Il sut aussitôt qu'il n'aurait pas dû dire ça. Son grand défaut, il en avait pleinement conscience, était de se vanter d'avoir réussi tout seul. Elle avait recouvré son expression renfrognée et ses sourcils ailés se rejoignaient à nouveau. Dépité, il sentit la colère monter en lui. C'était bien le problème. Dans les rares occasions où ils se rencontraient, toujours dans la pleine lumière du jour et toujours en public, il était incapable de se dominer.

— Je sais que tu méprises la façon dont je gagne ma vie, dit-il en scrutant les deux sourcils froncés et les yeux bleus imperturbables. C'est parce que tu n'y comprends rien. Tu ne connais pas le monde où nous vivons. Tu es une intellectuelle et tu crois que tous ceux qui partagent tes goûts savent ce qui est bien et ce qui ne l'est pas. C'est une chose que tu ne peux pas comprendre, que les gens ordinaires veulent seulement avoir de jolies choses chez eux, des choses qu'ils peuvent contempler et auxquelles ils peuvent s'identifier, si tu veux, des choses qui ne sont ni prétentieuses ni bidon.

— « L'attitude envers la religion dont il se faisait le défenseur était la même que celle du fermier à l'égard de la charogne dont il nourrit sa volaille : la charogne est abominable mais la volaille l'aime et la mange, par conséquent il est bon de nourrir la volaille avec de la charogne. »

Guy sentit son visage s'empourprer jusqu'aux yeux.

— J'imagine que ce n'est quand même pas de toi.

— Non, c'est de Tolstoï.

— Je te félicite pour ton excellente mémoire. L'as-tu appris délibérément pour me le ressortir aujourd'hui ? Ou est-ce une des choses qu'*il* dit au cours de sa merveilleuse conversation ?

— C'est un propos qui me plaît, dit-elle. Cela convient à un tas de choses affreuses que les gens font aux autres de nos jours. Je n'aime rien de ce que tu fais pour gagner ta vie, Guy, mais ce n'est qu'un des aspects de l'ensemble.

— Vas-tu me dire le reste ?

Le melon de Leonora arriva, puis ses crevettes. Il commanda une bouteille de mâcon-lugny. Sans être le moins du monde alcoolique, il s'était mis à boire tous les jours, et en quantité. Un apéritif et du vin au déjeuner, deux ou trois gins avant le dîner suivis d'une bouteille de vin pendant le repas. Si la personne qui l'accompagnait voulait encore partager une bouteille ou deux pendant la soirée, il n'y voyait aucun inconvénient. Même pour Leonora, il n'allait pas feindre de ne vouloir rien boire ni se priver de la cigarette qu'il fumerait après son steak.

— Tu ne m'as jamais vraiment tout dit, tu sais. Tu m'as dit pourquoi ce nabot rouquin te plaisait mais tu ne m'as pas dit pourquoi je ne te plais pas. Ou plutôt, pourquoi je ne te plais plus. Parce que je t'ai plu, autrefois, en tout cas.

— J'avais quinze ans, Guy. Il y a onze ans de cela.

— N'empêche, j'ai été le premier, et les femmes gardent toujours une préférence pour le premier.

— Du radotage sexiste et archaïque, voilà ce que c'est. Et je te préviens, si tu traites encore William de nabot rouquin, je me lève et je pars.

Il se mit à ricaner et à parler d'une voix de femme de ménage cockney :

— Je n'admettrai pas de rester ici à me faire insulter.

— Parfaitement. Je suis contente que cela vienne de toi. Cela m'a évité de le dire.

Il resta silencieux, trop en colère pour parler. Comme cela arrivait fréquemment lors de leurs rencontres, la colère ou le dépit lui coupaient l'appétit, alors qu'il avait tellement faim quelques minutes plus tôt. Si bien qu'il se mettait à boire et ressortait en tanguant, le visage empourpré. Mais il n'était pas encore rouge. Il pouvait se voir dans le miroir noir du mur d'en face, à côté de la photo de Cary Grant dans *Les Enchaînés,* un très bel homme aux traits fermes et classiques, avec un front noble, de beaux yeux bruns, une mèche de cheveux retombant négligemment sur son front bronzé. Il mit Cary Grant à l'écart. Curieusement, son physique avantageux alimentait sa colère. C'était comme s'il avait déjà tout, le physique, l'argent, la réussite, le charme, la jeunesse. Que lui restait-il à acquérir, que pouvait-il donc trouver pour l'attirer, quand rien ne faisait l'affaire ?

— Je ne veux pas de dessert, dit-elle, juste un café.

— J'en prendrai un aussi. Ça te gêne si je fume ?

— Tu fumes toujours.

— Je ne le ferais pas si ça te dérangeait.

— Mais non, ça ne me gêne pas. Ce n'est pas la peine de me demander. Tu ne crois pas que je te connais bien, maintenant ?

— Je prendrai un cognac.

— Vas-y, Guy. J'aimerais tant que nous ne nous soyons pas querellés. Nous sommes amis, n'est-ce pas ? J'aimerais que nous soyons toujours amis, si c'est possible.

Ils étaient déjà passés par là. « Je suis tombée amoureuse de lui. » Les mots résonnèrent désagréablement dans sa tête. Il demanda :

— Comment va Maeve ? Comment vont Maeve et Rachel, et Robin, et maman et papa ?

Il savait qu'il aurait dû dire « ta mère et ton père ». Et il n'aurait pas dû éprouver de malin plaisir en la voyant tressaillir légèrement quand il appelait ses parents ainsi. Mais il insista, il en rajouta, il ne pouvait pas s'en empêcher.

— Et leurs greffons, belle-maman et beau-papa, comment vont-ils ? Toujours amoureux ? Toujours en train de vivre un deuxième mariage mûr et réfléchi, maintenant qu'ils sont assez vieux pour savoir ce qu'ils veulent ?

Elle se leva. Il la prit par le poignet.

— Ne pars pas, je t'en prie, ne pars pas, Leonora. Je suis désolé. Je suis terriblement désolé, s'il te plaît, pardonne-moi. Je perds la tête, tu sais. Quand on est aussi malheureux que moi, on perd la tête, on ne fait plus attention à ce que l'on dit, on est capable de dire n'importe quoi.

Elle écarta ses doigts de son poignet, très doucement.

— Pourquoi fais-tu l'imbécile, Guy Curran ?

— Rassieds-toi. Bois ton café. Je t'aime.

— Ça, je le sais. Tu peux me croire, je n'en doute aucunement. Jamais tu ne m'entendras dire que je ne pense pas que tu m'aimes. Je sais que c'est vrai. J'aimerais que ce ne soit pas le cas. Seigneur, comme j'aimerais que tu ne m'aimes pas. Si tu comprenais quel harassement c'est pour moi, combien cela me gâche l'existence, ta façon d'insister, de ne jamais me laisser en paix... Je me demande si tu..., enfin, si tu renonceras jamais, Guy.

— Jamais je ne renoncerai.

— Il faudra bien, un jour.

— Non. Vois-tu, je sais que ce n'est pas vrai, tout ça. Tu dis que tu es tombée amoureuse de ce je-ne-sais-qui, mais tu t'en es entichée, ce n'est qu'une passade. Je sais qu'en réalité tu m'aimes. Tu me haïrais si je te laissais tranquille. Tu m'aimes.

— C'est vrai. D'une certaine manière. Seulement...

— Déjeune avec moi samedi prochain.

— Je déjeune toujours avec toi le samedi.

— Et je te téléphonerai demain.

— Je sais, dit-elle. Je sais que tu le feras. Je sais que tu m'appelleras tous les jours et que tu déjeuneras avec moi tous les samedis. C'est aussi inéluctable que l'arrivée de Noël en fin d'année.

— Absolument, dit-il en levant son verre de cognac à sa santé. (Il but d'abord une gorgée puis le vida comme si c'était du vin.) Je suis aussi fiable que Noël et aussi — quel est le mot, déjà ? — inexorable.. Et je vais ajouter quelque chose, tu ne viendrais pas si tu ne m'aimais pas, au fond. Le rouquin, ce William, tu ne l'aimes pas. Tu t'en es entichée. Celui que tu aimes, c'est moi.

— Je t'aime bien.

— Pourquoi continues-tu à me voir, alors ?

— Sois raisonnable, Guy. Si je le fais maintenant, c'est que... Bon, inutile de commencer avec ça.

— Si, justement. Il faut commencer avec ça. Pour quelle raison est-ce que tu « le fais maintenant ? »

— Très bien, tu l'auras voulu. Parce que je sais ce que tu éprouves, du moins j'essaie de comprendre ce que tu éprouves. Je veux être gentille, je ne veux pas être vache. Je t'ai fait un tas de promesses quand nous étions gosses. Aucun individu sain d'esprit n'irait qualifier ces promesses de valables, mais peu importe. Oh, Seigneur, Guy ! Tu pèses sur ma conscience, n'as-tu donc pas compris ? C'est pour cette raison que je déjeune avec toi le samedi. C'est pour cela que j'écoute tes histoires et que je te laisse insulter mon père, ma mère, mes amis... et William. Il y a aussi une autre raison... C'est parce que j'espère, disons j'espérais, te faire entendre raison. J'espérais te convaincre que c'était sans espoir — pardon pour tous ces espoirs — et que tu finirais par comprendre qu'il n'y avait pas d'avenir pour nous deux. Je pensais pouvoir te convaincre de rester amis. C'est comme ça que cela devait se passer cette fois, tu devais accepter d'être mon ami — enfin, notre ami, à William et moi —, est-ce assez clair ?

— Quelle tirade !

— C'était ce que je pouvais faire de plus court pour exprimer ce que j'avais à dire.

— Leonora, demanda-t-il, qui t'a montée contre moi ?

C'était une nouvelle idée. Elle lui vint comme une révélation, comme la lumière se fait dans l'esprit de celui qui a la foi. L'expression de Leonora, coupable, méfiante, sur ses gardes, lui prouva qu'il avait raison.

— Je comprends tout maintenant. C'est l'un d'eux, n'est-ce pas ? L'un d'eux t'a montée contre moi. Je ne suis pas assez bien pour eux, je ne correspond pas à leur idée de ce qui est bon pour toi. C'est bien ça, n'est-ce pas ?

— Je suis une adulte, Guy. Je juge par moi-même.

— Tu ne peux nier que vous formez une famille très soudée. Tu ne peux nier qu'ils ont beaucoup d'influence sur toi. (Elle ne pouvait le nier, aussi ne répondit-elle pas.) Je parie qu'ils sont fous de ce William, je parie qu'il a la cote avec eux tous.

Elle répondit avec mesure.

— Ils l'aiment bien, oui.

Elle se leva, effleura sa main et lui accorda un regard qu'il ne comprit pas.

— Je te verrai samedi prochain.

— Nous devons parler d'abord. Je t'appellerai demain.

Elle répondit d'une voix égale, gaiement :

— Oui, tu m'appelleras, n'est-ce pas ?

Il partit d'un côté et elle de l'autre. Dès qu'elle fut hors de vue, il héla un taxi. Il envisagea de demander au chauffeur du taxi d'aller à l'immeuble de Portland Road où elle avait son appartement. D'entrer et de régler toute l'affaire au cours d'une immense scène, en présence de William probablement. Il était sûr que William était là, à l'attendre, qu'il allait l'écouter avec compassion se plaindre du déjeuner, de lui, comme tout ça était embêtant, et qu'ensuite il la ferait profiter de sa brillante conversation.

Mais elle n'allait pas dire ça. Elle n'allait pas se plaindre de lui ou dire qu'il était casse-pieds. Il était même sûr qu'elle ne parlerait de leur rencontre à personne. Parce qu'à la vérité elle l'aimait vraiment. Le retrouverait-elle ainsi s'il en était autrement ? Qui allait croire toutes ces âneries concernant sa conscience et la nécessité de le convaincre qu'ils pouvaient être amis ? Si une femme parle à un homme tous les jours au téléphone et le rencontre une fois par semaine, c'est qu'elle l'aime.

Guy régla la course du taxi à l'entrée de Scarsdale Mews. Il avait acheté la maison dix ans plus tôt, quand il avait dix-neuf ans. Avait-on jamais entendu une chose pareille ? Mais il avait l'argent. C'était juste avant le grand boom de l'immobilier, et le prix de la maison avait triplé en dix ans. Le deuxième meilleur quartier de Londres, comme il l'appelait. Il l'avait achetée parce que c'était une petite maison dans un *mews*, comme celle où vivaient alors les parents de Leonora. A ceci près que la sienne était plus grande, dans un quartier beaucoup plus prestigieux. Un pair du royaume, un romancier célèbre et la vedette d'un show télévisé comptaient parmi ses voisins. La première fois qu'il l'avait demandée en mariage, il avait vingt ans et elle dix-sept. Il l'avait emmenée chez lui, ici même, et lui avait montré le jardin clos de murs avec des orangers plantés dans des vasques romaines, le salon aux murs carrelés d'azulejos et au sol recouvert d'un tapis Gendje. Il possédait le premier jacusi qu'on ait installé à Londres. Dans la chambre, il y avait un lit à baldaquin du XVIIIe siècle et un tapis Joshagan. C'était mieux que tout ce que ses parents à elle avaient jamais pu posséder. Il l'emmena dîner à l'Écu de France, où les serveurs vous apportent la nourriture dans de grands plats d'argent en exécutant une sorte de ballet, puis la ramena chez lui où il y avait des fraises sauvages et une bouteille de Piper Heidsieck en attente sur un lit de glace.

— Gatsby le Magnifique, avait-elle dit.

C'était le titre d'un livre. Elle parlait toujours de livres. La bague qu'il lui avait achetée était un gros saphir, aussi gros que l'un de ses iris. Il avait dépensé pour elle la fortune qu'il avait accumulée dans son adolescence.

— Non, je ne peux pas, je n'ai que dix-sept ans, lui avait-elle répondu quand il l'avait demandée en mariage.

— D'accord, plus tard, alors. J'attendrai.

Il avait toujours la bague. Elle était dans le coffre au premier étage, en compagnie de quelques breloques de moindre valeur. Il ne désespérait pas de la lui passer au doigt un jour ou l'autre. Elle l'aimait forcément. Si elle ne l'aimait pas, elle refuserait tout simplement de le revoir. C'est ce que faisaient les gens, c'est ce qu'il faisait avec les filles qui lui couraient après. Il pénétra dans la maison, se dirigea droit vers la pièce dont elle disait qu'il ne devait pas l'appeler le grand salon, mais qu'il appelait quand même ainsi (comment, sinon ?), et se servit un cognac. Cela lui rappela, comme le bon cognac n'y manquait jamais, celui de Linus Pinedo qu'ils avaient bu à Kensal Green. La tête tournée par l'amour et l'alcool, ils s'étaient allongés, enlacés, sur l'herbe entre les tombes tandis que les papillons flottaient au-dessus d'eux dans l'air torride de l'été.

— Je t'aimerai toute ma vie, avait-elle dit. Il ne peut y avoir personne d'autre pour nous, Guy, jamais. Tu éprouves la même chose que moi ?

— Tu sais bien que oui.

Elle l'aimait, elle l'avait toujours aimé. Quelqu'un d'autre l'avait dressée contre lui. L'un d'entre eux. Une personne ou plusieurs l'avait influencée en sa défaveur : William ou Maeve ou Rachel ou Robin ou les parents : Anthony, son père, et Tessa, sa mère. Et ils s'étaient remariés, l'un et l'autre, raison pour laquelle ni l'un ni l'autre ne pouvaient plus s'offrir de petite maison dans un *mews* du deuxième (dans leur cas, le troisième ou le quatrième) meilleur quartier de Londres. Guy sourit. Maintenant, il y avait Anthony et Susannah, Tessa et Magnus.

Ils l'avaient montée contre lui, délibérément. Cela faisait partie d'un plan calculé pour la forcer à se conformer à leur moule et la séparer des éléments indésirables. Anthony, son père architecte, et Tessa, sa mère aux ongles métalliques et à la voix haut perchée de madame-je-sais-tout. La douce et jolie Susannah, sa belle-mère psychothérapeute amateur, et Magnus, son beau-père avocat, au faciès et aux manières de juge qui envoie les gens à la potence.

Et les autres, à la périphérie : Robin et Rachel et Maeve. Ils étaient ligués contre lui, tous les huit contre Guy Curran.

2

LORSQU'ELLE CHANGEA d'établissement scolaire, ce fut à son C.E.S. qu'elle alla, l'établissement de quartier de Holland Park. Sa mère n'aimait pas qu'elle rentre seule à pied en hiver, quand l'obscurité tombait dès 16 heures, aussi pour l'empêcher de venir la chercher en voiture, Leonora déclara que des « amis plus âgés » la raccompagneraient. Les amis plus âgés étaient lui-même, Linus et Danilo, que l'on commençait à connaître dans le milieu local sous le nom de « marchands de rêve ».

S'ils avaient été au courant, ses parents n'en auraient pas seulement fait une maladie, ils auraient probablement déménagé. Le temps avait passé, cela dit, et il était seul à la raccompagner maintenant. Linus avait réussi à décrocher la moyenne au brevet et s'était inscrit dans un établissement qui avait des classes de terminale, et Danilo était occupé à faire des casses dans des appartements. Les « marchands de rêve » se résumaient à une personne, mais de plus en plus performante. Par un après-midi d'automne, il était assis avec elle sur le seuil d'une porte de Prince's Square, sans fumer ni rien, juste à se partager une canette de Coca et à manger des chips, quand sa mère passa devant eux au volant de sa voiture. Elle rentrait chez elle par Hereford Road. Il croyait qu'elle allait s'arrêter mais elle se contenta de faire un signe de la main à Leonora et poursuivit son chemin.

— Tu peux croiser les doigts en pensant à moi quand je rentrerai à la maison, lui dit Leonora.

— Pourquoi ? Qu'est-ce qui va se passer ?

— Je ne sais pas au juste. Peut-être une affreuse scène. Peut-être va-t-on m'accompagner à l'école le matin et venir me rechercher le soir pendant quelques semaines. Seigneur, j'espère que non, ce serait vraiment la barbe.

— Tu crois ? Moi, je parie qu'elle fera ce qu'ils disent dans le magazine féminin que lit ma grand-mère. Il claironna d'une voix de fausset : « N'interdisez pas à vos enfants de voir leurs amis. Mieux encore, encouragez-les à les inviter à la maison. Ainsi, vous les connaîtrez. N'oubliez pas que la plupart des sujets réagissent bien à une bonne atmosphère familiale. »

Cela la fit rire. Il se rappelait chaque mot de cette conversation, chaque détail du lieu, de l'heure et, évidemment, d'elle. Elle portait un blue-jean avec une chemise blanche et un sweat-shirt bleu foncé orné d'un ours sur la poitrine, une jolie veste en denim fourrée de mouton qui avait l'air vraiment moelleuse, des bottines en cuir brun et une longue écharpe à rayures roses, bleues et jaunes. Ses cheveux étaient longs, à l'époque. Vraiment longs, presque jusqu'à la taille. Elle ne portait pas de chapeau, il ne faisait pas assez froid pour ça, on était seulement en octobre. Elle avait treize ans.

C'était quand elle s'était fait percer les oreilles. Il l'avait accompagnée. Les choses que les filles se faisaient et qui différaient de ce que faisaient les garçons, voilà ce qu'il aimait. Il aimait le contraste. Déjà alors, il imaginait un avenir où il pourrait lui acheter des boucles d'oreilles en diamants. Sa mère avait été furieuse, elle avait dit que c'était « commun » de les faire percer si jeune. Leonora avait commencé à porter ces boucles d'oreilles fantastiques qu'elle affectionnait encore aujourd'hui. Celles qu'elle portait le jour où ils s'étaient assis sur les marches étaient des postes de téléphone avec le récepteur pendant au bout d'un fil.

Il se souvenait de tout parce que c'était la première fois où elle avait dit qu'elle l'aimait. Personne ne le lui avait dit avant cela, pas même la fille de dix-huit ans (maintenant vingt) dont il partageait quelquefois le divan-lit dans un minuscule studio et dont il conduisait la voiture. Pourquoi le lui aurait-on dit ? Et qui aurait pu le lui dire ? Pas sa mère en tout cas. Pas même sa grand-mère, qui avait convaincu sa mère de le nommer Guy parce que, selon elle, Guy Fawkes était le premier catholique à avoir essayé de faire exploser le Parlement britannique.

Mais quand, d'une voix criarde, il parla d'être invité chez elle et de la bonne atmosphère familiale, Leonora se mit à rire. Elle rit, rit à n'en plus finir, elle pencha la tête sur ses genoux et secoua ses longs cheveux bruns, secoua les téléphones d'oreilles, leva les yeux et dit :

— Oh, Guy ! Je t'aime, je t'aime vraiment.

Et elle lui passa les bras autour du cou et le serra contre elle.

Elle aimait l'entendre dire des choses drôles ou intelligentes, aussi s'efforçait-il d'en dire le plus souvent possible. Cela ne venait pas facilement mais il essayait. Il essayait encore, à ce jour. Et elle riait encore, quoiqu'il y eût une résonance troublante dans son rire. C'était l'étonnement.

Le plus intéressant, c'est que la mère de Leonora réagit exactement comme il l'avait prédit et lui demanda de l'inviter à la maison. C'était sa première rencontre avec l'un d'eux, l'un de ceux qui l'entouraient. Robin, son frère, n'était pas là. Il était en pension, dans une espèce d'école privée, puante de prétention, qu'il fréquentait.

En ce temps-là, sa mère devait avoir dans les trente-huit ans. Elle ressemblait précisément à une version plus âgée et plus dure de Leonora : la même peau olivâtre et le même visage de page, les cheveux très bruns, à ceci près que les siens étaient ramassés en une sorte de nœud sur la nuque, les mêmes yeux bleu foncé, mais calculateurs et alertes. Guy remarqua ses ongles. Ils étaient laqués d'argent, extrêmement longs, recourbés au milieu comme des griffes mais effilés à l'extrémité. Ils ressemblaient à de petits couteaux métalliques. Chaque fois qu'il la revit, par la suite, ses ongles étaient peints d'un métal différent, or, bronze, cuivre, ou cet argent. Leonora ne lui présenta pas sa mère. A quoi bon ? Chacun savait qui était l'autre, ce ne pouvait être personne d'autre. Il n'empêche, la phrase à laquelle il ne pouvait répondre fut prononcée :

— Alors, voici Guy ?

Il pleuvait. La petite maison dans le *mews* était plutôt sombre, les rares lampes allumées dessinaient des mares de lumière ambrée dans des angles faiblement éclairés. Une chaleur intense émanait de gros radiateurs peints en doré. On sentait une odeur de cire à base de citron et de lavande chimiques. Chez Guy, c'était sinistre, à peine meublé. Le mobilier se composait de caisses ayant contenu du thé et de matelas jetés par terre, d'un gros poste de télévision et d'une chaîne stéréo, et de dessus-de-lit indiens pour occulter les fenêtres. Mais il savait ce qui était bien, ce qu'il aurait un jour. Il regarda autour de lui les objets divers de la fin du règne de Victoria, la chaise longue rose, les fauteuils

Parker-Knoll et la table de salle à manger de style géorgien. La mère de Leonora demanda :

— Où habitez-vous, Guy ? Pas très loin, je suppose.

Il le lui dit hardiment, sachant qu'elle comprendrait immédiatement. Elle saurait tout de suite qu'Attlee House n'était manifestement pas le nom d'un hôtel particulier. Il voyait son cerveau s'activer, les engrenages tourner, distribuant les choses en fonction de leur emplacement, concoctant des plans au cas où… Leonora ne tenait pas en place, tout cela l'ennuyait.

— Allons Guy, on va dans ma chambre.

Une main jaillit et vint se poser sur le bras de Leonora, où elle demeura, une longue main d'un brun pâle munie, lui sembla-t-il, de doigts d'une minceur et d'une longueur démesurées, et d'ongles scintillant comme des ustensiles, des objets conçus pour aller chercher des morceaux meurtris ou abîmés dans la nourriture.

— Non, Leonora, je ne pense pas.

— Et pourquoi pas ?

— Nous allons dîner dès que papa arrivera.

Ils regardèrent la télévision côte à côte sur la chaise longue rose. Elle lui aurait bien pris la main, il pouvait sentir qu'elle en avait envie, mais il secoua imperceptiblement la tête et s'écarta d'elle de quelques centimètres. Papa fit son entrée. Guy n'avait jamais vu d'homme qui ressemblât autant à un bel ours en peluche humain. Blond, avec des traits camus, massif mais sans graisse. Il appelait la mère de Leonora Tessa, aussi Guy en fit-il autant quand il dut la nommer. Il n'y avait personne qu'il appelât monsieur ou madame, cela ne lui était jamais arrivé et il n'avait pas l'intention de commencer. Il avait eu des ennuis à l'infini à cause de ça, à l'école. « Tessa », dit-il et elle le regarda comme s'il l'avait traitée de garce ou de putain ou quelque chose de ce genre. Ces sourcils qu'elle avait, les mêmes que ceux de Leonora mais entourés d'une peau vieille, marron et tachetée, se hérissèrent et se fondirent dans ses cheveux.

— Vous me flattez, Guy, dit-elle, d'un ton sarcastique. Je ne savais pas que nous avions déjà atteint un tel degré d'intimité.

— Oh, maman, tais-toi, s'il te plaît, dit Leonora.

Elle ignora la remarque. Guy aurait pu jurer que le vieil homme — enfin, il devait avoir une quarantaine d'années — lui adressait un fantôme de clin d'œil. Tessa reprit :

— Je suis contente de voir que vous avez un caractère chaleureux et démonstratif, mais si cela ne vous contrarie pas trop, je préférerais que vous vous en teniez à Mme Chisholm pour l'instant.

Il eut envie de répondre que, dans ce cas, elle pouvait l'appeler M. Curran. Bien sûr, il ne le fit pas. Il ne dit rien, ne la nomma pas, il ne voulait pas que Leonora fût tenue à l'écart de lui. Ils parlèrent de drogue pendant tout le repas, du moins les parents en parlèrent. Cela donnait l'impression d'avoir été répété à l'avance. Ils ne pouvaient savoir ce qu'il faisait, mais ils devinèrent intelligemment. Le père déclara que vendre de la drogue était un crime plus grave que de tuer ou de molester des enfants, et la mère ajouta qu'à son avis bien qu'elle détestât l'idée de tuer qui que ce soit, la peine capitale devrait être prévue pour les pourvoyeurs de drogue.

Il ne fut jamais réinvité mais on n'interdit pas à Leonora de le voir. Ils savaient manifestement que c'était impossible de l'en empêcher, à moins de déménager. Parfois, il apercevait Tessa en train de faire ses courses. Une fois, il la vit sortir du cinéma The Gate. Il devait admettre qu'elle était remarquablement bien habillée et qu'elle avait une silhouette sensationnelle. Elle avait des chevilles remarquablement fines, de celles qui rendent les jambes des autres femmes comparables à celles d'un percheron. Mais les rides se creusaient déjà sur son visage. Il y en avait une nouvelle, et drôlement profonde, chaque fois qu'il la voyait. Quand il commença à sortir avec Leonora d'une façon plus ou moins officielle, le petit ami en titre, il allait parfois chez eux sans être invité. Tessa le traitait alors avec la plus grande froideur, enfonçant ses petites banderilles dans ses points les plus sensibles. C'était comme si elle lui plantait dans les orbites les dagues d'argent, de cuivre ou d'étain qui prolongeaient ses doigts. Il devait fermer les yeux et encaisser.

Ainsi, il n'apprenait aucun métier ? Comment allait son père ? Où était son père, d'ailleurs ? Pensait-il que sa mère pourrait sacrifier quelques minutes pour rendre visite aux Chisholm ? Il avait bien compris, n'est-ce pas, que du jour où Leonora partirait pour l'université, il risquait de ne pas la voir pendant trois ans ?

Mais peu après, Tessa et Anthony Chisholm se séparèrent. La petite maison du *mews* fut vendue et Leonora resta quelque temps effarée, détruite par un divorce qu'elle n'avait jamais envisagé. Son père avait trouvé une autre femme, sa mère un autre homme. Leonora lui confia qu'elle les détestait tous, qu'elle ne voulait jamais revoir ses parents, et il s'en réjouit en son for intérieur. A l'époque, malgré son jeune âge, il comprenait déjà l'influence qu'ils exerçaient sur elle. Maintenant qu'elle ne leur parlait plus mais ne pensait qu'à partir, trouver un endroit où habiter seule, secouer la poussière de leur paillasson qui s'était accumulée sur ses chaussures, il savait qu'elle allait venir à lui. Il n'avait qu'à chercher une maison pour l'accueillir et ils se marieraient. Elle trouverait en lui une mère et un père autant qu'un mari et un amant.

Elle fit volte-face. La séparation des parents ne dura pas plus de quelques semaines et, soudain, ils furent tous à nouveau amis, les deux couples se fréquentant, dînant dehors en quatuor. Leonora se remit à parler de ce que maman disait et de ce que papa faisait mais, encore plus incroyable, de ce Susannah pensait et de ce que Magnus conseillait. Elle appelait cela avoir un comportement civilisé.

Guy l'accepta, il n'avait pas le choix. D'ailleurs, il avait d'autres soucis en tête et il se dit que, de toute manière, il était sûr de Leonora. Un matin, il s'aperçut qu'il était vraiment riche. A dix-huit ans, il était beaucoup plus riche que ne le seraient jamais les Chisholm.

Il lui avait téléphoné tous les jours pendant plusieurs années. Ce genre d'affirmation n'est jamais tout à fait vraie. Comment serait-ce possible ? Il avait *essayé* de lui téléphoner tous les jours. La plupart du temps, il la joignait. C'était une sorte de défi pour lui, ou une quête, une épreuve d'amour.

Quand elle était à l'université, elle lui dit qu'elle n'aimait pas ses appels quotidiens, que cela la gênait. Il ne prit jamais ses remarques très au sérieux. Pendant les vacances, il l'appelait chez Tessa ou chez Anthony, cela dépendait de l'endroit où elle descendait. Elle suivit des cours à l'école normale et il essaya de l'appeler tous les jours au bureau de la résidence universitaire. La plupart du temps, il n'arrivait pas à la joindre, mais il persévéra. Il l'appela quand elle alla habiter chez Anthony et Susannah, puis quand elle partagea le studio avec Rachel Lingard, puis quand elle prit un appartement avec Rachel et Maeve Kirkland.

En général, quelqu'un d'autre répondait au téléphone. Il ne savait pas pourquoi il en était ainsi. Quand elle habitait chez son père, c'était Anthony ou Susannah qui décrochait et maintenant, à l'appartement, c'était plutôt Rachel ou Maeve. Cela faisait pas mal d'années qu'elle n'avait pas vécu avec sa mère et il n'avait pas entendu la voix de Tessa depuis la pendaison de la crémaillère à Portland Road. Mais il la reconnut instantanément, au premier son. Car c'est Tessa qui répondit au téléphone lorsqu'il appela à l'appartement après le déjeuner au bar à vins. Un « Allô ! » langoureux. Tessa était langoureuse ou acide, alternativement.

Il demanda sèchement :

— Leonora, s'il vous plaît.

— De la part de qui ?

Comme si elle ne le savait pas.

— Ici Guy Curran, Tessa. (Il inspira à fond.) Comment allez-vous, après tout ce temps ?

C'était comme si sa tête abritait deux robinets. De l'un coulait un filet ralenti et traînassant, de l'autre un jet vif et éclaboussant. Elle tourna le deuxième.

— Je suis contente de pouvoir vous parler. Leonora est simplement trop gentille et trop douce pour oser dire ce qui doit être dit. N'importe quelle autre fille vous aurait lâché les flics aux trousses. Au minimum. Vous rendez-vous compte qu'elle pourrait très bien aller trouver un juge et obtenir un référé vous interdisant de la harceler ?

Il ne répondit rien. Il éloigna le récepteur de son oreille et chercha une cigarette. La voix poursuivait son discours colérique dans l'appareil. Il le nicha dans le creux de son épaule et alluma la cigarette.

— Je sais que vous êtes encore là, entendit-il. J'entends votre respiration. Vous faites partie de ces gens qui ont le souffle haletant, et vous êtes aussi sinistre qu'eux. C'est cela le plus horrible, vous êtes sinistre, vous êtes une sorte de gangster. C'est abominable que ma fille puisse être associée à quelqu'un comme vous — ces horribles coups de fil, jour après jour, cette histoire de déjeuner du samedi, comme une épreuve d'endurance. Je n'y comprends rien, cela me dépasse, à moins que vous ne l'ayez hypnotisée de quelque manière.

La seule solution était de raccrocher le récepteur et de rappeler plus tard. Au moment où il l'envisageait, il entendit Leonora dire : « Allons, mère, passe-le-moi. » Elle avait cessé d'appeler cette bonne femme « maman », en tout cas.

— Je suis désolée de tout ça, Guy, dit-elle. Ma mère est allée rejoindre Maeve dans la cuisine. Ne vas pas croire que je me suis plainte de toi. Cela se passe entièrement dans sa tête. Je crains qu'elle n'ait une attitude complètement négative à ton égard, elle l'a toujours eue.

— Tant que tu n'y prends pas garde, ma chérie, dit-il.

Elle ne lui demanda pas de cesser de l'appeler ainsi.

— C'est difficile de ne pas prendre garde à ce que dit sa propre mère, surtout si l'on est proches comme nous le sommes.

Le frisson glacé réapparut aussitôt dans sa nuque. Ainsi, cette bonne femme avait réellement de l'influence. Leonora l'écoutait. Pourquoi voulait-elle être proche d'un être pareil ? Parce que c'était sa mère ? Il n'avait pas vu la sienne depuis sept ans. Quant à être proche d'elle... C'était une chose qu'il n'arrivait pas à comprendre, cette cohésion familiale, mais le résultat, il le comprenait.

Il écouta la voix de Leonora, ce qui était en soi un plaisir aussi grand que de capter le sens de ses paroles. Ils bavardèrent quelques minutes. Elle devait aller déjeuner quelque part au bord de la rivière avec sa mère, son beau-père, son frère et, pour je ne sais quelle raison, Maeve, et retrouver le nabot rouquin après cela. Demain commençait sa dernière semaine à l'école primaire, et ensuite ce seraient les grandes vacances d'été.

— Je te téléphonerai demain, annonça-t-il.

Son ton avait été très doux et affectueux pendant toute la conversation. Si la ou les mauvaises influences qui la dressaient contre lui disparaissaient, l'amour qu'elle avait autrefois éprouvé pour lui reviendrait. Il se corrigea. « Éprouvé pour lui » et non « Autrefois éprouvé pour lui ». Il ne pouvait s'éteindre, seulement être submergé. Quelqu'un lui avait dit, ne cessait probablement de lui dire, que le nabot rouquin était un choix beaucoup plus sûr que lui, un partenaire plus convenable, apportant la sécurité. La même personne lui versait du poison dans la tête, l'attaquant personnellement en le traitant de gangster.

Il était intéressant, ou du moins cela le serait si son bonheur n'était en jeu, d'envisager la situation en gommant simplement Tessa Chisholm — comment s'appelait-elle donc maintenant, Mandeville ? — de la scène. Il se servit un Campari au jus d'orange avec beaucoup de glaçons et sortit dans le jardin clos de murs. Ils avaient un été magnifique, pas une seule journée qui ne fût chaude et ensoleillée. Ses orangers, dans leurs pots chinois bleu et blanc, portaient des fruits, encore verts mais presque parvenus à maturité, une touche ocre réchauffant leurs joues.

Le mobilier de jardin venait de Florence, du fer forgé de

couleur bronze, et il y avait un dauphin de bronze sur l'îlot de la pièce d'eau circulaire. Des clématites grimpaient au mur, Nelly Moser et Ville de Lyon, rose pâle et rose soutenu, sur un fond sombre de lierre brillant. Leonora n'était pas venue chez lui depuis des siècles. Elle devait venir, il se le rappelait maintenant, l'été précédent, mais elle avait téléphoné pour dire que ce n'était pas possible parce que sa mère était malade. Encore Tessa. Pas un instant, il n'avait cru à cette maladie. La bonne femme était solide comme un cheval. Elle mangeait aussi comme un cheval, ce qui ne l'empêchait pas d'être si mince. Il l'imagina dans le jardin d'un quelconque hôtel de Richmond, attablée sous un parasol rayé et se gavant d'avocats, de canard rôti et Dieu sait quoi encore, ses longs doigts aux extrémités dorées s'activant avec son couteau et sa fourchette.

Il était plus que probable qu'elle avait présenté Leonora à ce William Newton. C'était bien le genre de femme à trouver un prétendant pour sa fille et à les mettre en présence l'un de l'autre. Mais il ne devait pas penser ainsi. Son esprit ne devait même pas concevoir les mots qui énonçaient la possibilité que Leonora épouse un autre que lui. Tessa y pensait, elle y pensait tout le temps.

Cela faisait longtemps qu'il avait perdu tout contact avec Linus mais il voyait encore Danilo. Danilo n'hésiterait pas. Cela coûterait tout au plus deux briques et Tessa Mandeville disparaîtrait tranquillement de ce monde sans que Danilo soit impliqué, gardant les mains propres, ignorant l'heure et le lieu de sa mort. Allons, Guy, tu n'y pensais pas sérieusement, bien sûr. Mais pourquoi ne pas penser sérieusement ? Pourquoi tout prendre à la légère, tout tourner en plaisanterie en effleurant la surface des choses ? Pourquoi ne pas affronter la situation, bien campé sur ses jambes, faire face à l'inéluctable évidence ? Tessa Mandeville se dressait entre lui et le bonheur de sa vie, le tenait à distance de son amour.

Perdu dans la contemplation du contenu de son verre, qu'il avait toujours en main, la plus belle boisson du monde, d'une couleur rose orangé absolument divine, Guy s'allongea dans le fauteuil bronze et laissa affluer les souvenirs. Cela faisait longtemps, neuf ans, qu'il était venu ici pour la première fois. Ils s'étaient tenus ici même, dans son jardin, et elle avait dit en plongeant son regard dans le sien :

— Je suis *toi,* Guy. De même que je suis Leonora, je suis Guy.

Elle voulait dire qu'ils étaient si proches l'un de l'autre qu'ils étaient fondus en une seule personne. Ensuite, très vite, bien trop vite, Tessa Mandeville s'était interposée entre eux. Tuer Tessa serait encore un châtiment trop doux.

Elle avait épousé un homme répondant au nom de Magnus Mandeville. Un nom absurde, mais de ceux que l'on ne risque pas d'oublier. Il était avocat. En fait, c'était l'avocat qu'elle était allée consulter lorsque Anthony et elle avaient décidé de divorcer. Pas étonnant qu'elle fût tellement calée en matière de saisine de tribunaux et de procédures de référé.

Les Mandeville étaient allés s'établir dans quelque banlieue de la périphérie du sud de Londres, à moins que Magnus n'y ait déjà été installé. Tessa n'avait jamais travaillé, du moins depuis la naissance de Robin, qui était de deux ans l'aîné de Leonora. Du reste, il se rappelait avoir entendu Leonora dire que sa mère s'était mariée dès sa sortie de l'université, quand elle avait vingt et un ans. Elle avait étudié l'histoire de l'art et était censée tout connaître sur la peinture. Cela avait été déterminant dans ses propres relations avec Leonora ou, du moins, déterminant dans l'*altération* de ses relations avec Leonora.

En y réfléchissant bien, il pouvait voir qu'il y avait eu un moment précis, bien défini, où Leonora avait changé d'attitude à son égard. Ou plutôt, quand elle avait cessé de lui manifester un amour absolu, à l'abri de la moindre critique. Quelqu'un l'avait détachée de lui, il le savait avec certitude. Cela s'était produit quand il avait vingt-deux ans, et elle, dix-neuf. C'était à ce moment-là, quand elle était rentrée de la fac pour les grandes vacances, qu'elle n'avait plus voulu le toucher. En ce mois d'août qu'il attendait en brûlant d'impatience depuis le début de l'été, elle n'avait cessé de trouver des excuses pour ne pas se retrouver seule avec lui, elle avait commencé, très doucement, à se détacher de son étreinte.

L'explication la plus évidente était que Tessa, ayant découvert qu'il avait couché avec sa fille, avait violemment exprimé sa désapprobation. Cela ne lui était jamais venu à l'esprit. Cette petite escarmouche avec Tessa au téléphone lui avait remarquablement éclairci les idées. Plus il y pensait, plus il devenait évident que c'était Tessa qui avait été son premier adversaire.

Il appela Leonora à l'heure où, selon ses calculs, elle devait être rentrée de l'école. Cette fois, ce fut Rachel qui décrocha. Leonora avait rencontré Rachel à la fac et, depuis, elles ne s'étaient plus quittées. Guy n'aimait pas ce genre de filles trop grosses et hyperintellectuelles qui portaient des lunettes à monture d'acier, ne se souciaient aucunement de leur apparence et n'aspiraient qu'à devenir présidente des Amis de la Terre.

— Encore en congé de maladie, c'est ça ? lui demanda-t-il. Vous n'arriverez jamais à faire carrière, avec ce système.

— Je suis avec un client, dit-elle. Il se trouve que c'était plus pratique ainsi.

Il savait très bien ce qu'elle entendait par « client ».

— Encore un type qui a violé une mineure, j'imagine ?

— Comment avez-vous deviné ? Leonora n'est pas encore rentrée. Je ne serai pas là pour lui annoncer que vous avez téléphoné, mais elle le saura. Le jour où elle sera bien étonnée, c'est celui où vous n'appellerez pas.

Leonora arriva avant qu'elle n'ait eu le temps de raccroher.

— Qu'est-ce qu'elle me reproche ? demanda-t-il.

Que lui ai-je donc fait, à cette pisse-vinaigre ?

— Peut-être n'es-tu pas très gentil avec elle, toi non plus.

— Est-ce que tu as passé une bonne journée ? demanda-t-il. Tu es très fatiguée ? Veux-tu dîner avec moi ?

— Certainement pas. Je ne dîne jamais avec toi. Je déjeune avec toi le samedi.

— Leo, dit-il. (Parfois, il l'appelait Leo, du même ton qu'il l'appelait quelquefois ma chérie). Leo, ta mère ne travaille jamais à l'extérieur, n'est-ce pas ?

Il sentit qu'elle était tellement surprise de l'entendre poser une question normale au lieu de l'enjoindre de l'aimer qu'elle répondait sans réfléchir, avec reconnaissance.

— Non, jamais. Cela ne lui arrive jamais, je croyais que tu le savais. Elle fait du bénévolat dans un hôpital de son quartier. Je me demande si ce n'est pas le Mayday Hospital. Le mardi et le jeudi, je crois. Oh, c'est vrai, quelquefois elle va au BCC le mercredi matin.

— Le quoi ?

— Le Bureau de Conseil aux Citoyens. Je crois qu'elle a eu ça par Magnus. Et ils travaillent tous les deux pour les Verts.

Soudain, elle comprit que c'était une drôle de question, venant de lui.

— Mais en quoi diable cela t'intéresse-t-il ?

— L'une de mes collaboratrices m'a dit l'avoir connue à

l'Institut d'art. Elle m'a demandé si elle travaillait et je lui ai répondu que je me renseignerais.

Cette explication plutôt tirée par les cheveux passa néanmoins. Leonora avait tendance à croire ce qu'on lui disait. C'est généralement le cas des gens qui ne mentent pas. Cela incita Guy à pousser son avantage.

— Ils habitent bien au 15 Sanderstead Way, n'est-ce pas ?

— C'est au 17, et Sanderstead Lane.

— Où allons-nous déjeuner samedi ? Laisse-moi t'emmener chez Clarke.

— Un bar à vins me fait autant plaisir, Guy. Ou un MacDo tout aussi bien. La nourriture ne me procure aucun plaisir quand je sais qu'avec ce que tu dépenses, au Bangladesh, on pourrait nourrir une famille entière pendant un mois.

— Cela te ferait plaisir si j'envoyais au Bangladesh le montant d'un déjeuner chez Clark ?

— Oui, réellement. Mais je n'aurais pas envie d'y aller pour autant.

— Je t'appellerai demain, conclut-il.

Lorsqu'elle avait quinze ans et lui dix-huit, ils avaient fait l'amour ensemble pour la première fois dans le cimetière de Kensal Green. Si vous alliez raconter une chose pareille — mais il s'en gardait bien — les gens s'exclamaient : « Quelle horreur ! » ou « Mais c'est affreusement macabre ! » Pourtant, ce n'était ni horrible ni macabre. Ceux qui réagissaient ainsi ne connaissaient pas vraiment le cimetière, qui était plutôt un vaste jardin sauvage envahi par la végétation, où surgissaient, parmi les herbes hautes, des pierres grises érodées par les intempéries et d'admirables tombes ressemblant à des petites maisons. Il y avait de gros arbres sombres et des fleurs sauvages, et, en plein été, des bouquets se desséchant sur les nouvelles tombes. Le cimetière était rempli de papillons, les uns petits et bleus, d'autres gros et marron ou orange, parce qu'il n'y avait dans le cimetière ni pollution ni poisons susceptibles de les tuer.

L'endroit où ils se trouvaient était si calme, si sauvage et si beau, avec les herbes hautes qui ondoyaient et les digitales poussant au milieu d'elles, de grandes fleurs roses dont il ignorait le nom et la mousse envahissant une dalle affaissée, la mousse qui avait ses propres fleurs, minuscules et jaunes, que c'était comme un paradis perdu. Il y avait des buissons aux feuilles effilées, de couleur argentée, et de petits sapins semblables à des arbres de Noël bleuissants et un grand conifère dont les branches se déployaient au-dessus de leurs têtes, couvert de fruits coniques verts. L'odeur de Londres n'arrivait pas jusque-là. Cela sentait plutôt le parfum qui se dégage des pots d'herbes séchées chez le marchand de produits naturels.

Elle portait une robe très légère et douce au toucher, bleu cendré et mauve, décolletée, aux manches bouffantes et sans taille. Elle ne portait que ça, la robe, une petite culotte et des espadrilles bleues. Quand elle était étendue sur le dos, ses seins moelleux s'étalaient comme deux petits coussins de soie. Il l'allongea sur un matelas d'herbe et de pétales de fleurs de sureau éparpillés. Il souleva la robe et la remonta jusqu'à son cou, l'enveloppant comme une écharpe. Elle n'avait pas peur, au contraire, elle était très excitée et, quand il la pénétra, cela ne lui fit aucun mal. Il lui dit ensuite que c'était parce qu'elle l'aimait et le désirait.

Il ne sut jamais ce qu'avait dit Tessa en voyant la robe froissée et couverte de taches vertes. Peut-être Leonora s'était-elle arrangée pour que sa mère ne vît rien. C'est quand Tessa s'en aperçut que les choses se mirent à mal tourner. Quand on était capable d'aimer quelqu'un comme cela à quinze ans, de l'aimer tellement que l'acte d'amour ne vous faisait pas souffrir, même en étant vierge, et que vous ne saigniez pas, alors cet amour ne devait pas changer. Il durait tout simplement, il faisait autant partie de vous que l'amour que vous éprouviez pour vos parents ou votre frère, ou pour vous-même.

— Je *suis* toi. Je suis Guy et il est moi.

Si Tessa disparaissait, cet amour reviendrait. Sans entraves, il redeviendrait ce qu'il avait été. S'il n'y avait personne pour raconter de sales histoires sur son compte, le traiter de plouc et de criminel, mettre son intelligence en cause, Leonora serait à lui, et lui à elle. Néanmoins, l'idée de blesser Tessa paraissait grotesque. Dans toute sa carrière, il n'avait jamais vraiment blessé quiconque. Quand Danilo était sorti de l'institution pour jeunes délinquants où il avait effectué un petit séjour, ils avaient monté un racket de protection des plus lucratifs à Kensal. Un jour, ils avaient dû rudoyer quelque peu un tenancier de pub pour lui faire comprendre qu'ils parlaient sérieusement, mais le type s'en était sorti avec quelques contusions et un œil au beurre noir. Bien sûr, il y avait eu le baisser de rideau des « marchands de rêve » puis la mort de Corny Mulvanney. Mais ce n'était la faute de personne, en tout cas pas la sienne, c'était ce qu'on pourrait appeler les risques du métier.

Il refusait de penser à Corny désormais. La seule pensée qu'il s'autorisât à cet égard était que cela avait marqué la fin de son activité de dealer. Il avait connu une bonne période et gagné une fortune, avait définitivement échappé à Attlee House et tout ce que cela impliquait. Ses mains étaient propres et son casier vierge.

Cela n'engageait à rien d'inviter Danilo à dîner et de le sonder sur la question des hommes de main, de la procédure à suivre et du coût à envisager. Même si le coût était le cadet de ses soucis.

3

Lorsque une vente de ses tableaux était organisée dans un pub à la campagne ou tout autre cadre approprié, Guy allait quelquefois voir sur place comment les choses se passaient. Dans ce cas, il veillait à ne pas révéler sa véritable identité. Il aimait observer la réaction des clients et se fiait rarement à la parole de ses employés ou aux chiffres de ventes. Il préférait constater personnellement que le tableau le plus demandé était *Le Meilleur Ami de l'homme*, par exemple, ou *Allons, les chatons*, ou encore *La Dame de Thaïlande.*

Cette semaine-là, la vente avait lieu dans un pub de Coulsden voisin d'un club sportif. Il faisait un temps magnifique et l'on roulait bien, comme toujours au mois d'août. Tout le monde était parti en vacances. Guy s'y rendit dans sa Jaguar couleur champagne (quoique baptisée « Satin beige ») aux sièges recouverts de cuir crème. La climatisation était tellement au point que, certains jours de canicule à Londres, il était tenté de descendre au garage pour s'installer à l'intérieur, moteur allumé, et profiter de sa brise légère. « Tu vas te tuer si tu fais ça », lui avait dit Celeste quand il le lui avait raconté. En un sens, elle n'avait pas tort.

Le pub s'appelait The Horseless Carriage [1] — un nom bricolé s'il en était. Il y avait davantage de jardinières fleuries aux fenêtres que dans tout le Chelsea Show [2]. Dehors, deux grandes affiches jaunes annonçaient la vente de « peintures à l'huile

1. « Le Carrosse sans attelage. » (N.d.T.)
2. Le Chelsea Flower Show, organisé à Londres chaque été, est une des expositions florales les plus importantes d'Angleterre. (N.d.T.)

originales à tous les prix, de sept à soixante-dix livres sterling, chacune est une œuvre unique, peinte à la main ». Pour sa part, cela ne le dérangeait pas, mais il tressaillit en imaginant la réaction de Tessa Mandeville. Il continuait à penser à elle. Il n'arrivait pas à se débarrasser de cette satanée bonne femme.

La vente se tenait dans une vaste salle du fond, avec des portes-fenêtres s'ouvrant sur une terrasse ou plutôt un jardin assez négligé dont la pelouse était devenue un terrain vague et où personne n'avait coupé les têtes des roses fanées. Beaucoup de gens étaient déjà rassemblés dans la salle ou dehors, sur l'herbe mitée. Chaque nouvel arrivant avait gratuitement droit à un verre de vin rouge ou blanc. Ensuite, il fallait payer. Deux hôtesses prenaient les commandes de tableaux. Il ne les connaissait pas, même de vue, mais la liste de noms qui s'allongeait sur leur bloc à pince indiquait nettement que les affaires marchaient fort.

Et pourquoi pas ? Il s'agissait effectivement de peintures originales et chaque tableau était peint par un artiste travaillant seul. Le résultat était bien plus agréable à regarder que 95 p. 100 de ce que l'on voit le long de Bayswater Road le dimanche matin. C'étaient de jolis tableaux qui ne faisaient de mal à personne, avec des sujets innocents, enfants et jeunes animaux, petites filles, chaumières à la campagne ou paysages marins. Il pensa à certains tableaux de sa connaissance dont la réputation était si grande, des tableaux de guerre, avec des hommes et des chevaux massacrés, par exemple, qu'il avait vus un jour avec Leonora lors d'une excursion à Bleinhem Palace, des vases de travers et des pommes déformées, et les tableaux de cet endroit Guggenheim à Venise, montrant des femmes nues parées de fourrures et de plumes d'oiseaux. Dieu sait pourtant s'il était large d'esprit, mais il les avait trouvés écœurants. Quelle folie, de la part de Tessa Mandeville, de qualifier ses tableaux de « croûtes ». Et quel autre mot employait-elle, déjà ? « Obscènes. » C'étaient les autres qui étaient réellement obscènes.

Il fit le tour de la salle, étudiant les tableaux un par un. Même à ce stade avancé, il aimait s'assurer qu'il existait d'infimes différences entre chaque version du même tableau, de légères variantes dans les boucles de cheveux du petit garçon en pleurs, par exemple. Des larmes luisaient sur les petites joues roses, mais, dans certaines versions, il y avait trois larmes sur la joue gauche et dans d'autres, on pouvait en compter quatre. Une fois de plus, *La Dame de Thaïlande* était celui qui se vendait le mieux. Ses employés avaient l'habitude de coller une pastille rouge sur le cadre des tableaux vendus — « comme dans un authentique vernissage », pour reprendre le commentaire de Tessa Mandeville qu'on lui avait rapporté. Ce qu'il y avait d'inauthentique dans ses ventes, personne n'avait su le lui dire.

Les quatre versions de *La Dame de Thaïlande* furent vendues, atteignant la barre des soixante-dix livres. Il demanda à l'une des hôtesses si elle avait beaucoup de commandes pour ce tableau-là et elle répondit que oui, elle en avait déjà noté douze, c'était celui qui avait le plus de succès. Guy comprenait très bien pourquoi. Le personnage du tableau, une adolescente de quinze ou seize ans, paraissait très jeune et très innocente. Mais, en même temps, elle était sexy avec ses lèvres pleines et luisantes, ses grands yeux brillants de biche et le corset brodé d'or qu'elle portait à moitié lacé de sorte à dégager le haut de ses seins soyeux, balayés par des chaînes et des colliers dorés. Elle semblait plonger dans les yeux du spectateur un regard tout à la fois conquérant et suppliant, timide et provocant.

L'original de cette jeune fille devait exister quelque part, car tous les tableaux étaient peints à partir d'une photographie. Littéralement et réellement à partir des quantités de photographies — des tirages pâles, surexposés, sur des planches de contreplaqué — que Guy faisait venir de Thaïlande. Ensuite, ses ouvriers de l'usine d'Isleworth peignaient par-dessus selon une méthode bien précise. Lorsque Guy, expliquant sa nouvelle activité à la famille de Leonora, avait précisé que plusieurs de ses employés seraient des diplômés des beaux-arts, Tessa Mandeville avait carrément haussé les épaules en disant que c'était encore pire.

— Ils sont enchantés de leur travail, je vous assure, avait-il dit.

— Ils feraient mieux d'aller dans la rue, de jouer de la musique à la sortie de King's Cross Station.

Qu'en savait-elle ? Elle avait toujours eu quelqu'un pour l'entretenir, lui donner un toit, de l'argent pour soutenir les baleines en voie de disparition et empêcher les pluies polluées, et un atelier où elle pouvait peinturlurer à loisir. Elle n'avait pas la moindre idée de ce que c'était que d'avoir besoin d'un emploi. Il aurait bien aimé le dire mais ce n'était pas possible parce qu'il devait continuer à faire bonne figure devant ces gens, se présenter comme un individu digne de courtiser Leonora. Le plus drôle — comme si ce genre de choses pouvaient être drôles

— c'est qu'il s'était rendu là-bas, dans je ne sais quel hôtel où ils fêtaient l'anniversaire de Leonora et la fin de son stage de formation d'enseignante, avec l'intention de se mettre bien avec eux en annonçant qu'il abandonnait une existence louche pour se lancer dans une carrière d'honorable homme d'affaires.

Tout en regardant les tableaux, la jeune Thaïlandaise et le petit garçon en larmes, *Le Vieux Moulin* et les chats siamois, il songea que ce soir-là avait marqué une autre frontière dans le déclin de ses relations avec Leonora. Il était vrai qu'à cette époque elle avait déjà cessé de coucher avec lui et pourtant, bien que cela l'ait naturellement tracassé, ce n'était pas son souci majeur. Une fois, elle lui avait confié qu'à son avis ce n'était pas bon pour une femme de prendre la pilule pendant plus de quatre ans d'affilée. Elle redoutait particulièrement de se retrouver enceinte pendant qu'elle préparait son diplôme. Bien entendu, il l'aurait épousée sur-le-champ si elle l'avait souhaité, cela aurait été merveilleux, mais il comprenait qu'elle voulût terminer ses études. Ensuite, elle avait été absente si longtemps et ils ne s'étaient pas vus pendant plusieurs mois, même s'il lui avait téléphoné tous les jours. C'est normal qu'il y ait des complications, des gênes, un refroidissement, dans ce genre de circonstances.

Mais elle l'aimait encore, en ce temps-là. Elle l'aimait encore ouvertement, publiquement. N'avait-elle pas tenu à ce qu'il fût assis à côté d'elle, en ce soir de juillet, quatre ans plus tôt, lui d'un côté et son père de l'autre ? Robin était au bout de la table, collé à son abominable Rachel. Plus tard dans la soirée, Leonora avait dansé avec lui. Elle lui avait dit de ne pas prêter attention à ce que racontait Tessa. Mais elle, Leonora, y avait prêté attention le lendemain, ou le jour suivant. « Philistin » était un des mots préférés de Tessa mais ce n'était rien à côté de ce dont elle pouvait l'accabler. Escroc, tueur, gangster — ce n'était pas difficile à imaginer. Leonora écoutait Tessa, elle était « proche » de Tessa.

Guy prit sur le plateau le verre de vin auquel il avait droit. C'était du rioja, rouge et rugueux. Il éprouva soudain le besoin de voir Tessa, comme il arrive parfois que l'on souhaite voir un ennemi, pour voir peut-être sans être vu. Ce que l'on souhaite, c'est voir l'ennemi dans le malheur, en position d'infériorité. Avait-elle changé ? Ses cheveux étaient-ils gris ? Elle avait cinquante ans maintenant, était mariée à un avocat, habitait la banlieue et s'occupait apparemment de bonnes œuvres. Elle habitait, cela lui apparut soudain, dans une banlieue très proche de l'endroit où il se trouvait en ce moment.

Il s'avança vers le bar. Une fille d'environ vingt-cinq ans, assise seule sur un tabouret, le dévisagea. Guy était habitué à ces regards féminins qui lui procuraient une certaine satisfaction, quoiqu'il y répondît rarement. Il commanda un dry Martini et se demanda ce qu'ils allaient bien pouvoir lui servir, probablement un verre de Vermouth tiède. Or c'était relativement buvable, du moins y avait-il du gin dedans, avec un glaçon. L'espace d'un instant, il se laissa aller à imaginer que la fille était Leonora et qu'elle l'accompagnait. Dans quelques minutes, ils allaient déjeuner ensemble, et ensuite ils resteraient longtemps à table en buvant un verre, et bavardant du passé et de l'avenir de leur amour. Ensuite, ils pourraient descendre jusqu'à la mer en voiture et se promener sur la plage dans la fraîcheur nocturne. Ils s'installeraient dans le meilleur hôtel et dormiraient dans la suite nuptiale. Curieusement, ce n'était pas la perspective de faire l'amour avec elle qui comptait le plus. Bien entendu, il le souhaitait ardemment, il la désirait, mais ce n'était pas le plus important, ce n'était qu'une partie de l'ensemble. Qu'est-ce qui était le plus important ? Être avec elle, être elle, et qu'elle fût lui. « Je suis Guy... » Ah, l'entendre à nouveau prononcer ces mots !

Il but un autre verre et avala un sandwich au saumon fumé racorni puis regagna la Jaguar et conduisit jusqu'à Sanderstead Lane. Le numéro 17 n'était pas du tout ce qu'il s'était imaginé. La moitié d'une vieille maison jumelée et biscornue, s'élevant sur trois étages, avec d'imposantes fenêtres à embrasures de pierre et un portique à colonnes, qui devait dater d'une centaine d'années ou davantage, bien avant la construction du reste du quartier. Devant, le jardin était aussi grand que ceux qui s'étendaient à l'arrière des autres maisons. Du mobilier peint en blanc était rassemblé sous un vaste cèdre.

Guy avait dépassé depuis longtemps le stade où il espérait impressionner Tessa Mandeville avec sa fortune et sa réussite — cela ne l'avait jamais impressionnée ou du moins le prétendait-elle — aussi tenait-il à ne pas se faire repérer au volant de la Jaguar dorée. Mais il n'y avait personne pour le repérer, pas l'ombre d'une Tessa se penchant avec obligeance à la fenêtre pour lui laisser voir ses cheveux striés de gris ou sa dernière ride, pas trace de Magnus Mandeville se soustrayant pour un jour à sa charge pour bricoler dans le jardin, espèce de squelette aux orbites creuses qu'il était.

Comme un avocat dans une série télévisée adaptée de Dickens. C'était l'image qu'il avait évoquée pour Guy, quand ils s'étaient rencontrés à cette fête. Il s'était demandé ce qui pouvait bien attirer une femme chez cet homme dégingandé et décharné, dont le crâne parcheminé était couronné d'une petite touffe de cheveux gris. Son argent, peut-être. Telle qu'il connaissait Tessa, ce devait être ça. Le cou de Magnus faisait penser au gésier que l'on trouve enveloppé dans un sachet en plastique à l'intérieur des poulets surgelés. Il avait une voix haut perchée, glaçante et un incroyable accent d'Eton, à la fois artificiel et imposant. On l'imaginait en juge, coiffé d'une perruque blanche, envoyant un pauvre diable se faire pendre jusqu'à ce que mort s'ensuive.

Guy longea Sanderstead Lane jusqu'à la moitié puis fit demi-tour. Il tourna dans une rue transversale et vit qu'un chemin bordé de hautes haies longeait l'arrière des maisons. Les jardins étaient fermés par des portails. Il revint à la rue principale. Le numéro 15, accolé à la maison de Tessa, semblait inoccupé. Il n'y avait pas de rideaux aux fenêtres et une pancarte d'agence immobilière portant la mention « A vendre » était plantée dans le jardin de devant envahi par les herbes folles.

Naguère, si cela avait été son secteur de Kensal et que Tessa Mandeville, tenant un commerce, avait omis de lui payer ce qu'elle lui devait pour garder les lieux intacts et en bon état, il se serait introduit chez elle (ou quelqu'un travaillant pour lui l'aurait fait) et l'aurait un peu malmenée. Ou bien il se serait arrangé pour que le mobilier eût un peu moins l'air de sortir d'un catalogue de *Maisons et Jardins*. Midi aurait été l'heure rêvée, quand la plupart des voisins étaient absents, mais ni un mardi, ni un mercredi, ni un jeudi. En arrivant par cette allée de derrière, il y avait des chances pour que la porte ne soit jamais fermée, même si c'était possible, et il suffisait d'essayer la porte de service. Si elle n'ouvrait pas, il aurait frappé et, quand elle se serait montrée, pas de chichis. Inutile de se faire passer pour un représentant ou un type qui effectue une étude de marché, quelque chose dans ce genre. Juste la bâillonner d'une main rapide, lui immobiliser les bras dans le dos et la faire avancer prestement au milieu de la maison, la réduire au silence pendant que ce qui devait être fait était fait.

Des fantasmes — n'était-ce vraiment que cela ? Il reprit le chemin de sa maison. Ce soir même, il avait invité Danilo à dîner. Soudainement, dans la partie de son esprit qui fabriquait des images et passait des bandes vidéo, surgit une vision de Magnus Mandeville l'observant lors de cette fête d'anniversaire. Le dévisageant en regardant par-dessus le bord rectiligne de ses demi-foyers comme un juge pourrait toiser des malfrats au banc des accusés, perplexe, curieux, rusé, surpris, impitoyable. Il n'était pas impossible que Magnus exerçât une influence sur Leonora. C'était un avocat, nom de Dieu ! Admettons qu'il ait eu vent des activités de Guy, qui était alors à la limite, ou au-delà de la limite de la légalité, en aurait-il informé Leonora ?

Guy se rabattit sur le côté de la route et gara la voiture. Toutes ces petites scènes s'associaient dans son esprit pour former un tableau, un panorama ou une photographie de groupe, de la table d'anniversaire en ce soir du 25 juillet. Il était incapable de se concentrer sur la route. Il fallait s'arrêter. Où avait-il eu lieu, ce dîner? Pas dans un endroit extraordinaire, ni un grand restaurant ni un hôtel réputé, pas dans le genre de lieu où il aurait voulu fêter un événement important de la vie de sa fille. Mais Guy ne pouvait même pas envisager d'avoir une fille ou un fils. C'était trop douloureux. Il avait nourri ce genre de pensées autrefois et cela avait ouvert en lui une blessure béante, cela l'avait fait saigner. S'il pouvait être sûr, être vraiment sûr, qu'un jour Leonora et lui pourraient avoir des enfants ensemble, il avait l'impression qu'il en mourrait de bonheur.

Le panorama se déploya dans sa mémoire. Onze personnes étaient attablées : Leonora présidait entre Anthony Chisholm à sa gauche et lui-même, Guy, à sa droite. Elle était vêtue d'une robe bleu foncé, toute simple, taillée dans une espèce de soie, austère, beaucoup trop âgée pour elle. Elle était superbe, évidemment, cela allait sans dire. Elle arborait le collier que son père lui avait offert, du lapis-lazuli dans une monture d'argent de Georg Jensen, un joli bijou mais pas très cher selon les critères de Guy. Anthony était un bel homme avec un visage de jeune garçon qui lui donnerait toujours une sorte d'expression enfantine. A côté d'Anthony se trouvait sa propre mère, une vieille sorcière aujourd'hui morte, la grand-mère de Leonora.

A sa propre droite se trouvait une cousine de Leonora nommée Janice, qui s'était mariée par la suite et était partie en Australie, puis Robin Chisholm suivi de Rachel Lingard. Maeve n'était dans le tableau ni au propre ni au figuré, Leonora ne l'ayant pas encore rencontrée. La vieille Mme Chisholm était assise à côté de Magnus Mandeville, dont l'autre voisine était Susannah, l'épouse d'Anthony, Susannah était une jolie femme très mince, aux cheveux bruns et soyeux, qui n'avait pas plus de trente-trois ou trente-quatre ans à l'époque et dont Leonora disait qu'elle ne portait pour ainsi dire jamais de jupes ni de robes. Effectivement, ce soir-là, elle était en veste et pantalon de soie noire. Le fiancé de Janice, dont le nom échappait à Guy, se trouvait entre Susannah et Tessa.

Il laissa l'œil de sa mémoire parcourir la table, passant d'un invité à l'autre. Les costumes masculins n'avaient rien qui pût retenir l'attention — tous vaguement gris —, mais il pensait que Robin arborait une cravate rose. Robin, beaucoup plus blond que Leonora, préférait son père dont il avait hérité l'expression enfantine, et paraissait ridiculement plus jeune que ses vingt-quatre ans. Il était courtier en devises — du moins l'était-il devenu par la suite. Il échangeait des sommes d'argent pour des emprunteurs potentiels, mettant des dollars rapidement à la disposition de clients se trouvant, disons en Allemagne, et fournissant des deutschmarks à des clients brésiliens. Guy le soupçonnait d'être, d'une manière respectable, aussi malhonnête et ambitieux qu'il l'avait lui-même été autrefois.

— Normalement, je devrais lui plaire, avait-il dit un jour à Leonora. Je ne comprends pas pourquoi il ne m'aime pas. Nous sommes pourtant de la même race, non ?

— Il est snob.

— Qu'est-ce que ça veut dire ? Mon accent ne lui convient pas ?

— Espérons que ça lui passera. Il en est encore à faire des remarques méprisantes sur les gens qui n'ont pas fréquenté une *public school*. Je suis désolée, Guy. J'aime beaucoup Rob et l'aimerai toujours mais il est le seul membre réactionnaire de la famille. C'est vraiment un Tory de la vieille école.

— Je ne peux pas le croire, dit-il, bien que la politique lui parut sans intérêt. Lui aussi était un Tory de la vieille école, s'il était quelque chose.

Tessa le détestait parce qu'il était un supposé philistin, son mari parce qu'il était ou avait été un escroc — Robin aurait-il dressé Leonora contre lui parce qu'il n'avait pas reçu une éducation convenable et ne parlait pas comme il fallait ? Guy ferma les yeux et passa en revue les dix convives, neuf sans compter Leonora. Tessa dans sa robe mordorée, taillée dans une espèce de soie plissée, une mince chaîne en or autour du cou, sa nouvelle alliance rutilante au doigt et ses ongles assortis ; Susannah avec son pantalon noir et sa veste coordonnée, un chemisier de soie blanche à col ouvert et un rang de grosses perles de jais et d'ambre ; la vieille Mme Chisholm en dentelle marron et collier de perles ; Rachel, la vilaine binoclarde, avec une jupe en cotonnade fleurie dont l'ourlet pendait, affligée d'une blouse rose qui devait provenir des British Home Stores[1]. Les hommes. Janice, aussi dodue que Rachel, les hanches bien enrobées, avec ses lunettes à monture fantaisie en plastique rose. Lui-même et Leonora.

Ils mangèrent des avocats aux crevettes. Pour une surprise, c'était une surprise. Voire un événement. Suivait un poulet sans intérêt. Guy avait lu quelque part que le poulet était la protéine animale la plus consommée dans le monde, à défaut d'être la plus appréciée. Au moment où les profiteroles avaient fait leur apparition, Anthony lui avait dit, en passant devant Leonora :

— Alors, où en est votre carrière ces derniers temps, Guy ?

Ils savaient qu'il était riche. Personne d'autre ne portait un costume de chez Armani, des boutons de manchette en jade impérial serti dans de l'or à vingt-deux carats. Et il n'avait pas la moitié de l'âge d'Anthony Chisholm. Il répondit à la question, parla des tableaux sans mentionner, évidemment, ses autres branches d'activité. Elles allaient finir par disparaître, de toute manière. Avec la mort de Corny Mulvanney, de façon imminente, les vestiges de « marchands de rêve » devaient être dissous, comme s'ils appartenaient à l'inconnu, non susceptibles d'être repérés dans l'avenir. Ce commerce auquel Tessa et Anthony avaient fait allusion avec un tel opprobre, une telle violence, la première fois qu'ils s'étaient rencontrés, était pour ainsi dire éteint.

Tessa s'était comportée comme un vautour à ce dîner, regardant les autres le tuer puis fondant sur lui pour ramasser ses restes. D'abord cette invite à aller faire de la musique dans la rue à King's Cross, puis cet encerclement sauvage, ce discours aux convives assemblés sur l'effondrement de l'art et de la culture en Occident (qu'est-ce que cela voulait dire ?). Leonora avait écouté, et par la suite, on lui en avait sans aucun doute dit davantage, bien davantage...

Il mit le moteur en route et rentra chez lui.

1. Magasins créés pendant la guerre où l'on trouvait des denrées ménagères de base : savon, couvertures, conserves et vêtements qui tenaient chaud. (N.d.T.)

Leonora avait cessé d'habiter chez sa mère au moment des vacances et s'était installée avec son père et sa belle-mère. C'était afin de vivre au centre de Londres. Et se rapprocher de Rachel Lingard. Pour être honnête avec lui-même, il fallait qu'il l'admette. La mère de Rachel avait un appartement dans Cromer Street, où Rachel vivait parce que la vieille était en train de mourir d'un cancer. Il avait su dès le début que Rachel était une menace, le genre de personne qu'il ne voulait pas que sa petite amie fréquente. Les filles doivent être frivoles et de temps en temps un peu sottes, adorer traîner dans les boutiques, se passionner pour les vêtements et les parfums, guetter leur reflet dans les miroirs, aimer qu'on les regarde et qu'on les siffle. Elles doivent être vaniteuses et capricieuses, avoir tendance à être chipies avec les autres femmes. Rachel était féministe. Elle ne se maquillait jamais, mangeait ce qu'elle aimait et grossissait. Par principe, elle affirmait préférer la compagnie des autres femmes à celle des hommes. Sa conversation était brillante et, pour lui, souvent incompréhensible. La moitié du temps, il ne savait vraiment pas de quoi elle parlait.

Maintenant, il se demandait si c'était par son intermédiaire que Leonora avait rencontré ce William Newton. Tout à fait le genre de types qu'elle devait connaître. Et lui aussi possédait cette qualité que Leonora semblait tant apprécier, le don de l'échange verbal. Personnellement, il n'avait jamais perçu l'intérêt de tout ça, ces discussions, ces débats, toute cette intelligence, cet esprit. Pourquoi prendre cette peine ? Cela avait dû avoir son intérêt autrefois, quand il n'y avait rien d'autre à faire, pas de magazines, ni de quotidiens, de bandes vidéo, de musique, de télévision, pas d'endroits où aller, ni de lumière électrique. L'art de la conversation n'était pas plus utile, maintenant, que celui d'écrire des lettres. C'est ainsi qu'il voyait les choses.

Le fossé était apparu quand Leonora avait changé d'avis au sujet de leurs vacances communes. Il n'avait jamais su pourquoi. Il ne savait pas pourquoi elle avait eu l'air presque *choquée* quand il lui avait suggéré de s'installer avec lui. Elle avait plutôt réagi comme sa mère aurait pu le faire, pas comme une fille de vingt-deux ans. Après tout, cela faisait plusieurs années qu'ils sortaient ensemble. Il l'aimait et elle l'aimait et ils savaient l'un comme l'autre qu'ils se marieraient un jour.

— Tu ne parles pas sérieusement, Guy ?

— N'est-ce pas ce que font les gens comme nous ? J'ai une maison tout installée pour toi. C'est dans un endroit qui te plaît. Je présume que je te plais — enfin, que tu m'aimes. Et je t'aime.

— Qui sont ces gens comme nous ?

C'était une de ces remarques « intelligentes » qu'elle faisait de plus en plus souvent. Le coincer sur des vieilles formules qu'il utilisait, des expressions que tout le monde employait mais qu'elle qualifiait de clichés. Elle n'avait jamais fait cela avant. Elle avait attrapé ça au contact de Rachel. Et voilà qu'elle allait partager un studio avec elle.

— Nous avons pensé à Fulham parce que c'est là que j'enseigne. Une grande pièce avec une cuisine, en attendant de trouver un appartement.

La mère de Rachel était pour de bon à l'hôpital, maintenant, elle n'en sortirait plus. Leonora montra le studio à Guy, qui le trouva aussi horrible qu'Attlee House mais beaucoup plus petit. La grosse Rachel, ses yeux ronds décuplés par ses lunettes, remarqua son expression et murmura quelque chose à Leonora avant de déclamer, comme si elle jouait sur scène :

— La cause de cette pâleur, je te prie ? Quoi, si ta belle mine ne peut l'émouvoir, un aspect pitoyable saurait donc la convaincre ?

Les deux filles furent secouées par une rafale de rires, gloussant comme il aimait voir les filles glousser, mais pas quand il était visé. Il comprit la remarque, de la poésie, une citation, quelque chose dans ce genre, même si Rachel ne l'en croyait pas capable. Cela signifiait qu'elle n'aimerait pas avoir un soupirant pitoyable et malheureux, aussi s'efforça-t-il de ne pas avoir l'air vexé et de prendre la chose sur le ton de la plaisanterie. La mère de Rachel mourut peu après, ce qui effaça quelque temps tout sourire sur son visage. Elle était probablement enchantée d'avoir quelque bien à vendre, cependant, elle était forcément aussi âpre au gain que ses pareilles, malgré tous les airs qu'elle se donnait. Elle se mit en quête d'un appartement avec Leonora.

Dès qu'il apprit qu'elles voulaient solliciter un emprunt — et un gros emprunt —, il proposa à Leonora de lui prêter l'argent. Bien entendu, ce ne serait pas un véritable prêt. Ce serait purement et simplement un cadeau. Dans son for intérieur, il envisagea la chose ainsi dès le début, mais, évidemment, il lui laisserait croire qu'il s'agissait d'un prêt sans intérêts.

Quel besoin avait-elle de mettre sa famille et ses amis au courant de tout ? Elle avait près de vingt-trois ans, pour l'amour du ciel ! Pourquoi ne pouvait-elle pas rompre avec cette famille ? Parce qu'ils ne la laisseraient pas faire. Ils se cramponnaient à elle, se cramponnaient les uns aux autres comme des sangsues. Ses parents qui n'étaient même plus mariés ensemble, qui avaient maintenant d'autres conjoints, continuaient néanmoins à se rencontrer, se voyaient presque plus, lui semblait-il, que lorsqu'ils partageaient un foyer.

Le soir où il lui fit cette proposition, elle était descendue chez Anthony et Susannah à Lamb's Conduit Street. *Descendue* chez eux, s'il vous plaît, alors qu'elle avait un logement à elle à moins de dix kilomètres de là. Rachel était en voyage dans le Nord, pour une réunion de gens qu'elle appelait des « alumnae » et qui évoquaient, à ses propres oreilles, des bactéries, ce genre de choses qu'on attrape en mangeant du pâté acheté au supermarché. Bien entendu, il n'avait pas fait sa proposition en présence d'un tiers. Il était seul avec Leonora, en train de prendre tranquillement un verre après le cinéma.

— C'est très généreux de ta part, Guy, avait-elle répondu. Elle était émue, c'était évident, il avait même cru qu'elle allait pleurer.

— Je ne le sentirai même pas, avait-il ajouté, ce qu'il n'aurait pas dû faire, il le sut au moment où il le disait.

— Si seulement c'était possible, lui avait-elle dit en lui prenant la main.

Ils rentrèrent chez le père de Leonora. Anthony et Susannah étaient là, ainsi que l'oncle de celle-ci, le frère d'Anthony, Michael, qui occupait un poste important à la télévision — président d'une chaîne — et le frère de Leonora, Robin, celui au visage poupin et aux boucles blondes. Et au cœur noir, pensa Guy.

Il fut gêné quand elle annonça la nouvelle. Mais fier en même temps. Après tout, il était parti de rien, de moins que rien, alors qu'ils étaient tous allés à l'université, avaient grandi dans une atmosphère de famille heureuse et connu des gens influents.

— J'espère que tu as bien dit à Guy que toute chose de ce genre était hors de question, déclara Anthony.

On ne pouvait pas être plus condescendant. Condescendant et quel était cet autre mot que Rachel utilisait tout le temps ? Paternaliste.

Anthony avait l'air d'un gentil ours en peluche. Un visage poupin, des yeux rieurs. Jamais, à ce jour, Guy ne l'avait vu avec une expression pareille. Offensé. Choqué, vraiment. On eût dit que Guy venait de l'insulter au lieu de proposer un prêt de quarante mille livres à sa fille.

L'oncle, qui était une version plus massive, plus âgée et en quelque sorte plus pelucheuse d'Anthony, fit la moue et émit un léger sifflement. Robin déclara :

— Comment avoir une dame à sa botte en une leçon facile.

Le salaud. Guy l'avait toujours détesté.

— Je voulais simplement que vous soyez tous au courant, dit Leonora, parce que c'était tellement gentil de la part de Guy.

« Était » ? Qu'entendait-elle par « était » ? Il était quasi certain, jusqu'à maintenant, qu'elle allait accepter en dépit d'eux tous. Mais leur influence était trop forte pour elle.

— C'était une offre magnifique, poursuivit-elle, mais évidemment, je ne peux pas envisager de l'accepter.

Elle avait l'air tellement triste qu'il eut envie de la prendre dans ses bras et de l'embrasser.

Il n'avait pas lâché prise. Il l'avait pressée d'accepter l'argent au cours des semaines suivantes. C'est environ à cette époque qu'elle commença à trouver des excuses pour ne pas sortir avec lui, elle sortait de moins en moins avec lui. Pendant des années, il lui avait parlé quotidiennement, même si ce n'était pas facile de la joindre à Fulham où le téléphone était au rez-de-chaussée et partagé par environ huit personnes.

Une sorte de panique glacée l'envahit lorsqu'il la sentit se séparer de lui, plus encore qu'à l'époque où elle était partie à l'université. La vie ne serait pas possible sans elle. Parfois, un vide froid s'ouvrait devant ses yeux, un désert gris qu'elle avait quitté et où il restait seul.

— Que nous est-il arrivé ? lui demanda-t-il un jour, quand il fut plus endurci. Il redoutait tant sa réponse. Supposons qu'elle dise : « Je ne t'aime plus » ?

Elle ne le dit pas.

— Il n'est rien arrivé. Nous sommes toujours amis.

— Leonora, nous étions plus que des amis. Je t'aime. Tu m'aimes. Tu es ma vie.

— Je pense que nous devrions moins nous voir. Nous devrions davantage voir d'autres gens. Cette sorte de monogamie que nous vivons n'est pas très saine pour des jeunes.

Une expression de Rachel. Il croyait l'entendre.

— J'ai besoin de te voir.

C'était un samedi. Ils déjeunaient ensemble dans un restaurant français de Charlotte Street. Elle ne s'était pas encore entichée de ces idioties de régime végétarien, à l'époque. Il se rappelait parfaitement ce qu'elle portait, une robe de coton à rayures bleu foncé et vert foncé avec une ceinture marron et des ballerines marron. A cette époque, trois ans plus tôt, elle s'habillait encore bien.

— Je vais te dire ce qu'on va faire, avait-elle annoncé. Je déjeunerai toujours avec toi le samedi.

4

C'ÉTAIT UNE PLAISANTERIE. Du moins est-ce ainsi qu'il le prit au début. Elle ne pouvait pas avoir sérieusement pensé ça. Jamais il n'avait été autre chose que l'homme avec qui elle sortait et elle, la femme avec qui il sortait. La fille avec une chambre meublée et une voiture qu'il fréquentait avant de la rencontrer n'était qu'un souvenir confus, un fantôme. Leonora ne pouvait pas penser sérieusement qu'ils se verraient seulement comme des gens qui se retrouvent régulièrement pour un déjeuner d'affaires.

C'était très difficile de lui téléphoner, parfois personne ne répondait, d'autres fois c'était un des occupants de la maison qui décrochait et promettait de transmettre le message, mais oubliait ensuite. Deux jours passèrent sans qu'il lui parle et l'annonce qu'elle avait faite, sa déclaration d'intention, perdit de sa réalité. Il comprit qu'elle l'avait taquiné. Comment avait-il pu être assez bête pour se laisser bouleverser ainsi ?

Quand il parvint à la joindre, il lui demanda de l'accompagner au cinéma le lendemain.

— Tu as oublié notre arrangement ? demanda-t-elle.

Il sentit le froid l'envahir.

— Quel arrangement ?

— J'ai dit que je déjeunerais avec toi les samedis.

— Tu ne parles pas sérieusement, Leonora.

Elle était tout à fait sérieuse. Elle le verrait le samedi suivant. Où aimerait-il déjeuner ?

Cela se passait bien avant qu'il commence à se demander la raison de ce changement. Il n'avait même pas envisagé que ce pût avoir quelque chose à voir avec son offre de prêt ou la façon dont il gagnait sa vie, encore moins avec Corny Mulvanney. L'affaire Corny Mulvanney était alors vieille de six ou sept mois. Il se dit qu'elle était perturbée par le déménagement, les difficultés qu'elles avaient rencontrées, Rachel et elle, pour faire signer et transmettre les contrats, pour décider d'une date d'exécution. Dans un mois ou deux, lorsqu'elles seraient installées dans l'appartement de Portland Road, les choses seraient différentes. Elle lui reviendrait.

Certains diraient qu'elle n'était jamais partie. Il commença à se dire que c'était le cas. Il la voyait régulièrement, elle n'avait personne d'autre et lui, personne de sérieux, personne qui comptât. Il lui téléphonait tous les jours, beaucoup plus facile maintenant qu'elle avait un appartement et un téléphone bien à elle. Ils déjeunaient ensemble le samedi. Il entendait sa voix chaque jour et la voyait une fois par semaine. Il connaissait certains couples qui ne se voyaient pas si souvent que cela. Si vous allez raconter à quelqu'un que vous voyez votre petite amie une fois par semaine et lui téléphonez tous les jours, il vous répondra que c'est une affaire qui marche. Guy se rassurait ainsi, ce discours le réconfortait.

Mais un homme ne peut pas rester éternellement célibataire et il y avait d'autres filles. Naturellement. Il n'y en aurait pas eu si elle ne s'était refusée à lui. Qu'elle lui donne sa chance et il serait le plus constant des amants, le plus fidèle des maris. Il ne lui disait jamais pour les autres filles, elle ne cherchait pas à savoir et il ne lui demandait pas s'il y avait d'autres hommes dans sa vie. Mais il tenait pour acquis que, s'il devait nécessairement avoir une maîtresse parce qu'il était un homme, elle n'avait pas besoin de petit ami, elle pouvait se passer de vie sexuelle.

— Un excellent exemple du deux poids, deux mesures, disait Rachel au sujet d'un autre couple de leur connaissance.

Ce n'était pas exactement ça. Il avait recours à ce compromis parce qu'il ne pouvait affronter une réalité plus brutale. Il se persuadait qu'il n'existait pas de réalité plus brutale. Cela était la réalité : elle n'était pas très portée sur le sexe et, pour ce qui était de la compagnie, elle préférait celle des femmes. Mais elle l'aimait — pourquoi lui parlerait-elle tous les jours et déjeunerait-elle avec lui tous les samedis s'il en était autrement ?

Un jour, les choses changeront, pensait-il. Elle profite de sa liberté, elle aime s'assumer toute seule, faire son travail, joindre la corde par les deux bouts, appliquer ses principes absurdes. Et puis, un jour, la nouveauté de tout cela sera passée. Elle voudra se marier, toutes les femmes le désirent, et c'est lui qu'elle épousera. D'une certaine manière, c'était comme s'ils étaient fiancés, promis l'un à l'autre depuis l'enfance, ainsi que cela se pratique chez certains peuples d'Asie. De nos jours, les filles veulent faire leurs preuves, montrer qu'elles peuvent s'en sortir par elles-mêmes, comme les hommes. Il alla jusqu'à le dire un samedi où, après le déjeuner, il raccompagna Leonora dans son nouvel appartement.

L'escalier qu'ils durent gravir était inimaginable. Il n'aurait pas cru qu'il existât à Londres autant d'immeubles sans ascenseur. Rachel était là, vêtue d'un de ses attirails typiques, une vieille jupe provenant des soldes de Monsoon[1] (probablement les premiers soldes que Monsoon ait jamais organisés) et d'un chandail gris portant le sigle Oxfam (Oxford Committee for Famine Relief[2]). Il regarda leurs plantes en pot et leurs affiches, leur vaisselle provenant des puces et le canapé acheté sur le trottoir dans Sheperds Bush Road et, un instant plus tard, fit cette réflexion concernant les femmes qui veulent s'en sortir par elles-mêmes.

— Tu es un victorien, Guy, sais-tu, dit Rachel. Le dernier victorien. On devrait te mettre dans un musée. Au muséum d'Histoire naturelle, tu ne trouves pas, Leonora ? Ou au V & A[3]

— Non, vous ne m'avez pas compris, se défendit-il en essayant de garder son calme, apercevant son reflet dans un miroir piqué — un beau visage jeune, une silhouette élancée et athlétique. Un victorien, non mais, vraiment !

— Vous avez mal compris. Je pense que les femmes sont égales aux hommes. Je sais qu'elles ont besoin d'avoir une carrière, leur propre argent et un emploi qu'elles peuvent retrouver après leur mariage. Je sais ce que veulent les femmes.

Elles hurlèrent de rire. Elles se cramponnèrent l'une à l'autre en se tenant les côtes. Rachel sortit quelque chose au sujet de Freud. Il ne savait toujours pas ce qu'il pouvait y avoir de faux ou de stupide dans ses propos. Après un certain temps, cela ne le touchait plus beaucoup parce que c'était Rachel qui avait fait la remarque, pas Leonora. Et il se moqua de Leonora le samedi

1. Chaîne de magasins de vêtements bon marché. (N.d.T.)

2. La lutte du comité contre la faim dans le tiers-monde est financée notamment par les ventes de vêtements d'occasion dans les magasins Oxfam. (N.d.T.)

3. Victoria & Albert Museum. (N.d.T.)

suivant quand elle lui reprocha d'avoir dit que le problème de Rachel, c'était d'être envieuse.

Il traversait alors une période de certitude : elle finirait par l'épouser un jour. Qu'elle pût rencontrer quelqu'un d'autre ne l'effleurait jamais. Ou plutôt, quand cette possibilité l'effleurait avec un frisson semblable à la première gelée de l'automne, il lui téléphonait pour se rassurer. Non pour expliquer ses pressentiments, car ce n'étaient que des pressentiments, beaucoup moins solides que des soupçons, mais pour écouter sa voix et tenter d'y détecter quelque changement. Et les samedis, il l'observait et guettait les inflexions de sa voix, à l'affût de quelque infime altération. Elle était toujours la même, n'est-ce pas ?

Elle parlait, comme d'habitude, du bon vieux temps, de leur jeunesse, de sa famille et de ses amies, ce qu'elles avaient dit et fait. Rien de tout cela ne l'intéressait mais il aimait l'entendre parler. C'était curieux, vraiment, ce qu'elle disait de la conversation de ce William Newton alors qu'elle-même en avait si peu. Jamais un mot sur la télévision ou la musique, la dernière pièce à succès du West End, la mode ou le sport. Il essaya d'imaginer ce que contenaient ces fabuleuses conversations avec Newton, mais son imagination lui fit défaut.

Cela faisait maintenant une semaine qu'il l'avait vue avec Newton. Il se trouvait d'un côté de Kensington High Street, cette artère bourrée de passants et de voitures, se dirigeant à pied vers Church Street, et ils étaient sur le trottoir d'en face, main dans la main. Sa Leonora et un rouquin maigrichon, à peine plus grand qu'elle.

Main dans la main. Il avait senti le sang affluer à sa tête, son visage s'empourprer comme s'il était gêné, comme s'il avait honte. Il avait désespérément voulu qu'ils ne le voient pas et ils ne l'avaient pas vu. Plus tard, en prenant un verre chez lui, il y avait repensé. C'était un des chocs les pires qu'il ait connus dans sa vie, comparable à celui qu'il avait reçu le jour où cette femme était venue chez lui pour lui parler de Corny Mulvanney.

— Tu n'as pas l'air très en forme, dit Danilo.

— Je vais parfaitement bien.

D'abord, Guy se sentit offensé. Avec sa nouvelle veste de chez Ungaro et son chandail fin de Perry Ellis, il était plutôt content de son apparence. Il n'était pas dans ses habitudes de rester longtemps devant le miroir, un coup d'œil rapide suffisait pour capter l'image souhaitée — bronzage prononcé, une ombre sépia balayant la mâchoire énergique, les dents blanches, une touche de cheveux noirs. Et la silhouette, dure et musclée tout en restant mince. Mais le dernier coup d'œil, en quittant la maison dix minutes plus tôt, lui avait renvoyé quelque chose de différent, quelque chose de fatigué et d'usé peut-être, quelque chose de hagard.

— J'ai été un peu sous pression, admit-il. La migraine me reprend.

— Tu as besoin d'un fébrifuge.

— Qu'est-ce que c'est qu'un fébrifuge ?

— Dieu seul le sait. J'ai lu quelque chose là-dessus dans un article de Tanya. Elle est branchée sur tous ces trucs écolo. N'empêche, franchement tu n'as pas très bonne mine.

Ils s'étaient retrouvés dans un restaurant de cette zone luxueuse qui s'étend derrière Sloane Square. Danilo était un homme maigre, de petite taille, au faciès léonin, avec une grosse tête et des yeux brun jaunâtre comme ceux d'un animal, un petit carnivore féroce. Bien qu'il mesurât seulement un mètre soixante, soit quelques centimètres de moins que William Newton, Guy ne l'aurait jamais traité de nabot rouquin. Danilo portait un costume décontracté mais fort cher en seersucker quasiment noir, dont les manches roulées laissaient à dessein apparaître une doublure de soie bleue. Il avait une chemise bleue à fines rayures vert foncé mais pas de cravate. Ses deux bagues étaient en or blanc, l'une sertie d'un cabochon rond en lapis-lazuli, l'autre d'un bloc de jade carré. Quelques années auparavant, lorsque c'était encore possible, Danilo avait dirigé une affaire très rentable d'importation de jade impérial de Chine. C'était l'origine des boutons de manchette de Guy. Danilo n'était ni espagnol ni latino-américain. Son véritable prénom était Daniel, mais comme il n'y avait pas moins de cinq Daniel dans sa classe à l'école primaire, il s'était rebaptisé. Non content d'importer diverses substances illégales, Danilo était aussi un tueur à gages. Ou du moins Guy le croyait-il.

Le seul domaine dans lequel Danilo ne fut pas macho était l'alcool. Il prit un spritzer (vin blanc et eau gazeuse) dans un grand verre. Selon son habitude, Guy but plus qu'il ne mangea mais il mangea quand même, une belle tranche épaisse de filet de bœuf écossais très grillée à l'extérieur et bleue à l'intérieur qui leur fut présentée entière puis découpée avec maestria.

Danilo parla de la villa qu'il avait vendue à Grenade et de la maison qu'il avait achetée à Wye Valley, un château gallois entouré d'une dizaine d'hectares qu'il avait l'intention de meubler avec le contenu d'un manoir suédois baroque. La législation suédoise interdisait l'exportation à l'étranger de ces tables, chaises et tableaux, mais Danilo était en train de prendre des mesures pour la contourner. Ce n'était pas un homme particulièrement égocentrique et, s'il manquait de sensibilité, il n'était pas méchant avec ses amis. On ne l'avait pas invité pour parler de lui.

— Eh bien, comment va Celeste ? Ça marche toujours ?

Guy haussa les épaules. Toute allusion à Celeste le plongeait dans l'embarras.

— Et les œuvres d'art ? Cela te permet de garder le train de vie auquel tu es habitué ?

— Je n'ai aucun problème d'argent, Dan. Ce n'est pas un problème. Ce ne sera jamais un problème pour toi et moi, d'accord ?

Des années plus tôt, ils s'étaient confié mutuellement qu'un homme n'était que la moitié d'un homme s'il n'était pas capable de faire fortune.

— Alors, il s'agit de la petite miss Leo.

Guy n'aurait autorisé personne d'autre au monde à appeler Leonora « la petite miss Leo », mais cela ne le dérangeait pas trop de la part de Danilo. Celui-ci l'aimait également, d'une manière plus fraternelle évidemment, et s'il ne l'avait pas vue depuis des années, il conservait à son égard cette tendre considération qui est liée à la nostalgie du bon vieux temps. Elle s'était montrée plus habile à piquer des trucs sur les présentoirs des magasins Boots[1] qu'aucun des garçons de la bande. Une fois, en un seul raid, elle avait raflé une brosse à dents électrique, un séchoir à cheveux et une pochette de bigoudis chauffants. Cette évocation rappela à Guy le souvenir d'un autre vieil ami et l'aida à penser à autre chose.

— Tu as parfois des nouvelles de Linus ?

Danilo rit.

— Celui-là, il a mal terminé. Enfin, c'est ce que j'imagine car en fait, je n'en sais rien. Quelqu'un m'a dit qu'il était parti en Malaisie et qu'ils l'avaient pendu parce qu'il avait un peu d'herbe sur lui.

1. Équivalent de Monoprix. (N.d.T.)

— Tu crois ça?

— Non, je ne crois pas la plupart des choses qu'on me raconte. Qu'est-ce qui se passe avec Leonora, alors? Allons, raconte-moi, tu ferais mieux de parler franchement. Elle va se marier, c'est ça?

C'était déplaisant et obscène. Il répondit résolument :

— Elle ne ferait pas ça. Enfin, pas avec quelqu'un d'autre que moi. Je voulais te demander, Dan, je veux dire, si j'avais l'intention de...

Guy regarda autour de lui. Personne ne pouvait les entendre mais il baissa néanmoins la voix.

— Si je voulais me débarrasser de quelqu'un, pourrais-tu, euh, arranger le coup?

Les iris jaunes ne bougèrent pas, les pupilles, si. Elles semblèrent s'allonger, un tiret noir à la place d'un point noir. Danilo passa sa langue rouge sur sa fine lèvre inférieure.

— Le petit ami? demanda-t-il.

Guy en resta interloqué.

— Comment sais-tu qu'il y a un petit ami?

— Il y a toujours un petit ami. Tu veux qu'on l'élimine?

Une fois encore, Guy haussa les épaules d'un geste impatient.

— Je ne crois pas, je ne sais pas.

Il revit cette table au restaurant, remplaça la vieille Mme Chisholm par Maeve, Janice et son fiancé par William Newton.

— Il y a quelqu'un qui la dresse contre moi en lui versant du poison dans la tête, Dan, mais je ne sais pas qui. Je ne sais pas lequel d'entre eux. Je croyais savoir. Si je le savais, je... Seulement, je ne sais pas.

— C'est faisable, répondit calmement Danilo. Pour un ami, je pourrais obtenir un joli travail sans bavure moyennant trois mille livres.

— Et dix jolis travaux sans bavure pour trente mille livres? Je ne vais quand même pas m'offrir un massacre, n'est-ce pas? Je ne peux pas les rayer tous de la carte. Dan, je sais seulement qu'il y en a un qui la dresse contre moi, un ou deux tout au plus, un ou deux à qui elle veut plaire, avec qui elle veut être en accord. Ils lui ont raconté tous les mensonges qu'ils ont pu trouver sur mon compte.

— Ce doit être le fiancé.

— Je ne crois pas. *Je ne sais pas.* Seigneur, si je pouvais savoir ! Je suis vraiment stupide, Dan. Je t'ai fait venir pour rien. Je ne sais pas qui te désigner. Je t'ai fait venir pour rien.

— Le steak était magique, répondit Danilo. Je vais faire une entorse à mon règlement et prendre un petit Chivas Regal.

— Dan, pourquoi as-tu dit ça ? Pourquoi as-tu dit ça au sujet de Newton ?

— Qu'ai-je dit ?

— Tu l'as appelé « le fiancé ».

— Ce doit être toi qui as dit ça.

— Ce n'est pas moi. J'ai dit qu'elle n'était pas fiancée, qu'elle ne ferait pas ça. Je veux dire, ce Newton, il existe, bien sûr qu'il existe, mais c'est simplement un type qui sort avec elle, il ne représente pas plus pour elle que Céleste pour moi.

Danilo lui lança un regard sévère et pénétrant mais non dénué de gentillesse.

— Ah ! oui, je me souviens maintenant. C'est Tanya qui me l'a dit. Elle l'a vu dans un journal. Hier ou la veille. Elle m'a dit d'y jeter un coup d'œil, qu'il s'agissait peut-être de la Leonora Chisholm que je connaissais. Cela racontait les trucs habituels, annonce des fiançailles et mariage pour bientôt. Leonora Chisholm et William Newton. C'est comme cela que je connais le nom du type, ce doit être ça puisque tu ne me l'as jamais dit. Voilà pourquoi je pensais que c'était lui que tu voulais éliminer.

5

LE LIT À COLONNADES de Guy, laqué et surmonté d'un baldaquin de style chinois, avait été exécuté par la maison William Linnell en 1753. On pouvait croire que les dragons volants, recouverts d'une pellicule d'or, venaient juste de se poser sur les cornes écarlates et incurvées de son ciel en forme de pagode. Les rideaux étaient en soie jaune. Il y avait un lit quasi identique au Victoria & Albert Museum. Les murs de la chambre étaient tapissés de papier de soie Shiki. Il n'y avait pas de moquette sur le parquet de marqueterie mais des tapis chinois à motifs de dragons, de masque d'animaux et de nuages.

C'était un samedi matin à huit heures et demie et Guy se trouvait dans le lit à baldaquin en compagnie de Celeste Seton. Elle dormait encore mais il était éveillé et projetait de préparer du café, de manger quelque chose de léger, il ne savait pas encore quoi, avant d'aller passer une heure ou deux à son club de gymnastique. Guy regarda l'exquis visage de Celeste sur l'oreiller, un bronze précieux et délicat. Il s'avoua qu'elle était vraiment belle mais se refusa à penser davantage à elle. Dès qu'il pensait à elle, la culpabilité l'envahissait. L'idée d'aimer une femme et d'utiliser une autre à des fins uniquement sexuelles lui paraissait honteuse et répugnante.

Bien sûr, ce n'était pas exactement ça, la réalité était différente. Il avait toujours été honnête avec Celeste. Elle savait qu'il était amoureux de Leonora, ou il le lui avait dit, il n'avait rien caché. Ce n'était pas sa faute si elle l'avait mal compris.

— Cela ne me dérange pas, Guy chéri, pourquoi cela me dérangerait-il ? Je sais que je ne suis pas la première, ce serait de la folie de s'y attendre. Tu ne m'appartiens pas, c'est vrai ?

Il ne pouvait pas laisser passer cela.

— J'aime Leonora, j'en suis amoureux. Je ne peux pas envisager la vie sans elle. Je l'épouserais demain si je pouvais.

Elle lui avait souri.

— Mais oui, bien sûr. Tu déjeunes avec elle le samedi, tu passes une heure et demie en sa compagnie. Je crois que je peux le supporter. Si c'est cela, la concurrence, j'accepte.

Son père venait de la Trinité où les gens ont du sang indien. Sa mère était de Gibraltar. Son visage alliait des traits parfaitement européens et une couleur de bois de teck, et son corps était celui d'une Égyptienne peinte sur un vase. Elle était mannequin. La masse considérable de ses cheveux auburn foncé déferlait en longues vagues épaisses comme Dorothy Lamour dans un de ces films des mers du Sud tournés vers les années trente.

Quand Guy sortait avec elle, les hommes se retournaient sur son passage. Il pouvait jurer qu'une fois où il descendait l'escalier de Blake's derrière elle, il avait entendu un homme grogner comme un sanglier à sa vue. Alors que, s'il se promenait dans la rue avec Leonora — ou plutôt, à l'époque où il se promenait avec elle, ce qui n'arrivait presque plus jamais —, personne ne la regardait. Bien sûr, les ouvriers sur des échafaudages et ceux qui étaient en contrebas, affairés dans un regard, sifflaient sur son passage, elle était jeune et séduisante et avait de jolies jambes. Mais la circulation ne s'immobiliserait pas pour elle, personne ne s'arrêterait pour la regarder. Curieusement, cela ne faisait aucune différence. L'admiration frémissante, positivement palpitante, que suscitait Celeste et l'indifférence qui accompagnait l'apparition de Leonora n'exerçaient pas le moindre effet sur lui. Quelquefois, il pensait qu'il serait plutôt soulagé si Celeste lui disait : « Au revoir, tout cela fut très agréable mais j'ai rencontré quelqu'un d'autre. »

Il s'en voulait, c'était épouvantable, ce n'était pas juste. Mais qu'y pouvait-il ? Il n'avait pas demandé à Celeste de le poursuivre, il ne l'avait pas invitée à attendre son retour à la maison. Il ne lui avait même pas confié de clé. Elle avait subtilisé sa clé de secours pour en faire un double. Elle était amoureuse de lui, il était amoureux de Leonora et cela, de son propre aveu, le perturbait. Mais ce n'était pas aussi pénible pour elle que pour lui. Du moins ne la repoussait-il pas. Il ne la mettait pas à la porte, ne faisait pas changer la serrure, ne lui disait pas d'aller au diable, ne limitait pas leurs rencontres au déjeuner du samedi. Il était gentil avec elle, couchait avec elle, même s'il s'avouait parfois avec une certaine tristesse qu'il aurait pu s'en passer et pensait qu'il aurait dû ignorer son corps, obéir à son esprit et à son cœur, rester chaste comme un chevalier attendant sa dame.

Elle ne buvait pas de café. Il prépara du thé, posa une tasse sur la table de chevet à côté d'elle, lui effleura l'épaule et dit :

— Du thé, chérie.

Les yeux à demi ouverts, elle dit ce qu'elle disait toujours à son réveil.

— Bonjour, Guy chéri, je t'aime.

Elle mettait longtemps à s'éveiller, surtout si c'était un samedi, si elle était arrivée le vendredi soir et avait passé la nuit là. Guy se demandait parfois, sondant sa propre plaie, si elle répugnait à s'éveiller ces matins-là parce que le samedi était le jour-de-son-déjeuner-avec-Leonora, si elle avait besoin de remettre au plus tard possible le moment où elle prendrait conscience avec certitude de ce que la journée réservait. Peut-être n'en était-il pas ainsi, après tout, peut-être était-il seulement en train de projeter ses propres sentiments sur elle, de la juger par rapport à lui. Il n'y a rien de plus vil que d'essayer de jauger les émotions de quelqu'un qui vous aime lorsqu'on est soi-même fort peu épris, et cela, Guy le savait.

Il marcha jusqu'au Gladiators, le club de sport macho de Gloucester Road dont il était membre. Quarante-cinq minutes avec les haltères, puis le bain de vapeur, la douche froide, trente longueurs de piscine. Il décida de sauter le petit déjeuner, pourtant fort sain, du bar « jus de fruits et céréales ». La balance lui indiqua qu'il avait pris un kilo. Autant pour le commentaire de Danilo sur son état de santé.

Il n'était que 11 heures. S'il y avait pensé avant, il aurait pu aller au stand de tir de King's Road et s'entraîner pendant une heure mais il n'y avait pas pensé et il n'aimait utiliser que ses armes personnelles. Soudain, il n'eut pas du tout envie de rentrer à Scarsdale Mews. Celeste serait encore là. Et probablement au lit, les bras tendus vers lui. Il arrivait à supporter, quoique en grinçant, la plupart des choses inhérentes à sa situation entre Celeste et Leonora, mais pas de passer directement de l'une à l'autre, même si Celeste était au courant et que Leonora n'y verrait pas d'inconvénient.

Oh, mais était-ce bien sûr ? L'idée lui vint qu'il n'avait jamais vraiment dit à Leonora, en autant de mots, que Celeste était sa maîtresse, qu'elle passait souvent avec lui la nuit précédant leur rendez-vous du samedi, qu'elle l'aimait et jurait souvent qu'elle l'aimerait toute sa vie. Peut-être devrait-il essayer de le lui dire. L'idée que Leonora pût être jalouse lui donna le vertige. Il dut s'asseoir sur un banc dans le parc.

Aujourd'hui, ils avaient rendez-vous chez Cranks, l'établissement d'origine, dans Soho. Seul l'amour pouvait pousser Guy à mettre les pieds là-bas. Bien sûr, il n'était jamais allé chez Cranks mais il savait que c'était un restaurant végétarien et, à sa connaissance, on n'y buvait pas d'alcool. Ayant décidé de ne pas rentrer entre-temps et de laisser Celeste quitter la maison toute seule (elle lui téléphonerait sans doute plus tard, ce ne serait certainement pas la première fois), il se mit à marcher d'un pas incertain vers Hyde Park Corner. Peut-être arrêterait-il un taxi à Park Lane, à moins qu'il ne fît tout le trajet à pied.

Le ciel était d'une nuance de bleu délicate, parsemé d'un fin réseau de minuscules nuages qui ne parvenaient pas à arrêter les rayons du soleil. Celui-ci était tiède, délicieux, pas trop chaud. Pas la moindre brise ni la moindre morsure dans l'air. Sur sa gauche, les pelouses qui longeaient la Serpentine accueillaient du gibier d'eau, des canards à tête rousse et d'autres noir et blanc à long col, des oies bernaches et des oies à bec court, des tadornes à caroncule rouge, des colverts couronnés de satin vert. Un peu plus loin devant lui, à l'endroit où Rotten Row rejoint le bord de l'eau, un homme et une jeune femme jetaient aux canards des morceaux de pain contenus dans un sac en papier, ou plutôt, la fille les nourrissait tandis que l'homme se tenait légèrement en retrait, la regardant tout en essuyant ses lunettes de soleil avec un mouchoir en papier. Guy ralentit l'allure. La fille froissa le sac en papier et le fourra dans sa poche après avoir vainement cherché une poubelle du regard. Elle s'éloigna avec son compagnon. Ils avançaient sur Rotten Row, à vingt ou trente mètres devant lui, apparemment dans la même direction. Guy avait reconnu Maeve Kirkland et Robin Chisholm.

Tout d'abord, il fut simplement abasourdi qu'ils se connussent. Mais, après tout, rien n'était plus naturel. Robin était le frère de Leonora, un frère très « proche » de surcroît, et Maeve avait partagé un appartement avec elle ces trois dernières années. Ils ne se tenaient pas par la main et ils n'étaient pas blottis l'un contre l'autre, comme Leonora et le nabot rouquin. Rien n'indiquait qu'ils fussent amants ou même amis intimes.

Guy ne voulait pas être vu d'eux. Il les laissa prendre de l'avance sur lui. Si l'un d'eux se retournait, il couperait simplement à travers la pelouse pour rejoindre South Carriage Drive. Il se demanda où ils allaient et de quoi ils parlaient. Tous deux étaient vêtus de denim et portaient un tee-shirt, celui de Maeve d'un rose pourpre agressif, celui de Robin, blanc. En dépit de son nom, Maeve n'était pas irlandaise. C'était une grande blonde sculpturale, une sorte de Walkyrie qui dépassait Robin de trois bons centimètres alors qu'il mesurait déjà un mètre quatre-vingts. Il y a encore dix ans, cela gênait les femmes d'être plus grandes que les hommes avec qui elles sortaient (ou bien cela gênait les hommes). Si elle avait vécu dix ans plus tôt, Maeve aurait porté des talons plats et arrondi le dos. Aujourd'hui elle avait des talons hauts qui ne devaient pas être très confortables avec sa minijupe en jean, mais ce n'était peut-être qu'une impression. Ainsi chaussée, elle dominait Robin.

Maeve et Leonora n'étaient pas liées depuis l'enfance, l'école ou l'université. Rachel et Leonora avaient rencontré Maeve lorsqu'elles avaient passé une annonce pour trouver une troisième fille susceptible de partager l'appartement qui était beaucoup plus cher qu'il n'avait semblé au début. Elles avaient été horrifiées par le montant des mensualités à verser pour rembourser le prêt. Au lieu d'accepter l'offre qu'il leur réitérait, elles avaient abandonné l'idée d'avoir deux chambres et un living, transformé l'appartement en trois studios et cherché une locataire. Maeve, la candidate retenue, leur plut à toutes deux — un vrai mystère pour Guy — et devint leur amie, participant fréquemment aux dîners qu'elles donnaient dans l'appartement et aux déjeuners de famille et autres sorties collectives dont Leonora semblait si friande. Guy la trouvait autoritaire, bruyante et beaucoup trop grande. Autant que Rachel, quoique d'une manière différente, elle s'arrogea le droit de lui dicter quelles devaient être ses relations avec Leonora. Ce qui revenait à dire, pas de relations du tout. Elle était moins subtile et moins discrète que Rachel à ce sujet, mais plus grossière. Il y avait une expression chère à sa grand-mère qui pouvait, selon lui, très bien s'appliquer à Maeve : une harengère.

Cela faisait peut-être plusieurs années que Robin et Maeve sortaient ensemble. Leonora n'en avait rien dit mais il craignait qu'il existât beaucoup de choses, dans la vie de Leonora, dont elle ne lui dît rien. Il les regarda marcher devant lui, ralentissant l'allure maintenant à l'approche de Hyde Park Corner, quand soudain, Robin passa son bras droit autour des épaules de Maeve. Presque au même instant, comme si elle redoutait que quelqu'un, derrière eux, pût les voir et les critiquer, ou comme si elle avait senti sa présence, Maeve tourna la tête et regarda dans sa direction.

Il savait qu'elle ferait un signe de la main. Elle ne l'aimait probablement pas, il était même sûr qu'elle ne l'aimait pas, mais ils se connaissaient, avaient souvent été assis à la même table, se parlaient constamment au téléphone lorsqu'il appelait Leonora et que c'était elle qui décrochait. Il esquissa un mouvement du bras pour répondre à son signe mais elle le regarda durement et détourna la tête sans agiter la main. Guy éprouva un choc et une colère disproportionnés par rapport à l'incident. Il se sentit insulté. Les têtes de Maeve et Robin étaient si proches l'une de l'autre que leurs abondantes chevelures — celle de Maeve plus longue et plus blonde — paraissaient former une unique masse d'un brun doré éclatant, inondée de soleil, semblable à une grande fleur soyeuse. Et maintenant, éprouvant le besoin de se rapprocher davantage encore parce que Robin, sans aucun doute, appréciait les commérages malicieux qu'elle lui susurrait, Maeve lui enlaça la taille. Ils étaient imbriqués l'un dans l'autre, des siamois rattachés par la hanche. Il imagina ces commérages, des élucubrations sur la façon dont il gagnait de l'argent, des inventions concernant sa vie privée. Robin, qui fréquentait probablement les mêmes établissements nocturnes que lui, pouvait fort bien l'avoir vu avec Celeste. Ils étaient capables de tout raconter à Leonora, qui écoutait certainement ce que racontaient des gens de son âge et se laissait plus facilement influencer par leurs propos que par ceux de personnes ayant trente ans de plus qu'elle.

Lui, du moins, y serait plus sensible. Ainsi, un conseil ou un avertissement émanant de Danilo lui ferait plus d'effet que le même conseil ou avertissement prononcé par le père de celui-ci, un vieux bookmaker rusé. Et il tiendrait dix fois plus compte de l'avis de Celeste que de celui de… disons sa propre mère, si ils devaient jamais se rencontrer à nouveau.

Devant lui, le couple quitta Rotten Row pour s'engager sur le chemin qui menait à Serpentine Road et à la statue d'Achille. Maeve ne tourna plus la tête. Vu ce qu'il savait, il était possible qu'ils aillent retrouver Leonora quelque part pour prendre un verre avant le déjeuner, ils étaient en route pour la barder de mises en garde de sorte qu'à une heure, quand il la verrait, elle serait bien armée contre lui et pleine de méfiance. Il avait certainement commis une erreur en imputant à Tessa toute la responsabilité du changement, extérieurement du moins, des sentiments de Leonora à son égard. D'autres étaient tout aussi coupables, sinon davantage. Maeve et Robin étaient des ennemis encore plus dangereux.

Il était encore tôt. Guy revint sur ses pas, gagna Knightsbridge par l'Albert Gate et s'arrêta devant la vitrine de Lucienne Phillips [1] où il vit des vêtements qui auraient tous été sublimes sur Celeste et une robe de satin bleu foncé à jupe courte qui semblait avoir été conçue pour Leonora.

— J'imagine que tu as fait paraître ces sornettes dans le journal pour faire plaisir à ta famille, déclara Guy.

Il se trouvait avec Leonora chez Cranks, qui était bourré de monde. Ils n'avaient même pas pu bénéficier d'une table pour eux seuls. En fait, ils étaient coincés contre le mur, quatre filles très jeunes monopolisant la table, gloussant à voix haute en picorant mutuellement dans leurs assiettes et clabaudant sur des rivalités de bureau. Guy avait déjà reproché à Leonora d'avoir choisi cet endroit. Cela faisait très longtemps qu'il n'était pas allé dans un self-service. Il avait dû faire la queue pour obtenir sa nourriture — quiche et salade, ce qu'il y avait de moins agressivement végétarien au menu. Et puis il avait réussi à trouver un verre (trois en réalité) de vin.

Par la force des choses, ils parlaient à voix basse. Cela dit, les filles qui partageaient leur table ne leur prêtaient aucune attention. Leonora portait également l'uniforme des samedis d'été, un pantalon, un tee-shirt et des tennis blancs. Le pantalon était un jean bleu et le tee-shirt était bleu à rayures blanches et mauves. Un bandeau mauve séparait sa frange du reste de sa chevelure. Guy la trouvait jolie malgré cet accoutrement mais il aurait préféré qu'elle porte une robe pour déjeuner avec lui. A son grand soulagement, la première chose qu'il avait cherchée sur elle n'y était pas. L'absence de bague de fiançailles à son annulaire l'aida à formuler sa remarque.

Elle répondit d'une voix agréablement égale :

— S'il n'avait tenu qu'à William et moi, je pense que nous n'aurions pas pris la peine de passer cette annonce. Je ne pense

1. Boutique de prêt-à-porter de luxe dont les vêtements sont d'une élégance voyante. (N.d.T.)

même pas, à dire vrai, que nous nous serions « fiancés ». Mes parents le souhaitaient et les siens aussi. Ce n'est pas grand-chose, puisque cela leur fait tellement plaisir, n'est-ce pas ?

— Je vois, dit-il avec un petit rire. Je sais que tu agis toujours comme le veulent tes parents.

Elle ne le nia pas.

— Pourquoi as-tu appelé cela des sornettes, Guy ? Je t'ai dit que j'aimais William.

— Je qualifierai aussi cela de sornettes.

Il avait terminé son premier verre de vin. Leonora buvait du jus de pomme, le regardant par-dessus le bord de son verre avec une expression qu'il jugeait boudeuse. Il changea de sujet.

— Tu ne m'avais pas dit que Maeve sortait avec ton frère.

— J'ai dû penser que cela ne t'intéresserait pas.

— Tout ce qui te touche, même de loin, m'intéresse, Leo, tu devrais le savoir. Je les ai aperçus dans le parc. Ils marchaient devant moi. Est-ce que tu les as vus avant de me retrouver ?

— Comment ? A l'instant, tu veux dire ? Bien sûr que non, Guy ! Pourquoi donc ? Ils ne veulent pas passer leur samedi avec moi.

— Où habite-t-il maintenant ?

— En ce moment, il vit à Chelsea. Il vient juste de déménager. Je crois qu'il aimerait bien voir Maeve s'installer chez lui et peut-être le fera-t-elle après mon départ.

Il laissa passer. Les filles étaient en train de partir. La table était jonchée de reliefs de leur repas mais du moins pour l'instant, ils l'avaient à eux seuls. Il se pencha légèrement vers Leonora.

— Tes sentiments à mon égard n'ont pas vraiment changé, n'est-ce pas ? Tu éprouves toujours la même chose mais tu crois, ou l'on t'a persuadée de croire, que t'impliquer avec moi ne serait pas raisonnable, ne serait pas bon pour toi. C'est bien cela, n'est-ce pas ?

Elle parla avec précaution, choisissant ses mots.

— Je t'aime, Guy. Je t'ai toujours aimé et je crois que je t'aimerai toujours. Cela tient beaucoup à ce que nous avons été l'un pour l'autre du temps de notre adolescence.

Il eut l'impression que son cœur bondissait joyeusement, dansait dans sa poitrine. Il sentit le sang affluer à son visage. Il avança la main pour effleurer la sienne, qui reposait sur la table.

— Mais nous n'avons plus rien en commun, Guy, nous

n'aimons pas les mêmes choses. Je *hais* ce que tu fais pour gagner ta vie. Et avec le recul, je hais ce que tu as fait.

Cela le fit rire.

— Oh, allons ! Et toi, alors ? Je pensais l'autre jour au talent avec lequel tu piquais des choses. Tu te souviens comment nous nous en débarrassions le long de Portobello ?

Elle répondit d'une voix feutrée.

— Tu ne sais pas combien j'ai honte des choses que j'ai faites. Je me dégoûte rien qu'à y penser. Mais tu continues de croire que c'était bien, tu crois que n'importe quoi est admissible du moment que cela te fait gagner de l'argent.

La main de Leonora était plate et inerte sous la sienne, qu'il retira vivement, comme si quelque chose l'avait piqué, et regarda comme si elle allait enfler à l'endroit de la piqûre.

— Je ne fais plus rien d'illégal, déclara-t-il. Plus rien.

Pas depuis la mort de Corny Mulvanney, songea-t-il, mais il ne le dit pas, elle n'était pas au courant et plaise à Dieu qu'elle ne le fût jamais.

— Il ne s'agit pas seulement de choses illégales, il s'agit, enfin, de choses contraires à la morale. Oh, Guy, tu ne sais même pas de quoi je parle, n'est-ce pas ? C'est bien là le problème, nous ne parlons pas le même langage. Ton seul objectif dans la vie est de gagner plein d'argent et de vivre dans le luxe, d'avoir du pouvoir et de gagner de plus en plus d'argent. Et, de toute façon, tu ne peux pas effacer le passé en déclarant simplement que tu ne fais plus certaines choses. Quelqu'un m'a raconté que tu avais même été à la tête d'un racket de protection. Oh, Guy !

— Qui t'a raconté ça ? demanda-t-il, d'un ton glacé.

— C'est important ?

— Oui, j'aimerais savoir.

— Eh bien, c'est Magnus.

Il en était sûr ! Ne l'avait-il pas deviné ?

— Et alors ?

— Il agissait pour le compte d'un client, il lui cherchait un avocat, tu sais comment cela se passe, et cet homme était une sorte de criminel. Il a cité ton nom en relation avec un racket de protection à Kensal.

— Et Magnus te l'a dit ?

Il a dit qu'il ne pouvait pas s'agir du même Guy Curran mais maman a dit que c'était le même, évidemment que c'était le même, elle en était sûre.

— Tu écoutes ce que ces gens disent à mon sujet, n'est-ce pas, Leonora ? Tu les écoutes tous ?

Elle répondit doucement.

— Quoi qu'ils disent, cela ne changera rien à la situation. Nous sommes aux antipodes l'un de l'autre. Nous ne sommes pas *pareils*.

Il ne répondit rien à cela, mais déclara lentement, en traînant délibérément sur les mots :

— J'ai une petite amie superbe. Elle s'appelle Celeste. Elle a vingt-trois ans, travaille comme mannequin et est vraiment ravissante. Elle a passé la nuit dernière avec moi. Elle doit encore être à Scarsdale Mews, attendant mon retour.

L'espace d'un épouvantable instant, il crut que Leonora allait sourire et lui dire combien elle était heureuse, ravie pour lui, mais une ombre traversa son visage. Elle avait une expression figée, ses yeux bleu foncé le regardaient fixement, ses lèvres étaient pincées. Elle était jalouse ! Il le voyait bien, il ne pouvait pas se tromper.

— Est-ce une invention de ta part ?

— Ma chérie, si la question ne venait pas de toi, je le prendrais très mal.

Il avait conscience de reproduire ce qu'elle lui avait dit lorsqu'il avait exprimé son incrédulité au sujet de Newton. Comme ils étaient proches, vraiment ! Ils lisaient mutuellement dans leurs pensées !

— Je suis censé plaire aux femmes, lui dit-il avec un sourire. Appelle-la, vas-y, demande-lui. Téléphone à la maison.

Quelqu'un, une femme, lui avait dit un jour que l'on supporte difficilement les aventures de ses anciens amants. Même si on ne les aime plus, même si l'on a un nouvel amant, un véritable amour destiné à durer toute la vie, vous êtes quand même jalouse. La souffrance de la séparation perdure car vous êtes toutes paniquées à l'idée d'être plaquées, désireuses d'être la première et la seule ou du moins, à défaut de la première, la dernière. Mais il l'oublia en cet instant ou n'y pensa pas. Elle était jalouse. Sa Leonora était jalouse parce qu'il y avait une autre femme !

— Je suis très contente pour toi, Guy, dit-elle. J'espère que cela marche vraiment bien. Cela me fait grand plaisir.

Une pensée la traversa.

— Mais, Guy, cela ne la dérange pas que nous nous rencontrions ainsi ? Est-elle au courant ? Je veux dire, nous devrions peut-être arrêter si cela risque de lui déplaire.

— Bien sûr que cela ne la dérange pas, répondit-il, avec impatience. Si tu as terminé, on pourrait partir. Si on allait ailleurs, ne serait-ce que s'asseoir dans l'herbe de Soho Square ?

Il s'attendait à ce qu'elle refuse et pourtant, elle accepta.

— D'accord. Mais une demi-heure seulement.

Il se demanda ce qui allait se produire s'il lui prenait la main. Mieux valait ne pas courir le risque. Ils marchèrent côte à côte. Les nuages s'étaient dissipés et le ciel était devenu d'un bleu dur et intense. Il se surprit soudain à penser aux vacances qu'ils avaient envisagé de passer ensemble quatre ans plus tôt à la même époque. Ils devaient aller dans une des îles grecques les moins fréquentées et il avait espéré, sans évidemment le lui dire, que ce serait l'occasion de reprendre leurs relations sexuelles. La mer était d'un pourpre foncé, là-bas, et les nuits chaudes. Ils devaient descendre dans un merveilleux hôtel dont toutes les chambres étaient des paillotes bénéficiant chacune d'un sentier privé pour descendre jusqu'à la plage argentée. Elle lui reviendrait là-bas, elle retomberait physiquement dans ses bras, ils se marieraient peu après leur retour et tout serait oublié, le travail qu'elle devait commencer et le studio qu'elle devait partager avec Rachel.

Elle avait annulé moins de deux semaines avant le départ. C'était parce qu'il payait, prétendait-elle. Ce n'était pas bien, elle ne pouvait pas payer sa part, elle n'en avait pas les moyens et elle ne pouvait pas le laisser payer pour elle, aussi devaient-ils tout annuler. Encore aujourd'hui, y repenser lui causait une profonde souffrance. Selon sa philosophie, une femme reconnaissait l'amour d'un homme et l'amour qu'elle-même lui portait en le laissant payer. Le contrat entre eux consistait en une sorte de marché amoureux, même si ce n'était pas une façon agréable de dire les choses.

Il jeta un regard vers son profil égyptien, le tracé ferme de la bouche et du menton, le nez plutôt sévère, le sombre rideau de cheveux qui s'arrêtait à cinq centimètres de ses joues. Elle inclinait la tête comme si elle était perdue dans ses pensées.

— Tu ne pars pas en vacances cette année, n'est-ce pas ? lui demanda-t-il en pensant qu'il risquait d'être privé de ses samedis, d'en manquer deux ou trois.

— Pas exactement en vacances, répondit-elle. Je veux dire, nous partirons plus tard.

Son cœur sombra, chargé de plomb.

— Qui ça, nous ?

— J'ai essayé de te le dire le plus tard possible, Guy. Mais la situation est différente maintenant que tu m'as parlé de Celeste. Je me marie le 16 septembre. Ensuite, nous partirons en voyage de noces.

6

ENCORE CINQ SEMAINES.

Le mariage aurait lieu à la mairie de Kensington, l'habituelle cérémonie d'usage avec Maeve et Robin pour témoins. Ils n'étaient pas croyants. Le soir du mariage, le père de Leonora et sa femme donneraient une soirée en leur honneur. Anthony et Susannah vivaient à Londres, pas dans le *mews* de Notting Hill mais dans un appartement réparti sur deux étages d'une maison début XIXe de Lamb's Conduit Street qui avait appartenu à Susannah et à son premier mari. Le père et la mère de William Newton vivaient à Hong Kong. Ils n'assisteraient pas au mariage parce qu'ils devaient venir en Angleterre à Noël, mais sa sœur et son beau-frère seraient là.

Elle lui raconta tout.

— Ce n'est pas lui, cependant, n'est-ce pas ? Tu ne m'épouserais pas s'il était mort, par exemple, n'est-ce pas ? C'est autre chose.

— Il ne sera pas mort, Guy. Pourquoi le serait-il ? Il a trente ans et est en parfaite santé.

— Si je pensais que c'était lui, j'aimerais le tuer. J'aimerais le combattre, le provoquer en duel et le tuer.

— Ne sois pas ridicule.

— Sait-il tenir un fusil ? Non, ne dis rien. Je ne veux rien savoir de lui. Il n'est qu'un prétexte, de toute façon. N'importe quel homme mais pas moi. J'aimerais savoir pourquoi, Leonora. J'aimerais savoir ce qui s'est passé pour que tu sois montée contre moi.

Cette conversation n'eut pas lieu à Soho Square mais le

samedi suivant dans un restaurant dont, pour une fois, elle lui avait laissé le choix. C'était dans cette partie de Notting Hill que l'on appelle Hillgate Village, du côté sud de Bayswater Road. Leonora portait une robe. Il faisait chaud et sa robe était courte, taillée dans un tissu collant et diaphane, blanc avec des nuages de fleurs roses et mauves, resserrée à la taille par une ceinture mauve uni. Elle portait un collant blanc et des chaussures roses à talons plats. Elle avait accroché au portemanteau de l'entrée du restaurant son chapeau de fine paille blanche orné de rubans lilas. Après le déjeuner, elle devait aller au mariage d'un ami de William Newton et le fait d'en parler l'avait conduite à évoquer le sien.

Guy aurait aimé qu'elle s'habillât toujours ainsi. Il la désirait intensément. Il s'entendit la soumettre à un interrogatoire serré et se reprocha son ton brutal, ses questions réitérées. Mais il fallait qu'il sût. Elle lui lança un regard blessé, boudeur. Elle ne voulait ni dessert, ni fromage, ni café, de peur d'être en retard. Sous le feu de questions, elle répondit que rien ne s'était passé qui l'ait montée contre lui. Non, ce n'était pas son offre de lui acheter un appartement qui avait tout fait, rien n'avait « tout fait », cela avait été un phénomène progressif qui avait commencé à la fin de son adolescence. Elle s'était détachée de lui et espérait qu'il pourrait en faire autant.

— Tu étais jalouse quand je t'ai parlé de Celeste, je l'ai vu dans tes yeux. Cela signifie que tu m'aimes encore.

— C'est ridicule, Guy.

— En l'épousant alors que tu m'aimes encore, tu vas commettre un crime contre toi-même et contre moi.

Cela la fit rire. Il la trouva très cruelle mais comprit que c'était une défense. Si elle n'avait pas ri, elle aurait éclaté en sanglots. Ce rire résonnait durement, de manière bien peu féminine. Il y avait là plus de douleur que d'amusement.

Ensuite, elle alla au mariage du parent de William Newton, le laissant seul à table, en train de boire du cognac.

Maeve et Robin, Anthony et Susannah, Tessa et Magnus, Rachel Lingard... L'un d'eux, ou plusieurs d'entre eux avaient fait cela. Mais quoi au juste ? Ils l'avaient convaincue qu'il ne lui convenait absolument pas si bien que, cédant à leur pression, elle s'était jetée dans les bras du premier venu. Ils avaient probablement fourni le candidat, l'avaient trouvé et examiné, puis l'avaient présenté à Leonora.

Il lui téléphona, comme d'habitude, le dimanche, le lundi et le mardi. Il refusait d'admettre qu'elle pût réellement se marier le 16 septembre, mais, si une chose aussi impossible et néfaste devait arriver, seulement si, il était bien décidé à continuer de téléphoner tous les jours. Quelquefois, il s'imaginait le faisant encore quand ils seraient vieux, Leonora devenue une grand-mère grisonnante et lui, un millionnaire âgé, célibataire mais entouré de superbes maîtresses qu'il n'aimerait pas. Mais cela ne pouvait arriver puisque, un jour, pas forcément cette année ni l'année prochaine, mais la suivante ou celle d'après, c'est lui qu'elle épouserait. Il éliminerait tous ceux qui se trouvaient sur son chemin, qui se dressaient entre eux. Rachel répondit au téléphone le dimanche, Maeve le lundi et le mardi.

Rachel lui dit : « Je vais la chercher » et poussa un lourd soupir théâtral avant de lâcher une remarque qui le fit grincer des dents : « Elle a deviné qui c'était. Elle a eu cette sorte de prémonition que les gens dotés d'un psychisme développé éprouvent juste avant un accident de la route. »

Lorsqu'il demanda à parler à Leonora, Maeve lui répondit : « Est-ce vraiment indispensable ? »

Il était furieux.

— Bon sang, qu'est-ce que ça veut dire : « Est-ce indispensable ? » En quoi cela vous regarde-t-il ?

— Ne prenez pas ce ton, je vous prie. Ce n'est pas en vous montrant grossier que vous réussirez à parler à Leonora.

— Ah, non ? Je composerai ce foutu numéro jusqu'à ce que j'y arrive. Au fait, merci beaucoup pour m'avoir tourné le dos l'autre jour dans le parc. Vous avez d'exquises manières, votre petit ami et vous.

— Je ne vous ai jamais vu dans le parc, ni la semaine dernière ni aucune autre fois.

Elle s'éloigna et Leonora prit le récepteur. Le lendemain, Rachel décrocha à nouveau et déclara que tout abonné pouvait demander à la poste de modifier son numéro d'appel, était-il au courant ? Il ne répondit pas.

— Alexander Graham Bell porte une lourde responsabilité, conclut-elle.

Elle le détestait vraiment, il y avait du venin dans sa voix. C'était extraordinaire, la façon dont ces femmes, Tessa, Rachel, Maeve, pensaient être loyales avec Leonora en la dressant contre lui alors qu'en réalité le meilleur cadeau qu'elles pouvaient lui faire était de l'encourager à se marier avec lui, ce qui lui garantirait, sans compter l'aspect affectif et romantique, un avenir libre de tout souci financier et une vie heureuse dans le luxe.

Guy ne restait jamais chez lui le soir. Qu'y aurait-il fait ? Il n'avait pas amassé une fortune pour rester à la maison et manger des plats tout préparés en regardant des bandes vidéo. Susannah Chisholm, qui s'était toujours montrée plus gentille avec lui que le reste de cette bande, avait un jour raconté l'histoire d'un homme, rencontré à New York, qui affirmait n'avoir jamais dîné chez lui depuis qu'il était installé à Manhattan. Les autres personnes présentes avaient ri et exprimé leur incrédulité mais Guy, sans pour autant l'avouer, s'était demandé pourquoi on en faisait une telle histoire vu que lui-même, depuis son emménagement à Scarsdale Mews, n'y avait jamais dîné non plus. Sortir le soir signifiait boire dehors, dîner dehors et aller dans un club pour boire à nouveau.

Il allait rarement au théâtre, mais quelquefois au cinéma pour faire plaisir à Celeste. Ayant résolument refusé de voir *Femmes au bord de la crise de nerfs* au Lumière, il avait consenti à *Paris by Night* au Curzon West End.

Préférant l'un et l'autre dîner après le spectacle, ils avaient choisi la séance de 18 heures 55 et étaient sortis du cinéma à 21 heures. Guy avait réservé une table dans un restaurant de Stratton Street qu'il affectionnait particulièrement et où Leonora n'aurait jamais accepté qu'il l'invite à déjeuner. Après une journée aussi chaude que les précédentes, la soirée était tiède, sans un brin d'air. Celeste portait une robe en broderie anglaise blanche, courte et collante, mais cela ne se voyait pas trop car elle était extrêmement mince. Elle était chaussée de sandales à lanières de cuir bicolores, blanc et or alterné, portait des bracelets verts et blancs aux deux bras, et chacune de ses minuscules nattes — il y en avait au moins une cinquantaine — se terminait par une pointe dorée. Guy avait un costume de lin beige clair virant légèrement sur le gris, une chemise à col ouvert de couleur chocolat amer, une ceinture de cuir tressé gris et des tennis blancs bordés de cuir gris. Quelques heures plus tôt, il s'était dit qu'ils formaient un beau couple mais ce n'était qu'une opinion, cela ne lui procurait aucun plaisir particulier.

En sortant de la salle, il vit Leonora et William Newton devant eux. Bien qu'il ait parlé à Leonora dans l'après-midi, il n'en éprouva pas moins à sa vue ces sensations extraordinaires et caractéristiques qui étaient encore plus fortes dans les rares occasions où il la rencontrait par hasard. Il eut l'impression que son cœur s'arrêtait de battre, puis que les battements reprenaient, pas plus rapides mais plus forts. Les gens autour d'eux — une foule considérable de gens jeunes, ou très jeunes, pour la plupart — qui lui avaient paru séduisants et colorés, voire dignes d'être regardés, avant qu'il ne l'aperçût, se réduisaient maintenant à des ombres sans visage, des morts peut-être, ou des acteurs de complément dans un vieux film en noir et blanc. Seuls lui et elle existaient en ce monde.

Cette sensation dura quelques instants. Quand les gens eurent à nouveau un visage, lui et Celeste, elle et Newton, étaient arrivés sur le trottoir. Leonora tourna la tête et le regarda en face. Elle était contente de le voir, il le savait. Elle sourit — ce joli sourire soigneusement maîtrisé — et, prenant Newton par la manche, vint dans leur direction.

— Guy, s'exclama-t-elle, tu ne m'avais pas dit que tu irais au cinéma !

— Toi non plus. Voici Celeste. Celeste, Leonora.

Il n'était pas question de prononcer le nom de Newton.

— Voici William.

Bien qu'il l'aimât tant, il devait admettre qu'elle avait l'air affreuse. Un couple de hippies rescapés des années soixante, voilà ce qu'ils auraient pu être. Newton portait un pantalon de coton kaki à fond large de chez Dirty Dick et un tee-shirt qui avait dû être bleu ciel avant de passer une bonne centaine de fois à la machine à laver en compagnie de vêtements bleu marine et rouge. Sa robe était un des modèles les moins réussis de Laura Ashley, acheté sans doute en solde trois ou quatre ans plus tôt, en viscose imprimée bleu roi et blanc aujourd'hui passée ou déteinte au lavage, avec un élastique à la taille et des manches courtes qui ne l'étaient pas assez et un ourlet qui flottait à mi-hauteur de ses affreuses bottes de cuir rouge éraflé. Guy était ravi. Une femme qui s'habillait ainsi pour sortir avec un homme ne devait pas beaucoup tenir à lui.

Il leur parla du restaurant de Stratton Street et proposa qu'ils se joignent à Celeste et lui. Newton répondit qu'il pensait que non, merci. Guy haussa les sourcils. Eh bien, avaient-ils dîné ou pas ? Il fallait pourtant qu'ils mangent.

Guy crut apercevoir l'ombre d'un sourire sur le visage de Newton quand il fit cette remarque, mais pourquoi ? Newton était plus grand que dans son souvenir, il n'était pas particulièrement petit, mais le faciès chevalin et les cheveux roux correspondaient exactement à son souvenir. Et, en plus, il portait des lunettes. Guy pensait que tout individu jeune ayant une once de respect de soi devait porter des verres de contact s'il avait des troubles de la vision.

— Nous avons dîné à la maison avant le film, Guy, expliqua Leonora.

— Il y a des heures de ça.

— Nous allons vous accompagner et commander quelque chose de pas cher, dit-elle. Nous prendrons des pâtes, juste un plat.

Elle avait envie d'être avec lui ! Maintenant qu'ils s'étaient rencontrés, elle ne pouvait pas supporter de rentrer directement ! Elle le voyait en face de Newton. Et elle le voyait avec Celeste. Soudain poussé par un élan de sympathie et d'affection envers Céleste, il lui prit la main. Le geste n'échappa pas à Leonora qui regarda leurs mains jointes mais ne prit pas celle de Newton. En arrivant au restaurant, les deux femmes allèrent directement aux toilettes. Il se retrouva seul avec Newton et se prépara pour une lutte ou le silence.

Mais Newton, dont Leonora avait dit pendant le déjeuner de samedi qu'il était quelque chose à la BBC, producteur de documentaires sur les questions sociales ou un autre truc tout aussi ennuyeux, se mit à parler du film qu'ils venaient de voir. Il demanda à Guy s'il l'avait apprécié et pourquoi. Le film n'avait pas beaucoup plu à Guy mais il trouvait difficile de dire pourquoi, aussi changea-t-il de sujet en demandant à Newton s'il aimait Paris, s'il y était allé récemment et s'il aurait aimé y être pour le bicentenaire de la Révolution. Il alluma une cigarette car cela l'aidait à se concentrer.

Newton ne balaya pas la fumée de la main, ne fit aucun geste de cette sorte, mais il déplaça légèrement sa chaise. A la surprise de Guy, il commanda un verre, un gin-tonic comme lui et non la bière sans alcool à laquelle on pouvait s'attendre. Il était allé à Paris au printemps, dit-il, pour voir l'exposition Gauguin qu'il entreprit de décrire et de vanter. Guy se demanda si c'était une façon de l'attaquer, une critique dédaigneuse de son entreprise de toiles originales peintes à la main. Newton réalisa qu'il l'ennuyait et cessa de parler de Gauguin, ajoutant que Paris devait être plein de monde et que, de toute manière, il se rendait généralement en Écosse pendant deux ou trois semaines en août, mais qu'il ne le ferait pas cette année.

Guy savait pourquoi il ne le ferait pas cette année. Pourquoi il croyait qu'il ne le ferait pas. Mais où étaient donc passées les femmes ? Cela faisait dix minutes qu'elles avaient disparu. Peut-être étaient-elles en train de s'arracher les yeux à son sujet. L'Écosse en août ne signifiait qu'une seule chose, autant qu'il sût. Il fallait qu'il trouve un sujet de conversation.

— Vous chassez, c'est ça ?

— Seulement pour me défendre, dit Newton, et aucune grouse ne m'a encore attaqué.

Celui qui avait dit que le sarcasme était la forme d'esprit la plus vile avait raison, songea Guy.

— Il est étonnamment plus facile de devenir un bon fusil que vous ne le croyez. C'est une expérience très satisfaisante que d'abattre son premier oiseau.

— Si vous considérez la situation sous cet angle, oui, j'imagine que oui. Vu la bande irréductible de demeurés qui y excellent, ce doit être vrai. Je n'aimerais pas tirer des oiseaux ou des animaux. Le fait qu'ils aient été élevés dans cette perspective rend la chose pire encore.

— Qu'est-ce que vous aimeriez tirer, alors ? Des gens ?

Guy rit plutôt bruyamment de sa propre plaisanterie.

— J'ai réussi à vivre trente ans, et plutôt heureux, sans tirer quoi que ce soit, Guy, et j'espère pouvoir continuer pendant trente ans encore. Faire bang-bang en apportant la mort autour de moi ne me paraît pas attirant.

— Un homme doit être capable de tenir un fusil, dit Guy. Je suis membre d'un club de tir. Évidemment, nous tirons sur des cibles.

Newton inclina imperceptiblement la tête, comme le ferait une personne qui s'ennuie et ne veut pas être discourtoise mais n'est pas très concernée. Guy poursuivit :

— Cela fait longtemps que les filles ont disparu.

Nouveau hochement de tête de Newton. Guy ne savait pas pourquoi il y avait pensé, mais, en y réfléchissant, il sentit une vague d'excitation inexplicable l'envahir.

— Vous avez déjà fait de l'escrime ? demanda-t-il.

Newton se tourna alors pour le regarder bien en face. Il fixa sans sourciller les yeux de Guy. Le sourire avait réapparu, imperceptible, quelque chose dans les yeux et à l'intérieur de la tête plutôt que dans le mouvement des lèvres. Guy vit que ces yeux, qu'il aurait crus gris ou brun-gris dans son souvenir, étaient en réalité bleu-gris, de la nuance qui évoque le moins le monde animal.

Il prit son temps pour répondre :

— A l'école.

— A l'école ?

— Et encore un peu par la suite. Vous êtes membre d'un club d'escrime, n'est-ce pas ?

— Moi ? Non, pourquoi ? Je devrais ?

Guy savait que Newton le cherchait et n'était certainement pas disposé à se laisser faire. Il allait répéter sa question quand Leonora et Celeste réapparurent. Elles avaient toutes les deux l'air enchanté, constata Guy. Leonora demanda de quoi ils avaient parlé et Newton répondit avec un large sourire que leur conversation avait porté sur les arts martiaux.

Ils passèrent leur commande, Leonora et Newton s'en tenant à leur décision de prendre des pâtes malgré tous les efforts déployés par Guy pour inciter Leonora à changer d'avis. Ce que Newton mangeait lui était indifférent. Ce n'était pas tout à fait vrai car il aurait vraiment aimé le voir avaler du poison, un aliment saupoudré de cyanure par exemple, ou infecté par l'une de ces bactéries à la mode genre listeria ou salmonelle, et rouler par terre en gémissant aux pieds des femmes, la bave aux lèvres. Il haïssait Newton, son sourire, ses yeux froids et intelligents. Il continuait à parler d'escrime, ou plutôt des combats assortis de prix de l'ancien temps, aux XVIe et XVIIe siècles, avant l'époque de la boxe à poings nus, quand les hommes s'affrontaient en public avec des lames émoussées, et parfois acérées. Guy estimait que ce n'était pas un sujet à aborder à table, surtout en présence de dames.

C'était donc un exemple de la fameuse « conversation » de Newton. Apparemment, il possédait une paire de sabres qui, disposés en croix, ornaient un mur de son appartement de Camden Town. Il songeait à les vendre, Leonora n'en voulant pas dans leur futur foyer. Guy aurait bien aimé savoir quel endroit ils avaient en tête mais il n'allait sûrement pas le demander. Celeste, elle, posa la question.

— Je vends mon appartement. Leonora vend sa part à l'amie qui possède déjà la moitié du leur.

— La grand-mère de Rachel vient de mourir. Elle lui a laissé un peu d'argent, aussi va-t-elle racheter ma part, dit Leonora. Nous ne sommes pas pressées, cela dit. J'habiterai chez William en attendant.

Pourquoi est-ce que personne ne lui disait jamais ces choses-là ? Pourquoi le maintenait-on dans l'obscurité ? C'était stupéfiant que Rachel se donne la peine de travailler, vu la façon dont ses proches mouraient les uns après les autres en lui léguant de gros paquets d'argent. Son steak arriva, un énorme morceau de viande rouge. Il s'imagina que Newton le considérait d'un air narquois mais, en levant les yeux, il vit que l'autre lui tournait le dos et disait quelque chose à Celeste. Guy buvait beaucoup. Personne ne voulant plus de vin, il termina la deuxième bouteille et se mit à boire des petits dry Martini sans glace, alors qu'il faisait si chaud.

Avant l'arrivée de l'addition, Newton se pencha vers lui et annonça qu'ils allaient partager.

— Absolument pas, dit Guy. Je vous ai invités.

— Je t'en prie, Guy, supplia Leonora, nous préférerions.

— Il n'en est pas question, je ne pourrais nourrir cette idée un seul instant.

— Eh bien, merci de nous avoir nourris, alors, dit Newton, se levant aussitôt pour disparaître en direction des toilettes.

S'agissait-il d'une pique contre lui parce qu'il avait utilisé une expression qu'un génial connard comme Newton pouvait juger incorrecte ou démodée ou stupide ou tout ce que des gens comme lui pouvaient penser ? Il eut aussitôt la certitude que Newton, voulant le doubler, s'était faufilé jusqu'au serveur pour payer sa part avant qu'on n'apporte l'addition à Guy. Que cela ne fût pas le cas, que l'addition fût bien pour eux quatre, le surprit énormément. Qu'est-ce que ce type était en train de manigancer ? A quel jeu jouait-il ?

Il fallait maintenant trouver un taxi. Leonora semblait épuisée. Elle n'avait pas l'air d'avoir passé une bonne soirée mais plutôt d'avoir traversé une épreuve, Dieu sait pourquoi. Évidemment, c'était la première fois qu'elle les voyait ensemble, Newton et lui. Serait-elle en train d'avoir, après ce qu'elle avait vu, une arrière-pensée — quelle idée sublime ! — concernant Newton ? Si elle les avait comparés, Newton n'avait évidemment pas été à la hauteur.

— Si vous allez vers le nord, dit-il à Newton, pourquoi ne prenez-vous pas le premier taxi ? Leonora peut venir avec nous et nous la déposerons sur notre chemin.

— Ce n'est pas possible, Guy, j'habite chez William jusqu'à vendredi. Et nous ne prendrons pas de taxi, nous irons en métro.

— De Green Park à Warren Street, puis on remonte la Northern Line, dit Newton, d'un ton satisfait et détaché. On ne fait pas plus simple. Bonne nuit. Bonne nuit, Celeste, j'étais ravi de vous rencontrer.

Dans le taxi, Guy dit :

— J'aurais dû lui demander son numéro de téléphone. Si elle habite chez lui, je ne vais pas pouvoir lui parler demain.

— Regarde dans l'annuaire, proposa Celeste.

— Oui, il doit être dans l'annuaire. De quoi a-t-elle parlé pendant ce temps interminable que vous avez passé aux toilettes ?

— De choses et d'autres. Elle a parlé de nous, et de William.

— Il est plutôt antipathique, dit Guy.

— Il m'a bien plu. Je l'ai trouvé charmant.

— Mais tu ne peux pas imaginer une femme tombant amoureuse de lui, n'est-ce pas ? C'est une idée ridicule.

— Je vais te raconter ce qu'elle m'a dit, si tu veux. Elle m'a dit qu'elle était vraiment contente de te voir si heureux avec moi. Elle m'a dit que j'étais magnifique et que tu avais de la chance de m'avoir et qu'elle était sûre que tu étais conscient de ta chance et qu'elle espérait que nous serions très, très heureux ensemble. Tu veux savoir ce qu'elle m'a dit d'autre ?

— Pas vraiment. Cela ne me semble pas très inspiré. J'imagine que tu ne veux pas rentrer avec moi, n'est-ce pas ? Pas si tu dois te lever aux aurores à cause de cette pub pour l'Oréal ? Veux-tu que je demande au chauffeur de remonter Old Brompton Road ? Celeste, tu n'es pas en train de pleurer, j'espère ? Pour l'amour du ciel, quelle raison y aurait-il de pleurer ?

Guy sombra très vite dans le sommeil et rêva qu'il combattait William Newton à l'épée. Ils étaient dans Kensington Gardens, sur la pelouse de l'Albert Memorial, en dessous de Flower Walk. C'était au petit matin, le soleil n'était pas encore levé et il n'y avait personne en dehors d'eux et de leurs témoins. Son témoin était Linus Pinedo, et celui de Newton, un homme dont Guy ne pouvait pas voir le visage parce qu'il était dissimulé derrière un masque d'escrimeur. Guy avait fait pas mal d'escrime quatre ou cinq ans plus tôt, puis avait abandonné en faveur du squash qui était si rapide et où l'on se dépensait beaucoup plus. Mais dans son rêve, il était excellent, telle une vedette des années trente dans *Le Prisonnier de Zenda*.

Son propos était seulement de blesser Newton, mais assez gravement si possible, or l'homme était à l'évidence terrifié et quasi incapable de construire sa défense. Guy, avec l'intention de porter une attaque au bras gauche de Newton — celui-ci, du moins dans le rêve, était gaucher — se fendit en avant, exécutant une figure nommée « balestra », et enchaîna avec une flèche ultrarapide qui transperça d'un seul mouvement fulgurant le cœur de Newton.

Newton n'émit aucun son mais s'affaissa sur ses genoux, laissa choir son arme, ses deux mains cramponnées à la taille de l'épée de Guy. Il tomba sur le flanc dans l'herbe verte, maintenant éclaboussée de sang. Le râle de la mort franchit ses lèvres blêmes et il rendit l'âme dans les bras de l'homme masqué. Guy retira son épée, qui sortit limpide et étincelante.

Linus plongea son regard dans celui de Guy et lui dit : « Cela va te donner de l'air, mon vieux. Tu vas avoir le temps. »

Guy se sentit heureux, il éprouva un immense soulagement. Newton était mort et Leonora ne pourrait pas l'épouser. Maintenant, il avait tout loisir de découvrir le calomniateur qui avait empoisonné son esprit en la dressant contre lui. Il se pencha au-dessus du mort, éprouvant de la gratitude pour lui, presque de la sollicitude. L'homme mystérieux enleva son masque d'un geste vif, révélant son identité à Guy qui se mit à trembler, horrifié. Il s'agissait de Corny Mulvanney.

Le lendemain matin, encore ébranlé par son rêve, Guy chercha le numéro de Newton dans l'annuaire téléphonique, trouva son adresse à Georgiana Street, qu'il localisa dans le répertoire *ABC* des rues de Londres. La phrase de Linus dans le rêve lui revint à l'esprit : en se débarrassant de Newton, il gagnerait du temps. Newton ne représentait peut-être pas une menace sérieuse en tant qu'homme mais il était *là,* et Leonora devait l'épouser le 16 septembre, assurément vouée à regretter très vite le pas franchi, mais alors il serait trop tard. La chose dont on pouvait se réjouir, c'est qu'il était relativement facile de divorcer.

Pourquoi Corny Mulvanney lui était-il apparu dans son rêve ? Si Guy avait hérité peu de chose de sa bonne à rien de mère, et appris moins encore, du moins avait-il porté en lui, au cours de toutes ces années et de tous ces changements, quelques-unes de ses superstitions. Aujourd'hui encore, il ne passait jamais sous une échelle. On avait fait effectuer plus d'un détour protecteur à sa poussette délabrée, mettant souvent l'enfant au visage barbouillé qui l'occupait à la merci des voitures passantes. Il touchait du bois lorsqu'il était inquiet, jetait du sel par-dessus son épaule gauche quand il en avait été renversé. Il faisait confiance aux présages tout en affirmant qu'il n'y croyait pas. Il identifiait les prémonitions dans de vagues et soudaines appréhensions. L'apparition totalement inattendue de Corny Mulvanney dans son rêve, chose qui ne s'était jamais produite auparavant, jamais il n'avait rêvé de Mulvanney, était un présage évident. Que pouvait-ce être d'autre ?

Il commença à se demander si quelqu'un avait pu parler de Corny Mulvanney à Leonora. A première vue, c'était improbable. Très peu de gens étaient au courant. Bien entendu, des centaines, des milliers de gens savaient qui il était et ce qui lui était arrivé, même si la plupart avaient probablement oublié depuis, mais seulement cette femme et lui connaissaient son lien avec la mort de Mulvanney.

La police savait. Correctif — on l'avait dit à la police. Ce n'était pas pareil. Ils n'avaient rien trouvé, ils avaient probablement fini par ne pas la croire, ou alors ils savaient que c'était impossible à prouver.

Il n'oublierait jamais le nom de cette femme, personne ne pouvait oublier un nom pareil, elle s'appelait Poppy Vasari. Elle avait menacé de le dire à tous les gens qu'elle connaissait. Mais quel intérêt pouvait-il y avoir à le dénoncer comme celui qui fournissait du L.S.D. à Mulvanney, si son nom ne signifiait rien pour personne ? A la police, ça, c'était une autre affaire.

Mais admettons qu'elle ait mis sa menace à exécution et qu'elle en ait parlé à des amis et à des connaissances, en donnant sa description ? « Un homme brun, beau, très jeune. » Il n'avait que vingt-cinq ans à l'époque. Ou encore « Très à l'aise financièrement, comme le sont ces gens, habitant l'une de ces jolies maisons dans un *mews* de South Ken. » De tels détails auraient suffi à éveiller les soupçons de quiconque le connaissait, même très peu. Robin Chisholm par exemple, ou Rachel Lingard. Supposons qu'alors ils aient demandé son nom ? Poppy Vasari le leur aurait dit, bien sûr qu'elle le leur aurait dit. Elle n'avait rien à perdre.

Ensuite, ils en auraient parlé à Leonora.

On ne pouvait trouver de moyen plus sûr pour la détourner de lui. Cela faisait quatre ans. Environ l'époque où elle avait commencé à changer radicalement d'attitude à son égard, à renoncer à leurs vacances, à décliner ses invitations, à se *sevrer* progressivement de lui, à refuser l'argent qu'il lui proposait pour l'achat de l'appartement. Et, une fois installée dans l'appartement, à cesser complètement de sortir avec lui le soir, à cesser de l'embrasser (sauf de la manière dont elle embrassait Maeve, sur les deux joues), à envoyer les autres décrocher le téléphone quand il l'appelait, à accéder graduellement à la situation actuelle, coup de téléphone quotidien et déjeuner du samedi.

A 10 heures, il composa le numéro de téléphone de Newton. Leonora répondit. Il y eut un instant de silence quand elle entendit qui c'était, puis elle se mit à parler gaiement, comme si elle était réellement contente, lui demandant comment il allait, disant combien ils avaient apprécié la soirée de la veille et aimé rencontrer Celeste.

— Où aimerais-tu déjeuner samedi prochain ? lui demanda-t-il.

— Où tu voudras, Guy. Chez Clarke's, si cela te fait plaisir. Après tout, il ne nous en reste que quatre.

7

CERTAINS DE CEUX qui y travaillaient l'appelaient l'« usine », avait-on raconté à Guy, mais pour lui, c'était toujours l'« atelier ». Il se trouvait à Northolt, dans Yeading Lane. Guy s'y rendait généralement en voiture, toutes les deux semaines, pour voir comment évoluaient les choses. Ses autres affaires, l'agence de voyages et le club de Noel Street, marchaient très bien sans lui, et s'il faisait parfois un tour au club, c'était pour le plaisir.

Tessa, la diplômée des beaux-arts, avait qualifié l'atelier de bagne sans l'avoir jamais vu, évidemment. De toute façon, c'était un mensonge manifeste car les gens que Guy appelait sa force de travail peignaient dans des locaux propres, clairs et aérés, très spacieux, n'avaient pas des horaires de travail particulièrement chargés et étaient plutôt bien payés. Il aurait pu leur donner davantage parce que les tableaux se vendaient mieux qu'il ne l'aurait jamais imaginé, mais, quoi qu'il en soit, ils gagnaient plus d'argent que s'ils avaient enseigné, plus que Leonora par exemple. Il envisageait même sérieusement d'ouvrir un deuxième atelier pour répondre à la demande.

Ils ne semblaient pas gênés quand il les regardait travailler par-dessus leur épaule. C'était probablement, comme il le leur avait confié sans détour, parce qu'il n'y entendait rien en peinture mais admirait leur travail. Il s'arrêta pour observer une jeune Indienne très douée qui avait étudié à la Saint Martin's School of Art. Elle était en train de peindre des larmes sur les joues d'un petit garçon éploré. L'habileté dont elle faisait preuve était stupéfiante. Les larmes avaient l'air vraiment humides !

Comme de véritables gouttes d'eau, comme si quelqu'un avait légèrement éclaboussé le visage peint. Et puis elle avait réussi à donner à l'enfant un air plus doux que d'habitude, plus triste. Guy se voyait presque à sa place, évoquant le temps où il manquait de tout à Attlee House.

Ce que Tessa, et dans une moindre mesure Leonora, voulaient dire quand elles affirmaient que ce que l'on faisait ici était moralement et — il y avait un autre mot, ah oui, « esthétiquement » — blâmable, demeurait un mystère total pour lui. Effectivement, ses artistes devaient suivre un modèle de base et le procédé offrait des points communs, quoique bien lointains, avec la peinture en série. Mais y avait-il une grande différence — et d'ailleurs, y en avait-il une ? — avec ce qui se passait dans les ateliers de tous ces vieux maîtres? Guy se souvint de son sentiment de triomphe lorsque, en vacances à Florence, il avait entendu un guide raconter que des gens tels que Michel-Ange avaient un atelier semblable au sien, où de jeunes peintres apprenaient leur métier en copiant les tableaux du maître, en peignant des fonds, avec des horaires imposés, en travaillant à la commande. Leonora avait ri quand il le lui avait répété, affirmant que ce n'était pas la même chose. Mais elle ne lui avait pas expliqué en quoi cela différait.

Et ce n'était pas comme si les œuvres personnelles de ces gens avaient de la valeur. La fille qui mettait sous ses yeux la dernière touche à un tableau intitulé *Le Roi et la reine des animaux* lui avait un jour montré un de ses tableaux. Il avait dit : « Très joli », mais c'était épouvantable, juste des lignes de boue avec quelque chose qui aurait pu être des yeux en train de vous regarder. Le Kandinsky qu'il avait dans sa maison de Scarsdale Mews était ce qui s'en rapprochait le plus, à sa connaissance, mais au moins le Kandinsky avait des couleurs vives, il était très grand et très compliqué, ce qui expliquait probablement le prix exorbitant qu'il avait dû le payer.

Il prit le café avec ses artistes et l'un d'eux lui demanda s'il y avait des tableaux de l'atelier sur les murs de sa maison. Il répondit oui, bien que ce ne fût pas vrai, et se demanda confusément pourquoi il n'y en avait pas. Une vente avait lieu le jour même dans le sud de Londres, à Clapham cette fois, et il envisagea d'y faire un tour pour acheter un tableau, comme n'importe quel client ordinaire.

Guy s'engagea dans la direction sud et traversa le fleuve à Kew Bridge. C'était une erreur car il ne connaissait pas bien cette partie de Londres, et il se perdit. Maintenant, autant renoncer à son projet d'acheter un tableau, ce serait beaucoup plus facile d'en faire livrer un chez lui, il se demandait même s'il arriverait à Clapham Common avant la fin de la vente. Comment avait-il réussi à se retrouver, avec la Jaguar, au sud de Wimbledon Park ? Maintenant, il allait falloir remonter vers le nord.

Si on le lui avait demandé, il aurait répondu qu'il n'avait jamais mis les pieds dans ce quartier avant ce jour. On ne s'y reconnaissait pas, entre ces pelouses communales du sud de Londres, il y en avait tellement, mais celle-ci n'était certainement pas Clapham Common, peut-être Tooting ou Tooting Bec. Une pancarte indiquait la direction de Clapham, Battersea, Londres centre, et il se retrouva sur un grand axe qui lui semblait vaguement familier. C'était Balham, voilà où il se trouvait, là c'était Bedford Hill et ce pub, cette grande demeure victorienne qui abritait le pub, c'était là que, par une nuit fatale, Corny Mulvanney l'avait abordé.

— Vous n'auriez pas un peu d'herbe ?

La question, incongrue, ridicule, dépourvue de sens pour tous sauf les initiés, lui était restée en mémoire, les mots y vibrant comme autant de cordes pincées, alors que la plus grande partie de ce qui s'était passé ce soir-là lui avait échappé. Il n'avait pas répondu, bien entendu, il avait feint l'ignorance, voire le mépris, il avait tourné les talons. Mais l'homme avait insisté, était revenu à la charge, modifiant sa question, disant simplement :

— Vous n'auriez pas quelque chose ?

Guy remonta jusqu'à Clapham Common, où la vente était organisée au Broxash Hotel. Il restait juste une place libre dans le parking de l'hôtel. Il déambula, un verre de rioja à la main, observant les tableaux. Il s'était demandé à plusieurs reprises ce qu'il aurait dû faire pour échapper à Corny Mulvanney ce soir-là, pour lui fausser compagnie, mais il ne savait pas, à l'époque, qu'il était important de lui fausser compagnie. Il avait seulement compris que Mulvanney ne connaissait pas son nom, or c'était la seule chose qui comptât pour lui. A vrai dire, il pensait à lui comme à Corny Mulvanney maintenant, mais lui non plus ne connaissait pas son nom à ce moment-là, il l'avait ignoré jusqu'à la mort de cet homme ou même, curieusement, jusqu'à un peu plus tard.

La femme qui dirigeait la vente, une brune négligée en robe noire, lui rappelait vaguement Poppy Vasari. Elle ne ressemblait pas vraiment à Poppy Vasari, qui était plus mince, plus sale et d'un aspect plus extravagant. Guy n'était pas habitué aux gens sales, aux hommes et aux femmes qui lavaient rarement leurs vêtements et ne se baignaient presque jamais. Ils le dégoûtaient. Peut-être cela avait-il un rapport avec le fait qu'il y ait eu tellement de gens comme ça dans son entourage, quand il était petit. La femme qui vendait ses tableaux et prenait les commandes était probablement très propre, la saleté incrustée dans ses doigts devait provenir du jardinage, les pellicules sur son col châle noir étaient dues à la malchance. Il nota que, contrairement à la vente de Coulsden, le tableau du noble lion dressé sur les rochers à côté de sa lionne allongée était celui qui se vendait le mieux, puis il partit.

Ce devait être le chemin qu'avait pris le taxi pour le ramener du pub de Bedford Hill cette nuit-là, en traversant Battersea Bridge et remontant Gunter Grove, Finborough Road, ou peut-être Beaufort Street, puis les Boltons. Pouvait-on passer par là ? Est-ce que les panneaux de signalisation l'autorisaient ? Il était très tard et la nuit était noire. Trop noire pour voir, ou du moins remarquer, la petite 2 CV rouge foncé qui suivait le taxi.

Guy ne fréquentait pas les pubs. Il était allé dans celui-là parce qu'on y donnait une soirée. D'ailleurs, il ne savait pas que c'était un pub avant d'y arriver. Robert Joseph, l'homme avec qui il allait s'associer pour l'agence de voyages, célébrait son quarantième anniversaire. Il lui avait présenté le pub comme un hôtel. Il avait eu le bon sens d'arriver tard. Le pub avait obtenu une autorisation spéciale pour rester ouvert jusqu'à minuit et demi et il était presque 22 heures à l'arrivée de Guy. Une artiste vieille et monstrueuse, en paillettes noires et plumes jaunes, caracolait sur une scène, interprétant une chanson d'une obscénité tellement incroyable que Guy en croyait à peine ses oreilles. Un homme assez jeune, debout au bar, se risqua à protester vaguement. Il n'avait pas terminé sa phrase que deux videurs l'avaient encadré, traîné vers la sortie et jeté dehors. Les portes furent refermées et verrouillées. Guy décida de boire beaucoup pour rendre les choses supportables.

Bob Joseph était déjà ivre, mais insuffisamment pour ignorer que Guy était là. Lui passant un bras autour des épaules, il proclama qu'il était son meilleur ami. Un groupe entra en scène et se mit à chanter de vieux succès des Beatles. Guy prit une autre vodka Martini, et encore une autre. C'est alors que Corny Mulvanney, dont il ignorait le nom, s'approcha de lui et lui posa la question.

— Vous n'auriez pas un peu d'herbe ?

Il voulait dire du haschich. Guy n'avait jamais vendu de haschich. Pendant un temps, il avait participé à un trafic de joints thaïlandais mais, ensuite, il s'était concentré sur la cocaïne et la marijuana de qualité supérieure, généralement la Santa Marta Gold. De toute manière, depuis qu'il était gosse, il n'avait jamais fourni de marchandise personnellement, il n'y touchait pas. Il n'en était plus là. Quand Corny Mulvanney était venu lui poser cette question, il ne s'occupait pour ainsi dire plus que de cocaïne mais il envisageait de s'intéresser à ce nouveau produit appelé « crack », qui se fumait.

Ce soir-là, en réponse à la question « Vous n'auriez pas quelque chose ? » il avait répondu : « Je ne sais pas de quoi vous parlez. Laissez-moi tranquille, s'il vous plaît. »

— Je sais que vous en avez. On m'a parlé de vous, on m'a dit que vous seriez là ce soir. On m'a donné votre signalement.

Guy s'était senti très bizarre et très vulnérable. Par la suite, il s'étonna de ne pas avoir demandé qui avait dit qu'il serait là, qui l'avait décrit. Mais il n'avait rien demandé. Il avait répondu :

— Vous me prenez pour quelqu'un d'autre.

L'individu qui était Corny Mulvanney n'avait pas insisté. Du moins, pas tout de suite. C'était un homme mince et frêle, ni petit ni grand, avec des épaules étroites, légèrement voûté, qui n'avait pas l'air de se sentir bien, qui donnait l'impression d'être une personne en assez mauvaise santé. Il avait un visage pâle et allongé, avec des lèvres et un menton efféminés, comme si sa barbe ne poussait jamais. Ses cheveux étaient assez longs, très fins et sans couleur, ou couleur de poussière. Ses yeux, d'un brun grisâtre clair, fuyaient quand Guy essayait de rencontrer son regard.

Guy s'éloigna de lui et entama une conversation avec Bob Joseph puis, quand celui-ci alla se joindre à un autre groupe, avec des voisins à lui, un homme et une femme qui habitaient près de chez lui à Chingford ou Chigwell ou quelque chose dans ce genre. La rencontre avec Corny Mulvanney, dont il ignorait alors le nom, lui donna envie de boire un autre verre. Après deux vodka Martini, il jugea que cela suffisait, les verres, ces gens et cet horrible endroit, et d'ailleurs il était minuit passé. Il n'appela pas de taxi mais sortit dans la rue, où une voiture vint vers lui obligeamment. Quand le taxi démarra, une 2 CV rouge foncé s'engagea dans son sillage.

Guy ne revit pas la 2 CV pendant le trajet. Il ne regarda pas par la lunette arrière. En arrivant à Scarsdale Mews, pendant qu'il réglait la course, il vit une petite voiture s'éloigner au bout de la rue. Ou plutôt, il crut par la suite qu'il se souvenait d'avoir vu une petite voiture à cet endroit. Il se souvenait que le lendemain soir, au moment où il sortait pour aller dîner quelque part, Corny Mulvanney était apparu sur le seuil.

La sonnette d'entrée retentit et Guy pensa que c'était le taxi qu'il avait commandé. En le voyant, Corny Mulvanney demanda avec insolence :

— M. X, je présume ?

— Oui, vous présumez. Je n'ai rien pour vous. Voulez-vous partir, je vous prie ?

— Écoutez, est-ce que je peux vous expliquer ce que je cherche ?

— C'est déjà fait. Maintenant, partez.

— Je ne vous ai rien expliqué, en fait, dit Corny Mulvanney, qui ajouta : Vous pouvez m'appeler M. Y.

— Ne soyez pas ridicule. S'il vous plaît, partez. Je n'ai rien pour vous. Je suis sur le point de sortir.

Le seuil de la porte et le sol du vestibule étaient de plain-pied et Corny Mulvanney, ou M. Y, un nom absurde mais Guy ne lui en connaissait pas d'autre alors, s'était avancé sur le paillasson et avait posé un pied sur le tapis du vestibule.

— Je ne vous ai pas demandé d'entrer. Je ne veux pas de vous chez moi. Si vous m'y forcez, je vous jetterai dehors.

— Je veux un hallucinogène, dit M. Y en baissant le ton. Ce que vous avez. Je ne connais rien à ces choses. Vous devez savoir. Je paierai le prix du marché. On appelle ça le prix de la rue, non ? Je le paierai.

— Je ne possède rien de tel, répondit Guy.

Il commençait à penser que M. Y était un policier. Il ne ressemblait à aucun policier de sa connaissance, mais, bien sûr, ils n'allaient pas utiliser quelqu'un qui ressemblerait à un policier, ils utiliseraient quelqu'un comme M. Y. La porte d'entrée était restée ouverte et son taxi arrivait. Le chauffeur sortit de la voiture et Guy lui cria d'attendre une minute. Il referma la porte d'entrée. Il dit à M. Y qu'il le rencontrerait plus tard, qu'il le verrait à 22 heures — mais où ? Aucun endroit n'était sûr. Certains étaient seulement un peu plus sûrs que d'autres. M. Y dit que, lorsqu'il n'avait pas sa voiture, il prenait la Northern Line. Pourquoi pas la station Embankment ? Guy proposa de se retrouver au milieu de Hungerford Bridge à 22 heures.

Il n'y alla pas. Évidemment. Il n'avait aucune intention d'y aller. Mais il y pensa pendant tout le dîner, et après. Il s'imagina attendant au milieu de Hungerford Bridge, cette sombre passerelle exposée au vent froid, où des assassinats avaient été commis, lui avait raconté quelqu'un. Il se vit rencontrant M. Y puis, alors qu'il regagnait l'extrémité donnant sur Embankment, deux hommes sortant de l'ombre pour l'aborder. En rentrant chez lui une heure après celle qu'il avait fixée pour le rendez-vous, il n'aurait pas été autrement surpris de trouver M. Y en train de l'attendre, mais il n'y avait personne. M. Y ne réapparut que le lendemain, cette fois dans sa 2 CV rouge foncé.

Guy feignit de ne pas le voir. Il parqua la Jaguar dans le garage et rentra chez lui par l'accès intérieur. La sonnette retentit. Guy laissa sonner. Il avait une petite dose de marijuana dans la maison, quelques capsules de Durophet et un peu de L.S.D. Il pouvait ouvrir la porte à M. Y, lui *donner* l'herbe, refermer aussitôt et l'oublier. Ce serait peut-être la meilleure solution. La sonnette retentit à nouveau, avec insistance, une sonnerie prolongée. Guy monta au premier et regarda par la fenêtre de sa chambre. De ce côté de la rue, il n'y avait pas d'autre voiture que la 2 CV, personne ne pouvait raisonnablement être en train de surveiller la maison à moins d'être posté chez les gens d'en face, ce qui, à son avis, était fort peu probable. Il ouvrit le coffre-fort où l'écrin contenant la bague en saphir qu'il comptait offrir à Leonora pour leurs fiançailles côtoyait différentes drogues. Il sortit la marijuana, reverrouilla le coffre et arriva devant la porte au moment où la sonnette retentissait à nouveau.

M. Y lui dit :

— Je ne veux pas de ce que vous m'apportez là. Je veux un hallucinogène.

— Pardon ?

— De la mescaline, peut-être, ou de la psilocybine. Ce truc tiré des champignons magiques. En fait, je ne voulais pas de résine de cannabis. Seulement, quelqu'un m'a dit que, si je vous en demandais en appelant ça de l'herbe, vous sauriez que je parlais sérieusement.

Un policier qui serait capable d'être naïf à ce point-là, qui pourrait parler sur ce ton, serait vraiment un génie. Pour la brigade des stups, un type comme ça vaudrait son pesant d'or

— plus que son pesant d'or colombien de la meilleure qualité. Il était forcément sincère. Guy lui dit :

— D'accord ! vous feriez mieux de rentrer. Je ne veux pas savoir votre nom.

— Je ne veux pas savoir le vôtre.

Pourquoi avait-il fait ça ? Pourquoi avait-il invité M. Y à entrer ? Parce que M. Y ne connaissait pas son nom, il savait parfaitement qu'il était un dealer et où il habitait, et il pouvait se venger d'avoir été repoussé en vendant la mèche à la brigade des stups. Bien entendu, le temps qu'ils arrivent, Guy se serait arrangé pour que la maison de Scarsdale Mews fût impeccable, mais ce n'était pas la question. Il ne voulait pas de la police chez lui. Si la police ne venait qu'une seule fois, il serait obligé d'arrêter les affaires, il aurait lu l'inscription sur le mur[1].

Jusqu'à ce jour, il avait été un citoyen immaculé, aussi irréprochablement respectable que n'importe lequel de ses voisins, et il devait le rester. Une seule tache et tout serait terminé.

Il se souvint de quelque chose qu'il réservait toujours dans un coin, qui avait toujours flotté juste au-dessous de la fine pellicule qui recouvrait sa conscience : la sentence maximale prévue par la loi sur l'usage des stupéfiants pour la détention de drogues de la catégorie A avec intention d'en fournir à autrui était de quatorze ans de prison.

M. Y entra dans la maison mais ne manifesta aucune intention d'aller plus loin que le vestibule. Il s'assit dans un des fauteuils de George Jacob. Il dit :

— Vous n'êtes pas venu hier soir. J'ai attendu longtemps. J'ai fini par partir parce que j'avais peur de rater le dernier métro.

— Que voulez-vous exactement ?

Guy n'avait pas envisagé jusqu'alors que M. Y puisse être fou. Bizarre, naïf, excentrique, spécial, mijotant quelque coup, peut-être, mais pas fou. Ce que l'homme dit ensuite modifia radicalement son opinion.

— Je dois vous confier que je suis une réincarnation de saint François d'Assise.

Guy le dévisagea, les yeux ronds. Il ne prononça pas un mot.

— Vous savez qui c'est ? Vous avez entendu parler de saint François d'Assise ?

Guy fit un geste d'impatience. Il répéta :

— Je vous ai demandé ce que vous vouliez.

1. Allusion à la Bible, Livre de Daniel, 5. (N.d.T.)

— La preuve est sur mes mains.

M. Y tendit les deux mains, paumes vers le haut. Elles n'étaient pas très propres.

— Les stigmates sont bien visibles aujourd'hui.

— Les quoi ?

— Saint François — et moi par conséquent — fut le premier homme à voir apparaître sur son corps les blessures infligées au Christ pendant la crucifixion. Il n'y a aucune contestation sur ce point. Les prétentions de saint Paul et de saint Angelo del Paz ne sont aucunement recevables. Dans le cas de saint François et par conséquent de moi-même, toutes les traces sont présentes, les clous dans les mains et les pieds, la blessure de lance au flanc et les marques de la couronne d'épines.

Il avait maintenant un ton pédant, magistral et plutôt perçant. Guy ne voyait aucune marque sur ses mains, sinon de crasse incrustée, et lorsque M. Y les leva pour rejeter en arrière sa frange filasse, il n'en vit pas davantage sur son front.

— Très bien, mais en quoi cela me concerne-t-il ?

M. Y se lança dans un discours erratique sur la nature qui est le miroir de Dieu et la nouvelle règle de vie franciscaine qu'il allait formuler. Cela avait quelque chose à voir avec le seul espoir de l'humanité résidant dans un retour à la communion avec Dieu à travers un nouveau respect de la nature.

— Mais je ne peux y parvenir tant que je n'aurai pas pénétré dans mon propre espace intérieur.

C'était quelque chose que Guy comprenait. Des années plus tôt, lorsqu'il était un jeune adolescent, il avait entendu quelqu'un qui avait absorbé une drogue psychédélique dire qu'il s'était perdu dans son propre espace intérieur, phrase qui l'avait perturbé à l'époque.

— Je n'ai pas de mescaline, dit-il. Je n'ai pas de peyotl, ni rien de la sorte.

Mais là-haut, dans le coffre, il avait du diéthylamide de l'acide lysergique, du L.S.D. 25 dont il serait enchanté de se débarrasser, qu'il aimerait voir sortir de sa maison et de sa vie. Cela se présentait sous forme de comprimés.

En ce temps-là, il voyait beaucoup Leonora. Elle arrivait au bout de son cycle de formation professionnelle dans une fac du sud de Londres. Elle n'avait pas d'autre petit ami, il en était certain, mais ils ne couchaient pas ensemble, cela faisait des années qu'ils n'avaient pas couché ensemble. Il lui disait qu'il avait envie d'elle, qu'il rêvait de les voir redevenir amants. Elle ne lui répondait pas que cela était possible, mais elle ne disait pas non. Une fois, même, il croyait se rappeler qu'elle avait souri en disant « un jour ». Évidemment, cela signifiait « une nuit ». Mis à part leurs premières expériences, ces idylles dans le cimetière, elle ne voulait pas faire l'amour l'après-midi ni à aucun autre moment que la nuit, c'était ainsi. Cela lui servait d'excuse. Elle était à l'université, elle n'était pas seule dans sa chambre, cela allait créer des difficultés, passer la nuit chez lui était impossible.

C'était à l'époque où elle affirmait n'avoir plus de vrai foyer. Bien qu'on lui réservât religieusement une chambre chez Tessa, à Sanderstead Lane, et une autre dans l'appartement d'Anthony, Conduit Street, ce n'était pas « la même chose ». De toute manière, il n'était pas question qu'elle l'y emmenât. Pas pour la nuit. Ce serait gênant, embarrassant. Mais ils sortaient ensemble. Ils allaient au cinéma, partageaient des repas, se promenaient, se parlaient souvent au téléphone. Même en l'absence de relations sexuelles, il était son petit ami et elle était sa petite amie. Ils avaient prévu de partir en vacances ensemble et alors, se disait-il, ce serait la fin de la longue période de chasteté imposée par Leonora.

Ils avaient connu des séparations prolongées pendant qu'elle était à l'université. Parfois, il ne l'avait pas vue du trimestre. Elle ne lui avait pas demandé comment il gagnait sa vie mais il savait qu'elle le ferait un jour et il fallait s'y préparer. C'était en grande partie à cause de la présence de Leonora dans son existence qu'il avait acquis une part du club, puis en était devenu le seul propriétaire, s'était embarqué dans cette affaire d'agence de voyages, avait lancé l'entreprise des tableaux. Il n'aurait pas pu lui avouer qu'il vivait du trafic de drogue. Il devait lui raconter des mensonges et les transformer en réalités. Plus tard, quand ils seraient à nouveau amants, à l'approche de leur mariage, il serait obligé d'abandonner le trafic de drogue.

Quatre ans plus tôt, tout cela avait dû se passer exactement quatre ans plus tôt à quelques jours près, M. Y — qui était en réalité Corny Mulvanney — s'était assis dans le fauteuil de George Jacob, dans le vestibule, l'un des derniers jours de juillet, peut-être même le dernier, en tout cas après cette fameuse soirée, et s'était mis à parler de saint François d'Assise et de la manière d'accéder à son espace intérieur. Et lui, Guy, pour le faire taire et s'en débarrasser, lui avait donné l'acide qu'il gardait dans son coffre. Donné, et non vendu, bien qu'il ne pût se rappeler maintenant pourquoi il avait manifesté une générosité aussi inhabituelle. La panique probablement, une irrésistible envie de voir M. Y sortir de chez lui.

Pour sa part, Guy n'avait jamais pris de L.S.D. Il n'avait jamais essayé autre chose que de la marijuana, assez rarement, et de la cocaïne, à deux reprises. Comme il avait une grande peur des serpents, la phobie la plus répandue, il n'avait jamais osé essayer le L.S.D, craignant d'avoir un mauvais « trip » et de « voir » des serpents. De plus, l'acide qui avait connu une telle vogue à la fin des années soixante et au début des années soixante-dix, avec le phénomène hippie, était passé de mode au moment de son adolescence et commençait tout juste à revenir depuis peu. Il en savait cependant suffisamment à ce sujet pour donner à M. Y un conseil de routine.

— Vous en avez déjà pris ?

M. Y répondit négativement.

— Mais je sais que l'on risque d'être confronté à une réalité trop forte, et très brusquement.

— Ce n'est pas grave. Veillez simplement à ce que quelqu'un soit là quand vous en prendrez. Ne restez pas seul. Vous voulez revenir de ce voyage dans votre espace intérieur, pas y rester.

Pas un sou ne changea de main. Guy se dit que c'était une bonne chose, tout en sachant que cela ne changeait rien. Quand M. Y partit au volant de sa 2 CV rouge foncé, il éprouva un immense soulagement, un véritable sentiment de légèreté. Il remonta au premier avec l'intention d'enfermer la marijuana avec les amphétamines dans le coffre. Pour une raison inconnue, peut-être par simple précaution ou par l'effet d'une de ces superstitions, de ces prémonitions, il ne le fit pas. Ce n'était pas son genre, il pourrait le regretter, mais toujours est-il qu'il emporta les drogues dans la salle de bains des invités, les jeta dans la cuvette des toilettes et actionna la chasse d'eau. Vu ce qui devait se passer ensuite, c'était aussi bien.

Deux soirs plus tard, il sortit avec Leonora. Elle vivait avec son père et sa belle-mère à Bloomsbury.

De tous les êtres proches de Leonora, Anthony Chisholm était celui qui se montrait le plus gentil avec lui. Anthony et Susannah. Elle aussi était gentille. Il est vrai qu'avec huit ans seulement de plus que lui, elle ne donnait pas l'impression de faire partie des parents. Tel un chevalier servant d'autrefois, Guy alla chercher Leonora à Lamb's Conduit Street pour la ramener chez lui.

Il arriva tôt. Il arrivait toujours tôt quand il allait chercher Leonora. Elle était dans son bain. Anthony, qui était architecte, membre d'un cabinet de la City nommé Purdey Chisholm Hall, n'était pas encore rentré de son travail. Susannah s'occupait des relations publiques d'une firme de cosmétiques et d'un fabricant de jouets. Elle rédigeait ses dossiers de presse chez elle. Elle lui prépara un verre et dit qu'elle attendait des gens pour qui elle confectionnait un plat un peu compliqué — voulait-il l'excuser ? Le journal du soir que Leonora avait rapporté était posé sur l'accoudoir du canapé.

Guy but son verre en regardant la dernière page. Il y avait un article bizarre sur un homme du sud de Londres qui avait été piqué à mort par des abeilles.

L'homme s'appelait Cornelius « Corny » Mulvanney, ce qui n'évoquait rien pour Guy. Il lut l'article, puis un autre concernant le divorce d'un joueur de tennis, et il venait d'en commencer un sur un incendie à Fulham quand Anthony rentra.

8

QUAND GUY TÉLÉPHONA à l'appartement de Leonora le lendemain de leur déjeuner chez Clarke's, ce fut Rachel Lingard qui décrocha.

— Je regrette mais Leonora n'est pas là.

— Où est-elle donc ?

— Je ne suis pas la gardienne de ma sœur.

— Quoi ?

— Nous ne savons peut-être pas ce que Dieu a dit à Caïn après qu'il a prononcé les paroles que je viens de paraphraser, mais je me dissocie énergiquement de ce genre d'engagement.

C'était sa façon de parler. Cela lui arrivait souvent. Il y avait longtemps qu'il avait cessé de demander où elle voulait en venir.

— Elle est partie chez le nabot rouquin, j'imagine. D'accord, inutile de répondre. J'ai son numéro.

On ne répondait pas à Georgiana Street. Il essaya une heure plus tard, et à nouveau une heure plus tard, et ensuite toutes les demi-heures. Il emmena Celeste dîner, puis boire un verre au Greens, dans Green Street. De là, à 22 heures, il composa une nouvelle fois le numéro de William Newton. Toujours pas de réponse. Il n'était pas très tard pour lui, mais il savait qu'il était tard pour la plupart des gens. Soit ils n'étaient pas là, soit Newton avait un téléphone muni d'une prise spéciale qui continuait à sonner pour celui qui appelait même quand il était débranché. Newton avait débranché son téléphone afin que Leonora ne puisse pas lui parler. Très probablement, à peu près sûrement même, Leonora l'ignorait.

Le lendemain, il essaya chez elle. Il n'y eut pas de réponse de la soirée et pas davantage à Georgiana Street. Juste avant 22 heures, il demanda aux renseignements téléphoniques le numéro d'un M. Mandeville, Sanderstead Lane, South Croydon, l'obtint et appela Tessa.

Quand elle sut qui appelait, elle commença par dire qu'elle n'avait aucune idée de l'endroit où se trouvait Leonora. Leonora — elle l'appelait « ma fille » — avait vingt-six ans et était maîtresse de ses mouvements. Puis elle ajouta :

— Voyez-vous, il faut que je vous dise qu'à mon avis vous êtes quelqu'un de très dérangé. Vous devriez suivre une psychothérapie. Quoiqu'il soit probablement trop tard pour que ce genre de choses puisse vous faire du bien. La détérioration mentale permanente remonte à très loin.

— Qu'entendez-vous par là, au juste ?

— Je vous ai longtemps pris pour un criminel, mais, maintenant, vous m'inspirez plutôt de la compassion. Sincèrement, j'ai pitié de vous. Toute cette saleté que vous avez introduite dans votre système pendant des années porte aujourd'hui ses fruits. Vous récoltez après la tempête.

Guy raccrocha, rudement secoué. C'était la première fois qu'il entendait confirmer qu'elle, ou un proche de Leonora, savait ce qu'il avait fait pour gagner sa vie. Y avait-il une chose le concernant qui fût ignorée des Mandeville ? Leonora lui avait dit que Magnus était au courant de son racket de protection à Kensal. Tessa, en revanche, était mal informée. Il ne s'était jamais drogué. Leonora lui avait-elle dit le contraire ? L'idée que Leonora ait pu mal parler de lui à sa mère le blessait profondément.

Mais elle pouvait savoir, ou croire qu'elle savait, d'une autre manière. Tessa habitait dans le sud de Londres. Comme Poppy Vasari, comme Corny Mulvanney naguère. Évidemment, il devait y avoir environ cinq millions d'habitants dans ce vaste secteur de Londres qui s'étendait au sud de la rivière, mais Poppy Vasari était une sorte d'assistante sociale. Ainsi que Tessa Mandeville, quoique d'une manière différente. Leonora ne lui avait-elle pas parlé de sa mère travaillant comme bénévole dans un hôpital et ayant une sorte d'emploi au Bureau de conseil aux citoyens ? N'était-il pas tout à fait plausible que Poppy et elle se soient rencontrées ?

Imaginons que Tessa et Poppy se soient rencontrées régulièrement, au BCC ou pendant qu'elles promenaient des vieillards. Guy n'avait qu'une vague idée de la question mais cela pouvait être quelque chose de ce genre. Poppy, parlant de la mort de Corny Mulvanney, pouvait très bien avoir donné la description de Guy à Tessa et, dans son indignation, lui avoir raconté ce qu'il avait fait. Elle savait son nom, elle l'avait trouvé. Elle aurait pu le dire à Tessa.

Le nom de Poppy Vasari n'était pas mentionné dans le premier article, le compte rendu de la mort de Corny Mulvanney qu'il avait lu dans l'appartement d'Anthony Chisholm. Mais Poppy n'était pas la maîtresse de Corny, elle ne vivait pas avec lui, peut-être n'était-elle même pas une amie tellement intime. Certaines de ces personnes qui font le bien peuvent s'échauffer considérablement pour ce qu'elles appellent l'injustice sociale ou les infractions scandaleuses à ceci ou cela. Quant à lui, il avait lu l'article avec intérêt et avait appris avec une certaine horreur le sort de Corny Mulvanney, un sort atroce quand on y pense. Il semblait que ce type, Mulvanney, ait soulevé le toit ou le couvercle d'une ruche et se soit fait piquer par des abeilles partout sur la tête, le visage et le cou. Pouvait-on en mourir? Apparemment, oui. Il allait y avoir une enquête. On décrivait Corny Mulvanney comme un homme de trente-six ans, sans emploi, habitant l'appartement donnant sur le jardin d'une maison d'Upper Tooting.

Anthony Chisholm arriva chez lui. Depuis qu'il s'était remarié, il ressemblait plus que jamais à un bel ours en peluche, avec un sourire encore plus enfantin et un regard moins épuisé. Pas étonnant. N'importe quel homme se sentirait transporté au septième ciel après avoir échappé aux griffes de cette salope de Tessa. Qu'il soit resté si longtemps avec elle demeurait un mystère pour Guy. Cet été-là, quatre ans plus tôt, Anthony avait été très gentil avec Guy, très aimable.

— Vous avez un verre, Guy? Ah, bon! Susannah s'est occupée de vous. Où est ma petite fille? Non, ne dites rien, je peux deviner. Je croyais que deux salles de bains étaient amplement suffisantes pour un simple duplex — c'est ainsi que les Américains les appellent, vous savez, des duplex —, mais je constate maintenant qu'il en faudrait trois.

Guy demanda si cela le dérangeait qu'il fume. Il n'aurait pas pris cette peine avec Tessa, il aurait simplement sorti une cigarette et l'aurait allumée.

— Vous savez, je crois que je vais en fumer une aussi. Officiellement, disons *matrimonialement,* j'ai laissé tomber, mais fumer une des vôtres ne compte pas.

Pouvait-on être plus chaleureux ? Plus copain ? Le père à l'aise, cultivé, courtois et affectueux avec son futur gendre. Son futur gendre riche, branché, en pleine réussite. Guy était sûr qu'Anthony le voyait sous ce jour. Du moins à l'époque. Anthony n'était pas plus matérialiste ou plus ambitieux que le reste d'entre eux mais c'était un homme réaliste et raisonnable, qui savait repérer une bonne occasion. Quoi que Leonora ait pu penser de son attitude, avec ses convictions féministes, Anthony considérait qu'un mari riche et ayant réussi était une affaire pour sa fille. Guy avait une Porsche, à l'époque. Anthony devait l'avoir vue dehors (garée devant une double ligne jaune, on ne posait pas encore de sabots de Denver en ce temps-là, et qui se souciait de l'amende ?), il devait avoir entendu parler, par Leonora, de la maison de Guy, il devait être renseigné sur les affaires de Guy depuis cette sinistre soirée d'anniversaire. Il aurait probablement préféré un intellectuel pour Leonora mais les intellectuels sont rarement riches et un « tiens » vaut mieux que deux « tu l'auras ».

Ainsi Guy raisonnait-il à l'époque, se montrant charmant avec Anthony, acceptant un autre verre, lui offrant une deuxième cigarette, parlant de cette histoire affreuse qui était dans le journal. Qui eût cru qu'un homme pouvait être tué par des piqûres d'abeilles ?

Guy, qui se rappelait tout ce qui s'était passé en ce temps-là, se souvint que, le matin suivant, il était allé à son club de tir pour la première fois. Il prenait des leçons, c'était la première.

L'instructeur lui dit qu'il avait un bon coup d'œil et un bon contrôle. Ensuite, il prit un taxi jusqu'au West End et alla chercher les billets d'avion pour les vacances à Samos. L'agence de voyages qu'il était en train de monter avec Bob Joseph en était encore au stade de projet. Guy avait réservé la « paillote lune de miel » de l'hôtel, qui se trouvait juste sur la plage privée. Ils allaient voler en première classe et il n'était pas sûr de pouvoir persuader Leonora que ce luxe correspondait à la classe touriste. Elle voulait payer sa part avec ce que lui avait rapporté un job d'été. Peut-être réussirait-il à lui faire croire que la compagnie aérienne les avait « surclassés » parce qu'il y avait des places vides en première.

Il prévoyait des difficultés avec Leonora pour la question du paiement. Elle allait constater que les tarifs de l'hôtel étaient astronomiquement supérieurs à ses moyens. Peut-être le prix de la « paillote lune de miel » était-il affiché quelque part, à l'intérieur de la penderie ou derrière une porte. Mais il serait trop tard pour qu'elle puisse y changer quoi que ce soit, il faudrait bien qu'elle fasse contre mauvaise fortune bon cœur et le laisse payer comme il l'entendait et le désirait sincèrement.

Guy déjeuna avec Bob Joseph et un avocat qui devait négocier le bail de leurs nouveaux locaux de Milner Street de la manière la plus avantageuse possible. Il avait l'intention, après le déjeuner, de faire de l'exercice au Gladiators, une bonne excuse pour boire plus que de raison. Il était presque 16 heures quand il rentra chez lui.

Dehors, une femme en voiture était en train de discuter avec un agent de la circulation. Scarsdale Mews était bordé de places de résidents sur presque toute sa longueur et il y avait cinq parcmètres à l'extrémité donnant dans Marloes Road. Guy lui fit signe que quelqu'un venait juste de libérer l'un des parcmètres. S'il avait pu savoir qu'il s'agissait de Poppy Vasari et la raison qui l'amenait là, il ne l'aurait pas aidée, il aurait été ravi de voir embarquer sa voiture. Elle ne dit pas qui elle était ni qu'elle voulait le voir. Il pénétra dans la maison.

Deux ou trois minutes plus tard, la sonnette d'entrée retentit. C'était elle. Elle donna son nom et précisa qu'elle était une amie de Corny Mulvanney. Guy, qui avait oublié le nom de l'homme dans l'histoire des piqûres de guêpes sans pour autant oublier l'histoire, répondit qu'il n'avait jamais entendu parler de Corny Mulvanney.

— Oh si, certainement, M. X, dit-elle.

— Suis-je censé savoir de quoi vous parlez ?

En réalité, il savait, ou du moins il avait une vague idée.

— Vous lui avez donné une drogue hallucinogène, dit-elle.

Elle le dit à voix haute, sa voix normale, peut-être plus fort. Guy crut qu'il allait s'évanouir, s'affaler par terre. Il répondit :

— Pour l'amour de Dieu ! (Puis, parce que n'importe quoi valait toujours mieux que de la laisser continuer comme ça sur le seuil.) Vous feriez mieux d'entrer.

C'était une grande femme aux allures de gitane, portant d'immenses anneaux dorés aux oreilles, des chaînes en or et des rangs de perles colorées autour du cou. Elle avait un visage de travers, très maquillé, aux traits accusés, mais animé, un nez busqué, des yeux noirs brûlants. Elle avait une longue chevelure noire, en liberté. Elle portait des vêtements drapés, pour camoufler de l'embonpoint peut-être, à moins que ce ne fût simplement pour leur ampleur confortable et mollassonne. Une tunique rouge, une jupe à bandes noires, une longue veste informe en coton gris, un châle bleu et rouge. Jambes nues, pieds nus, sandales.

Il avait dû enregistrer tout cela par la suite, il n'en était certes pas capable sur le moment. Car au début, elle était Némésis en personne, venue avec l'intention de le rendre fou et de le détruire. Même son apparence sauvage et ses vêtements s'y prêtaient. Mais il capta son odeur quand elle passa brusquement devant lui. Il émanait d'elle, au lieu des effluves de parfum, d'eau de toilette, d'huile pour le bain et de lotion pour le corps que dégageaient les femmes de sa connaissance, un puissant remugle de sueur. Elle sentait comme un restaurant qui sert des hamburgers à bon marché. Depuis lors, il l'avait toujours associée à l'odeur d'un hamburger en train de frire.

— Vous avez dû le lire quelque part, dit-elle, quand ils se trouvèrent dans le salon. Vous connaissez toute l'histoire ou ce que les journaux en savent.

— Je ne savais pas que c'était lui, dit Guy.

Elle le regarda. Elle éclata de rire. C'était le rire le plus désagréable qu'il ait jamais entendu.

— Alors, cela a été un choc ?

— Si vous voulez, oui.

— Bien, j'aime l'idée que votre châtiment commence.

Elle n'avait absolument pas peur de lui. C'était une femme, plus âgée que lui d'une bonne quinzaine d'années et en mauvaise forme, elle se trouvait dans une maison inconnue en compagnie de quelqu'un qu'elle considérait indiscutablement comme un criminel, elle était à sa merci mais elle n'avait pas peur. Elle gardait la tête haute et le fixait d'un regard farouche. Et elle avait raison d'être sans peur. Toute sa force avait déserté Guy. L'alcool aussi. Il ne restait rien de ses propriétés magiques pour lui apporter un semblant de courage.

— Il m'a supplié de lui donner quelque chose. Il me harcelait, il ne me laissait pas en paix.

Guy savait qu'il aurait dû être plus discret, plus prudent, mais il n'y avait pas de témoins.

— Je n'ai pas accepté un sou, dit-il, comme si c'était une excuse. Je l'ai averti de le prendre sous surveillance.

— C'est ce qu'il a fait. Sous ma surveillance.

— La vôtre ?

— J'étais là. J'ai travaillé dans un centre de désintoxication, j'aurais dû être au courant.

— Oui, vous auriez dû. (Guy se cramponna à cette branche.) Une sacrément belle surveillance que la vôtre.

— La ferme, dit-elle. Fermez-la. Ne vous avisez pas de me parler ainsi. Vous voulez savoir ce qui s'est passé ? Je vais vous le dire de toute façon. Tout sortira au cours de l'enquêtre. Vous voulez savoir ?

— Bien sûr que je veux savoir.

— Allons-y, alors, Il ne connaissait pas votre nom, seulement votre adresse. Moi, je le connais, j'ai demandé aux voisins avant votre retour. Il m'a dit qu'il allait prendre les comprimés que vous lui aviez donnés afin de pénétrer dans sa conscience intérieure. Une connerie de ce genre. Je lui ai dit de ne pas le faire. J'ai dit qu'il n'en savait pas suffisamment, qu'il ne savait pas depuis combien de temps vous les aviez par exemple, ni d'où ils venaient. J'ai dit que l'usage de ce produit devait être correctement contrôlé. Il a raconté d'autres bêtises. Si je ne voulais pas rester avec lui, il les prendrait tout seul, a-t-il affirmé. Il était complètement givré, quoi qu'il en soit, avec toutes ces conneries de réincarnation. J'ai été infirmière dans un asile psychiatrique et je peux vous assurer qu'un des premiers signes de psychose, c'est quand les gens affirment qu'ils sont réincarnés.

« Il était la dernière personne à laisser en présence de ce genre de substance. Mais on ne peut pas dire aux gens ce qu'ils doivent faire sans les contraindre. Cette saloperie d'acide — Seigneur ! Moi qui croyais qu'on en était débarrassés quand c'est passé de mode dans les années soixante-dix. Bon, d'accord, le résultat c'est qu'il les a pris et — j'allais dire qu'il a eu un mauvais trip, mais c'est faux, il a eu un bon trip. Il n'arrêtait pas de dire qu'il voyait des choses ravissantes, des couleurs exquises. Il y a un jardin là où il vit — où il vivait. Les fleurs n'avaient rien de merveilleux, enfin, on ne peut pas dire, c'étaient des pâquerettes comme on en trouve sur toutes les pelouses mais il s'est mis à les décrire comme des tournesols, aussi grosses que des assiettes à soupe, avec un parfum de rose. Les moineaux étaient des martins-pêcheurs, des perroquets, Dieu sait quoi encore. Il s'est mis à parler aux papillons. C'étaient des piérides du chou blanches mais il disait que leurs ailes étaient bleues, pourpres et écarlates.

— Et les abeilles ? demanda Guy, la bouche sèche.

Elle avait l'air sinistre. Sa bouche se tordit en un vilain sourire.

— Ah oui, les abeilles. Les abeilles se trouvaient dans une

ruche du jardin qui s'étendait au-delà du sien. Certains voisins s'étaient plaints au conseil municipal — je travaille pour le conseil —, mais beaucoup les aimaient parce qu'elles faisaient du bien aux fleurs et fertilisaient leurs arbres fruitiers. Ce qui est sûr, maintenant, c'est qu'elles vont disparaître.

Ses yeux fixèrent les siens.

— Il a escaladé la clôture.

— Mais pourquoi ?

— Pour parler à ces foutues abeilles. Il était saint François, vous vous rappelez ? Frère Papillon et sœur Abeille. Ça été comme ça pendant un moment puis il est passé par-dessus la barrière. Elle n'était pas très haute et il y avait une boîte en bois sur laquelle il est monté, sur le côté. Je ne pouvais pas l'arrêter, comment aurais-je pu ? Il faisait ce qu'il voulait, les gens sont comme ça. Les habitants de la maison, les éleveurs d'abeilles, étaient partis au travail. Tout le monde était parti au travail ou ailleurs.

« Il est allé jusqu'à la ruche et a parlé aux abeilles. Il aimait bien les abeilles mais je ne pense pas qu'il leur parlait lorsqu'il était dans son état disons normal. C'est une de ces ruches en bois dont on soulève le couvercle. Il s'est approché tout près et m'a dit que tout irait bien, que les abeilles le reconnaîtraient, qu'elles savaient reconnaître un ami. Je l'ai retenu mais il m'a repoussée. Il a dit que j'allais perturber les abeilles et peut-être aurais-je pu — peut-être les ai-je perturbées. N'empêche qu'il a soulevé le couvercle de la ruche.

« Les abeilles sont sorties — je veux dire, des centaines d'abeilles, on avait l'impression qu'il y en avait des centaines. Un énorme essaim d'abeilles en colère. Je savais qu'elles le piquaient parce qu'il criait et battait des bras pour les écarter. Il courut, tomba, et les abeilles fondirent sur lui. Les abeilles ne sont pas comme les guêpes, elles vous poursuivent. Elles vous piquent et laissent le dard à l'intérieur avec la moitié de leur corps. C'est pour cela qu'elles meurent. Seigneur, c'est incroyable, les gens croient en un dieu qui a conçu une créature dont le moyen de défense est sa propre mort.

Des larmes coulèrent sur ses joues. Elle n'eut pas un geste pour les essuyer. Guy, sentant qu'il la dévisageait bouche bée, se détourna.

— Elles m'ont piquée, poursuivit-elle. Elles sont allées dans mes cheveux. Elles m'ont piquée aux mains et dans le cou. J'étais couverte de dards et de piqûres d'abeilles.

— Mais vous n'êtes pas morte, dit-il, bêtement.

— Je ne suis pas allergique.

— Il était allergique ? On pourrait croire que cela aurait dû l'arrêter. Pourquoi s'est-il approché des abeilles s'il était allergique ?

— Il ne le savait pas, dit-elle. Il ne pouvait pas le savoir. On ne le sait pas si l'on a été piqué une seule fois auparavant. La première fois, il ne se passe pas grand-chose, c'est comme ça qu'on devient allergique. Cela provoque une réaction violente aux contacts ultérieurs avec la substance, quelle qu'elle soit. Piqûres d'abeilles, crustacés, sumac, tout ça c'est pareil.

— Et c'est ce qu'il avait ?

— Je ne savais pas. J'ai essayé de le traîner vers la maison. Ces saloperies d'abeilles... Je me suis mise à crier. C'est fou ce qu'il faut crier, à Londres, avant que les gens réagissent. Un homme est arrivé. Je lui ai dit de chercher de l'aide, un médecin, une ambulance, la police, quelque chose. Les abeilles étaient là, partout, en colère, c'était infernal.

— La police, dit-il. La police est venue ?

Elle ricana.

— C'est ça qui vous inquiète ? Il n'y a que ça qui vous inquiète ? Non, ils ne sont pas venus. Ils ne sont jamais là quand on a besoin d'eux. Autre chose, c'est drôlement difficile de convaincre les gens dans ce genre de situation, ils ne vous croient pas, ils ne croient pas que quelqu'un va mourir de piqûres d'abeilles. Moi, je voyais bien qu'il faisait une réaction allergique, ils l'auraient constaté à l'hôpital si on avait pu l'y conduire à temps. Mais il est mort avant, il est mort en moins d'une heure. Il est mort en s'étranglant. Il a enflé et s'est étranglé à mort.

Guy ne dit rien. Il resta assis et détourna les yeux. Il regarda, derrière la fenêtre, son joli petit jardin citadin avec son bassin et l'île au milieu, pas encore de dauphin de bronze à l'époque, ni de mobilier florentin, les minuscules orangers dans leurs pots chinois, dressés contre le mur devant les genièvres bleu et vert foncé qu'il avait dû couper par la suite pour laisser grimper les clématites. Il pleuvait légèrement, les gouttes de pluie crevant la surface du bassin. Un unique nénuphar rose était en fleur. Il se rappelait tout.

— Il était incapable de parler, dit-elle d'une voix neutre et froide.

Cela signifiait-il qu'il n'avait parlé du L.S.D. à personne ?

— Je sais à quoi vous pensez. Il n'en a parlé à personne.

— Il vous l'a dit.

Elle rit.

— Oh oui ! la saloperie que vous lui avez donnée apparaîtra peut-être à l'autopsie. Je devrais le savoir, mais ce n'est pas le cas. De toute façon, c'est sans importance.

Ses yeux firent lentement le tour de la pièce. Il savait ce qu'elle avait en tête, comme si elle l'avait exprimé à voix haute. Il possède tout cela, tout cet argent malhonnêtement gagné, mais par pour longtemps, oh, non, pas pour longtemps, ce sera balayé, tout disparaîtra. Quatorze ans, songea Guy.

— Je l'ai raconté à la police, reprit-elle. Je leur ai dit tout ce que je savais. J'imagine qu'ils vont venir ici. Ils ont dit que je ne devrais pas essayer de vous voir mais il le fallait. Je devais vous affronter. Je vais partir, maintenant.

— Comment étais-je censé savoir qu'il était allergique aux abeilles ? demanda Guy.

Il aurait bien aimé la tuer mais, évidemment, il ne la toucha pas. Elle pleurait en partant. Les larmes semblaient aggraver l'odeur de son corps. Il n'avait pas tellement envie que ses voisins voient une femme en larmes, aux pieds nus sales et vêtue d'oripeaux flottants, quitter sa maison, mais il n'y pouvait rien.

La brigade des stups arriva moins d'une heure plus tard.

9

QU'EST-CE QUI VOUS FAIT aimer quelqu'un ? Pourquoi ne peut-on pas choisir, alors que l'on peut choisir presque tout dans la vie ? A condition d'être riche, il est vrai. On peut choisir comment gagner sa vie, le genre de maison, de voiture, de vêtements, de loisirs que veut. Pourquoi la personne aimée n'est-elle pas également une question de choix ?

Guy se posait souvent cette question à propos de Leonora et lui. Pourquoi était-il amoureux de Leonora alors qu'il ne le voulait pas, alors que c'était si peu pratique et si destructeur, que cela faisait perdre tellement de temps ? Il la trouvait magnifique tout en sachant qu'elle n'était pas si jolie que cela, elle s'habillait mal, elle n'aimait aucune des choses qu'il aimait et il détestait la plupart des choses qu'elle appréciait. Ils n'avaient rien en commun. Elle n'aimait ni manger ni boire, ni les vêtements luxueux, veiller tard la nuit, les endroits exotiques, les voitures rapides, les plages ensoleillées, aller aux courses. Le sport ne voulait rien dire pour elle. Elle n'avait jamais skié ni mis les pieds sur un yacht. Les diamants sont peut-être les meilleurs amis des femmes, mais pas pour ce genre de fille, et elle militait contre le commerce de la fourrure.

Elle aimait les livres et les films sérieux, si possible réalisés au Japon ou au Chili et sous-titrés. Elle aimait passer ses vacances avec un sac à dos, dans des campings ou des auberges de jeunesse, les aliments diététiques, le jus de fruits, la Badoit et le Ramlosa, faire du vélo, le théâtre marginal, la musique classique et les documentaires écolo sur BBC 2. Il s'efforcerait peut-être d'aimer tout cela s'ils étaient à nouveau ensemble, mais, pour l'instant, il le haïssait. Il détestait ses vêtements, le fait qu'elle ne fut presque jamais maquillée, encore moins depuis qu'elle fréquentait le nabot rouquin, qu'elle n'eût jamais les ongles laqués. Négliger d'épiler ses jambes serait la prochaine étape, se disait-il parfois.

Mais, quand il la vit entrer dans leur restaurant du samedi et venir vers lui, son cœur bougea. Il pivota légèrement sur le côté et se mit à battre très fort, comme après un choc. Cela se produisait à chaque fois. Quelque chose à l'intérieur de sa tête, son crâne peut-être, se répandit avec une sorte de chaleur, et une faible douleur. Mais son corps refroidissait, sans pour autant réellement frissonner, il sentait le froid le saisir, descendre le long de ses bras et de ses flancs, toucher son cœur. Chaque fois.

Et pourquoi ? Cela tenait à elle, c'est tout ce qu'il pouvait dire. Peut-être était-ce toujours ce qui se passait avec l'amour. Quelque chose au sujet de quelqu'un. Un coup d'œil, un sourire, une façon d'écarquiller les yeux, un gloussement dans le rire, un mouvement des épaules, un détail infime. Cela n'expliquait évidemment pas pourquoi le détail infime avait tant de pouvoir. Entre Leonora et lui, c'était son sourire, sa manière de sourire, une curieuse fermeté des lèvres qui ne s'étendait jamais aussi loin qu'on l'aurait cru, une sorte de contrôle du sourire. Les dents, bien sûr, étaient parfaites, petites, blanches et régulières. Le seul sourire semblable au sien qu'il ait jamais vu était celui de Vivien Leigh dans *Autant en emporte le vent.*

Est-ce que ce sourire comptait tellement pour lui, le rendait fou, le faisait souffrir et le comblait, l'incitait à espérer quelque chose d'indéfinissable, non parce qu'il était contrôlé mais parce qu'il savait qu'il pouvait briser les limites du contrôle et se réaliser pleinement, mais en aucun cas pour lui ?

Trois jours avaient passé sans qu'il lui parlât. Le quatrième, elle avait répondu au téléphone à Georgiana Street. Ils étaient beaucoup sortis, lui dit-elle, ils n'avaient pas été souvent chez eux. William avait travaillé. Il avait collaboré à un film sur des hommes qui devaient s'occuper de leurs épouses handicapées à la maison. Quel sujet exaltant ! Les résultats de l'audimat allaient être quelque chose ! Comme s'il se souciait de ce qu'avait pu faire ce foutu William ! Il aurait aimé pouvoir le tuer plusieurs fois.

Où allons-nous déjeuner, demanda-t-il, et elle répondit : « Pourquoi ne pas retourner dans cet endroit de Kensington Park Road ? » Il y était donc, le premier arrivé cette fois, assis devant le bar où le Français qui faisait office de barman lui préparait une vodka Martini. Il avait ôté ses lunettes de soleil, ne voulant pas qu'on l'accuse de ressembler à un mafioso.

Passer devant le *mews* où elle avait vécu autrefois lui avait évoqué l'amour et son sourire. C'était le 19 août, quatre semaines exactement avant son mariage — enfin, avant le jour qu'elle appelait celui de son mariage. Il n'allait pas se laisser prendre aussi facilement. Il n'allait pas se laisser prendre du tout. Il s'était efforcé de ne pas regarder l'escalier en colimaçon et il était justement en train de se dire qu'il fallait se retourner et regarder quand elle lui effleura l'épaule.

— Guy, tu es perdu dans tes rêves.

Le frisson le parcourut et son cœur bougea. Il la regarda. Elle lui sourit et il lui dit ce qu'il venait de penser au sujet de son sourire.

— C'est pourquoi je t'aime. C'est un peu l'essence du pourquoi.

— Imaginons que je subisse une intervention de chirurgie esthétique et que le tracé de ma bouche soit modifié, cesserais-tu de m'aimer ?

— Je ne sais pas. Peut-être. J'ai toujours l'impression que tu ne me souris pas convenablement, que tu ne me souris pas autant que tu pourrais. Tu maîtrises ton sourire quand tu me souris.

— Ne sois pas ridicule, Guy.

— Que pense Newton de nos déjeuners du samedi ? Est-il furieux ?

— Il comprend, dit-elle.

Ils s'installèrent à leur table. Leonora prit un jus d'orange et lui, un Campari soda. Elle commanda un cocktail d'avocat et de pamplemousse, suivi de courgettes farcies, et lui, des escargots, puis du foie de veau au coulis de framboises. Il réfléchit à la « compréhension » de Newton. Vraiment chic de sa part, de « comprendre », espèce de salaud compatissant.

— Quelqu'un a commencé à te dresser contre moi quand tu avais dix-neuf ans, dit-il.

— Oh, c'est absurde. Complètement absurde.

— Tu n'aimais donc pas ma maison ?

— Je l'adorais, c'est une maison superbe.

— Elle est mieux que celle de tes parents, n'est-ce pas ?

— Beaucoup mieux, mais je ne vois pas où cela nous mène.

— Je voudrais que tu me dises quelque chose. Je voudrais que tu me dises s'il y a eu quelqu'un d'autre entre moi et Newton.

(Un peu de modestie serait bienvenue, songea-t-il.) J'imagine que je n'ai pas le droit de poser cette question mais j'espère que tu répondras.

— Il n'y a eu personne de vraiment sérieux.

Il ne s'attendait pas à ça, cela le prit à la gorge.

— Mais il y a eu d'autres hommes entre moi et Newton ?

— Bien sûr que oui.

— Qui était-ce ?

Les yeux de Leonora lancèrent des éclairs. Il n'aurait su dire si elle était enchantée ou furieuse. Elle répondit sèchement :

— Très bien, si tu insistes, il y a eu l'ami de Robin qui était son associé, et deux types à l'université et, oui, maintenant que j'y pense, il y a eu celui que j'ai rencontré à la soirée des vingt-cinq ans de Robin. C'est bien ce que tu voulais savoir ?

— Tu as couché avec eux ?

— Cela n'a rien à voir avec toi, Guy, ce ne sont pas tes affaires. Tu as dit que tu n'avais pas le droit de poser la question et c'est vrai.

— Donc, c'est que tu as couché avec eux.

Avoir une crise cardiaque doit ressembler à cela, ce doit être le même genre de douleur, qui vous emprisonne la poitrine, produisant une sorte de paralysie.

— Je me demande simplement ce que ton père en penserait, explosa-t-il.

— Tu te *quoi ?*

— Je disais que je me demandais ce que ton père en penserait. Il serait horrifié. N'importe quel homme le serait s'il s'agissait de sa fille. Ton père aurait beaucoup aimé que tu m'épouses. Il aurait aimé que je sois le premier et le seul, je le sais, il mourrait s'il savait que tu as couché à droite et à gauche.

— Je n'ai pas couché à droite et à gauche, ne sois pas stupide.

— Un homme après l'autre, c'est quoi, alors ? Et pourquoi, d'ailleurs ? Qu'est-ce qui n'allait pas avec moi ? Ils étaient plus beaux, plus riches ? Qu'avaient-ils que je n'ai pas, moi ? J'étais celui à qui ton père aurait aimé donner sa fille.

Elle se mit à rire, puis secoua la tête.

— Qu'y a-t-il de drôle ?

— C'est toi qui es drôle. Tu es tellement démodé. Tu te considères comme une sorte de yuppie dans le vent, jeune et branché, mais en réalité tu es complètement démodé, et macho de surcroît. « Je me demande simplement ce que ton père en penserait. » Franchement, Guy, tu parles comme un sexagénaire. Même mon père ne dirait pas une chose pareille. Et les hommes ne donnent plus leurs filles en mariage, tu n'avais pas remarqué ?

— Tu ne peux pas nier que ton père a une grande influence sur toi, Leonora.

— Cela n'a rien à voir avec la question. Je ne le nie pas. Je veux simplement dire que beaucoup d'eau a coulé sous les ponts depuis le temps où les pères choisissaient les maris de leurs filles.

Il détestait l'expression de son visage, son sourire. Il dit d'un ton morose :

— Ton père a changé à mon égard.

Depuis ce soir-là, pensait-il. Ce soir où il était allé chercher Leonora et avait lu l'article sur Corny Mulvanney dans le journal était la dernière fois où Anthony Chisholm lui avait proposé un autre verre, avait fumé ses cigarettes, l'avait traité comme un vieil ami. Quand il l'avait revu quelques semaines plus tard, le changement était perceptible. Sur le moment, il avait pensé qu'Anthony était préoccupé par ses affaires, inquiet au sujet de quelque chose, puis des mois avaient passé avant qu'ils se revoient. La fois suivante, lui, Guy, proposa à Leonora de lui « prêter » l'argent pour l'appartement et Anthony, qui avait été en quelque sorte mis dans le coup, se montra sévère et intraitable. Le prêt était inenvisageable, il savait que Leonora l'avait déjà refusé, évidemment Guy devait comprendre que l'on appréciait sa proposition mais qu'elle était parfaitement hors de question.

Guy commanda un autre Campari. Il alluma une cigarette en attendant les plats.

— Tu ne m'as jamais raconté comment tu avais rencontré Newton.

— Pourquoi l'aurais-je fait ? Tu ne me l'as jamais demandé.

— Eh bien, cela s'est passé comment ? Où l'as-tu rencontré ?

Elle lui coula un drôle de regard en coin, ce qui n'était pas étonnant, vu ce qui suivait :

— A Lamb's Conduit Street.

— Chez ton père ? Allons, Leonora, précise ta pensée.

— Et toi, la tienne, Guy. Est-ce que je connais quelqu'un d'autre à Lamb's Conduit Street ? En fait, c'est mon père qui nous a présentés.

— Quoi ? Il a quoi ? Tu vois ! J'avais raison. Je ne suis pas tout ce que tu dis, démodé et macho, et je ne sais quoi. *Ton père t'a présenté l'homme qu'il veut que tu épouses.*

— C'est moi qui veux l'épouser, Guy. Je vais l'épouser. De toute manière, cela ne s'est pas passé comme ça.

— Cela s'est passé comment, alors ?

— William préparait cette émission sur l'architecture. Cela avait démarré à propos de quelque chose que le prince Charles avait dit. Il est venu voir papa à la maison pour un entretien préliminaire et il s'est trouvé que j'étais là.

— Quand était-ce ?

— Guy, cesse de m'interroger, s'il te plaît. Il y a deux ans environ. Bon, c'était en juillet.

— Tu n'habitais pas avec eux à l'époque. Cela faisait plus d'un an que tu étais dans ton appartement.

— Je n'ai pas dit que j'habitais avec eux. J'ai dit que j'ai rencontré William chez eux. C'était l'anniversaire de papa. Je suis allée lui porter son cadeau d'anniversaire et William était là.

— Cela n'explique pas comment tu as commencé à sortir avec lui. Ou bien est-ce ton père qui a tout organisé ? Peut-être a-t-il dit à Newton que tu avais un petit ami indésirable et qu'il accueillerait volontiers quelqu'un de plus convenable. Peut-être lui a-t-il donné ton numéro de téléphone.

— C'est moi qui lui ai donné mon numéro de téléphone, dit-elle. Il me l'a demandé.

Comment pouvait-on être tellement fâché contre quelqu'un, détester presque tout dans sa manière de s'habiller et de se comporter, tout en l'aimant quand même ? L'aimer plus que n'importe quoi au monde, plus que soi-même.

— Puisque tu es si..., je crois que le mot est progressiste. Puisque tu es si progressiste, pourquoi envisages-tu de l'épouser ? Pourquoi ne vas-tu pas simplement vivre avec lui ?

— Je vis déjà avec lui, plus ou moins.

Les plats arrivèrent. Leonora demanda de l'eau, lui une bouteille de graves rouge.

— Pourquoi le mariage ? demanda-t-il, quand le serveur fut reparti.

— S'engager publiquement est la raison habituelle, n'est-ce pas ? Oui, j'imagine que c'est ce que nous voulons faire. Nous engager l'un vis-à-vis de l'autre pour la vie.

— Pour la vie. Tu penses que cela va durer une vie ?

— Pourquoi pas ? Les gens ont toujours pensé que c'était une chose normale que le mariage dure toute la vie. J'espère que ce sera le cas pour le nôtre. Je ne sais pas, je ne peux pas dire, comment peut-on savoir ? Tout ce que nous pouvons faire, c'est essayer.

Elle avait pris un petit pain dans la corbeille mais ne le mangeait pas. Sa main gauche reposait sur la table. Il saisit son poignet, le tint légèrement comme lorsqu'on cherche le pouls de quelqu'un, puis resserra son étreinte.

— Fais quelque chose pour moi.

Il crut l'entendre soupirer :

— Que veux-tu, Guy ?

— Ne te marie pas. Attends. Attends un an. Tu es jeune, il est jeune. Qu'est-ce qu'une année ? Vis avec lui. Cela ne me gêne pas — enfin, cela me gêne mais je peux le supporter. Vis avec lui et tu verras.

Elle le regarda en balançant très doucement la tête de droite à gauche.

— Laisse-moi partir. Tu me fais mal.

Elle retira sa main.

— Fais cela pour moi. Ce n'est pas grand-chose.

— Pas grand-chose ! Remettre mon mariage parce qu'un ami, un ancien petit ami, me le demande !

— Je suis davantage que cela pour toi, Leo. Je suis l'amour de ta vie et tu le sais. Si tu refuses, je t'empêcherai. Je ne te laisserai pas te marier. J'ai le droit d'interdire ton mariage et j'en userai.

— Guy, tu me dis parfois des choses qui me font très sérieusement douter de ta santé mentale. Je parle sérieusement. Et cela va de mal en pis. Je crois sincèrement que tu devrais faire quelque chose à ce sujet.

— Tu as écouté ta mère.

— Pourquoi pas ? Oui, probablement. Il m'arrive d'écouter ma mère. Je crois qu'elle est pleine de bon sens. Mais je ne l'ai pas écoutée au sujet de la santé mentale, je n'en ai jamais parlé avec elle. Je crois que tu perds la tête, Guy, et tout cela parce que tu es obsédé par cette idée absurde que nous serions heureux ensemble. Ce n'est pas vrai. Tu t'entendrais beaucoup mieux avec Celeste, si seulement tu voulais bien voir les choses raisonnablement. En réalité, cela ira beaucoup mieux quand je serai mariée et hors de ta vue, quand tu ne pourras plus me voir. Alors, tu t'en remettras.

Ni l'un ni l'autre ne furent capables de manger. Cependant, il but le vin. Boire, il y arrivait toujours. Elle but son eau et transforma le petit pain en un amas de miettes. Elle dit que, ces derniers temps, le rencontrer ne servait qu'à la rendre malheureuse et lui aussi, mais elle promit de déjeuner avec lui le samedi suivant.

Elle lui avait donné ample matière à réflexion. Quand avait-il proposé de payer son appartement ? Cela devait être en décembre et janvier, trois ans et demi plus tôt. Entre cette date et le mois d'août dernier, quelqu'un avait parlé à Anthony Chisholm de l'affaire Corny Mulvanney. Peut-être était-ce Leonora. Mais qui le lui avait dit, à elle ? Qui était la personne qui lui avait demandé :

— Tu sais avec quel genre de type tu sortais ?

Cela s'était passé longtemps avant qu'il ne propose le « prêt ». Seulement, il n'avait pas vu Anthony pendant six mois. Anthony l'avait délibérément évité, aucun doute là-dessus. Il avait dû savoir quelques jours après que Poppy Vasari l'eut dénoncé à la police. Poppy avait tout de suite commencé à parler autour d'elle, comme elle avait menacé de le faire, et l'une des personnes à qui elle l'avait dit était — pourquoi n'y avait-il pas pensé tout de suite ? — Rachel Lingard.

Les chances de rencontre entre Poppy et Tessa n'étaient pas très grandes. Tessa n'était qu'une bénévole dans un hôpital et au BCC. Tandis que Rachel était assistante sociale dans un quartier de Londres, il ne pouvait se rappeler lequel, à condition de l'avoir jamais su. Si elle travaillait pour les services sociaux dans un quartier du sud de Londres alors que Poppy travaillait avec des drogués, quoi de plus logique si elles se connaissaient ? Elles pouvaient même être amies.

— Il s'appelle Guy Curran, il possède une maison somptueuse dans un *mews* de la plus belle partie de Kensington.

— *Guy Curran ?*

— Ne me dis pas que tu le connais !

— Oh si ! je le connais ! Ma meilleure amie songe à l'épouser.

Il était un temps où elle envisageait vraiment de l'épouser. La première fois qu'il l'avait emmenée voir sa maison, au volant de sa voiture — il avait une Mercedes en ce temps-là, il lui avait dit : « Ce sera aussi ta maison », et elle avait eu ce fameux sourire, à cette différence près que, dans son souvenir à lui, c'était alors un sourire plus libre, plus ouvert, moins contenu. « Quand nous serons mariés », lui avait-elle répondu.

Elle avait vraiment dit ça ? Il ne l'avait pas imaginé ? Bien sûr que non. Il n'était pas en train de perdre la tête. Elle l'avait profondément aimé mais les séparations imposées par l'université et le stage de formation les avaient éloignés l'un de l'autre.

C'était naturel, cela serait arrivé à n'importe qui. L'important est qu'elle se rapprochait à nouveau de lui, qu'elle avait accepté de partir en vacances avec lui, qu'ils sortaient ensemble deux ou trois fois par semaine. Puis Corny Mulvanney était mort.

Il avait l'impression qu'à peine dix minutes s'étaient écoulées depuis le départ de Poppy Vasari quand la brigade des stups arriva. Ils fouillèrent la maison et ne trouvèrent rien. Il n'y avait rien à trouver. Heureusement qu'il avait jeté l'herbe et les amphétamines dans la cuvette des toilettes trois jours plus tôt. Ils étaient connus pour mettre la tuyauterie en morceaux. Mais ils ne le firent pas à Scarsdale Mews. Il voyait bien qu'ils étaient impressionnés par la maison, ils ne pouvaient pas s'en empêcher, et cela devait les influencer, cette élégance, cette tranquillité, ces beaux objets.

Ils l'interrogèrent chez lui et au commissariat de police. L'interrogatoire dura quatre heures. Il nia tout. Le club marchait bien, l'agence de voyages avait largement dépassé le stade de projet, l'affaire de peintures à l'huile originales commençait à rapporter des bénéfices. Ils pouvaient voir d'où venait son argent.

Ses deux fusils neufs furent exhibés, chacun dans sa boîte. Il avait un port d'armes en tant que membre d'un club de tir légalement autorisé. Il déclara n'avoir jamais entendu parler de Cornelius Mulvanney, l'homme n'était jamais venu chez lui. Mais il y avait une chose qu'il souhaitait leur dire, c'est que lors d'une soirée dans un pub de Balham, pendant le week-end, quelqu'un l'avait abordé pour lui demander s'il avait de la résine de cannabis. Dans ces termes ? Eh bien, non, pas dans ces termes, il ne voulait pas répéter les mots mais, s'ils insistaient, ce qu'on lui avait demandé était : « Vous n'auriez pas un peu d'herbe ? » Comment savait-il ce que cela signifiait ? Cela l'avait intrigué, il avait demandé à un homme dans le pub qui le lui avait expliqué.

Décrivez l'homme. Quel homme ? Celui qui lui avait demandé de la résine de cannabis. Guy avait dit qu'il ne pouvait pas, qu'il n'arrivait pas à se rappeler. Il finit par produire une vague description d'un homme mince, pâle, aux longs cheveux assez blonds. Le nom du pub ? L'heure ? Qui donnait la soirée ? A quelle heure était-il parti ? Et cela continuait, continuait. A minuit, ils le laissèrent rentrer chez lui. Il n'entendit plus jamais parler d'eux.

Poppy Vasari, en revanche, revint quelques jours plus tard. Elle dit qu'elle ne voulait pas entrer, merci. (Il ne l'en avait pas priée.) Elle préférait rester sur le seuil parce qu'il risquait de lui faire du mal si elle se trouvait seule avec lui à l'intérieur. Cela le fit rire. Comme s'il allait ne serait-ce que toucher quelqu'un d'aussi dégoûtant ! L'odeur était probablement toujours là, incrustée dans les vêtements. Il tint la porte en se moquant d'elle, tout ça était tellement ridicule.

— Vous avez assassiné Corny, dit-elle, alors pourquoi pas moi ? Cela ne changerait rien pour vous. Vous êtes mauvais.

Il se forçait pour continuer à rire, cela ne lui venait pas naturellement. S'il refermait la porte, elle tambourinerait jusqu'à ce qu'il l'ouvrît à nouveau.

— Vous avez échappé à la loi, mais pas à vos pairs.

— Qu'est-ce que vous voulez dire, mes pairs ? demanda-t-il, ayant une sorte de vision de la Chambre des lords.

— Je parle de vous à tous les gens que je connais, à tout le monde. Et j'en parle à tous les gens que Corny connaissait. Je leur raconte la vérité, que Corny est sans doute mort à cause des piqûres d'abeilles mais que, s'il s'est fait piquer, c'est à cause de la drogue que vous lui avez donnée. Vous l'avez assassiné en lui donnant une drogue mortelle et c'est cela que je suis décidée à colporter partout. J'ai commencé chez moi. Maintenant, je vais m'y mettre ici. Je vais trouver vos amis et leur raconter. Je vais frapper à chaque porte de cette rue et raconter aux gens ce que vous avez fait.

Le problème avec cette sorte d'entreprise, du moins en Grande-Bretagne, est que les gens qui entendent ce genre de déclaration, émise de cette façon, pensent que le messager est fou. Il ou elle est une « pauvre créature » que l'on devrait enfermer, qui n'aurait jamais dû être laissée en liberté, qui avait besoin d'être soignée, qu'il vaut mieux ignorer, oublier ; quant à l'information ainsi communiquée, personne ne la croit. Les voisins de Scarsdale Mews ont certainement pris Poppy Vasari pour une folle si elle a mis sa menace à exécution — Guy n'était pas allé vérifier —, et peut-être était-elle momentanément un peu folle. Je veux dire (pensait Guy), imaginez le présentateur de la télévision spécialisé dans les entretiens « Au coin du feu », qui ouvre sa porte et entend :

— A mon avis, vous devriez savoir que l'homme qui habite au numéro sept a tué mon ami avec des drogues.

Cela ne le dérangeait vraiment pas. Si elle prenait ces gens pour des amis à lui, elle se trompait lourdement. Il n'avait jamais frayé avec ses voisins. Il avait refusé l'invitation de l'un d'eux à passer prendre un verre pour Noël. Les jours suivants, il avait été un peu sur le qui-vive mais tout le monde s'était comporté comme d'habitude, disant « Bonjour ! » ou « Salut ! » ou rien du tout. Comme il s'y attendait, ils n'avaient rien écouté. Mais c'était différent de Poppy Vasari parlant à quelqu'un de sa connaissance, quelqu'un avec qui elle travaillait, surtout quand elle se serait un peu calmée. C'était autre chose que Poppy racontant tout à quelqu'un *qui le connaissait, qui reconnaissait son nom.*

Rachel Lingard.

Il devait partir en vacances avec Leonora dans la quinzaine suivant l'enquête sur la mort de Corny Mulvanney. L'enquête ne révéla rien d'important. Son nom, Dieu merci, ne fut pas mentionné. Poppy Vasari se fit réprimander par le coroner pour être restée assise sans intervenir pendant que Corny Mulvanney prenait une substance interdite, un dangereux hallucinogène. Elle était particulièrement blamâble à la lumière de la formation qu'elle avait reçue et de l'emploi qu'elle avait occupé mais dont — le coroner était heureux de pouvoir en informer le tribunal — elle avait démissionné. On conclut à la mort accidentelle. Mais Rachel avait dû s'activer car au milieu de la semaine suivante, quand ils retrouvèrent, Leonora et lui, à Cambridge Circus — il l'emmenait voir *Les Misérables* au théâtre —, elle lui annonça qu'elle n'irait pas en Grèce.

Cela n'avait pas eu l'air de la gêner. Elle ne prit pas la peine de lui dire que c'était affreux, qu'elle en était malade. Elle déclara sans détour :

— Je ne peux pas venir. Je suis désolée.

Il était effondré, il protesta. Était-ce le prix qui l'embarrassait ? Était-ce parce qu'il allait payer pour eux deux ?

Le choc le rendit négligent, il prononça la phrase qu'elle détestait et qu'il s'était juré de ne plus employer.

— Une somme comme ça, je ne verrai même pas la différence.

Cela la faisait toujours tressaillir.

— Il y a ça et d'autres raisons. Je ne peux pas. Ne me demande pas de t'expliquer, cela serait trop douloureux. Oublions tout simplement, est-ce possible ?

Il fut un temps où il croyait que c'était à cause de l'argent et peut-être — sentiment peu agréable — parce qu'elle se sentirait obligée de coucher avec lui s'il payait, aussi valait-il mieux ne pas y aller. Maintenant, il savait que c'était autre chose. Rachel lui avait dit pour Corny Mulvanney.

Elle habitait avec Rachel. Rachel était toujours là, empoisonnant son esprit, l'influençant contre lui. Il aurait aimé tuer Rachel.

10

Chez Danilo, le barbecue était préparé par des cuisiniers en tablier rayé et toque blanche, et la nourriture servie par des jeunes personnes habillées comme des fermières du XVIIIe siècle. Les hommes et les femmes qui tenaient le bar portaient des costumes de danseurs hawaiiens. Par chance, la soirée était chaude. Le jardin de la maison néo-géorgienne de Danilo à Weybridge était immense, parsemé de palmiers d'importation qui avaient presque atteint leur taille adulte et tenaient très bien le coup cet été mais risquaient d'avoir moins belle allure au printemps suivant. Sa dernière nouveauté était une fontaine installée dans un bassin ornemental sur la pelouse, en dessous de la terrasse. La fontaine était illuminée ce soir-là, des rosiers roses plantés dans des pots roses bordaient la margelle de marbre de même couleur et de la teinture rose avait été versée dans l'eau. Danilo expliquait aux gens qui admiraient l'effet produit que les rochers d'apparence si naturelle étaient en véritable quartz rose.

Il était venu une centaine de personnes. Guy en connaissait vaguement quelques-uns. Bob Joseph était là avec sa petite amie et l'ancienne femme de Bob était accompagnée de son nouveau mari, ainsi que le père de Danilo, cette vieille canaille, avec sa troisième épouse et le frère de Danilo, qui avait repris la charge de bookmaker et possédait maintenant une chaîne d'officines de paris. Il y avait beaucoup d'amis de Tanya qui étaient dans la fripe et un tas de filles qui avaient l'air de mannequins mais ne l'étaient probablement pas. Danilo et Tanya, qui parlaient toujours de se marier « un jour » ne l'avaient pas encore fait, malgré leurs quatre enfants.

Le quatuor en question, abominablement gâté selon Guy, au lieu d'être au lit ou surveillé par les deux nurses dans un endroit adéquat à l'écart, courait entre les invités en hurlant, jetant de la nourriture en tous sens, éclaboussant avec l'eau rose de la fontaine quiconque se trouvait dans leur ligne de tir. Ils étaient endimanchés, les deux garçons en pantalon rayé, spencer et nœud papillon, les filles en organza blanc soutenu par plusieurs épaisseurs de jupons, comme si leurs parents étaient des paysans italiens enrichis et non des cockneys parvenus. Le plus âgé des garçons, Charles surnommé Carlo, avait pris un Bellini qui, parce que la fête était donnée en l'honneur de Tanya, comportait du cognac en plus du champagne et du jus de pêche ; entouré de filles en jupette à mi-cuisse, il l'avala d'un trait et se pourlécha les lèvres.

Des lumières féeriques étaient accrochées dans les palmiers avec des spirales destinées à repousser les moustiques. Une bande magnétique jouait de la musique style « là-bas au bout du Rio Grande », aidant Danilo et Tanya à entretenir l'illusion qu'ils étaient vraiment d'origine latino. Le jardin sentait l'huile chaude et la viande grillée malgré les bougies parfumées au patchouli. Guy se dit qu'il n'aurait jamais pu emmener Leonora dans cet endroit. Elle aurait trouvé cela vulgaire ou pis encore, elle aurait ri. L'idée qu'elle se faisait d'une soirée était quinze personnes dans un appartement de Camden Town, buvant du vin blanc et du Perrier en parlant d'environnement. Mais laisser tomber Danilo et Tanya pour Leonora serait un sacrifice insupportable.

Cette nuit-là, le ciel était pourpre et sans étoiles, avec un croissant de lune jaune citron qui devait être réel mais donnait l'impression d'avoir été accroché par Danilo au moment où il colorait la fontaine. Une brise légère agita les frondaisons des palmiers. Guy avait d'abord bu un Bellini pour la forme avant de passer à la vodka. Il vit que Celeste s'amusait, dansant avec le plus proche voisin de Danilo, un millionnaire qui avait appartenu dans les années soixante à un groupe de rock extrêmement en vogue. Elle portait une jupe rouge vif qui lui arrivait aux chevilles, et un bustier noir et or qui laissait entrevoir quelques centimètres d'une peau dorée à la hauteur de la taille. Sa chevelure, formée de plusieurs dizaines de tresses aux extrémités dorées, évoquait la crête d'un somptueux animal tropical. La dernière-née de Danilo, une petite fille en tutu blanc rebondissant, courut vers elle et Celeste l'entraîna dans la danse, tous les trois se tenant par la main. Celeste adorait les enfants, il l'avait déjà vu à plusieurs signes.

Il se dirigeait vers le bar pour reprendre de la vodka lorsqu'un éclaboussement particulièrement sonore et un cri provenant de la fontaine l'incitèrent à regarder sur sa gauche. Là, au milieu d'un groupe d'invités essuyant les gouttes d'eau projetées sur leurs vêtements — Carlo s'en était donné à cœur joie au bord du bassin —, se tenait Robin Chisholm.

Guy fit remplir son verre et s'avança jusqu'à un poste d'observation ombragé où n'arrivait que l'odeur de la bougie parfumée. Robin parlait avec Tanya, un homme que Guy ne connaissait pas et deux femmes maigres comme des coucous, bizarrement vêtues et dont les cheveux évoquaient d'énormes nuages de barbe à papa, l'un au citron, l'autre à la framboise. Les cheveux de Tanya n'étaient pas le contraire, à cette différence qu'il n'existe pas de barbe à papa parfumée à l'encre. Tanya portait une espèce de camisole en lamé doré avec un pantalon froncé à rayures noires et or et des souliers verts à hauts talons qu'elle avait probablement dû chausser par erreur et oublié ensuite de changer. Il n'y avait aucun signe de la présence de Maeve.

Robin avait l'air de sortir directement d'une comédie musicale de l'époque édouardienne. Il ne lui manquait que le canotier en paille. Il coiffait maintenant ses cheveux blonds ondulés avec une raie au milieu. Le résultat était bizarre. Son visage paraissait plus juvénile que jamais, pas seulement jeune comme peut l'être un homme de vingt-sept ans, mais comme un garçon qui aurait dix ans de moins. Ses joues étaient roses et ses lèvres rouges comme celles d'une fille. Il portait un pantalon de flanelle blanche et un blazer rayé, semblait prospère et infiniment content de lui.

Guy dit à Danilo :

— Je ne savais pas que tu le connaissais.

— Je le connaissais autant que toi. Pas aussi bien, peut-être, mais mieux par la suite. Il a échangé quelques pesetas pour moi. J'ai vendu ma villa et il fallait trouver une solution pour sortir les fonds. J'aurais dû demander à la petite miss Leo, hein ? Est-ce donc à cela que tu penses ? La petite miss Leo et son fiancé ?

— Pas du tout, répondit Guy avec raideur. Comment l'as-tu rencontré à nouveau ?

— Je me demande pourquoi tu poses la question. Enfin, ma

vie est un livre ouvert pour mes amis. Je l'ai rencontré par hasard. La sœur de Tanya avait un appartement dans le même immeuble que lui sur Clapham Common. C'est celle qui lui parle en ce moment, la blonde cuivrée.

— A Clapham ? Mais il vit à Chelsea.

— Cela s'est passé il y a trois ou quatre ans. Pourquoi t'intéresses-tu tellement à ça, tout d'un coup ? Oh, je crois que je commence à voir. Tu n'as pas l'intention de le faire éliminer, j'espère. Ce garçon a de la valeur à mes yeux. Où pourrais-je trouver un autre blanchisseur de devises qui ait un visage de bébé mais aucun scrupule ? Regarde-le, il a l'air d'avoir douze ans.

Guy alla se resservir à boire. Il aurait bien aimé s'approcher de Robin Chisholm et lui jeter son verre à la face, pour voir le résultat. Il n'avait jamais jeté son verre au visage de personne mais l'idée lui paraissait soudain très séduisante. Comme l'une de ces choses que l'on doit avoir faites avant de mourir. La soirée n'était plus si chaude. Pour la première fois de sa vie, Guy se dit que les nuits n'étaient jamais chaudes dans ce pays — excepté une dans l'année, peut-être. Puis il s'avança vers Robin qui parlait toujours à la belle-sœur blonde cuivrée de Danilo et, maintenant, à un homme plus âgé dont quelqu'un avait dit qu'il était créateur de mode.

— Bonsoir, comment allez-vous ?

Il le dit de cette manière britannique où l'on porte tout l'accent sur le « vous » et débite les mots en une séquence dépourvue de sens. Délibérément, sans le moindre sourire.

Robin décida de répondre littéralement à cette question rhétorique, ce qui fit rire la blonde cuivrée.

— Oh, je vais merveilleusement bien, je ne me suis jamais senti mieux !

Il adressa à Guy un sourire intentionnellement dénué d'expression.

— Maeve n'est pas là ?

Cela provoqua une pantomime offensante. Robin regarda à gauche, à droite, tordant le cou et scrutant l'horizon dans le dos du créateur de mode. Il haussa les sourcils, puis fit le myope et, intrigué, scruta le sol et émit un sifflement silencieux.

— Elle n'a pas l'air d'être là, finit-il par dire. Non, j'ai l'impression qu'elle n'est pas là.

Il avait adopté, à l'occasion de cette soirée ou peut-être pour Guy seulement, une attitude chaleureuse et ingénue.

— Dites-moi, cette fille absolument ravissante est avec vous ?

C'était une erreur de demander laquelle et pourtant Guy la commit.

— La Noire avec une coiffure rasta.

Guy jeta le contenu de son verre au visage de Robin.

La belle-sœur de Danilo hurla. Le créateur de mode s'écria : « Pour l'amour du ciel ! » Robin s'ébroua, cracha, rejeta ses cheveux en arrière et bondit sur Guy les bras en avant comme dans un combat de chats. L'assistance était muette et immobile, les yeux rivés sur la scène. L'adrénaline montait. Le poing de Guy se détendit et toucha Robin, non à la mâchoire comme c'était voulu, mais à la clavicule droite. Presque aussitôt, les mains voletantes de Robin assaillirent le visage de Guy, ses ongles longs aussi menaçants que les griffes d'un tigre. Guy frappa encore et les gens intervinrent. Quelqu'un l'immobilisa par-derrière tandis qu'un autre saisissait Robin par les épaules, mais il avait eu le temps d'écraser son poing sur l'œil gauche de celui-ci.

Tous deux haletaient, éternuaient littéralement.

— Arrêtez, ça suffit, dit quelqu'un.

— Vous êtes fous ou quoi ?

— C'est mon anniversaire.

— Au nom du ciel, que se passe-t-il par ici ?

— Je ne pouvais pas en croire mes yeux.

— Oui, il lui a jeté son verre en plein visage.

— C'est un salaud, dit Guy. Le plus grand salaud de Londres.

— Et vous, vous êtes un criminel psychopathe et un meurtrier, répondit Robin, cachant son œil d'une main. Pourquoi, diable, ne retournez-vous pas dans le foutu taudis dont vous êtes sorti ?

Celeste conduisit la voiture jusqu'à la maison. Guy était assis à côté d'elle, cajolant son visage sanguinolant. Il avait été griffé à la joue droite, sur le côté droit de la lèvre supérieure, à gauche du menton et au cou.

— Je vais avoir un empoisonnement du sang. Dieu sait de quelle saleté de bactérie un tel salaud peut être porteur, listeria, hépatite B, n'importe quoi.

— Espèce d'idiot, dit Celeste. Tu es tellement bête. Tu iras voir un médecin demain. Il ne croira jamais que c'est un homme qui a fait ça — tu peux dire que c'est moi, d'accord ?

Il n'était pas amoureux d'elle mais il aimait sa façon de parler, son accent. Rasta, dirait ce salaud. Avec sa foutue prononciation héritée des *public schools*.

— Celeste, je voudrais te dire quelque chose.

Il faisait sombre à l'intérieur de la Jaguar. Une obscurité complice. Il alluma une cigarette. Il aurait préféré mourir que parler de Corny Mulvanney à Leonora, mais il allait tout dire à Celeste, lui dire sans beaucoup de scrupules, pour ainsi dire sans gêne. Était-ce parce qu'il ne se souciait pas vraiment de ce qu'elle pensait de lui alors que l'opinion de Leonora était si importante ? Était-ce parce que, si elle disait après l'avoir entendu qu'elle ne voulait plus le voir, cela lui serait indifférent ? Ou était-ce tout autre chose — parce que Celeste le connaissait et l'aimait tel qu'il était et qu'il n'avait pas besoin de feindre avec elle. Leonora en revanche, malgré leur longue et intime relation, ne le connaissait pas et il ne voulait pas qu'elle le connût, il fallait qu'elle garde ses illusions à son sujet.

— Eh bien, vas-y.

Il lui raconta, il ne cacha rien. Tout y passa, ses doutes, son émoi, sa couardise, sa prise de conscience tardive que quelqu'un avait tout raconté à Leonora. Ce devait être Rachel Lingard, avait-il pensé, mais à la soirée il avait compris que ce n'était pas elle. C'était Robin Chisholm. A l'époque, Robin vivait à Clapham, à quelques centaines de mètres seulement de Poppy Vasari.

— Et c'est pour ça que tu lui as jeté ton verre à la figure ?

La véritable raison était la remarque raciste de Robin concernant Celeste, mais il n'allait pas le lui dire. Cela risquait de la blesser, en dehors de le placer, lui, sous un angle ridicule, chevaleresque.

— Plus ou moins, oui.

— Guy, mon chéri, tu es un peu fou, sais-tu ? Tu te laisses obnubiler par cette histoire vis-à-vis de Leonora. Sais-tu même si quelqu'un le lui a dit ? Lui as-tu demandé ? Non, parce que cela lui révélerait la vérité au cas où elle l'ignorerait encore. Ne vois-tu pas que tout se passe dans ta tête, et ta tête est très bizarre ces derniers temps, Guy, je peux te l'affirmer.

— Elle a changé à mon égard. Elle a changé dans les deux semaines qui ont suivi l'accident de Corny Mulvanney. Elle ne voulait plus partir en vacances avec moi.

— Elle ne voulait pas que tu paies. Elle ne voulait pas y aller à cause des chaînes que cela créait, c'est ça ? C'est seulement sur ce point qu'elle a changé. D'accord, je ne suis pas comme ça. Si un homme veut payer pour moi, il peut, il est le bienvenu, je suis ravie. S'il a envie que je fasse certaines choses et moi pas, s'il veut m'y forcer, eh bien je le balance par la fenêtre. Je n'ai pas pratiqué le tai-chi-chuan pendant cinq ans pour rien, tu peux me croire.

Guy rit malgré lui. Il regarda par la fenêtre de la voiture mais il n'avait pas besoin de voir pour savoir où ils étaient. C'était Balham Hill et là-bas sur la gauche, c'était Clapham Common, le territoire de Corny Mulvanney. Il sentit qu'il était traversé par un million de fils électriques invisibles, un réseau de transmission dont chaque maillon transmettait des murmures concernant ses crimes et sa culpabilité. La voix de Robin Chisholm lui revint : criminel psychopathe et assassin. Comment le frère de Leonora pouvait-il savoir que c'était justement les mots à employer si on ne lui avait pas raconté les faits ?

Celeste leur fit traverser la rivière par le pont de Battersea.

— Guy chéri, dit-elle, je ne veux pas te blesser.

Il sourit intérieurement. Ils étaient donc deux à ne pas vouloir blesser l'autre.

— Mais Guy, n'est-il pas plus probable qu'elle a changé en comprenant que vous n'aviez plus rien à partager ? Vous n'appartenez pas à la même sorte de gens. Même moi, je peux le dire, et pourtant je ne l'ai vue qu'une fois. D'accord, j'ai un préjugé, je suis jalouse, c'est vrai, je le suis. Mais cela ne signifie pas que c'est faux. Elle s'est réveillée, elle a commencé à comprendre.

— A ce moment précis ? Cela serait bien la plus grande coïncidence de tous les temps.

— Eh bien, ce le serait peut-être si vous étiez encore amants à ce moment-là, si vous viviez ensemble ou presque ensemble comme nous, je veux dire, si vous vous étiez promis quelque chose et aviez l'intention de donner suite de façon permanente. Là, ce serait vraiment bizarre. Si c'était *moi*, ce serait vraiment bizarre. Mais était-ce ainsi, Guy ?

Il ne répondit pas et haussa les épaules. C'était elle qui ne comprenait pas. Dans l'obscurité des rues, l'éclairage cuivré des réverbères projetait une lumière jaunâtre. C'était une fraîche nuit d'été, les premières heures fraîches d'un matin d'été. Les égratignures de son visage lui faisaient mal. Il lui demanda de laisser la voiture dans la rue, de ne pas la garer. Un chat accroupi sur le mur d'en face lui décocha un long regard insondable de ses yeux jaunes chargés de lumière qui n'avaient pratiquement pas de pupilles. Peut-être s'y connaissait-il en égratignures. Si les gens lui posaient des questions, il leur dirait qu'il avait été griffé par le chat du voisin.

Cette nuit-là, il aurait préféré se passer de la compagnie de Celeste. Mais il serait inconcevable de la renvoyer chez elle. Pauvre petite, se dit-il, pauvre compagne de souffrance. Alors, la colère s'empara de lui, une colère dirigée contre Rachel Lingard et ces Chisholm, tous les Chisholm. Il serra les poings. Celeste le précéda dans l'escalier d'un pas dépourvu d'assurance et de gaieté, sans avoir le moins du monde l'air de posséder partiellement la maison, comme si elle s'attendait plutôt à ce qu'il lui demande de redescendre ou même la renvoie.

Elle s'assit sur le lit de Linnell et récupéra les pointes dorées au bout de ses tresses.

— Guy, dit-elle, Guy chéri, était-ce seulement de la marijuana que tu vendais, ou bien un peu d'acide aussi ?

Comme il aurait saisi cette occasion si Leonora le lui avait demandé ! Mais c'était inutile de mentir avec Celeste. Il n'avait pas besoin de l'impressionner. On ne pouvait dire que son opinion le laissait indifférent mais plutôt qu'il avait foi en son infinie aptitude au pardon.

— Les drogues dures aussi. Tout.

— De l'opium ?

— De l'héroïne aussi, oui. L'héroïne est bien de l'opium, n'est-ce pas ?

Comme c'était absurde, après toutes ces années et la fortune qu'il avait accumulée, de ne toujours pas savoir exactement. Peut-être n'avait-il jamais voulu savoir. Elle hocha la tête en l'observant.

— Les gens ne souffrent pas de la substance elle-même. C'est tout l'environnement, les aiguilles sales, l'infection, l'usage immodéré. Et ce n'est pas pire que de s'adonner à la boisson, sinon que l'alcool est accepté socialement. Quant aux dealers, autant condamner un marchand de vin.

— J'ai une amie dont le grand-père était kurde, dit-elle. C'était un aga. (Elle le vit certainement ébaucher un sourire incrédule.) Non, ce n'est pas seulement une marque de fourneaux suédois, c'est aussi une sorte de seigneur féodal dans certaines parties de la Turquie. Ils cultivent tous le pavot là-bas, ils fabriquent de la morphine base. Voilà leur activité, dans cette partie de l'Asie. C'est curieux, ce que tu m'as raconté au sujet de cet homme et des abeilles, parce que c'est ce qu'ils faisaient autrefois, élever des abeilles, mais aujourd'hui les trafiquants remplissent les ruches de drogue.

« La famille de sa mère est très puissante. Ils possèdent quatre laboratoires où l'on transforme la morphine dans des villages près de Van. Son grand-père a envoyé les garçons étudier la chimie à l'étranger et deux de ses oncles se sont fait prendre en Iran et ont été exécutés. Des milliers de passeurs et de chimistes sont exécutés en Iran, de nos jours.

— Pourquoi font-ils ce travail, alors? dit-il d'une voix caverneuse.

— Parce qu'ils sont pauvres.

Le mot résonna lugubrement. La pauvreté était une condition qu'il avait bien connue autrefois mais le mot « pauvre » était rarement prononcé dans cette maison.

— On peut opposer que ce n'est pas entièrement nocif, alors, puisque cela crée des emplois.

Elle poursuivit comme s'il n'avait rien dit.

— Ils n'en prennent jamais, eux. Pas question. Et il n'y a pas d'autre travail possible, pas même dans les champs. Ils n'ont pas le choix. On peut gagner six mille livres sterling en transportant un kilo d'héroïne à Istanbul, et beaucoup plus par kilo si l'on est chimiste.

Il ne l'avait jamais entendue parler ainsi, ce ton sérieux, cette élocution articulée, presque autoritaire, qui avait remplacé son discours habituel, simple et dolent. Cela ressemblait plus à la façon de parler de Leonora et ses amis.

— J'imagine que c'est la même chose en Amérique latine, poursuivit-elle. On ne meurt pas forcément si l'on en prend, quoique cela arrive, des milliers de gens en meurent, mais on est sûr de mourir en la fournissant aux drogués.

Elle dit cela d'une voix qu'il ne lui connaissait pas, dure et claire, visant directement sa culpabilité, ses sentiments fragiles.

— Honte à toi, Guy, honte à toi.

Il n'était pas en colère, il se sentait plutôt malade. Il se souvint qu'il avait beaucoup bu mais les effets ne se faisaient sentir que maintenant. Incapable de voir les choses très nettement, avec une vision légèrement dédoublée, il examina les coupures de son visage dans le miroir de la salle de bains, l'entaille profonde qui barrait sa lèvre supérieure et laisserait probablement une cicatrice, l'estafilade sur sa gorge. Quel genre d'homme pouvait griffer son prochain? Maintenant qu'il y pensait, Guy se souvenait que Robin avait toujours eu des ongles assez longs, encore une habitude déplaisante.

Celeste s'était couchée. Elle était allongée le visage enfoui dans l'oreiller, les bras repliés sur la tête. Il s'allongea à côté d'elle, tendit la main vers l'interrupteur, éteignit la lumière. L'obscurité soudaine stimula sa mémoire. La dernière fois qu'il avait déjeuné avec Leonora, samedi dernier, elle lui avait avoué qu'elle était sortie avec un ami de Robin. Un ancien associé de Robin était l'un des hommes qu'il y avait eu entre lui, Guy, et William Newton. Et il y en avait eu un autre, rencontré lors d'une soirée chez Robin. Ce n'était pas excessif de penser que Robin le haïssait tellement qu'il avait jeté des hommes, l'un après l'autre, dans les bras de sa sœur. Il s'était presque comporté comme un maquereau. Guy s'entendit émettre un son, une sorte de grognement.

Celeste l'entendit aussi. Elle l'enlaça et le serra contre elle.

11

IL Y AVAIT UNE CHOSE à laquelle Guy n'avait pas pensé ce soir-là : Leonora risquait de lui en vouloir à cause de l'œil au beurre noir de son frère. Qu'il l'eût fait était indiscutable, mais Robin Chisholm aurait à s'expliquer davantage que lui. Le médecin de Guy, ayant examiné ses plaies, n'avait pas cru à l'histoire du chat. Il avait tout juste accepté la véritable explication — un combat entre hommes — et injecté à Guy un vaccin antitétanique.

Leonora était à Georgiana Street. Il la joignit dans l'après-midi. Oui, elle était au courant, Robin avait tout raconté le matin même à Maeve au téléphone, qui le lui avait répété et ensuite, Robin lui-même le lui avait dit. Guy n'en fut pas autrement surpris. Cela confirmait ce qu'il savait déjà des liens étroits qui unissaient cette famille et de l'influence que chaque membre exerçait sur les autres. Robin racontait à tout le monde comment Guy s'était jeté sur lui « comme un fou », sans raison apparente, mais il savait bien que la raison était sa passion obsessionnelle pour sa propre sœur.

— Pas du tout, répondit froidement Guy. Il a insulté Celeste.

Voilà qui retint son attention.

— Vraiment ? Qu'a-t-il dit ?

Guy le lui répéta, nullement gêné à l'idée de paraître héroïque et chevaleresque.

— Tu m'en veux ?

— Pas plus que d'habitude. J'imagine que chacun avait une bonne raison d'agir ainsi.

— Robin t'a-t-il raconté des horreurs sur mon compte ?

Elle hésita un instant.

— Quand ? Tu veux dire récemment ?

Il ne pouvait espérer une confirmation plus nette.

— Peu importe. Où allons-nous déjeuner, samedi prochain ?

Et si elle refusait parce qu'il avait donné un coup de poing à Robin ? Le silence dura une quinzaine de secondes qui lui parurent une heure.

— A toi de choisir. C'est toujours moi qui décide, à ton tour maintenant. Surtout qu'il n'y en aura plus beaucoup.

Il tressaillit.

— Il nous en reste encore trois, dit-il.

Mais, dans son esprit, il y en avait des centaines. Ce mariage est un rêve, pensait-il résolument, il n'aura jamais lieu. D'un ton délibérément léger et taquin, il ajouta :

— Allons, ma chérie, tu sais bien que tu ne vas pas vraiment te marier.

Encore un silence. Cette fois, il dura réellement près d'une minute. Un déclic sur la ligne lui fit redouter, pendant une horrible fraction de seconde, qu'elle ait raccroché.

— Leo, tu es là ?

— Je me demande, répondit-elle d'une voix distante, ce que je dois dire. Je ne sais que te dire quand tu parles ainsi. Je suppose que si tu souhaites vivre dans un monde d'illusions, je ne dois pas t'en empêcher.

Il ignora sa remarque, il réussit même à rire, d'un rire entendu et sophistiqué.

— Eh bien, où allons-nous nous retrouver ?

— Viens déjeuner avec moi à Portland Road.

— Nous ne serons pas seuls.

— Nous ne sommes pas précisément seuls quand nous allons au restaurant. Rachel n'est presque jamais là le samedi et Maeve sortira avec Robin. C'est leur habitude.

— Cela me ferait un grand plaisir, dit-il.

Il avait mis fin à son trafic de drogue après l'intervention de la brigade des stups. Disons qu'il l'avait suspendu. Et cela n'avait pas été facile, il avait réellement été en danger. L'un de ses fournisseurs l'avait menacé, sinon de mort, du moins de quelque agression, d'abîmer « son beau visage ». Il était absurde de croire que seules les femmes se soucient de leur apparence, il n'avait pas plus envie d'une cicatrice que s'il était une fille. Il avait vécu avec la peur pendant plusieurs semaines, portant toujours une arme sur lui. En fait, rien n'était arrivé et, en six mois, il avait cessé tout trafic. Il n'avait plus jamais eu de nouvelles de la police ni de Poppy Vasari. Ni Poppy ni personne d'autre ne lui avait prouvé qu'elle avait mis sa menace à exécution et chuchoté à l'oreille de tout le monde son rôle dans la mort de Corny Mulvanney.

Mais l'attitude des Chisholm à son égard évolua au cours des mois suivants. Leonora changea. Il ne se souciait pas des autres mais Leonora, elle, était sa vie. Pour commencer, elle refusa de l'accompagner à Samos. Les autres refus suivirent. Elle acceptait de moins en moins de sortir le soir avec lui. Anthony devint froid et distant. Maintenant qu'il y repensait, il se souvenait qu'Anthony avait repoussé quasiment avec violence l'argent qu'il voulait « prêter » à Leonora pour l'appartement.

— Vous comprenez que c'est hors de question.

— Ce serait un prêt, avait-il dit. Il faut bien qu'elle emprunte de l'argent quelque part. Pourquoi pas à moi ?

— Vous êtes sérieux ?

— Bien sûr, pourquoi ne lui proposerais-je pas un prêt sans intérêt ?

— Parce que vous êtes un homme et qu'elle est une femme, avait brutalement répondu Anthony. Bon Dieu, mon vieux, vous n'êtes pas de la famille, vous n'êtes ni son frère ni même son cousin. Quel genre d'obligation aurait-elle envers vous ?

Et que faisait Robin à cette époque, pendant tous ces mois ? La difficulté est que Guy n'avait aucun souvenir de Robin cet automne et cet hiver-là, en dehors de cette réflexion sur la façon de mettre une dame à sa botte en une leçon facile. Mais il n'avait aucune peine à imaginer les conversations entre Robin et Poppy Vasari, sa voisine de l'immeuble donnant sur Clapham Common.

— Votre sœur envisage de l'épouser ?

Robin inclinant la tête sur le côté, ses boucles blondes ébouriffées, son visage triomphant comme celui d'un gamin de dix ans.

— Ce n'est pas une bonne idée ?

— Vous ne vous poserez plus la question quand je vous aurai dit comment il gagne sa vie. Je vais commencer par vous raconter ce qu'il a fait à mon ami.

Cependant, même s'il donnait trois mille livres à Danilo pour le débarrasser de Robin Chisholm — il s'imaginait très bien en train de le faire, et sans embarras particulier du moment que l'opération ne le touchait pas de trop près —, cela n'effacerait pas le passé. Du moins cela n'effacerait pas ce que Robin avait raconté à Leonora en ce fatal mois d'août, quatre ans plus tôt. Effectivement, mais cela empêcherait Robin de continuer à la dresser contre lui, et c'était assurément ce qui se passait en ce moment, sans arrêt. Combien d'ignobles commérages avaient pu être répétés, par exemple, lors de la conversation téléphonique au sujet de l'œil au beurre noir de Robin ? Et il y avait un autre aspect. Si tout le reste échouait, il était clair que Leonora ne pourrait pas se marier le 16 septembre, son frère ayant été tué deux semaines plus tôt.

L'admettre était fort désagréable, mais il ne parlait plus à Leonora tous les jours. Il n'y avait plus moyen de la joindre quotidiennement. Maintenant qu'elle vivait à Georgiana Street trois ou quatre jours par semaine, elle ne répondait plus au téléphone pendant la journée. Lorsqu'il lui en demandait la raison, elle répondait qu'il n'y avait pas eu de sonnerie, ou qu'elle était sortie.

Il entendait d'ici Robin disant :

— Ne réponds pas, c'est la seule solution. Rien ne t'arrivera si tu ne réponds pas au téléphone, tu sais. Il n'y a pas de sanction pour cela. Aucun procureur ne va te forcer à comparaître devant le tribunal et te faire dire pourquoi tu n'as pas répondu au téléphone. Laisse-moi t'offrir deux petits badges aimantés que tu colleras sur le réfrigérateur : LAISSE SONNER.

Elle pouvait très bien le faire. Personne d'important ne téléphonerait à Newton pendant la journée. On le savait au travail et la plupart des gens ignoraient qu'elle fût là. Si la sonnerie retentissait, ce serait lui, et même si elle avait une grande envie de lui parler, on avait pu la persuader que c'était plus sage de s'abstenir. Sa famille l'aurait fait passer par le chas d'une aiguille, et pas seulement sa famille puisqu'il y avait Rachel Lingard, et il fallait compter avec elle tant elles étaient proches l'une de l'autre, comme des sœurs.

Il appela Danilo le vendredi.

— Pas besoin de t'excuser, lui dit Danilo. Ces choses arrivent en amour et à la guerre.

Guy n'avait nullement l'intention de s'excuser. Il savait parfaitement que leur lutte avait ranimé une soirée qui battait de l'aile et procuré aux invités un sujet de conversation qui durerait plusieurs mois.

— Tanya était bouleversée mais elle te pardonnera. (Danilo rit tellement fort que la vibration, dans le téléphone, déchira l'oreille de Guy.) Alors, quel est ton problème ?

— Dan, c'est lui.

Il se sentit incapable de prononcer le nom, physiquement retenu par une contraction de la gorge, une imperceptible nausée. Danilo resta silencieux mais on pouvait entendre son souffle, quelques inspirations haletantes d'un homme sur le point d'éternuer. Il n'y eut pas d'éternuement mais un ricanement feutré.

— Qu'adviendra-t-il de mes transactions financières ?

— Il n'est pas le seul blanchisseur de la place.

Danilo n'eut pas l'air d'entendre. Il poursuivit :

— Ce fut une belle soirée, n'est-ce pas ? Nous avons eu de la chance avec le temps.

— Je me fous du temps. Tu veux l'argent maintenant ?

— Évidemment. J'ai confiance en toi, mais il y a des limites.

Il n'était allé que deux fois à Portland Road. La première, c'était peu après leur installation, quand il avait été invité et que Rachel l'avait traité de victorien. La deuxième, c'était pour la soirée de pendaison de crémaillère organisée par Leonora, Rachel et Maeve. Elles habitaient là depuis deux ou trois mois. A cette époque, il avait déjà perdu la place particulière qu'il occupait dans la vie de Leonora. Personne, et surtout pas elle, ne l'aurait présenté comme son petit ami. Personne n'aurait parlé de lui aux Chisholm comme de l'homme que « votre sœur » ou « votre fille » va épouser. Il lui arrivait encore de sortir avec lui. Elle lui avait dit qu'ils devraient se voir moins souvent, qu'il fallait attendre.

Un peu plus d'une année s'était écoulée avant l'apparition de William Newton. Peut-être était-ce pour cela, même s'il le détestait, qu'il ne reprochait pas à Newton l'éloignement de Leonora. Cela faisait déjà longtemps qu'elle s'était laissé persuader par sa famille qu'ils — elle et lui — étaient mal assortis. A cette soirée, il n'y avait pas d'autre cavalier que lui pour Leonora, alors que Maeve avait quelqu'un, le prédécesseur de Robin Chisholm, et que même Rachel avait déniché une sorte de hibou portant lunettes. Il essaya de se souvenir si, à cette occasion, Robin ou Rachel s'étaient montrés particulièrement agressifs, mais il ne pouvait se rappeler que l'amabilité doucereuse et hypocrite de Tessa, qui, le revoyant pour la première fois depuis l'épisode du prêt pour l'appartement, exprima sa surprise qu'il fût toujours célibataire.

— J'étais persuadée que vous arriveriez accompagné d'une somptueuse créature. Je l'ai même dit à Magnus, n'est-ce pas, Magnus ? Guy Curran va débarquer avec quelque splendeur sortie d'une publicité télévisée, lui ai-je dit.

La rue n'avait pas changé. Le Prince of Wales avait toujours l'air d'un pub sympathique où l'on peut emmener sa petite amie boire un verre avant le dîner. Il pourrait vivre là — si au moins on lui donnait la moitié d'une chance ! Il détestait ces idées folles qui le traversaient spontanément et, pourtant, il ne parvenait pas toujours à les contrôler. Malgré lui, il se prit à imaginer qu'il achetait une de ces maisons, la maison entière bien entendu, parce qu'un miracle s'était produit, Leonora disait qu'elle n'avait jamais cessé de l'aimer. Le quartier lui plaisait, elle trouverait agréable d'y vivre. Dîner chez Leith's après un verre au Prince of Wales, imaginait-il, elle et lui dînant en tête à tête au restaurant dans la semaine suivant leur retour de voyage de noces. Il l'avait emmenée en Inde : le Cachemire, Jaipur, Agra et une semaine aux Maldives. Main dans la main au clair de lune, ils s'étaient approchés avec effroi du resplendissant palais du Taj Mahal, s'étaient tournés l'un vers l'autre et avaient échangé un baiser à l'ombre de ses murailles étincelantes.

Les trois noms étaient inscrits sur une seule carte au-dessus de la sonnette supérieure. La voix de Leonora retentit dans l'interphone, polie, civile, exprimant son plaisir de le voir arriver si tôt. Le tapis de l'escalier était déjà usé, les murs couverts de graffiti. C'était une longue ascension, quarante-deux marches. Il les compta. Quand il pensait à ce qu'il aurait pu lui offrir ! Elle n'aurait plus jamais à gravir d'escalier de sa vie.

Elle portait un survêtement. Équipement parfait pour une journée à la maison, aucun doute. Il était bleu foncé et avait dû rester correct jusqu'au premier lavage. Depuis lors, il avait dû passer à peu près cinq cents fois à la machine. Il se souvint qu'elle ne s'habillait pas avec recherche pour Newton. C'était un signe favorable, cet ensemble bleu foncé, les pieds nus et les sandales du Dr Scholl. Elle pouvait être décontractée avec lui, elle n'avait pas besoin de faire attention.

— Tes boucles d'oreilles sont fantastiques, lui dit-il.

Elle sourit comme cela ne lui était presque jamais arrivé. C'était une bricole indienne à bon marché, il l'avait repéré tout de suite, mais jolie : des marguerites en émail blanc avec un cœur jaune. Ainsi lovées contre ses lobes rose pêche et son cou mordoré, elles avaient l'air de fleurs véritables plantées dans ses oreilles.

Il ne savait pas exactement ce qu'il attendait de l'appartement, peut-être en avaient-elles fait quelque chose de sensationnel. Mais comment s'en sortir avec trois chambres, une cuisine et une salle de bains minuscule ? Des affiches et des plantes vertes, des objets achetés chez le brocanteur et d'autres à la boutique indienne. Un peu dégoûté, il remarqua que ce n'était pas vraiment propre, rien à voir avec sa maison dont Fatima s'occupait quatre jours par semaine. Il resta debout dans la cuisine pendant qu'elle ouvrait des paquets de chez Marks & Spencers et coupait des tranches de pain de mie industriel. Au bout de quelques minutes, il alluma une cigarette.

— Excuse-moi, Guy, mais cet appartement est une zone non fumeurs.

— Je n'en crois rien.

— Aucune de nous ne fume et nous n'aimons pas l'odeur du tabac, aussi avons-nous décidé qu'il était logique de décréter l'interdiction absolue.

— Je peux avoir un verre ?

— Oh, mon Dieu ! Je suis désolée. J'avais oublié. Tu aurais dû me le demander plus tôt. Il y a du sherry ici, sur l'étagère, et du vin blanc au réfrigérateur. Il est conditionné dans un de ces cartons, tu sais, il suffit de tourner le robinet.

Ils vivaient dans des mondes différents. A son avis, elle ne préférait pas vraiment le sien, cela ne viendrait à l'idée de personne, mais c'était tout ce qu'elle pouvait s'offrir et elle était orgueilleuse. Le « carton » était entièrement recouvert d'un motif imprimé de raisins et de feuilles de vigne. Il tourna le robinet de plastique et un filet de liquide jaune pâle en sortit. Il détestait le sherry, aussi n'avait-il pas le choix.

— Si tu as vraiment envie de fumer, tu peux toujours sortir sur le balcon pendant que je prépare le déjeuner.

Le balcon donnait sur sa chambre. Le lit était fait, comme le sont les lits qui ne comportent qu'une couette et deux oreillers. Il ne pouvait s'empêcher de supputer combien de fois William Newton l'avait partagé avec elle, ne serait-ce que la nuit précédente. La pièce semblait avoir été rangée en hâte. L'un des tiroirs de la commode, surchargé, n'était pas correctement fermé. Le pied d'un collant vert dépassait. Des livres gisaient par terre d'un côté du lit, l'un d'eux était encore ouvert en deux, les pages à même le sol. Il franchit les baies vitrées du balcon, s'appuya contre la balustrade de fer et alluma une cigarette.

Les toits et les flèches de Notting Hill s'étendaient à ses pieds, ainsi que les boucles et le grand arc de Ladbroke Grove. Des arbres poussiéreux dessinaient des îlots de verdure sombre devant les terrasses victoriennes couleur crème, les nouveaux immeubles rouges, le ciment gris tourterelle et la pierre gris foncé. Oui, ils devraient vivre dans ce voisinage, là où ils étaient nés, où ils s'étaient rencontrés la première fois, où leurs vies s'étaient entrelacées.

Il éprouva un violent sentiment de nostalgie pour tout cela, comme s'il ne pouvait supporter d'en rester éloigné un instant de plus. Retourner à South Kensington serait l'équivalent de l'exil. Pourquoi n'était-il pas venu vivre à sa porte, pourquoi n'avait-il pas vendu sa maison et acheté une autre ici même, afin qu'ils puissent se voir tous les jours ?

Il allait trouver une jolie maison. Il y en avait plein la ville, les vitrines des agents immobiliers en regorgeaient. Avec la chute des prix, un million de livres suffirait pour acheter une petite merveille dans la partie agréable du quartier. Lansdowne Crescent, peut-être, ou une autre rue située dans ces cercles concentriques d'une élégance légèrement décrépite. Il imagina Leonora en train de l'installer. Il rentrerait pour déjeuner et la trouverait assise par terre au milieu d'échantillons de moquette, de catalogues de tissus et de papiers peints, en compagnie d'un décorateur d'intérieurs complètement pédé qui hocherait la tête, sourirait, suggérerait ceci ou cela, tandis qu'elle réfléchirait, fronçant les sourcils d'un air grave.

— Le déjeuner est prêt, Guy, dit-elle, dans son dos.

Il refit surface. C'était comme émerger d'un bain chaud et parfumé où l'on s'est à moitié assoupi. Il sortait toujours profondément malheureux de ces rêveries, mais il ne pouvait s'empêcher d'y sombrer, il n'était même pas capable de les contrôler. Il lui emboîta le pas, son verre vide dans une main et sa cigarette éteinte dans l'autre.

Elle avait mis le couvert sur la petite table de la cuisine. Il se retrouva coincé contre le réfrigérateur. Le carton à vin était posé sur la table à côté d'un carton de jus d'orange, flanqué de deux assiettes, pastrami et salade pour lui, fromage et salade pour elle. Il avait une grande envie de fumer une cigarette. Malgré le bonheur de se trouver seul avec elle en ce lieu, d'avoir accédé, même momentanément, à ce qu'il souhaitait le plus, il sentit la colère monter en lui. C'était son orgueil qu'il combattait, songea-t-il, l'arrogance avec laquelle elle supportait résolument cette minuscule cuisine crasseuse, cette nourriture à peine décente, et ne s'autorisait pas le moindre vêtement convenable.

— Te souviens-tu d'avoir dit que tu habiterais chez moi quand nous serions mariés ? demanda-t-il.

— Non, je ne m'en souviens pas.

— Il y a longtemps de cela. Neuf ans. Quand tu es venue à la maison pour la première fois.

— Oui, je me souviens, mais je ne crois pas avoir dit ça.

— D'accord. Te souviens-tu d'avoir dit : « Je *suis* Guy et tu es Leonora ? »

— Oh, Guy, probablement. J'étais une gamine à l'époque. Je préparais *Les Hauts de Hurlevent* pour mon bac.

— Quel est le rapport ?

Elle était en train de manger du pain et du fromage, faisant tout un cinéma pour donner l'impression qu'elle trouvait cela meilleur que les mets exquis qu'il lui offrait d'habitude.

— C'est un livre, expliqua-t-elle gentiment. L'héroïne parle ainsi, enfin, elle dit : « Je suis Heathcliff. »

Il secoua la tête avec impatience.

— Je ne comprends pas pourquoi les gens veulent toujours citer des phrases sorties de livres. La vie est quand même plus importante.

— Parfois, les choses qui sont dans les livres s'appliquent à la vie.

Il ne comprenait pas et son rire l'agaça, aggrava sa colère. Il changea brusquement de sujet :

— Trouves-tu que la manière dont ton frère gagne sa vie corresponde vraiment à tes critères de pureté et de morale ?

— *Quoi ?*

— Faire du trafic de devises. Il doit être sans arrêt en train d'enfreindre la réglementation sur les changes.

Elle se leva pour débarrasser leurs assiettes, sortit du yaourt grec et une jatte de compote de fruits secs du réfrigérateur.

— Je ne suis pas responsable de la manière dont Robin gagne sa vie, ni qui que ce soit d'autre. Cela ne me regarde pas. Je ne suis responsable que de ce que je fais — oh, et sans doute de ce que fait William.

Pris d'audace, il demanda :

— Est-ce que cela est aussi valable pour moi ?

— Je ne suis responsable ni de toi ni de ce que tu fais, Guy. Je te l'ai déjà dit, je sais de quoi tu vis et cela ne me convient pas, mais ce ne sont pas mes affaires. Sinon que...

Il vit son visage changer. Elle posa sa cuillère.

— J'imagine que je ne devrais pas te laisser m'inviter à déjeuner, sachant que je désapprouve l'origine de tes revenus.

— Oh, pour l'amour du ciel !

Il repoussa le yaourt qui se trouvait devant lui.

— Je ne peux pas avaler cette saleté, Leonora. J'ai l'impression d'être à ce foutu salon de l'Intelligence, du Corps et de l'Esprit. Je ne peux pas manger du lait de brebis fermenté.

Il sortit une cigarette sans y prendre garde. Ayant surpris le regard de Leonora, il l'écrasa dans la paume de sa main et explosa de colère.

— Pour qui se prend ce connard de Robin, à colporter des histoires sur mon compte ? Comme s'il avait les mains parfaitement propres ! Il a de la veine de ne pas se retrouver en prison.

— Guy, je ne sais vraiment pas de quoi tu parles et je pense que tu n'en as pas idée toi-même.

Elle était en train de remplir la bouilloire, s'apprêtant à préparer un immonde café instantané, se dit-il.

— Y connais-tu quelque chose en matière de dépressions nerveuses ? demanda-t-elle.

— De quoi ?

— De dépressions nerveuses — craquer mentalement. Cela arrive, tu sais. Les gens ont ça quand la pression est trop forte pour eux, qu'ils perdent leur emprise sur la réalité et ne peuvent plus faire face à la situation, ce genre de choses. Vois-tu, Guy, j'ai l'impression que c'est ce que tu as. Enfin, disons que tu risques d'en avoir une si tu ne fais pas attention.

C'était la deuxième femme, dans la semaine, qui lui disait qu'il devenait cinglé. Il espérait que le regard qu'il lui adressait maintenant, patient, contrôlé, ennuyé quoique chargé de courants souterrains, allait la réduire au silence, peut-être l'inciter à s'excuser.

Il n'en crut pas ses oreilles quand elle poursuivit :

— Guy, William a un copain d'université qui exerce comme psychothérapeute jungien. Il est excellent.

Dieu merci, elle fut interrompue avant d'avoir pu dire autre chose que : « Tu devrais envisager... »

La porte de la cuisine s'ouvrit et une grande blonde mince, quasi méconnaissable, apparut. Elle était livide et avait l'air hagard. Elle s'arrêta dans l'embrasure de la porte, la main sur la poignée, titubant légèrement et les dévisagea sans les voir. Guy la crut ivre et maudit cette interruption inopinée.

Affolée, Leonora se leva d'un bond.

— Maeve, que se passe-t-il ?

— Robin... C'est Robin. Il a eu un accident.

12

ROBIN CHISHOLM n'était pas mort — pas même gravement blessé. Guy en voulut à Maeve d'avoir inutilement inquiété Leonora. Cette fille dramatisait pour rien. Apparemment, monter avec lui dans l'ambulance et apprendre, à l'hôpital, qu'on allait lui faire un scanner du cerveau l'avait rendue hystérique. D'après ce que Guy avait compris, cependant, Robin ne souffrait que d'une légère commotion, de quelques coupures et d'hématomes. En plus de l'œil au beurre noir, songea-t-il.

Elle avait raconté son histoire après que Leonora lui eut administré un cachet d'aspirine et un verre du liquide sorti du carton auquel il refusait d'accorder le nom de vin.

— Nous sortions du parc, tu sais, à l'endroit où les chemins se rencontrent, en quelque sorte, pour déboucher sur Bayswater Road, là où il y a plein de lumières et le Royal Lancaster. Je ne sais pas comment cela s'appelle.

— La Victoria Gate, souffla Guy.

Elle fit comme s'il n'existait pas. Elle avait ignoré sa présence depuis le début. Il aurait aussi bien pu ne pas être là, à cela près qu'il n'était pas très naturel de parler en évitant de regarder du côté droit de la pièce. Elle se forçait à tourner la tête dans l'autre direction, comme s'il quelqu'un avait vomi par terre.

— Bon, nous arrivions par le côté Kensington Gardens, avec l'intention d'aller boire un verre au Swan. Tu sais comme c'est dangereux de traverser à cet endroit, avec le flot de voitures qui se fragmente en contournant le... c'est bien le Ring ? Aussi faisions-nous extrêmement attention, mais, en regardant à droite, naturellement, tu comprends ce que je veux dire. Nous ne pensions pas que la gauche avait de l'importance puisque le feu était au rouge et qu'il n'y avait pas de voitures, de toute manière. Et puis c'est arrivé. Cette voiture a débouché en trombe de cette rue dont j'ignore le nom, qui donne sur Hyde Park Gardens…

— Brook Street, hasarda Guy, sans s'attendre à être pris en compte, et ce fut le cas.

— Robin m'avait devancée parce que mon lacet était défait. J'étais courbée en deux, renouant le lacet. Il n'a pas eu le temps de réaliser ce qui se passait, la voiture l'a renversé comme ça. Elle a surgi de nulle part — enfin… (Là, elle lui accorda quand même un regard) de Brook Street, j'imagine, en brûlant carrément le feu rouge. Il n'y aurait pas eu de feu, ç'aurait été la même chose. Dieu merci, Robin a de bons réflexes. J'ai vu ce qui se passait et j'ai hurlé : « Robin, attention ! » La voiture l'a heurté, mais très légèrement. Ce n'est pas elle qui l'a touché à la tête, c'est sa tête qui a heurté le réverbère.

— La police n'est jamais là quand on a besoin d'elle, tu sais. Une foule considérable s'est amassée autour de nous — ça, on peut toujours compter dessus. Je n'étais pas en état de choc sur le moment, cela ne m'a rattrapée qu'une heure plus tard — enfin, c'est souvent comme ça, non ? La plupart des gens se sont approchés juste pour regarder bêtement et s'offrir un grand frisson — tu connais le genre —, mais il y a quand même eu un homme raisonnable pour appeler une ambulance. L'ambulancier m'a demandé si j'avais relevé le numéro de la plaque minéralogique, ce que je n'avais évidemment pas fait, on a autre chose en tête dans ces cas-là.

L'homme de main de Danilo avait certainement utilisé de fausses plaques, et pourtant, Guy se sentit vaguement soulagé. C'était raté, mais la tentative était courageuse. Il aurait plus de chance la prochaine fois. En tout cas, Maeve ne paraissait pas soupçonner que l'accident du parc ait pu être autre chose qu'une bavure de chauffard. Guy eut envie de dire que c'était bien fait pour Robin, qui avait eu la grossièreté de traverser tout seul une rue dangereuse sans attendre que sa petite amie eût fini de relaçer ses chaussures, mais il se ravisa. Leonora paraissait à la fois secouée et rassurée, et Maeve rassérénée d'avoir raconté ce qu'elle avait sur le cœur.

— Est-ce qu'il y a quelque chose à manger ? demanda-t-elle. Nous n'avons pas pu déjeuner, tu imagines.

Si Leonora avait choisi ce moment pour s'éclipser à la salle de bains ou ailleurs, il aurait pu dire ce qui lui brûlait les lèvres, dans le genre : « Oh, vraiment ? C'est incroyable. Ils auraient pu vous servir du caviar et des blinis dans l'ambulance », ou encore « Comment, vous n'avez pas pu aller au bon vieux Swan, finalement ? » Mais Leonora s'incrusta, dispensant à son amie des marques de sympathie excessives et un sandwich au pastrami.

Ayant repris des forces, Maeve poussa un profond soupir et se resservit un peu de vin cartonné. Ses joues avaient retrouvé leur teinte rose. C'était vraiment une très jolie fille, si cette expression pouvait s'appliquer à quelqu'un d'aussi sculptural, doté de yeux bleus aussi éclatants et d'une crinière aussi léonine. Guy était en train de remarquer que ses jambes étaient aussi longues que certaines filles dans toute leur hauteur quand elle se tourna vers lui pour lâcher un jet de venin concentré :

— C'est entièrement votre faute. Si vous ne l'aviez pas assommé, il aurait pu voir ce qu'il faisait. Il était à moitié aveugle, vous ne saviez pas ? Il souffrait d'une épouvantable migraine. Si quoi que ce soit apparaît au scanner, ce pourrait bien être de votre fait.

Pour toute réponse, Guy tendit le cou et tourna son visage de droite et de gauche pour lui montrer les profondes entailles qui étaient en train de cicatriser mais paraissaient encore pires que le jour où Robin l'avait griffé.

Elle déclara avec un petit rire méprisant :

— Oh, je ne doute pas qu'il ait dû se défendre.

— Oui, comme une saleté de chat sauvage, ne put-il s'empêcher de dire. Il leur arrive de se faire écraser sur Bayswater Road.

Les deux filles s'en prirent aussitôt à lui. Comment osait-il ? Comment pouvait-il dire une chose pareille ? Alors que ce pauvre Robin était couché sur un lit d'hôpital et il risquait d'être grièvement blessé ? N'éprouvait-il jamais le moindre sentiment humain ?

— N'avez-vous aucune sensibilité ? lui demanda bizarrement Maeve.

Il présenta ses excuses à Leonora, qui répondit que cela n'était pas grave mais qu'il ferait peut-être mieux de partir. Il fallait qu'elle téléphone à ses parents. Elle allait sans doute voir Robin à l'hôpital, peut-être sa mère l'accompagnerait-elle. Guy était ravi que le nabot rouquin n'ait pas été mentionné dans toute cette affaire. Apparemment, il était vite oublié. Si seulement Maeve avait pu décamper après sa déclaration, Leonora se serait certainement jetée dans ses bras pour qu'il la réconforte. Pendant le récit de Maeve, il y avait même eu un moment où elle avait posé la main sur son épaule, comme si c'était l'endroit où elle devait naturellement s'appuyer. L'idéal serait d'être avec elle ou moment où l'on annoncerait la mort de Robin, ce qui devait se produire d'ici à un jour ou deux.

Le lendemain, il lui téléphona comme d'habitude. Elle était chez elle. En soi, c'était plutôt rassurant. On avait pu s'attendre à ce qu'elle se précipite chez l'homme qu'elle devait épouser, mais elle ne l'avait pas fait, elle était restée chez elle. Il n'eut aucun scrupule à se mettre dans ses bonnes grâces.

— Comment va Robin ?

— Cela t'intéresse ?

— Leo, bien sûr que cela m'intéresse. Ce n'est pas parce que nous nous sommes un peu accrochés après avoir bu un verre... Enfin, pour l'amour du ciel ! Les hommes se battent, ils sont ainsi faits, tu dois l'admettre.

Était-ce vrai ? Peut-être pas, dans son monde à elle, après tout.

— Cela ne signifie pas forcément que je lui en veux, certainement pas.

— Je crains de ne pas tout à fait comprendre. Ce n'est pas seulement parce que je suis une femme. William non plus ne comprendrait pas.

Il sentit son cœur le lâcher telle une petite pierre froide qui descendait jusqu'à ses pieds.

— Robin va bien, reprit-elle. Ils le gardent jusqu'à demain. Pas uniquement à cause de l'accident. Ils vont faire le point sur ces ennuis qu'il a eus il y a quatre ans — tu sais, quand il a été hospitalisé pendant plusieurs semaines ?

C'était à l'époque où elle était revenue sur sa décision de l'accompagner à Samos. Des semaines s'étaient écoulées, elle s'était montrée froide à son égard et il lui en avait voulu. Maintenant il se souvenait vaguement des ennuis de santé de Robin Chisholm — des migraines, des vertiges, on avait parlé d'épilepsie, mais bien entendu on avait fini par s'apercevoir qu'il n'avait rien du tout.

— Il se trouve que c'était exactement il y a quatre ans, dit Leonora. En fait, il était entré à l'hôpital la première semaine d'août et il y était resté presque jusqu'à la fin de septembre. Je ne vois pas pourquoi il devrait s'en ressentir aujourd'hui, n'est-ce pas, Guy ?

Guy non plus ne voyait pas pourquoi, d'autant (et là, il s'efforça de gommer tout sarcasme de sa voix) que les tests n'avaient rien donné à l'époque. Et comment allait Maeve ?

— Elle est vraiment en mauvais état, je veux dire nerveusement, Guy. (Il adorait cette façon intime de l'appeler par son prénom.) Cela a dû être un choc terrible. Je crois qu'elle est très amoureuse de Robin.

C'est très dommage, pensa Guy. Il faudra pourtant qu'elle tienne le coup quand son amour s'effondrera. Moi aussi, je suis très amoureux, et qui s'en soucie ? Quelque chose le dérangeait, au sujet de Robin Chisholm, mais il n'arrivait pas à retrouver quoi. Ces derniers temps, il lui arrivait souvent d'éprouver cette impression de brouillard, comme une rupture avec la réalité. Dire qu'il n'avait pas les idées claires aurait été excessif, ce n'était pas si grave que ça.

— Veux-tu dîner avec moi ce soir ? demanda-t-il.

— Non, Guy, jamais. Tu le sais très bien.

— Personne ne sera au courant, Leo. Je serai très discret. Ils n'ont pas besoin de le savoir.

— Qui, « ils » ?

Il choisit soigneusement ses mots.

— Ta famille. Ceux qui sont proches de toi.

Elle resta silencieuse. Et quand elle parla, il eut l'impression qu'elle était perturbée. Comment se fait-il que l'on puisse aimer une femme tout en se réjouissant de la savoir perturbée ?

— Oh, Guy, j'aimerais tant... Non, c'est inutile. Appelle-moi demain, conclut-elle.

Son cœur, qui avait paru rétrécir et atteindre la dimension d'un petit pois, lui sembla soudain énorme, plein, doux et palpitant. *Elle avait la voix de quelqu'un qui va pleurer.* Et à cause de lui. *Il l'avait émue aux larmes.*

— Leonora chérie, viens dîner avec moi demain, n'importe quel jour, choisis ta date. Ou alors, je viendrai. Puis-je venir maintenant ?

— Non, Guy, bien sûr que non.

— Alors, voyons-nous demain.

— Nous déjeunerons ensemble samedi. Au revoir.

La communication fut coupée avant qu'il ait eu le temps de protester.

Lorsqu'il composa son numéro le lendemain matin, il n'avait toujours pas réussi à retrouver ce qui le hantait, quel était ce malaise qui rôdait à la frontière de sa conscience. Il avait fait un rêve étrange. Il assistait en observateur invisible à une réunion de l'association des locataires d'un immeuble de Battersea Park. Le bâtiment se dressait en un endroit où en réalité il ne pouvait y avoir aucune construction, au milieu du parc de loisirs donnant sur le quai. Parmi les locataires se trouvaient Rachel Lingard, Robin Chisholm et Poppy Vasari. Ils discutaient des candidatures de gens qui désiraient louer des appartements dans l'immeuble. Il était l'un d'eux. Rachel lut sa lettre à voix haute et annonça son nom.

— Guy Patrick Curran, 8 Scarsdale Mews, W8.

Les rêves sont vraiment une drôle de chose, car ce n'était pas son adresse exacte. Il habitait en fait au 7 Scarsdale Mews. Robin Chisholm ne dit rien mais il cracha. Il cracha comme il l'avait fait après que Guy l'eut frappé à la soirée de Danilo. Poppy Vasari, qui était encore plus sale et négligée qu'en réalité, déclara :

— Nous ne voulons pas de lui. C'est un meurtrier. Il a assassiné mon amant avec un produit classé dans la catégorie A de la loi de 1971 sur l'usage des stupéfiants.

A la suite de cela, Guy voulut partir. Il voulut prendre la fuite bien que personne ne pût le voir. Sachant qu'il était en train de rêver, qu'il se trouvait dans la matière et le temps du rêve, il eut besoin de se réveiller. Mais avant cela, un homme qu'il ne connaissait pas et n'avait jamais vu auparavant se leva et entonna une chanson sur l'opium. Elle racontait que les pavots ont commencé à pousser là où les paupières du bouddha étaient tombées lorsqu'il les avait coupées afin de ne plus jamais s'endormir. Guy se réveilla en criant et grognant.

Il essaya d'appeler Leonora à 10 heures. Il n'y eut pas de réponse. Quand il essaya de nouveau, juste avant 11 heures, c'est Rachel Lingard qui décrocha.

— Vous avez beaucoup de vacances, dans les services d'assistance sociale.

Elle parlait comme une directrice de collège de filles à Oxford interviewée pour la télévision.

— Je ne suis pas en vacances. Je suis en congé maladie, victime d'une infection intestinale. Vous m'avez sortie du lit.

Guy se retint de dire qu'il ne voyait effectivement pas avec quoi d'autre elle pourrait être au lit[1]. Pourtant, cela aurait été une réflexion mal venue, car de nos jours même les filles les plus moches réussissaient à trouver des hommes. Il ne savait pas pourquoi mais c'était ainsi. Depuis qu'il la connaissait, Rachel n'avait jamais été seule, elle avait toujours traîné dans son sillage quelque intellectuel barbu ou boutonneux.

— Où est Leonora ?

— Je l'ignore. J'ai été chargée de vous dire, si vous téléphoniez, que Robin allait mieux et sortait aujourd'hui de l'hôpital.

— Eh bien, qu'il aille se faire foutre. Quand vous avez été « chargée » de me dire cela, où vous a-t-on dit qu'elle serait ?

— Je vous prierai de ne pas prendre ce ton impérieux avec moi. Et vous pouvez vous passer de dire « foutre », c'est très grossier. J'en entends suffisamment comme ça avec les voyous que je rencontre dans le cadre de mon travail. Peut-être aimeriez-vous savoir ceci : je ne sais pas où se trouve Leonora parce que je me suis bien gardée de le lui demander, sachant que vous me poseriez la question. Je ne vous mens pas, je ne mens jamais. Me suis-je montrée assez claire[2] ?

— Absolument, ma chère, dit Guy tout en sachant qu'il allait le regretter. D'ailleurs, la Nature s'en est chargée pour vous.

Il raccrocha brutalement et composa le numéro de William Newton. La ligne était occupée. Ce devait être Rachel qui appelait Leonora pour lui répéter ce qu'il venait de lui dire. La colère commença à monter en lui comme d'habitude, de manière incontrôlable. Cela lui arrivait à tout instant, ces derniers temps. Cela débutait comme une nausée : une sensation oppressante qui remontait jusqu'à sa gorge, où elle s'enracinait. La seule différence est qu'il n'avait pas besoin de vomir, mais de crier. Il traversa la pièce et franchit la porte-fenêtre. Le soleil était revenu, on se serait cru en Espagne ou en Italie. Les fleurs de nénuphars étaient écloses dans le bassin. Il retourna sur ses pas, saisit le vase chinois posé sur le cabinet de laque rouge près de la porte-fenêtre et le jeta rageusement sur les dalles de pierre.

La pulvérisation du vase lui fit un certain effet, mais pas celui qu'il désirait. Certes, sa colère était momentanément retombée.

1. Jeu de mots sur *bug* qui désigne à la fois une maladie digestive d'origine bactérienne, une punaise ou un spectre. (N.d.T.)

2. En fait, le mot anglais *plain* signifie « clair », mais aussi « ordinaire, sans séduction », si bien que la réponse de Guy est à double sens. (N.d.T.)

En même temps, il fut pris d'une sorte de peur de lui-même. Pourquoi avait-il agi ainsi, sans réfléchir ? Il l'avait fait, tout simplement, sur une impulsion.

Ce lundi d'août était chômé au titre de Bank Holiday[1] aussi Fatima ne viendrait-elle pas. Du bout du pied, il regroupa en tas les morceaux de porcelaine. Le vase, un *famille noire*[2] — fleurs de cerisier et linottes sur fond de glacis noir — valait dans les quinze cents livres. A cette pensée, il haussa les épaules. Il décrocha le téléphone, composa le numéro de William Newton et n'obtint aucune réponse. Il sentait bien que, s'il restait là une seule minute de plus, il risquait de tout casser, aussi prit-il un taxi pour aller s'exercer un peu au club de tir. Ensuite, le Gladiators, avec les haltères et quelques acrobaties aux barres parallèles. Il se pesa et constata qu'il avait non seulement reperdu son kilo, mais trois livres de plus. Dans le sauna, un pédé norvégien le reluqua d'un air lubrique. Que n'aurait-il donné pour que Leonora le regardât ainsi !

Il essaya à nouveau son numéro dans l'après-midi. Toujours pas de réponse. Et s'il ne pouvait la joindre de toute la semaine ? Ils n'avaient pas encore choisi leur restaurant du samedi. S'il ne réussissait pas à la joindre, qu'adviendrait-il de leur déjeuner du samedi ? Elle était probablement allée chez Robin. Maeve et elle avaient dû se rendre chez lui pour l'attendre à son retour d'hôpital. Guy se lança à la recherche du numéro de Robin dans l'annuaire.

Il n'était pas inscrit. Il n'y avait pas le moindre Robin Chisholm sur la liste des abonnés de Battersea. Soudain, il se rappela que Robin n'habitait plus Battersea mais Chelsea. Plusieurs choses lui revinrent avec une soudaineté troublante. Pourquoi avait-il l'esprit si confus ces derniers temps ? Pourquoi se racontait-il depuis plusieurs jours que Poppy Vasari avait habité le même immeuble que Robin alors que ce n'était pas elle mais *la belle-sœur de Danilo* qui avait vécu là ? Et n'y avait-il pas autre chose à quoi il n'avait pas pensé et qui lui éclatait brusquement au visage ?

Ni Poppy ni qui que ce soit d'autre n'avait pu raconter l'histoire de Corny Mulvanney à Robin au mois d'août quatre ans plus tôt, puisqu'il était à l'hôpital pour ces tests du cerveau. On n'avait rien pu lui dire, et il ne pouvait rien avoir répété à

1. Bank Holidays : certains jours de l'année, en semaine, où les banques sont fermées et qui sont considérés comme fériés. (N.d.T.)

2. En français dans le texte. (N.d.T.)

Leonora. Il n'était pas là. Leonora avait dû savoir la vérité au sujet de Corny Mulvanney deux semaines avant la date prévue pour leur départ à Samos puisque c'était à ce moment-là qu'elle avait changé d'attitude envers lui, mais ce n'était pas Robin qui lui avait parlé. Robin était bouclé à Barts ou Saint-Thomas ou dans un autre hôpital, ne se souciant assurément de rien d'autre que de l'état de sa propre tête.

Guy eut la brève vision d'un chirurgien vêtu de blanc s'inclinant au-dessus du lit de Robin et apposant un scalpel à la place d'un stéthoscope sur sa poitrine, puis d'un char blindé écrabouillant le taxi qui le ramenait chez lui à Chelsea, tandis que deux hommes au visage dissimulé sous une cagoule sautaient à terre en brandissant des fusils mitrailleurs. S'étant rappelé qu'il ne se trouvait pas dans une série télévisée policière, il se pencha à nouveau sur l'annuaire. Chelsea. Voilà ! St. Leonard's Terrace, une très belle adresse. Il devait joliment réussir. Guy composa le numéro. Il n'aurait pas été autrement étonné s'il n'y avait pas eu de réponse, mais Maeve décrocha.

— Oui ? Qui est à l'appareil ?

Quelle curieuse façon de répondre ! Il remarqua pour la première fois qu'elle avait une façon de parler plutôt « commune », plus proche de la sienne que de l'accent patricien de Robin.

— C'est Guy, Maeve. Je voulais simplement m'enquérir de l'état de santé de Robin.

Abasourdie, elle en resta coite. Ce n'était pas plus mal. Puis elle répondit, d'une voix où le soupçon semblait combattre la tolérance :

— Il va tout à fait bien.

Apparemment engagée dans une réflexion forcenée, elle marqua une pause.

— Merci, Guy, je veux dire, vraiment merci.

— Je suis content d'apprendre qu'il va bien.

Pendant une seconde, il pensa qu'elle allait lui demander s'il se moquait d'elle, mais elle ne le fit pas.

— Ils sont très satisfaits de son état. Il n'y aura aucune séquelle ni quoi que ce soit des suites du choc.

— Dites-lui de prendre soin de lui. (C'était là le véritable objet de son appel.) Je ne le laisserais pas ressortir aujourd'hui, si j'étais vous. Gardez-le au calme. (Il faillit ajouter, n'ouvrez la porte à personne, mais elle allait le prendre pour un fou.) Saluez-le de ma part, d'accord ?

— Bien sûr, Guy, je le ferai. Merci.

Il hésita.

— Leonora est-elle là ?

— Non.

La voix étonnée, émue, avait disparu et laissé place à l'ancien ton agressif de Maeve.

— Pourquoi serait-elle là ? Bien sûr que non. Est-ce donc la véritable raison de votre appel ?

Il lui dit au revoir et essaya de joindre Danilo. Ce n'était jamais facile, Danilo étant capable de se trouver dans dix endroits différents, divers clubs, deux bureaux à Soho, chez son vieux père, l'une des officines de bookmaker de son frère, ou aux courses. Après cinq tentatives infructueuses, il appela Tanya dans sa boutique de Richmond. Danilo était à Bruxelles — elle ne lui donna aucune explication — et rentrerait le lendemain tard dans la soirée.

Guy était maintenant quasiment sûr que c'était Rachel Lingard, et non Robin, qui avait raconté à Leonora l'histoire de Corny Mulvanney. C'est-à-dire qu'il était absolument certain que ce n'était pas Robin et pas tout à fait sûr que ce fût Rachel — presque sûr, mais pas absolument. De toute manière, effacer Rachel du cercle intime de Leonora ne pouvait être qu'une bonne chose. Il aurait bien aimé pouvoir, d'un simple mot ou en appuyant sur un bouton, écarter les tueurs de Danilo de la cible Robin pour les diriger sur la cible Rachel. Il ne souhaitait plus du tout la mort de Robin, cela serait maladroit et inutile.

Il se versa un verre, le premier de la journée, un Campari orange très corsé — trois quarts de Campari pour une cuillère de jus d'orange. La sonnette d'entrée retentit pendant qu'il composait le numéro de Newton.

On ne sonnait pour ainsi dire jamais à sa porte, à moins qu'il n'attendît quelqu'un. Celeste présentait des vêtements à Totteridge, ce ne pouvait donc pas être elle. D'ailleurs, elle avait une clé. En entendant la sonnerie du téléphone résonner indéfiniment dans un endroit vide où personne ne répondait, il se dit que ce devait être Leonora. Il reposa le récepteur. Évidemment, c'était Leonora, quoi de plus probable ? Lorsqu'il l'avait eue au téléphone la veille, il l'avait sentie changer, revenir à lui ; ses bons instincts avaient repris le dessus et l'obstination perverse des dernières années avait disparu.

« Oh, Guy, j'aimerais tant... » avait-elle dit. Aimerais

quoi ? Être capable de ravaler sa fierté, évidemment, revenir vers lui et retrouver ce qu'ils avaient été.

La sonnerie retentit à nouveau. Il posa son verre puis, par réflexe, le poussa derrière un vase. Surtout, ne pas mourir de joie quand elle se jetterait dans ses bras... Il dut se retenir pour ne pas courir jusqu'à la porte. Il y alla d'un pas décidé, l'ouvrit en grand, un large sourire de bienvenue aux lèvres.

Tessa Mandeville se tenait sur le seuil.

13

SA DÉCEPTION fut effroyable, pis encore, à son avis, que le jour où, quatre ans plus tôt, Leonora lui avait annoncé qu'elle ne l'accompagnerait pas à Samos. Il en perdit la parole. Il était comme assommé, écarquillant les yeux tel un idiot, ne la voyant qu'à travers un brouillard. Incapable de lui répondre, il resta planté là tandis qu'elle passait devant lui pour pénétrer dans le hall.

A une autre époque, il aurait été ravi et fier de montrer sa maison à un membre de la famille de Leonora. Aucun d'eux n'était jamais venu. Ayant parfaitement conscience du cadre victorien banlieusard où vivait Tessa, il se serait fait un plaisir de la voir relever les signes évidents de sa prospérité — les tapis, les meubles anciens, le Kandinsky. Qui, sinon elle, était en mesure de l'identifier comme un authentique Kandinsky ? Mais aujourd'hui, cela lui était indifférent. Il la suivit en silence jusque dans le salon.

Selon son habitude, elle était élégamment vêtue d'une robe de lin brun tabac, sans taille et de coupe droite, que seule une femme très mince pouvait se permettre de porter. Elle ne faisait pas de concessions à la chaleur estivale, avec ses souliers couleur gland de chêne poli et son collant parsemé de motifs de feuilles. De nouvelles rides étaient apparues sur son visage depuis qu'il l'avait vue pour la dernière fois. Elle avait une silhouette, des jambes et une chevelure de jeune femme, mais un visage de sorcière avec des rides profondes comme des cicatrices. La laque qui recouvrait ses ongles avait la nuance cuivrée des bouilloires que l'on voit chez les antiquaires.

— C'est courageux de ma part de venir ici toute seule, n'est-ce pas ? lança-t-elle.

Il retrouva sa voix, qui sortit comme un soupir.

— Courageux ?

— Du reste, je vous préviens qu'une demi-douzaine de personnes savent où je me trouve. Si l'idée vous prenait de tenter quelque chose, vous ne vous en sortiriez pas.

— Ne soyez pas ridicule.

— Vous persécutez ma fille, vous rouez mon fils de coups de poing et ensuite, vous essayez de l'écraser en voiture...

Il fut indigné par tant d'injustice.

— J'étais en train de déjeuner avec Leonora quand l'accident s'est produit, j'étais chez elle.

Soudain, il lui apparut qu'il n'y avait rien d'injuste dans son accusation. Il poursuivit cependant :

— Tessa, je suis allé chez Leonora en taxi. Je n'étais nulle part à proximité de Lancaster Gate. Vous ne croyez quand même pas que j'aurais...

— Ah, non ? C'est quand même curieux que vous ayez été si bien renseigné. Maeve dit que vous avez rectifié son récit, que vous lui avez dit exactement où cela s'est passé. Vous n'arrêtiez pas de préciser les noms, Brook Street, Victoria Gate, comme si vous aviez été sur place. Je crois que vous êtes fou. Tout ce que vous voulez, c'est éliminer les gens qui sont proches de ma fille en les tuant ou les blessant grièvement. Je n'aurais jamais dû la laisser vous fréquenter, je me le reproche amèrement. J'aurais dû y mettre le holà dès le début. La prochaine fois, vous ferez du mal à William. Je sais ce que vous mijotez, je suis au courant de tout, je vous ai vu garé devant ma maison dans votre voiture voyante.

Curieusement, ce qu'elle disait n'était pas tout à fait exact mais elle était très près de la vérité. Il s'éloigna et ouvrit la porte-fenêtre. Il n'avait pas plus envie qu'elle de rester enfermé en sa compagnie. La chaleur pénétra dans la pièce avec le parfum de son rosier grimpant. Il vit le tas de débris de porcelaine qui était resté sur le dallage. Elle le vit aussi.

— Vous êtes en train de tout casser, c'est ça ?

— Tessa, pourquoi êtes-vous venue ici ?

Il ne lui avait pas proposé de s'asseoir mais elle le fit quand même. Peut-être s'était-elle sentie rassurée par son calme, son air indifférent. Elle le dévisageait sans parler. Il prit son verre et, conscient de l'absurdité du geste, lui en proposa un.

— Il est évident que je ne veux rien boire ! s'exclama-t-elle, avec mépris.

— Que voulez-vous, alors ?

— Je veux vous dire ceci. D'abord, mon mari va obtenir un référé du tribunal pour vous empêcher de harceler Leonora si vous ne la laissez pas tranquille à partir d'aujourd'hui. Est-ce bien clair ? Ensuite, Leonora doit se marier le 16 septembre. A midi dans la salle des mariages de la mairie de Kensington. Je suis venue vous avertir solennellement, très solennellement, que vous avez intérêt à ne rien tenter à cette occasion, est-ce bien compris ?

— Que pourrais-je tenter ? demanda-t-il, la trouvant presque amusante. Elle était vraiment comique, avec son regard foudroyant, ses longs doigts osseux aux ongles de casserole cuivrée qui enserraient ses genoux lisses comme des galets. Elle fronçait les sourcils avec une intensité telle que son visage en était grotesquement contorsionné.

— N'importe quoi, je ne sais pas, un scandale ! Vous êtes parfaitement capable de venir et de commencer à crier des sottises — faire opposition aux bans, par exemple.

— Il n'y a pas de bans, dit-il, sans très bien savoir de quoi il s'agissait.

— Vous êtes capable d'attaquer William, de vous emparer de ma fille — oh ! de n'importe quoi ! De hurler que vous avez un droit antérieur — quelle absurdité ! — sur elle.

— C'est un fait.

— Non, vous n'avez aucun droit, Guy Curran ! Comment osez-vous parler ainsi ? Elle aime William, William l'aime et ils vont être follement heureux ensemble. Je ne laisserai pas un malade comme vous, un rien du tout issu d'une H.L.M. municipale du quartier le pire de Londres, se mêler de la vie de ma fille !

Il sentit que la colère commençait à monter en lui. C'est son snobisme qui l'avait touché, là où les menaces étaient impuissantes. Il aurait voulu lui dire que ceci était sa maison et qu'elle pouvait en sortir immédiatement, qu'elle n'avait pas le droit de lui parler ainsi sous son propre toit, mais il pensa à Leonora. Cela lui serait répété. C'était déjà assez ennuyeux d'avoir insulté Rachel, ou du moins le pensait-elle. Il fallait garder son calme. Avec un contrôle absolu de lui-même, il déclara :

— Elle ne va pas l'épouser. Elle ne l'épousera jamais.

Tessa Mandeville devint livide.

— Espèce de sale pourvoyeur de drogue ! s'exclama-t-elle. Oh oui ! vous pouvez prendre l'air offensé ! Voyez-vous, je sais tout à votre sujet. Une très bonne amie de Leonora m'a raconté vos trafics, comment vous détruisiez la vie des jeunes et transformiez en enfer la vie de leurs parents.

— Quelle amie ? demanda-t-il.

— Et quoi encore ? Vous vous imaginez que je vais vous le dire, n'est-ce pas ? Pour que vous puissiez la tabasser, je suppose. Une très bonne amie, c'est tout ce que je vous dirai. Quelqu'un dont l'amitié est plus importante pour Leonora que ne le sera jamais la vôtre.

Il lui dit alors :

— Je ne veux pas vous mettre dehors, Tessa. Vous êtes la mère de Leonora et je ne peux pas l'oublier. Je vais monter à l'étage. Peut-être partirez-vous pendant que je m'absente.

En réalité, ce n'était pas tant pour s'éloigner d'elle que pour être seul. Ainsi, il avait eu raison pour Rachel. C'était Rachel qui avait causé tout le mal et qui était en train de continuer. Rachel, qui se trouvait probablement avec Leonora en ce moment même, lui empoisonnant l'esprit. L'autre jour, Leonora s'était montrée plus douce, plus affectueuse avec lui qu'elle ne l'avait jamais été depuis son emménagement. Il est vrai que c'était au téléphone. Mais samedi, ce n'était pas au téléphone. « Oh, Guy, j'aimerais tant... » Qu'était-elle sur le point de dire ? J'aimerais tant que nous puissions être comme autrefois ? J'aimerais tant n'avoir jamais rencontré William ?

Maintenant, cela dit, elle devait être rentrée chez elle et avoir retrouvé Rachel, clouée au lit par la maladie. Il l'imaginait assise sur la couverture de son amie, l'écoutant raconter ce qu'il lui avait dit et ajouter : « Que peut-on attendre d'un voyou pareil ? »

Il entendit les pas de Tessa au rez-de-chaussée. Le bruit cessa. Elle s'était arrêtée. Bien sûr ! Elle s'était arrêtée devant le Kandinsky. Elle l'observait, elle appréciait sa valeur. Le bruit de pas reprit et la porte d'entrée fut refermée avec vigueur, mais pas tout à fait claquée. Il alla dans sa chambre et regarda par la fenêtre. Elle se dirigeait vers Marloes Road, à la recherche d'un taxi. Il espéra qu'elle n'en trouverait pas. D'ailleurs, à pareille heure, il était peu probable qu'elle en trouvât.

C'était donc Rachel. L'information avait dû circuler comme il l'avait d'abord pensé, par le truchement de ses activités d'assistante sociale et de celles de Poppy Vasari. Il descendit. Au moment où il commençait à composer l'un des numéros de Danilo, il se souvint de ce que lui avait dit Tanya. Danilo était à Bruxelles. Cela le dérangeait vaguement de ne pouvoir rappeler en cet instant les chiens qui avaient été lâchés sur Robin Chisholm, mais il n'y pouvait apparemment rien.

Quelque chose clochait. Cette impression le poursuivit toute la soirée. Tout au long du dîner à la Pomme d'amour avec Celeste, puis, en prenant un verre au club de Noel Street avec Bob Joseph, son esprit ne cessa de revenir à Tessa Mandeville et à ce qu'elle avait dit. En fait, pourquoi était-elle venue le voir ?

Cette histoire d'ordonnance de référé pour l'empêcher de harceler Leonora était une vaste blague. Comment pourrait-on harceler quelqu'un qui souhaite votre compagnie ? C'était Leonora elle-même qui, trois ans et demi plus tôt, avait décidé de déjeuner avec lui tous les samedis. Quand Rachel et les autres l'avaient convaincue (cela ne faisait aucun doute) d'arrêter de sortir avec lui dans tous les sens du terme, de ne plus être sa petite amie, elle avait proposé qu'ils se rencontrent régulièrement le samedi. Leonora tenait autant que lui à ces rendez-vous, c'était certain. Elle voulait qu'il lui téléphone. N'avait-elle pas dit : « Appelle-moi demain », quand ils s'étaient quittés le samedi ?

Le prétexte invoqué par Tessa ne voulait rien dire. C'était juste un prétexte pour masquer autre chose. Elle était ostensiblement venue pour l'empêcher de faire un scandale au mariage de Leonora mais, en réalité, c'était *pour lui dire où aurait lieu la cérémonie* — ce qu'il savait déjà fort bien.

Soudain, il comprit. Il faillit éclater de rire sous les yeux de Celeste. Tessa lui avait parlé de la mairie de Kensington parce que cela n'allait justement pas se passer là. Le mariage serait célébré à la mairie de Camden, à King's Cross, dans le quartier de Newton. L'on pouvait se marier au choix dans son propre quartier ou dans celui de son conjoint. Elle lui avait dit Kensington pour le cas où il voudrait y aller. Cette femme était tellement transparente que cela en devenait drôle.

Non que cela y changeât quoi que ce fût. Leonora ne se marierait pas. Elle ne voudrait pas se marier. Il entendit à nouveau sa voix, le ton infiniment doux et tendre qu'elle avait pris pour dire qu'elle aimerait tant… Elle l'avait appelé cher Guy pour lui dire qu'elle ne pouvait pas dîner avec lui. Ils avaient dû la menacer de toutes sortes de sévices quand elle leur avait annoncé qu'elle envisageait de recommencer à sortir avec lui.

Rachel, par exemple, qui devait racheter à Leonora sa part d'appartement, Rachel lui avait très probablement dit que la transaction serait annulée si elle persistait à le fréquenter. Anthony Chisholm était capable de la déshériter, ou du moins de cesser de lui verser de l'argent régulièrement.

— Guy chéri, murmura Celeste, tu sembles perdu dans tes pensées.

Il lui raconta la visite de Tessa. Son visage s'assombrit mais elle ne dit rien.

— J'ai la migraine, lui confia-t-il. Cela m'arrive souvent ces jours-ci. Crois-tu que c'est à force d'être presque tout le temps en colère ?

Elle l'accompagna chez lui.

— Il faut que tu l'acceptes, dit-elle gentiment. Un jour ou l'autre, tu devras admettre qu'elle va épouser William.

— Tu serais bien contente, n'est-ce pas ?

Elle s'agenouilla sur les dalles de pierre et ramassa les morceaux du vase brisé. Il regretta ce qu'il venait de dire mais elle ne répondit rien. Danilo allait rentrer le lendemain soir. Il essaierait de le joindre à partir de 10 heures. Pour compenser les complications qu'il créait, il faudrait probablement qu'il lui redonne quinze cents livres, mais quelle importance ? Celeste lui dit :

— Pourquoi ne lui achèterais-tu pas un magnifique cadeau de mariage ?

Elle n'était pourtant pas du genre garce, mais là... Elle ne pouvait pas parler sérieusement ? En se versant un dernier verre — une vodka avec de la glace —, il nota qu'il n'avait pas arrêté de boire depuis le Campari soda de 17 heures, quand Tessa était arrivée.

Le lendemain matin, Celeste dormait encore quand il composa le numéro de l'appartement de Portland Road. Maeve répondit. Elle était sur le point de partir travailler. Il ne demanda pas à parler à Leonora, du moins pas tout de suite.

— Comment va Robin ?

Il avait vraiment envie de savoir. Il n'avait pour ainsi dire pas dormi de la nuit, tant il redoutait que les tueurs de Danilo aient réussi leur coup.

— Il va très bien, répondit-elle.

Qu'en savait-elle vraiment ? Il allait peut-être très bien quand elle l'avait quitté la veille, mais ensuite...

— Vous lui avez parlé ce matin ?

— A l'instant, Guy.

Quel soulagement ! Non qu'il se souciât particulièrement du sort de Robin Chisholm mais il comprenait qu'après l'œil au beurre noir et ce qu'avait dit Tessa, Leonora risquait de lui reprocher tout ce qui pouvait arriver à son frère.

— Il vient de m'appeler. Il a passé une excellente nuit et se sentait tout ragaillardi, vous savez, il avait l'air en super forme. N'est-ce pas formidable ?

Guy renchérit et demanda à parler à Leonora.

— Elle n'est pas là, Guy, elle est chez William.

Il appela le numéro de Georgiana Street. Il était assez tôt, effectivement, pas même 9 heures, mais il n'en fut pas moins surpris d'entendre la voix de Newton. Non, pas surpris, pis encore. Stupéfait, abasourdi. Il faillit raccrocher mais se ressaisit et déclara :

— Ici, Guy Curran.

— Oh ! bonjour !

Le ton n'était pas particulièrement amical mais Guy aurait encore plus méprisé le type s'il avait paru chaleureux ou jovial.

— Comment allez-vous ? demanda-t-il, de son ton le plus courtois, mais froidement.

— Je vais tout à fait bien et espère qu'il en est de même pour vous. Eh bien, que puis-je pour vous ?

— J'aimerais parler à Leonora.

La plupart des gens, avant d'annoncer quelque chose de désagréable, commencent par dire qu'ils regrettent. « Je suis désolé, mais... » Newton ne le fit pas et Guy le remarqua.

— Elle n'est pas là.

— Allons donc ! s'exclama Guy, sentant la colère monter. On m'a dit il y a cinq minutes à peine qu'elle était chez vous.

Il sentit que son interlocuteur, bien qu'agacé, n'avait pas complètement perdu patience.

— Elle y était effectivement il y a cinq minutes, mais elle est sortie il y a deux minutes. Souhaitez-vous que je vous dise où elle se trouve ?

— Bien entendu. Où est-elle ?

— Chez son père. La mère de Susannah vient de mourir et Leonora est partie pour l'assister dans les diverses démarches, déclaration du décès et entrevue avec les pompes funèbres. Maintenant que je vous ai dit tout ce que je savais, vous m'excuserez de raccrocher mais je suis déjà en retard. Au revoir !

Guy n'avait pas la moindre idée de l'endroit où avait vécu la mère de Susannah, il ne savait même pas que Susannah avait encore sa mère. N'ayant aucune chance de les retrouver, il était inutile d'entretenir la vision délicieuse de lui-même assis auprès de Leonora dans une salle d'attente, lui parlant d'une voix douce et les invitant toutes les deux à déjeuner dans un endroit merveilleux. Un réconfort pour Susannah, qui ne lui inspirait aucune antipathie, une façon de distraire son esprit de sa mère qu'elle avait probablement aimée. Il essaierait de joindre Leonora plus tard à Lamb's Conduit Street.

Il monta une tasse de thé à Celeste.

— Merci, Guy chéri.

Elle ouvrit les yeux et tendit les bras vers lui. Cela faisait plusieurs semaines qu'ils n'avaient pas couché ensemble. Tout désir sexuel semblait l'avoir quitté avec tout ce qui s'était passé, absorbé par la peur et la colère. Mais il se pencha vers elle et se laissa cajoler. Elle était douce et chaude, soyeuse au toucher. Il s'allongea auprès d'elle et la serra contre lui. Il eut conscience de l'avoir serrée vraiment très fort quand elle se débattit pour libérer son nez et sa bouche du poids de son propre visage et dit d'une voix haletante :

— Non, Guy, tu me fais mal.

Il essaya le numéro d'Anthony Chisholm pendant qu'elle prenait son bain. La ligne était occupée. Cinq minutes plus tard, elle l'était encore. Il vérifia auprès des renseignements, où on lui confirma que l'abonné parlait effectivement sur la ligne. Il décida d'abandonner jusqu'à l'après-midi. Fatima arriva au moment où il quittait la maison. Elle poussa un cri de poule affolée ayant perdu un de ses poussins quand elle vit les éclats roses et noirs de porcelaine. « Aiiee ! » Guy sortit la voiture du garage. Il allait d'abord à l'atelier de Northolt, puis dans un hôtel situé au départ de l'autoroute M1 où se déroulait une vente de ses tableaux. Il recula sur le chemin gravillonné et descendit lentement Earl's Court Road en se demandant s'il n'était pas devenu trop vieux pour une telle maison. Vu sa position, il avait un peu dépassé le stade des maisonnettes dans un *mews*. Après tout, il allait avoir trente ans en janvier. Tandis qu'une maison à Lansdowne Crescent, ou bien dans le voisinage de Campden Hill, Duchess of Bedford Walk... Est-ce que Leonora verrait un inconvénient à être de ce côté, du *bon* côté, de Holland Park Avenue ?

A Barnet, *Allez les petits chats* se vendit encore mieux que *La*

Dame de Thaïlande. La femme qui dirigeait la vente et avec qui il partagea ensuite un immonde déjeuner au restaurant du motel (des assiettes ovales où s'empilaient un steak carbonisé, des petits pois en conserve, des demi-tomates, des chips, des champignons aussi gluants que des limaces et des branches de brocolis semblables aux arbres des fermes Fisher-Price) lui assura qu'elle pourrait en vendre deux, voire trois fois plus. Guy s'engagea à les lui fournir. Du motel, il essaya de joindre Lamb's Conduit Street et n'obtint pas de réponse, mais il trouva Tanya à son magasin. Danilo devait rentrer chez lui en fin de soirée. Il serait certainement là à 23 heures.

Guy fut assailli par la vision affreusement déplaisante de Robin Chisholm appuyant sur le bouton de son interphone et ouvrant, vêtu de son seul peignoir de bain, au type qui venait réparer quelque chose ou relever un compteur. Le revolver muni d'un silencieux, ou bien la matraque, ou encore, si le sbire de Danilo était du genre cruel, le poignard effilé, vif comme un éclair.

Guy se rendit à l'agence de voyages. Là aussi, les affaires marchaient du tonnerre. Du bureau adjacent, il téléphona à l'appartement de Saint Leonard's Terrace. La sonnerie retentit dix, quinze fois. Il sentait qu'il n'y aurait pas de réponse. Il coupa et composa de nouveau le numéro. La voix de Robin répondit à la quatrième sonnerie. Il avait dû se tromper la première fois. Quel ne fut pas son soulagement de l'entendre répéter « Allô ! Allô ! » d'une voix irritée.

Les divers succès de sa journée lui remontèrent le moral. Cela faisait longtemps que les choses n'avaient pas aussi bien marché pour lui. Pour rentrer chez lui, même pour aller dans le West End, il aurait été logique de passer par le nord de Regent's Park, mais il se retrouva tout près d'Euston Road. Il lui suffisait de traverser Tavistock Place, de prendre Guilford Street et Lamb's Conduit était là. Il n'était pas censé la voir en dehors des samedis à déjeuner mais — enfin, allons ! Elle avait envie de le voir. N'avait-elle pas dit combien elle aimerait qu'ils soient à nouveau ensemble ?

Il faisait chaud, de cette chaleur jaune, figée, que dégage Londres sous le soleil. Tous les endroits où il était allé en sa compagnie et où il avait été heureux le faisaient souffrir. C'était comme s'il avait deux niveaux de sentiment à son égard : le niveau supérieur, où il se sentait optimiste, joyeux, confiant, et le niveau inférieur, où il n'éprouvait que peur et doute. Les endroits où ils s'étaient trouvés ensemble évoquaient le monde inférieur. Il se rappelait les rebuffades, il se souvenait avec un sentiment plus proche de la panique que de la douleur qu'ils n'avaient pas couché ensemble depuis six ans.

Dans cette partie de Londres, les maisons sont anciennes, du début plutôt que de la fin du XIXe siècle. L'appareillage de briques est d'un brun foncé virant au gris, les portes et fenêtres sont allongées et étroites, on ne voit pas les toits. Le regard rencontre très peu de vert, en dehors de quelques cimes d'arbres, dans le lointain, qui émergent comme la végétation d'un jardin clos de murs. Susannah avait placé des jardinières à ses fenêtres. Au lieu des sempiternels géraniums, elles contenaient des lierres à petites feuilles et des plantes gris-jaune au feuillage mousseux. Guy sonna à la porte et se prépara, comme il en avait toujours besoin, au choc de la vue de Leonora.

Il connaissait la femme qui lui ouvrit, mais ne sut mettre un nom sur son visage. Elle semblait avoir le même problème avec lui.

— Guy Curran.

— Mais oui ! Je suis Janice. Nous nous sommes rencontrés à la soirée d'anniversaire de Nora.

Ce diminutif, réservé exclusivement aux membres de sa famille, lui était odieux. Il situait maintenant la femme qui venait de l'utiliser. C'était la cousine qui était partie se marier en Australie. Bien en chair, elle avait un visage lunaire, des yeux globuleux et une abondante chevelure grisâtre retenue en natte. Guy désapprouvait particulièrement les robes indiennes en coton, à bon marché, mal coupées et informes. Bien entendu, elle en portait une, à fond brun avec des hiéroglyphes noirs et des petits motifs blancs. Avec ses hanches pleines, elle avait plutôt l'air, selon lui, de quelqu'un qui se rend à une soirée costumée dans une grange.

— Je vous prenais pour l'employé des pompes funèbres. Susannah en attend un. Vous savez que sa mère vient de mourir ?

— Oui, on me l'a dit. Puis-je entrer ?

Janice l'introduisit avec réticence. Il sentit qu'elle le dévisageait des pieds à la tête comme s'il était en train de commettre un impardonnable *faux pas*.

— Elle vient juste de perdre sa *mère*. Je veux dire, normalement, les gens écrivent ou téléphonent.

— Je suis venu pour voir Leonora, dit-il, d'un ton impatienté.

Au même moment, la tête de Susannah apparut en haut de la rampe. Le salon se trouvait au premier étage, les chambres en dessous. Susannah n'avait pas à son égard la même attitude agressive et critique que les autres femmes de l'entourage de Leonora — y compris l'Australienne indignée. Elle le salua et lui dit que c'était vraiment gentil d'être venu. Apparemment, elle n'avait pas entendu ce qu'il venait de dire à Janice. Quand il arriva sur le palier, elle s'approcha de lui, le serra dans ses bras et l'embrassa d'une manière presque maternelle, bien qu'elle fût beaucoup trop jeune pour pouvoir être sa mère.

Ce fut un vrai choc pour lui d'être embrassé gentiment par une femme. Celeste le faisait sans cesse, bien sûr, mais cela était différent. Il était évident, pour Susannah, qu'il était venu lui rendre une visite de condoléances. Eh bien, cela lui convenait parfaitement. Il éprouvait de la sympathie pour elle. Bien qu'elle fût nécessairement dans l'affliction, cela ne se voyait pas. Elle était très maquillée, mais avec soin, ce que Guy jugeait convenable pour une femme. La coupe élégante de ses cheveux, raides, bruns et abondants, évoquait la forme d'un oursin. Elle portait un pantalon de soie noire, un haut à rayures noir et chocolat et plusieurs chaînes d'argent assez chic, dont une large ceinture rutilante. Comme il déplorait que Leonora ne puisse, ou ne veuille, s'inspirer de son exemple !

En la suivant dans le salon où il n'avait pas mis les pieds depuis quatre ans, il se remémora le temps où Leonora vivait là, après son stage de formation d'enseignante, quand il venait la chercher pour sortir et qu'Anthony Chisholm lui offrait des verres. Il n'y avait de cela pas si longtemps, après tout... La première chose qu'il vit, avant même Leonora, fut un carton blanc bordé d'argent qui reposait sur le manteau de la cheminée. C'était forcément un faire-part de mariage, mais il ne pouvait pas lire l'inscription de loin.

Leonora se leva à son entrée. Son propre cœur avait déjà accompli sa petite révolution habituelle, envoyant une décharge dans sa tête. Elle avait l'air affreuse, mais quelle importance ?

Elle l'embrassa sans y mettre beaucoup de chaleur ni le serrer contre elle, mais après tout, ce n'était pas elle qui venait de perdre sa mère. (Hélas, pensa Guy.) Derrière lui, Janice s'était lancée dans un long discours sur le fait de l'avoir reconnu sans l'avoir reconnu et de l'avoir pris pour un employé des pompes funèbres ou un fleuriste. Leonora portait des boucles d'oreilles en plastique noir et blanc. Pas un gramme de maquillage, évidemment, et des cheveux d'apparence graisseuse. Un pantalon de survêtement vert et un sweat-shirt d'un noir décoloré par trop d'années d'existence et de mauvais lavages. Depuis qu'elle connaissait Newton, constata Guy, le peu de goût qu'elle avait pour les vêtements avait carrément disparu. Cet imbécile devait lui avoir dit qu'il l'aimait pour elle-même, pas pour son apparence.

En tout cas, elle ne lui demanda pas ce qu'il faisait là. In extremis, il prononça une phrase adaptée à situation. Le visage illuminé, Leonora lui dit :

— C'est vraiment délicat de ta part d'être venu, Guy.

Cela faisait des mois qu'il ne l'avait vue sourire si ouvertement, librement.

— La journée a été si éprouvante. Il y a des gens qui manquent vraiment de tact. Sais-tu ce que l'employée de l'état civil a dit à cette pauvre Susannah ? C'était une femme, bien entendu, ce sont des femmes pour la plupart. Les hommes ne veulent pas de ces emplois-là, c'est trop mal payé. Toujours la même histoire. Eh bien, elle lui a demandé : « Est-ce le premier décès que vous venez signaler ? » et quand Susannah lui eût répondu affirmativement, elle a conclu : « J'imagine que ce ne sera pas le dernier. Au revoir ! » Tu te rends compte ?

Janice était allée préparer le thé après avoir échangé quelques phrases à voix basse avec Susannah. Leonora commença à expliquer que sa cousine habitait chez Anthony et Susannah en attendant son mari, qui devait arriver la semaine suivante, et que c'était si triste pour cette pauvre Janice qui aimait tant la mère de Susannah et n'était pas arrivée à temps pour la voir en vie. Guy n'avait jamais rencontré de famille aussi unie que ces Chisholm. Même ceux qui vivaient à la périphérie du réseau, les pièces rapportées, avaient une passion les uns pour les autres. Leonora laissait accroire que la dénommée Janice avait parcouru plus de douze mille kilomètres pour se pencher sur le lit de mort d'une vieille femme qui était la mère de sa tante par alliance, et qu'elle n'avait probablement pas rencontrée plus de deux ou trois fois dans sa vie. Comme il avait raison de ne pas sous-estimer les influences que subissait Leonora !

D'où il était assis, il voyait difficilement la tablette de la cheminée et le carton posé dessus, car Susannah s'obstinait à rester debout, appuyée contre le manteau de cette cheminée géorgienne soigneusement entretenue. Il ne pouvait pas tendre le cou de façon trop ostensible. Susannah s'était mise à parler de l'enterrement.

— Nous nous trouvons devant un dilemme, Guy. Nous ne savons que faire. Si on lui demandait son avis, Leonora ? Peut-être que quelqu'un sans idée préconçue...

— Voyons ce qu'il en pense, dit Leonora en lui adressant à nouveau son exquis sourire.

— Voilà. Ma pauvre mère n'a pas laissé d'instructions quant à savoir si — eh bien, autant le dire carrément — si elle voulait être enterrée ou incinérée. Il est vrai que beaucoup de gens se font incinérer de nos jours, mais en même temps, la crémation est tellement... J'allais dire définitive, comme si la mort n'était pas déjà quelque chose de définitif, mais vous comprenez peut-être ce que je veux dire.

— Oh, je comprends très bien, s'écria Guy en tordant le cou.

— Et puis, il y a le problème du lieu. Tous les jolis cimetières de Londres étant pleins, cela signifie qu'il faut aller en banlieue. Ma mère vivait à Earlsfield, mais le cimetière paroissial est hors de question. Ce doit être le cas depuis environ un siècle, j'imagine.

Janice entra avec le plateau de thé, qu'elle posa sur une table de telle manière que Guy dut déplacer son fauteuil en tournant le dos à la cheminée. L'heure de boire pour de bon approchant, il n'avait pas follement envie de thé, mais il en prit quand même, refusant cependant une tranche de la *torte* aux pêches et à la crème dont la petite Janice, grasse comme elle était, aurait mieux fait de se priver aussi. Un plan était en train de naître dans son esprit. Il allait essayer de raccompagner Leonora chez elle, enfin, disons qu'il la ferait monter dans sa voiture, prendrait la direction de son appartement et la persuaderait de dîner avec lui au lieu de rentrer tout de suite.

Janice était en train de raconter une histoire compliquée, du plus mauvais goût selon Guy, au sujet de quelqu'un de sa connaissance qui avait dispersé les cendres de son cher disparu depuis le Cobb, à Lyme Regis. Susannah dit que c'était une étrange coïncidence, car ils avaient justement prévu, avec Anthony, d'y passer de brèves vacances dans quelques semaines. La sonnette d'entrée retentit, empêchant Janice de raconter d'autres anecdotes. Susannah et Leonora avaient beau lui répéter de rester assise et de ne rien faire, elle semblait avoir décidé de jouer le rôle de fille au pair d'occasion. Guy eut le plaisir de se retrouver seul avec Leonora pendant quelques instants car le type des pompes funèbres était arrivé et Susannah fut appelée au rez-de-chaussée.

— J'espère qu'elle a pris une décision, dit Leonora. Il va bien falloir qu'elle lui dise quelque chose.

— Viens dîner avec moi, Leo.

— Oh, Guy, je ne peux pas. Je suis vraiment désolée, mais ce n'est pas possible.

Elle n'avait pas dit : « Je ne le fais jamais » ou « Nous déjeunons ensemble le samedi. »

— Je vais dormir ici et William doit venir me rejoindre. Nous allons tous dîner dehors pour que cette pauvre Susannah n'ait pas à faire la cuisine.

Le plan de Guy tombait à l'eau.

— Je suis vraiment désolée, poursuivit-elle. Cela m'aurait fait plaisir. Maeve m'a dit que tu avais appelé ce matin pour prendre des nouvelles de Robin. C'est vraiment gentil, j'y suis très sensible.

Il eut l'audace de tendre la main pour s'emparer de la sienne. Il était sûr qu'elle allait la retirer et pourtant elle ne le fit pas. Elle laissa même ses doigts se lover gentiment dans les siens et lui accorda un regard d'une douceur, d'une compassion telles que si Janice n'était pas revenue au même moment, il aurait perdu tout contrôle, il se serait levé d'un bond et l'aurait prise dans ses bras. Il se leva effectivement, mais pour partir. Rester en compagnie de cette grosse fille au regard perçant qui le dévisageait d'un air inquisiteur n'offrait aucun agrément.

— On déjeune samedi ? demanda-t-il.

— Mais oui, mon cher Guy, bien entendu. Où irons-nous ?

— Au Savoy, proposa-t-il. Allons à la River Room du Savoy.

Elle ne protesta pas. Elle était en train de changer à son égard, elle redevenait comme avant. Il l'embrassa pour lui dire au revoir, se tourna vers la cheminée et vit que le carton avait disparu. Il se trouvait là à son arrivée une demi-heure plus tôt et, maintenant, il n'y était plus.

Quelqu'un l'avait discrètement enlevé pour qu'il ne puisse pas le voir.

14

Il connaissait Leonora depuis longtemps déjà quand il rencontra son frère. Un jour d'hiver — ce devait être juste avant ou après Noël, il entra avec Leonora dans le salon de ses parents. Un garçon était debout près de la fenêtre, lisant un papier qu'il tenait à la main. Bien qu'il ait dû les entendre arriver, il ne tourna pas immédiatement la tête et termina sa lecture. Il y avait dans cette attitude quelque chose qui évoquait le directeur de collège, voire le policier, une nuance ostensible et méprisante qui ne correspondait pas à l'apparence juvénile de l'adolescent. Il était plutôt grand, beaucoup plus en tout cas que sa sœur, mais quand il tourna enfin la tête, son visage se révéla être celui d'un enfant de cinq ans, joufflu et innocent, avec une peau de bébé et une bouche de jeune fille. La voix qui sortit de ces lèvres enfantines n'en parut que plus surprenante. Non pas perçante et sibilante comme l'on aurait pu s'y attendre, mais riche et profonde, fruitée même, avec un de ces accents que l'on acquiert (Leonora l'expliquerait à Guy par la suite) uniquement en fréquentant une école privée réservée à l'élite.

— Est-ce là ton chevalier servant, Nora ?

Guy avait déjà entendu ce mot, mais seulement à la télévision. Il aurait alors (et aujourd'hui encore) donné n'importe quoi pour avoir une telle voix. Leonora fit les présentations.

— Robin, voici Guy. Guy, je te présente mon frère.

A quinze ans, Robin Chisholm pratiquait déjà cette moquerie narquoise qui caractérisait si bien son déplaisant caractère. Ce n'était ni intelligent ni drôle. Seulement grossier.

— Guy, dit-il.

Il prononça le prénom avec lenteur et une pointe d'étonnement. Il le répéta pensivement, comme si c'était le prénom de quelqu'un qu'il avait connu autrefois mais ne remettait pas très bien.

— Guy, oui. Cela ne vous dérange pas d'être appelé ainsi ? Je veux dire, si Nora ne l'avait pas précisé, je vous aurais plutôt pris pour un Kevin ou, disons, un Barry. Oui, Barry vous conviendrait parfaitement.

Il avait l'air d'un enfant innocent et souriant, aux yeux écarquillés, aux joues pleines et roses, qui défiait la victime de ses insultes de s'en offenser. Car il s'agissait d'insultes, Guy n'en doutait nullement. Le frère de Leonora était en train d'insinuer que son prénom était beaucoup trop distingué pour lui.

Elle se porta à sa défense.

— Oh, ferme-la. Tu n'es pas en position de te moquer du nom des autres. Robin te convient très bien pour l'instant, tant que tu as l'air d'un petit garçon, mais ce ne sera pas drôle quand tu seras plus vieux.

Même à l'époque, curieusement, Robin Chisholm était fier de paraître plus jeune que son âge. C'est généralement le cas lorsque l'on a trente ans, mais pas *quinze,* juste ciel ! Guy, qui le rencontrait de temps en temps, pas souvent mais encore trop à son goût, le soupçonnait de cultiver délibérément son aspect de bébé joufflu. Il aurait vu Robin en train de sucer son pouce qu'il n'en aurait pas été autrement surpris. Enfin, si, il aurait été surpris, il serait sorti de la pièce en hurlant.

Les Chisholm avait envoyé leur fille au lycée du coin et dans une université prestigieuse. Leur fils avait fréquenté une école privée horriblement chère mais avait laissé tomber ses études dans la faculté polyvalente où il avait réussi à se faire accepter pour travailler dans la finance. A vingt-trois ans, il commença à avoir des absences. On crut d'abord que c'était une tumeur au cerveau, ensuite, qu'il était épileptique. Il s'avéra qu'il n'avait rien de grave. Pour sa part, Guy était persuadé que Robin avait sciemment tout organisé pour se dégager de son employeur, une société d'investissement qui sombra dans un scandale financier d'une colossale envergure une semaine ou deux après son admission à l'hôpital.

Robin faisait partie de ces individus dont le monde pourrait très bien se passer. Cependant, quelqu'un d'autre devrait se charger de sa disparition, ce n'était plus l'affaire de Guy car ce n'était pas lui qui avait parlé de Corny Mulvanney à Leonora.

De plus, Guy, n'ayant pas réussi à joindre Danilo ce soir-là, avait réfléchi à la question pendant la moitié de la nuit et conclu que Robin était celui, dans l'entourage proche de Leonora, qui l'influençait le moins. Bien entendu, elle adorait son frère, cela allait sans dire — quoique elle le répétât sans cesse, elle disait ça de beaucoup trop de gens, estimait Guy —, mais elle était irritée par Robin, elle ne l'approuvait pas entièrement.

Tout cela fit penser à Robin. Robin était mort, propulsé au pied des escaliers vertigineux de Portland Road, Maeve découvrait son corps sanguinolent. Comme ce rêve n'avait rien d'irrationnel ou de fantastique, Guy en fut d'autant plus paniqué. Il ne pouvait téléphoner à St. Leonard's Terrace avant 8 h 30, ou à Danilo avant 9 heures au mieux. Tout en se préparant du café, il ne cessa de toucher du bois en déambulant dans la cuisine. C'était une vieille manie de superstition dont il croyait s'être débarrassé depuis longtemps.

Il suffisait de toucher du bois pour écarter le malheur. Cela tenait — quoi ? les mauvais esprits ? — à l'écart. Sa grand-mère, qui lui avait appris à toucher du bois, à ne pas passer directement la salière à son voisin ou un couteau à un ami, à éviter les joints entre les pavés de la chaussée, ne lui avait pas précisé la fonction exacte de ces actes. Simplement, ils vous protégeaient. C'était bizarre qu'il pensât justement à elle en cet instant, alors que cela ne lui était pas arrivé depuis des années. Heureusement, la cuisine somptueusement équipée était couverte de chêne cérusé, un vrai paradis pour les toucheurs de bois.

A 9 h 10, la voix ensommeillée de Danilo répondit au numéro de Weybridge. Guy était dans tous ses états parce qu'il avait essayé une dizaine de fois d'appeler St. Leonard's Terrace depuis 8 h 30 et n'avait pas obtenu de réponse. Il était persuadé que Robin était mort, ce qui voulait dire que Leonora était à jamais perdue pour lui, mais il n'en demanda pas moins à Danilo de rappeler son homme de main. Danilo exprima sa mauvaise humeur en entendant cette nouvelle mais n'en accepta pas moins de le rencontrer à 18 heures pour prendre un verre dans un club baptisé le Black Spot. Persuadé maintenant qu'il était trop tard et que Maeve devait en ce moment même être en train d'identifier le corps de Robin à la morgue, Guy tenta néanmoins sa chance avec le numéro de Chelsea.

Une chose étrange se produisit. Quelqu'un décrocha mais avant que la personne ait pu parler dans le récepteur, Guy entendit la voix de Robin hurler dans le fond :

— Répondez pour moi, voulez-vous ? Je suis dans mon bain.

Puis un accent semblable à celui de sa grand-mère — ce devait être la femme de ménage irlandaise :

— Allô ! qui est à l'appareil ? M. Chisholm est occupé.

Guy poussa un soupir de soulagement. Il allait dire : « Conseillez-lui de retourner au lit et d'y rester », mais pensa qu'il fallait mieux s'abstenir.

Le Black Spot se composait d'un bar et d'un plancher. Il n'y avait pas de tables et l'on ne pouvait s'asseoir que sur les tabourets hauts perchés qui bordaient le comptoir noir et argent. La salle était très sombre, dans le style américain. La première personne que vit Guy était Carlo, assis à côté de son père, buvant un breuvage foncé et mousseux dans un verre à cognac. C'était probablement du Coca-Cola, mais dans ce verre, le liquide avait l'air sophistiqué, quasi lugubre. D'abord étonné, Guy se dit qu'au fond il aurait adoré fréquenter ce genre de bars quand il avait dix ans. Seulement, il n'en avait pas eu l'occasion.

Le jean de Carlo venait de la section junior d'un couturier réputé et son sweat-shirt noir portait l'inscription *Breadhead's Kid* en lettres rose fluo. Il dit « Salut ! » à Guy et continua à picorer des crevettes frites dans un cendrier. Danilo portait un costume en soie à chevrons caramel, dont l'énorme veste aux épaules fortement rembourrées recouvrait une chemise cramoisie à col ouvert.

— Tu n'as pas l'air très en forme, dit Danilo.

Agacé, Guy haussa les épaules. C'est toujours ce que lui disait Danilo quand ils se rencontraient.

— C'est l'éclairage, si l'on peut appeler ça un éclairage.

Il demanda une grande vodka Martini au barman.

— Nous ne pouvons pas parler, dit-il à Danilo en désignant Carlo du pouce.

— Je n'y peux rien, mon vieux. Qu'étais-je supposé faire ? L'une des nurses a la grippe et l'autre est de sortie. La sœur de Tanya veut bien garder les autres enfants, mais pas lui. La dernière fois qu'il est allé chez elle, il a flanqué sa cassette d'*Apocalypse Now* dans le four à micro-ondes. Il a dit qu'il voulait voir ce que cela donnerait.

Il s'adressa alors au barman :

— Mervyn, emmène-le derrière et laisse-le regarder *Mork and Mindy*. Cinq minutes, je n'ai pas besoin de plus.

— Ce n'est pas au programme, papa. En ce moment, il y a seulement *Buck Rogers in the Twenty-fifth Century*.

— Vas derrière et regarde ce qu'il y a, d'accord ?

Danilo eut besoin d'un deuxième verre du vin rouge qu'il appréciait particulièrement.

— Ne me fais plus jamais ça, Guy, lança-t-il, d'un ton théâtral. Plus jamais.

— Plus jamais quoi ?

— Me téléphoner pour me sortir cette connerie de j'ai-changé-d'avis.

Il baissa la voix.

— Tu aurais pu transformer ce pauvre vieux Chuck en meurtrier.

Le pauvre vieux Chuck, peu importe qui c'était, n'en était certainement pas à son premier meurtre. De plus, quelle différence cela faisait-il, que ce fût cette victime là ou une autre ? Sachant qu'il était inutile de discuter avec Danilo, Guy lui dit qu'il était désolé, qu'il avait conscience de s'être montré un peu léger.

— Immature, répondit Danilo. Voilà ce que tu es, pour appeler un chat un chat. Maintenant, écoute-moi bien, Guy. Nous avons failli avoir un très vilain accident dans ce secteur. Je veux que tu réfléchisses mûrement. Souhaites-tu, oui ou non, que je poursuive cette opération ? La personne dont tu voulais te débarrasser à l'origine est, si j'ai bien compris, hors de la ligne de tir et, en ce qui me concerne, je ne m'en plains pas, mais, d'après ce que j'ai entendu dans le bigophone ce matin, j'ai comme l'impression que tu as quelqu'un d'autre en tête. Non, ne réponds pas tout de suite. Pas de noms. Je veux que tu réfléchisses mûrement, comme je te l'ai dit.

— C'est tout réfléchi.

Ils étaient seuls au bar, en dehors d'un couple qui s'embrassait à l'autre extrémité. Guy songea que c'était exactement ainsi que les flics s'y prendraient, vraiment éculé le coup de l'inspecteur et l'auxiliaire de police enlacés comme des fous, mais toutes oreilles dressées. Cela ne l'empêcha pas de chuchoter « Rachel Lingard ». Il donna l'adresse de Portland Road. Au cas où Chuck aurait seulement besoin de l'identifier, sans connaître son nom, il sortit une carte de visite de sa poche et inscrivit : *petite, visage rond, grosse, binoclarde, cheveux bruns brossés en arrière, environ vingt-sept ans*. Une description de Rachel peu flatteuse mais exacte, afin qu'il ne risque pas d'y avoir de confusion avec Maeve ou — seigneur Dieu ! — Leonora.

A la lumière de cela, il trouva bizarre que leur téléphone ne réponde pas quand il appela à 9 heures, à midi, à 16 heures et à 22 heures. Entre-temps, il essaya aussi Georgiana Street. Personne ne répondit avant 10 h 30 du soir. Ce fut Newton qui décrocha à la quatrième sonnerie.

— Leonora est au lit. Elle s'est sentie fatiguée et s'est couchée tôt.

— Elle acceptera de me parler.

— Non, comme je vous l'ai dit, elle est au lit.

— Il y a forcément un appareil près du lit.

Humblement, Newton s'excusa : « Je suis un pauvre homme, Votre Majesté », et raccrocha.

Ce fut à peu près la même chose le lendemain. Devant voir son comptable, Guy appela l'appartement de Portland Road du restaurant où il l'avait invité à déjeuner. Il essaya Georgiana Street et St. Leonard's Terrace. Maeve répondit.

— J'habite ici maintenant. De toute manière, j'avais l'intention de m'installer avec Robin après le mariage de Leonora, alors nous nous sommes dit que je pouvais aussi bien emménager tout de suite.

— Est-ce que vous avez une idée de l'endroit où se trouve Leonora ?

— J'imagine que vous le répétez même en dormant, n'est-ce pas ? Cela sera gravé sur votre pierre tombale. Guy Curran, 1960 — je ne sais quand, *requiescat in pace,* « Où est Leonora ? » Non, j'ignore où elle est. Vous êtes vraiment une plaie, savez-vous ?

Il dut retourner auprès du comptable.

Entre-temps, on avait apporté le café. Guy but aussi un grand cognac. Un taxi le ramena à Scarsdale Mews, près de son propre téléphone. Derrière les portes-fenêtres, le salon et le jardin vert lui parurent virer au rouge, comme teintés par sa colère. Pour retrouver son calme, il avait besoin d'entendre sa voix. C'était comme une drogue calmante. Il était en manque de sa voix.

Elle n'était ni à Portland Road ni à Georgiana Street. Mais où va-t-elle, se demanda-t-il, où se cache-t-elle ? Rachel doit la cacher, l'emmène travailler avec elle, elle est capable de tout pour l'éloigner de moi. Plus tard dans la journée, il appela Lamb's Conduit Street. Janice répondit.

Elle n'était installée là-bas que depuis quatre ou cinq ans mais elle avait déjà l'accent australien. Pour une raison inconnue, entendre la voix de Guy lui donna le fou rire. C'était exactement comme si elle venait de parler de lui avec Susannah — non, plutôt comme si elle se rappelait une plaisanterie qu'on avait faite à son sujet.

— Excusez-moi, dit-elle. Quelque chose me faisait rire au moment où vous avez appelé et je n'ai pas pu m'arrêter. Je vais chercher Susannah.

Une gentille femme, Susannah. Souvent, on se demandait pourquoi les gens se mariaient et on ne les comprenait pas, mais, dans ce cas, il était facile de voir pourquoi Anthony Chisholm avait été séduit par Susannah.

— Bonjour, Guy, dit-elle chaleureusement, prononçant son nom avec ferveur, comme si elle était vraiment contente de l'entendre et qu'il était un être cher dont elle n'avait pas de nouvelles depuis des mois. C'était tellement agréable de vous voir l'autre jour. Cela faisait des siècles que nous ne nous étions vus.

Il avait eu l'intention de garder ses distances, de n'échanger que de menus propos, mais ses paroles le touchèrent. D'ailleurs, il était extrêmement fragile ces derniers temps, il avait du mal à se contrôler.

— Beaucoup trop longtemps, renchérit-il. Vous avez toujours été gentille avec moi, Susannah, vous avez été la seule. Même le père de Leonora m'a tourné le dos.

— Allons, Guy, je suis sûre que ce n'est pas vrai. Anthony et moi vous avons toujours bien aimé. En réalité… Excusez-moi un instant.

Il l'entendit poser le récepteur et s'éloigner pour fermer la porte. Afin que la grosse Janice ne puisse entendre.

— Guy, Leonora est une adulte maintenant, elle a sa propre vie. Je comprends très bien que cela vous fasse souffrir de la voir préférer William, mais, si c'est son choix, qu'y pouvons-nous ? D'ailleurs, je tiens à vous dire qu'à mes yeux votre fidélité à son égard est une chose magnifique. Vous vous êtes comporté comme un de ces chevaliers d'autrefois qui se consacraient pendant des années à la dame de leurs pensées. Vraiment. Mais, mon cher Guy, cela doit cesser maintenant, vous vous en rendez bien compte, non ?

— Cela ne cessera jamais, dit-il, baissant la voix.

— Qu'avez-vous dit ?

— Cela ne cessera jamais, Susannah. Voyez-vous, je crois, je *sais* qu'elle me reviendra. Je sais que nous serons ensemble jusqu'à la fin de nos jours et qu'avec le recul nous considérerons tout cela comme une crise de folie temporaire.

— Si c'est ainsi que vous souhaitez voir la situation, je ne peux pas vous en empêcher. J'aimerais seulement vous empêcher de souffrir davantage, c'est tout.

Pourquoi ne pas crever l'abcès tout de suite ?

— Il y avait un carton d'invitation pour le mariage sur votre cheminée, hier. Il y était à mon arrivée mais, quand je suis parti, quelqu'un l'avait enlevé.

Elle répondit aussitôt, sans l'ombre d'une hésitation.

— Oh non, Guy, vous devez faire erreur. D'ailleurs, pourquoi aurions-nous reçu une invitation, alors que c'est nous qui donnons la réception ?

C'était irréfutable. Avait-il tout imaginé ? Pourtant, Susannah n'allait pas lui mentir, pas Susannah. Il lui demanda si elle savait où se trouvait Leonora. Non, mais elle devait la voir le lendemain. Leonora assisterait à l'enterrement de sa mère.

Toute la bande allait probablement s'y rendre, songea-t-il après avoir raccroché. Tessa et Magnus Mandeville, Robin et Maeve, William Newton et peut-être même certains membres de sa famille. Ils étaient tous pris dans les mailles de la grande toile d'araignée des Chisholm. Entraîné dans sa rêverie, Guy entrevit un avenir où, après son mariage avec Leonora, les Chisholm attiraient dans leurs rêts sa propre famille, où ce qui en tenait lieu, ce qu'on pourrait trouver. Ils étaient capables de se lancer à la poursuite de sa mère, de sa grand-mère si la pauvre vieille était encore en vie. Il les imagina tous réunis autour d'une vaste table, en train de célébrer quelque événement. Le mariage de Robin ? *Son* mariage avec Leonora ? Pourquoi pas ?

Il effectua plusieurs tentatives infructueuses à Georgiana Street et Portland Road. Newton l'empêchait de répondre au téléphone, ou alors c'était Rachel Lingard. Cette dernière hypothèse était plus plausible car Leonora retournerait forcément chez elle pour prendre des vêtements de circonstance pour l'enterrement. Il n'empêche que le lendemain verrait la fin de la mère de Susannah, certes, mais aussi de Rachel.

A cette heure, Chuck ou son sous-fifre n'avaient certainement pas eu le temps d'accomplir leur forfait. Guy l'aurait su. Non qu'il s'attendit à recevoir un coup de téléphone de Danilo lui annonçant que la chose était faite. C'est Leonora qui l'appellerait. Leonora se tournerait vers lui dans le malheur. Il éprouva un léger scrupule à l'idée que cela lui ferait tant de peine. Elle aimait vraiment bien cette vilaine grosse Rachel, tellement centrée sur elle-même, avec ses airs supérieurs et sa façon impitoyable de manipuler la vie des autres. D'apprendre que Rachel était morte dans un accident de voiture (ou avait été victime d'une agression fatale, ou était tombée d'un pont) la bouleverserait tellement qu'elle ne donnerait pas suite à cet absurde projet de mariage. Elle se tournerait vers lui pour qu'il la console.

Le lendemain matin, il téléphona à l'appartement de Portland Road dès que la décence le permit, juste après 8 heures. Se trouvant dans sa chambre, le bois qu'il toucha, cette fois, fut celui de la tête du lit de Linnell. Quelqu'un décrocha le récepteur mais ne dit mot. Il savait très bien qui c'était.

— Je sais que c'est vous, Rachel, inutile de faire semblant avec moi.

Il avait envie de dire ce que disaient les types de son quartier lorsqu'ils suppliaient une femme en vain : « Crève, salope, crève », mais comme elle allait vraiment mourir, il avait peur d'être entendu d'une tierce personne.

— J'aimerais parler à Leonora, s'il vous plaît.

Elle raccrocha.

Il composa le numéro et laissa sonner. Lorsqu'il fut évident qu'elle n'allait pas répondre et qu'elle empêchait Leonora de décrocher, il reposa le récepteur sur la table de façon que la sonnerie se prolonge et l'obsède. Peut-être aurait-il dû se rendre à l'enterrement de la mère de Suzannah, mais il ne savait pas où la cérémonie avait lieu. Cela faisait maintenant trois jours qu'il avait parlé à Leonora. Avait-il connu des silences aussi longs en dehors des périodes de vacances ou du temps où elle était à l'université ? Même quand elle partageait le studio et que le téléphone se trouvait au rez-de-chaussée, cela n'avait jamais duré trois jours. Penser ainsi le faisait paniquer, aussi s'efforça-t-il de chasser ces pensées de son esprit. Ayant remis le récepteur en place, il monta dans sa Jaguar pour se rendre à une vente de tableaux à Wallington, dans le Surrey.

Sur le chemin du retour, il se retrouva devant les grilles du crématorium de Croydon. C'était sûrement là. Il gara la voiture le long du trottoir et attendit. Comme ce serait merveilleux de simplement l'apercevoir, pensa-t-il soudain. Alors, il sortirait de la voiture, suivrait simplement le cortège funèbre à l'intérieur de la chapelle crématoire et prendrait discrètement place dans le fond. Il pensa à la manière dont il l'habillerait pour assister à l'enterrement de sa propre mère par exemple, un événement qu'il aimerait voir concrétisé... disons quatre ou cinq ans après leur mariage. Une robe noire toute simple de Jean Muir avec un seul volant à quinze centimètres de l'ourlet, un chapeau noir à large bord, des escarpins de daim noir et des collants noirs brillants à couture. L'idée qu'elle portât un voile, son visage mystérieusement dissimulé aux yeux de tous sauf aux siens, lui plaisait particulièrement.

Ils avanceraient côte à côte, lui la soutenant, elle se raccrochant à son bras. Il l'imagina agenouillée sur le prie-Dieu du premier rang, se recueillant avant le commencement de l'office. Le long cercueil étroit contenant le corps maigre de Tessa apparut, porté par une demi-douzaine d'hommes, Magnus, Anthony, Michael Chisholm, Robin — mais ne devrait-il pas, lui aussi, se trouver parmi eux ? Au moment où il essayait de résoudre ce dilemme, rester aux côtés de Leonora tout en étant un membre incontesté du cercle intime, Guy leva les yeux et vit une sombre file de voitures franchir lentement les grilles.

Il bondit hors de la Jaguar. La première voiture était occupée par des gens très âgés aux têtes blanches comme des clochettes de jonquilles. Il scruta l'intérieur, les dévisagea un à un. La deuxième voiture était également occupée par des gens très âgés. Les deux occupants de la troisième, légèrement plus jeunes, avaient les cheveux gris. Il entendit quelqu'un dire dans son dos :

— Désolé, vous ne pouvez pas rester garé ici.

C'était un agent de la circulation. Il rentra chez lui. Fatima était encore là, passant de l'encaustique. Guy monta dans sa chambre et composa le numéro de Leonora sur le téléphone placé à son chevet. Cela lui rappela ce que Newton lui avait dit, d'un ton moqueur, l'appelant « Votre Majesté ». Aucune à réponse à Portland Road ni à Georgiana Street.

Elle n'allait pas oublier leur déjeuner, n'est-ce pas ? Ils ne s'étaient pas mis d'accord sur l'heure. Mais c'était peut-être superflu puisqu'ils se retrouvaient toujours à 13 heures. Le Savoy, à 13 heures. La porte d'entrée claqua. Fatima était partie. Il descendit et se prépara un verre bien tassé, vodka, glace et un trait d'angostura. Le carton d'invitation au mariage lui revenait sans cesse à l'esprit. Il pensa soudain que, s'ils avaient envoyé des invitations pour ce mariage ridicule, c'était curieux qu'ils ne lui en aient pas adressé une. Enfin, curieux de leur point de vue. Pas du sien. Pour sa part, il eût trouvé grotesque de l'inviter au mariage de Leonora avec un autre que lui. Mais ils ne voyaient pas les choses ainsi. Ils le considéraient comme un vieil ami, méritant d'être invité au même titre que cette garce de Rachel — davantage, même, puisqu'il connaissait Leonora depuis plus longtemps qu'elle. Alors, pourquoi ne l'avaient-ils pas invité ?

Parce qu'ils n'avaient pas envoyé d'invitations ? Parce que ce carton bordé d'argent n'avait jamais été là. Il l'avait imaginé. Il était entré dans une sorte de transe et l'avait imaginé. Le jardin verdoyait à nouveau, l'eau du bassin brillait, lisse, couverte de plaques denses de nénuphars aux feuilles vertes cernées d'écarlate et aux fleurs veinées de rose ou d'ivoire. Ayant remarqué que les roses étaient fanées, il alla ôter les têtes desséchées. Comme ce lieu était calme, niché au cœur des *mews,* à l'écart de la circulation dont le bruit n'était qu'un lointain ronronnement. La paix régnait ici, ainsi qu'une impression de santé. Il suffisait de s'asseoir tranquillement pour ne plus perdre la tête, pour que des choses étranges et inexplicables ne surgissent plus dans votre tête et votre imagination.

Environ une heure plus tard, le téléphone sonna. Son intuition lui dit que ce devait être Leonora, il savait que c'était elle. Elle ne lui avait pas téléphoné depuis des années, mais il savait que c'était elle. Il rentra si précipitamment dans la maison qu'il renversa le meuble de laque rouge, derrière la porte, où était naguère posé le vase chinois. Le cœur battant, il décrocha le récepteur. C'était Celeste. Avait-il oublié qu'il devait l'emmener à la soirée que donnait une de ses amies ? On allait danser sur une terrasse dominant le fleuve à Richmond. Il avait dit qu'il l'appellerait, mais il ne l'avait pas fait.

Guy avait oublié. Il savait qu'il devrait y aller, c'était le genre de choses qu'il adorait, il avait accepté l'invitation et promis à Celeste d'y aller, mais cela ne l'empêcha pas de dire à Celeste qu'il ne se sentait pas de force. Il avait attrapé une saleté, pensait-il, un virus, à moins que ce ne fût l'imminence de la migraine. Elle accueillit la nouvelle avec résignation, n'essaya pas de le convaincre. Quand elle eut raccroché et qu'il se retrouva le récepteur en main, malade de déception, il se dit qu'il ferait aussi bien d'en profiter et appeler Georgiana Street.

Pas de réponse. Il se prépara un autre verre et composa le numéro de Portland Road. Il toucha le bois laqué rouge — était-ce du bois ? Pas de réponse. Rachel était peut-être déjà morte. Chuck allait sans doute faire ça à Brixton, où elle travaillait. Beaucoup de gens disaient que c'était risqué pour une femme, surtout une Blanche, de marcher seule dans les rues peu fréquentées de Brixton. Guy n'y avait jamais cru, mais il se dit qu'il ferait mieux de commencer à y croire, à partir de maintenant.

Un scénario prit forme dans sa tête. La police allait avoir besoin de quelqu'un pour identifier le corps de Rachel. Ils convoqueraient Leonora ou Maeve — Leonora sans doute, puisqu'elle cohabitait encore avec Rachel alors que Maeve n'était plus là. Bien entendu, elle demanderait à William Newton de l'accompagner, elle serait bouleversée de chagrin et de terreur, mais Newton n'irait pas parce qu'il était trouillard, le genre de personne à ne pas pouvoir supporter la vue d'un cadavre, encore moins dans l'état où serait Rachel. Dans son désespoir, Leonora se tournerait vers le seul sur qui elle pouvait compter, son véritable amour, et ils iraient ensemble à Brixton. Il la conduirait en Jaguar. Une fois sur place, il prendrait les choses en main. « Je connaissais la défunte aussi bien que ma fiancée, sergent. Laissez-moi m'occuper de l'identification. » Ensuite, elle se serrerait contre lui dans la voiture. « Cela a toujours été toi, réellement, Guy. J'ai dû devenir folle... »

Après deux vodkas plutôt raides, il se sentait parfaitement sobre mais sa diction était un peu confuse. Il s'entraîna à parler à voix haute devant le miroir et s'avoua en toute honnêteté qu'il n'avait pas vraiment envie que Leonora l'entende dans cet état. Il attendrait d'être rentré du restaurant pour essayer une dernière fois.

Il marcha. Il avait besoin d'air frais. Il n'avait pas du tout l'habitude de dîner seul, ou dans un endroit où il n'avait pas réservé de table. Un peu plus bas dans Old Brompton Road, il y avait un restaurant italien où il avait un jour mangé des pâtes délicieuses avec la petite amie qui avait précédé Celeste, une hôtesse de l'air à moitié chinoise qui faisait son service sur un Boeing 747. Quatre jours qu'il n'avait pas parlé à Leonora... Il était préférable et plus sûr de penser à Rachel, qui risquait d'être morte à cette heure, gisant quelque part. Il était près de 20 heures, soit plus de quarante-huit heures depuis qu'il avait passé le mot à Danilo.

Le restaurant se trouvait au milieu d'un alignement de boutiques. Un homme, un mendiant ou un sans-abri, appelez ça comme vous voudrez, était allongé sur le seuil d'un magasin de produits naturels fermé depuis longtemps. C'était un Noir, assez jeune, apparemment grand et d'une maigreur extrême, vêtu de hardes grisâtres. Une casquette était posée à côté de lui sur le trottoir. L'unique pièce de cinq pence qui s'y trouvait était le seul signe indiquant qu'il ne s'agissait pas d'un simple couvre-chef abandonné momentanément par terre.

Il était allongé sur le dos, les mains croisées derrière la tête, les yeux fixant le ciel. Ses lèvres entrouvertes laissaient apparaître des dents d'une blancheur éclatante ponctuée d'un éclair doré. Il ne regarda pas Guy, qui ne lui accorda qu'un regard rapide mais sut aussitôt avec certitude qu'il s'agissait de Linus. Un Linus qui avait terriblement changé, déchu, dont les joues naguère luisantes étaient envahies par la barbe et les pommettes saillantes balafrées par une vilaine cicatrice en zigzag. Néanmoins, c'était bien lui. Guy poursuivit son chemin, parfaitement sobre maintenant, mais frissonnant. Ses mains tremblaient et il avait l'impression que ses jambes ne pourraient pas le porter, mais il n'en continua pas moins de marcher. Il oublia de chercher le restaurant italien et poursuivit d'un pas mal assuré vers les Boltons, le long de Fulham Road. L'essentiel était de mettre le plus de distance possible entre lui et le pauvre clochard allongé par terre qui aurait pu être, qui *était* Linus.

Pourtant, une fois à l'intérieur du restaurant qu'il avait trouvé dans Cale Street, étant allé commander une vodka Martini au bar avant de demander une table, il s'étonna d'être parti en courant. Pourquoi ne s'était-il pas arrêté, n'avait-il pas demandé comment il pourrait aider son ami ?

Là, bien sûr, il simplifiait les choses. Mais il aurait pu commencer par demander à cet homme s'il était réellement Linus. L'identité exacte d'un Noir n'est pas plus facile à déceler, pour un Blanc, que celle d'un Blanc pour un Noir. Il ne peut y avoir de reconnaissance instantanée et irréfutable. Un léger doute planait encore dans l'esprit de Guy. Lorsqu'il avait vu Linus pour la dernière fois, c'était un beau et jeune gangster, souple, en forme, prospère. Il était toujours bien habillé, de manière voyante. Guy se rappelait sa dent en or, ce qui n'était pas si fréquent chez les jeunes mais pas inhabituel quand ils étaient d'origine caraïbe.

Guy s'installa à sa table, commanda un poulet quelconque et

but une autre vodka Martini en attendant qu'il soit prêt. Le clochard allongé sur le pas de la porte avait une dent en or. Repensant à ce qu'il avait vu une demi-heure plus tôt, Guy revit les lèvres pleines et brillantes, légèrement bleutées, et entre les lèvres entrouvertes, une lueur dorée au milieu de la rangée d'émail blanc. C'était Linus. Que lui était-il arrivé pour qu'il décline ainsi ?

Quinze ans plus tôt... Les adolescents qui formaient les bandes de rues ignoraient tout du racisme. Aujourd'hui, c'était quelque chose dont on tirait fierté, dont on se réjouissait, mais à cette époque cela ne venait à l'esprit de personne, ils s'étonnaient seulement d'entendre la police et les assistances sociales parler de problèmes raciaux chez les jeunes de Notting Hill. Guy aurait presque pu dire — presque, mais pas tout à fait, pour être honnête — qu'il ne remarquait jamais la couleur des gens. Il avait conscience qu'aux yeux de certains être irlandais, comme lui, passait pour un avantage. Le jeune Linus avait été un véritable diable. Une fois, dans le métro, entre les stations Notting Hill et Queensway de la Central Line, il avait subtilisé cinq cents livres à trois touristes américains sans qu'ils soupçonnent quoi que ce soit.

Son plat arriva, mais il se contenta de picorer dans son assiette. En revanche, il but une carafe de réserve du patron. Pourquoi était-il resté pour manger ? Il aurait dû rebrousser immédiatement chemin afin de retrouver l'endroit, dans Old Brompton Road, où il avait vu Linus couché par terre. Or il s'était enfui. En se levant de table et payant l'addition, il se dit qu'il devait y retourner. Revenir sur ses pas et trouver le jeune Noir allongé sur le pas de la porte pour s'assurer que c'était bien Linus.

Il marcha dans la rue à la recherche d'un taxi, guettant ce cube d'or brillant se dirigeant vers vous qui est la plus agréable des lumières de la ville. Soudain, venant à sa rencontre dans King's Road en se donnant le bras comme un couple de vieux mariés, il vit Robin Chisholm et Maeve Kirkland.

Évidemment, leur présence en ce lieu était moins surprenante que la sienne. Ils n'habitaient qu'à un bloc de là. King's Road était leur grand-rue. Guy s'attendait à ce qu'ils feignent de ne pas le voir, comme l'autre jour dans le parc, ou bien qu'ils déclenchent une bagarre en pleine rue. Il se prépara à l'affrontement et regarda fixement devant lui à leur approche. Ils étaient à nouveau habillés comme des jumeaux, ce devait être un des aspects importants de leur relation. La même chemise rose, cette fois. C'étaient les pantalons qui différaient, celui de Maeve en coton gratté noir, celui de Robin en toile de jean bleu délavée. Rien chez ce dernier n'indiquait qu'il eût échappé de justesse à un grave accident et le pourtour de son œil avait retrouvé sa couleur normale. Guy dut se retenir de porter la main à sa joue là où subsistait une légère trace d'ongle.

Tous deux affichaient un large sourire.

— On enterre la hache de guerre, vieille branche ? proposa Robin.

Guy n'avait jamais entendu quelqu'un de sa génération appeler un contemporain « vieille branche ».

— Comment allez-vous ? (demanda-t-il, ajoutant, par pure politesse :) Je suis content de vous revoir en forme.

— Oh, je me défends.

La formule était plutôt déplacée. Connaissant Robin, Guy ne doutait pas qu'il l'eût délibérément employée.

— Et qu'est-ce qui vous amène dans ces parages ? demanda Robin de sa voix mélodieuse. Sans attendre la réponse, il proposa à Guy de venir boire un verre à St. Leonard's Terrace.

Tant de sympathie donna le tournis à Guy. Qu'est-ce que Robin avait donc en tête ?

— Je regrette, ce serait avec plaisir mais je suis un peu pressé.

— Vous n'avez pas demandé où était Leonora, dit Maeve, aggressivement.

C'était vrai. Il constata qu'il n'avait pas pensé à Leonora depuis une heure. Ce devait être un record.

— Non, elle doit être à Portland Road, j'imagine. Je dois déjeuner avec elle demain.

— Comme Rachel n'est pas là, elle a déménagé chez William. Ce n'était pas la peine de rester toute seule dans l'appartement.

Un frisson d'excitation le traversa.

— Qu'entendez-vous par Rachel n'est pas là ?

— Elle est partie en vacances, c'est bien ça ?

— En vacances ?

— Ce matin même. Elle est allée en Espagne avec Dominique. Pourquoi faites-vous une tête pareille, Guy ? C'est de Rachel que je parle, pas de Leonora.

Un taxi apparut. Il le héla, demanda au chauffeur de le conduire à Bolton Gardens, leur dit au revoir et monta en voiture. Il put voir Maeve dans le rétroviseur, qui secouait la tête, la bouche légèrement entrouverte. Ainsi Rachel lui avait échappé, ou plutôt avait échappé à Chuck. Rachel était partie en vacances avec l'un de ses intellos. Le plus important, évidemment, n'était pas qu'elle aurait dû être morte mais qu'elle ne fût pas là. Enfin, elle n'y était pas.

Avec la tombée du jour, le vent s'était levé et la chaleur avait disparu. L'automne approchait. Il sortit du taxi à Bolton Gardens et fit quelques mètres à pied pour revenir sur Old Brompton Road.

Il n'y avait personne sur le pas de la porte. Linus, si c'était lui, était parti. La seule trace de sa présence en ce lieu était un mégot de cigarette, un minuscule mégot, beaucoup plus mince que les mégots habituellement abandonnés par les fumeurs de cigarettes. Guy le ramassa et huma le parfum doucereux, légèrement enivrant, de la marijuana.

15

ELLE ÉTAIT en retard. Il s'assit à leur grande table ronde, dans un angle de l'élégante salle, bien décidé à ne plus regarder sa montre. Il avait commandé un verre et il prit la décision de ne pas vérifier l'heure jusqu'à ce qu'on le lui apporte. La cigarette qu'il n'avait pas pu s'empêcher d'allumer lui valut le regard accusateur d'une femme à chapeau rose. Guy se contraignit à regarder par la fenêtre.

Son cognac arriva. C'était ce qu'il avait pu trouver de plus fort, en dehors de breuvages complètement inhabituels comme l'absinthe ou la zubrovka. D'ailleurs, même le Savoy ne devait pas en avoir. Il consulta sa montre. 13 h et 12 mn. Cela faisait des jours qu'il ne lui avait parlé au téléphone. Ce rendez-vous au Savoy n'avait jamais été confirmé. Il se dit qu'elle n'allait pas venir. Ils ont gagné, ils l'ont installée chez Newton, ils ne lui laisseront plus jamais l'occasion de me parler. J'attendrai jusqu'à 13 h 20. Si elle n'est pas là à 13 h 20, que pourrai-je faire alors ? Que vais-je faire ?

Va à Georgiana Street, pensa-t-il. Va la chercher. Il ne lui avait pas parlé depuis qu'il l'avait vue le mardi à Lamb's Conduit Street. Cela faisait quatre jours. Il aurait dû persévérer, il aurait dû la joindre avant aujourd'hui. Elle pouvait être n'importe où, peut-être était-elle partie en Espagne avec Rachel. Il attira l'attention du serveur et demanda un autre cognac. Il était évident qu'elle ne viendrait pas, il le savait. Il regarda l'heure. Il était 13 h 22.

Son verre de cognac était quasi vide quand le serveur l'accompagna jusqu'à la table. Guy se leva d'un bond et oublia aussitôt toutes les souffrances de l'attente. Elle était superbe. Pour lui et pour ce lieu particulier, elle avait exceptionnellement fait un effort vestimentaire.

Peut-être n'était-ce pas exceptionnel. Peut-être était-ce pour toujours. Cela faisait partie du processus de changement, de changement pour lui revenir. Il oublia le téléphone muet, les jours de silence. Elle portait un ensemble en lin. La jupe courte était d'un bleu profond, pas tout à fait marine, et le tissu de la longue veste boutonnée jusqu'en haut et très cintrée était à larges rayures verticales, bleu foncé et rose foncé. Les manches retournées laissaient apparaître une doublure tachetée de rose et bleu. Ses collants étaient d'une nuance mauve, ses souliers en daim bleu, et ses boucles d'oreilles, des roses de verre rouge sombre.

Ses cheveux brillants donnaient l'impression d'avoir été récemment coupés et bien, pour une fois. La luminosité de son visage lui fit croire, l'espace d'un instant, qu'elle s'était maquillée. Elle l'embrassa sur une joue, puis l'autre, rien d'inhabituel.

— Je suis désolée d'être tellement en retard, Guy. Il y a eu des problèmes dans le métro.

Qui se souciait du métro ? Les moyens de transport excentriques qu'elle utilisait le faisaient rire.

— Leonora chérie, tu es si belle. Je voudrais que tu sois toujours ainsi.

— C'est à cause de ma mère. Elle m'a dit, tu ne peux pas aller au Savoy en blue-jean. Comme je venais d'acheter cet ensemble, je me suis dit, pourquoi pas ?

— Ta mère t'a demandé de t'habiller pour venir déjeuner avec moi?

Elle sourit, de son sourire coincé avec les commissures des lèvres retenues.

— Ma mère aimerait que je m'habille pour déjeuner avec n'importe qui.

Le mieux était d'ignorer sa remarque.

— Bois quelque chose de sympathique pour changer. Ne gâche pas les choses avec un jus d'orange.

— Très bien, je prendrai du sherry. Non, pas du sec, de la Bristol Cream, poisseuse, marron foncé et délicieuse.

— Ainsi, tu as déménagé à Georgiana Street.

Elle entreprit de lui expliquer pourquoi. Il lui raconta comment il avait rencontré Maeve et Robin. L'apparente trêve ou *détente* entre lui et Robin parut lui faire un grand plaisir. Elle tendit la main et serra celle de Guy. Non, elle ne mangerait pas de viande, même pour lui faire plaisir. Elle prendrait du poisson. Guy suggéra du homard. Elle haussa les épaules et se décida pour une sole. Des crevettes à la créole pour commencer, suivies d'une sole et de pommes de terre frites — pourquoi pas ? — et des légumes à la place de la salade. Un vrai repas, dit Guy, absolument ravi. Bien qu'il n'ait absolument pas prévu de le faire, il lui parla de Linus. Se souvenait-elle de Linus ?

— Bien sûr que oui. Il ne m'aimait pas. Je n'oublierai jamais, la première fois que nous nous sommes rencontrés, c'était dans la rue, Talbot Road ou ailleurs. Tu as été si gentil avec moi. Tu m'as passé un joint — pourtant, Dieu sait si tu n'aurais pas dû, Guy —, et Linus, lui, a craché dans le caniveau.

Elle se rappelait tout. Elle se souvenait de lui la première fois. Il sentit son cœur éclater de joie.

— Il y avait un reste de joint abandonné par terre sur le seuil, dit-il.

— Il ne m'a jamais aimée, reprit-elle. Sans raison particulière. Il faisait simplement partie des pédés qui n'aiment pas les femmes.

— Linus n'était pas pédé. (Il était stupéfait, parfois, des choses auxquelles elle pouvait penser, des strates qui la composaient, des choses qui couraient dans sa jolie tête.) — Qu'est-ce qui te fait dire ça ? Il avait une petite amie, Sophette. Elle aurait pu être sa mère, mais c'était quand même sa petite amie.

— Justement, dit Leonora en pouffant de rire. Tu es bien sûr que c'était lui, sur cette marche ?

— Presque affirmatif.

— Tu ferais mieux d'être complètement affirmatif, si tu veux intervenir.

Elle mangea ses crevettes avec entrain, puis la sole entière et presque toutes les pommes de terre. Elle refusa un deuxième sherry mais partagea le frascati avec lui. Il dut commander une deuxième bouteille.

— Guy, commença-t-elle avec le plus grand sérieux, c'est très gentil de ta part de vouloir aider Linus si c'est vraiment lui et qu'il est devenu clochard, mais il y a une chose que tu ne dois pas oublier. Linus était un pourvoyeur de drogue, il vendait des drogues vraiment dangereuses. C'est ainsi qu'il gagnait sa vie. S'il en est arrivé là, c'est probablement parce qu'il se droguait. Avais-tu pensé à ça ?

Il se retint pour ne pas la dévisager avec effarement. N'était-elle donc pas au courant ? Ne savait-elle donc pas que ce qui était valable pour Linus l'était aussi pour lui ?

— Ce serait un peu exagéré de dire qu'il n'a eu que ce qu'il méritait, mais, en tout cas, on peut dire qu'il l'a cherché.

— Par conséquent on doit le laisser traîner dans le caniveau ? D'où tiens-tu ce genre d'idée ? De Newton ?

— Tu es en train de t'identifier à Linus, voilà pourquoi tu es si préoccupé par son sort. Tu te retrouves en lui, déchu d'une manière ou d'une autre. Oh, il ne s'agit plus ni de la pauvreté ni du crime, ce n'est pas ce que je veux dire, mais d'autre chose. Autrefois, vous meniez la même vie, vois-tu, vous aviez le même âge, un contexte social similaire, et vous gagniez de l'argent en faisant la même chose.

— Tu as pris cette façon de parler chez Rachel.

Elle ne répondit pas.

— Que sais-tu de la façon dont je gagne ma vie, Leonora ? demanda-t-il gravement.

Elle répondit innocemment :

— Tu vendais de la marijuana, n'est-ce pas ? Je l'ai toujours su.

Le moment de terreur passa. Elle but un deuxième verre de vin, en refusa un autre et accepta avec excitation un merveilleux dessert, une sorte de sculpture de chocolat avec des copeaux et pétales de chocolat blanc, au lait et noir. La décision concernant ce dessert et son apparition les éloignèrent du sujet. Il se mit à penser aux deux semaines à venir, le mariage dont tout le monde disait qu'il aurait lieu le 16 septembre, soit dans deux semaines à compter de demain. Évidemment, il n'y aurait pas de mariage, mais...

— Je n'ai pas pu te joindre au téléphone de toute la semaine, dit-il.

— Non, je sais. Je suis désolée, Guy. Mais je serai tout le temps à Georgiana Street, à partir de maintenant.

Elle lui sourit, la tête légèrement inclinée.

— Il faut que je sorte de temps en temps, tu sais.

— Tu as quitté pour de bon l'appartement de Portland Road ?

— Ça m'en a tout l'air. Maeve étant partie et Rachel s'étant absentée, il n'y avait pas vraiment de bonne raison d'y retourner. En réalité, nous le louons à Janice et à Gerry pendant leur séjour ici. C'est plus agréable pour eux d'avoir un endroit personnel que de rester chez papa et Susannah. Ensuite, quand Rachel sera rentrée, nous signerons un contrat et l'appartement sera à elle.

Après le déjeuner, ils descendirent à pied jusqu'au quai. Il lui prit la main et elle le laissa faire. Les mots étaient prêts dans sa tête et il voulait les prononcer mais il avait peur. Ils étaient dans sa bouche, prêts à sortir. Elle parla de la rivière, des bateaux qui la remontaient. Un bateau-mouche avait eu un accident la semaine précédente, l'accident fluvial le plus grave qu'on ait connu depuis plus d'un siècle, une cinquantaine de noyés. Elle parlait de ce que l'on devait éprouver, coincé sous le pont, frissonnant. Il parla parce qu'il le fallait, parce que les mots empilés dans sa bouche l'empêchaient de respirer. Ils en sortirent comme une explosion :

— Corny Mulvanney, qu'est-ce que ce nom signifie pour toi ?

Des yeux innocents, un regard doux et perplexe.

— Rien, je ne sais pas. De qui s'agit-il, Guy ?

— C'est un homme qui a pris du L.S.D. et est mort après avoir été piqué par des guêpes.

— Ah !

Voyant une lueur s'allumer dans ses yeux, il sentit son cœur flancher.

— Oui, j'en ai entendu parler. C'était il y a longtemps. Je n'ai jamais su si c'était vrai.

— C'était vrai.

— Que suis-je censée dire ? Tu veux m'en parler ?

— Il m'a supplié de lui donner la drogue. Je ne voulais pas. Mais j'étais dans tous mes états après ça. Leo chérie, j'ai eu tellement honte. Et je ne voulais pas que tu l'apprennes, je savais le mal que cela nous ferait à tous deux. L'opinion que tu aurais de moi ensuite.

— Je savais que tu devais avoir une raison pour l'avoir fait. Cela n'a rien changé.

— Cela n'a rien changé ?

— Quant à mes sentiments pour toi.

Il la prit dans ses bras. Elle était adossée à une colonne de pierre ronde et douce. Il l'enlaça et l'embrassa. Cela faisait des années, cinq ou six ans, qu'ils n'avaient échangé un tel baiser. Ce fut un long baiser très tendre, lèvres entrouvertes et langues mêlées, de ces baisers qui précèdent l'amour, incongru au bord de la rivière, avec le vent qui soufflait, les gens qui passaient et un bateau sur l'eau qui lançait un grand coup de sirène.

— Je t'aime, Leonora, je t'ai toujours aimée. Je t'aimerai jusqu'à ma mort. Reviens avec moi. Je sais que tu reviendras un jour. Reviens maintenant.

D'une voix infiniment triste, elle répondit :

— C'est trop tard, Guy.

— Pourquoi est-ce trop tard ? Il n'est jamais trop tard. Je t'aime et tu m'aimes, et tu sais que tu n'iras jamais jusqu'au bout de cet absurde mariage. Ne vois-tu pas que ce serait un crime, contre toi et contre moi, d'épouser cet homme ? D'ailleurs, je sais que tu ne le feras pas, je sais que tu m'aimes. Tu me l'as prouvé. Maintenant, je sais que tu m'aimes.

— Marchons, Guy, proposa-t-elle.

Ils empruntèrent le sentier qui longe les jardins du Victoria Embankment. Il faisait froid et venteux. La rivière était couverte de vaguelettes grises.

— Promets-moi, demanda-t-elle, de ne pas me harceler avec ça. C'est déjà assez difficile pour moi sans cela. Les choses sont suffisamment difficiles ainsi.

— Ma chérie, je ne ferai rien contre ton gré. Je ferai tout ce que tu voudras. Tu m'as rendu si heureux.

— Tu me harcèles vraiment, Guy, sais-tu ? Tu insistes, insistes. Mais tu ne le feras plus, n'est-ce pas ? Tu ne me pousseras plus dans mes retranchements ?

— Maintenant que je sais que tu m'aimes, je suis tellement heureux que je ne dirai plus rien.

— Viens souper avec nous mercredi, dit-elle. Tu veux bien ? Appelle-moi demain, et lundi et mardi, et viens souper avec nous mercredi, vers 19 h 30.

Que signifie souper ? aurait-il volontiers demandé si ce n'avait été elle. Le repas du soir est le dîner. Bien sûr, du temps où il vivait avec sa mère, le soir, on prenait le thé, à condition qu'il y eût quelque chose à manger.

— Qui ça, « nous » ? demanda-t-il.

— William sera là, évidemment, Guy. C'est son appartement. Allons, sois raisonnable. Sois gentil.

— Je serai gentil. Je viendrai. Je vais te voir deux fois dans la semaine. Où allons-nous déjeuner samedi prochain ?

Elle rit.

— Nous pourrons en parler mercredi.

Il ne prit pas de taxi mais marcha, après qu'elle fut partie. Elle l'avait à nouveau embrassé quand ils s'étaient séparés, un tendre baiser chaleureux, amoureux. Et maintenant, il se retrouvait seul. Elle lui avait dit qu'elle l'aimait, que rien ne pouvait y changer quoi que ce fût, son amour pour lui était ressuscité. Bien sûr, elle avait également dit qu'il était trop tard pour lui revenir, mais elle n'en croyait pas un mot. Elle pensait probablement qu'il ne voudrait plus d'elle après son infidélité mais là, elle avait tort, tout à fait tort.

En marchant le long du quai, il lui vint à l'esprit que normalement, lorsque des gens dans leur situation se réconciliaient après une séparation, prenaient un nouveau départ, ils devaient rentrer ensemble à la maison. Si la conclusion avait été normale, Leonora l'aurait accompagné chez lui. Mais il comprenait pourquoi elle ne pouvait agir ainsi. N'avait-elle pas dit que les choses étaient difficiles pour elle ? « Les choses sont suffisamment difficiles ainsi », avait-elle dit. Rien ne pouvait mieux exprimer la pression que sa famille exerçait sur elle pour la forcer à rester avec William Newton. Ils l'avaient trouvé pour elle, le lui avaient présenté, et maintenant unissaient leurs efforts pour la lier à lui.

Tout ce qu'ils souhaitaient, c'était évident, était d'arriver à la date du 16 septembre et en finir avec ce mariage. Ils étaient comme les familles royales de l'Histoire ou des contes de fées qui bouclaient la princesse dans un donjon jusqu'à ce qu'elle accepte d'épouser... le nabot rouquin. Cette idée le fit sourire, mais la colère le reprit aussitôt. Il était en colère à cause d'elle, qu'ils avaient rendue malheureuse, son tendre et magnifique amour qui trouvait « les choses suffisamment difficiles ainsi » parce qu'on la forçait à épouser un homme qu'elle n'aimait pas.

La pluie commençant à tomber, il héla un taxi. De retour à Scarsdale Mews, il voulut vérifier tout de suite dans son agenda quel rendez-vous il serait obligé d'annuler le mercredi. Rien... le mercredi. Pendant quelques secondes, il eut peine à croire ce qu'il lisait, puis il ne le crut que trop. Mieux, il s'en *souvint.*

Le lundi, qui était le jour de l'anniversaire de Celeste, il était censé l'emmener à Stratford-on-Avon, l'accompagner le soir au Shakespeare Memorial Theatre et passer la nuit avec elle au Lygon Arms à Broadway. *Censé ?* Il avait réservé les places et pris les billets. Elle avait très bien réagi lorsqu'il l'avait laissée tomber vendredi dernier mais il ne pouvait pas lui rejouer le même tour. Pensant aux quelques jours à venir, il planifia ses coups de téléphone à Leonora. Le lundi, il devrait pouvoir la joindre avant de partir et, le mardi, il pourrait l'appeler depuis l'hôtel.

Celeste passa la nuit du dimanche avec lui. Elle arriva en fin d'après-midi, au moment même où il raccrochait le téléphone après avoir parlé à Leonora.

C'était forcément une conversation anodine et dépourvue de sens, Tessa et Magnus se trouvant dans la pièce. Leonora était retournée à Portland Road pour la journée, afin d'emballer quelques effets personnels que sa mère et son beau-père rapporteraient chez eux en voiture et mettraient à l'abri dans leur garage. En entendant cette information, Guy supputa avec satisfaction que si elle avait réellement eu l'intention d'épouser Newton, elle aurait fait porter ses affaires chez lui.

— Chérie, dit-il, j'aurais tout apporté ici. Pourquoi ne m'as-tu rien demandé ?

Il comprenait qu'en présence de Tessa elle devait adopter un ton parfaitement neutre, ne dire que des choses insignifiantes. Tessa, qui sans aucun doute était collée contre elle, notant chaque mot pour le lui reprocher ensuite. C'était comme s'il la voyait, cette femme-insecte, traversant l'appartement telle une flèche, ramassant des objets de-ci, de-là, décidant d'enlever ceci ou cela d'une étagère dans le dos de Leonora, pendant que celle-ci téléphonait. Il pouvait voir ses mains noueuses et bronzées, ses mains squelettiques recouvertes de cuir racorni dont les ongles étaient des lames de couteau en argent, sa minuscule tête aux cheveux ramassés en chignon sur la nuque qui lui donnait un air de tortue avançant le cou hors de sa carapace.

— Il faut que je parte en voyage d'affaires, Leo. Juste demain et mardi.

Ce n'était pas vrai mais il eut été malvenu d'avouer qu'il allait passer la nuit ailleurs avec une autre femme. Mentir ainsi n'aurait été mal, pensait Guy, que s'il avait eu vraiment envie de partir avec Celeste.

— Je t'appellerai quand même, je me débrouillerai pour trouver un téléphone.

Ce n'est que très tôt le lendemain matin, quand il s'éveilla dans le lit chinois aux côtés de Celeste, qu'il commença à se rappeler ce que Leonora lui avait dit au sujet de Corny Mulvanney. Son baiser, le fait qu'elle ait avoué n'avoir jamais cessé de l'aimer, ses références si révélatrices aux pressions qu'elle subissait avaient détourné son attention des simples remarques qu'elle avait prononcées. Il ne s'en était même pas souvenu lorsqu'il lui avait parlé au téléphone la veille, dans l'après-midi. Mais elles lui revenaient maintenant, avec la gamberge associée à la pénombre des premières heures du jour. Il constata que les aiguilles lumineuses de son réveil de voyage indiquaient 4 h 30.

— Oui, j'en ai entendu parler, avait-elle dit. C'était il y a longtemps. Je n'ai jamais su si c'était vrai.

Elle en avait entendu parler. Il n'en avait jamais vraiment douté, il n'avait eu aucune preuve mais, aujourd'hui, ses soupçons étaient confirmés. Pourquoi ne lui avait-il pas demandé qui lui en avait parlé ? Parce qu'il avait été tellement transporté de joie en entendant ce qu'elle avait dit ensuite que cela n'avait rien changé. Toujours est-il qu'il savait. Rachel lui avait parlé, Rachel qui était partie en vacances en Espagne avec un homme nommé Dominique. Ce que cela avait changé crevait les yeux. A peine Rachel s'était-elle éloignée de la sphère d'influence qu'elle contrôlait que Leonora retombait dans ses bras.

Cela ne l'empêchait pas de constater douloureusement qu'elle n'était pas dans ses bras en cet instant. Pourquoi n'était-elle pas tout simplement partie de chez Newton, n'avait-elle pas sauté dans un taxi et n'était-elle pas venue le retrouver ? Il fallait être idiot pour ne pas se poser la question. Mais il savait pourquoi elle ne pouvait le faire. Les pressions exercées par sa famille, leurs menaces, pesaient encore trop lourd, il lui fallait s'en libérer et c'était lui qui l'en délivrerait. S'il y avait la moindre possibilité qu'elle arrive, Celeste ne serait pas là, sa chevelure couleur de zibeline foncée répandue sur l'oreiller, ses épaules brunes émergeant du ruché d'organza blanc de sa chemise de nuit. Elle n'avait eu l'occasion d'ôter ce joli vêtement ni la veille ni aucune des nuits précédentes depuis pas mal de temps. Il pensa bizarrement qu'elle ne l'enlèverait jamais plus pour lui.

C'est au moment où, au fond d'un lit inconnu de Cotswold, il croyait le sommeil à jamais perdu pour cette nuit-là que justement il survint, le maintenant endormi jusqu'à plus de 8 heures. Celeste se leva avant lui, rendant le coup de téléphone à Leonora difficile en théorie et matériellement impossible. Ils partirent à 10 heures. A l'heure du déjeuner, il ne put dire à Celeste qu'il devait passer un coup de téléphone pour ses affaires. Elle en savait trop, elle ne le croirait pas. C'était son anniversaire et elle passait un bon moment. Il venait de lui offrir un somptueux déjeuner et lui avait promis un cadeau, ce qui lui ferait plaisir dans la plus jolie boutique de mode de Stratford. Elle était resplendissante, avec ses magnifiques cheveux tressés et ramassés au sommet de son crâne, son costume pantalon en soie crème et sa chemise caramel. Les hommes tournaient la tête, la regardaient, puis le regardaient, lui. Il ne pouvait décemment pas s'absenter pour appeler Leonora maintenant et mentir à Celeste, mais il pouvait encore moins lui dire la vérité.

Ils virent *Roméo et Juliette.* Guy n'avait pour ainsi dire jamais, sans doute jamais, vu de pièce de Shakespeare au théâtre. Peut-être une fois à la télévision, par hasard, mais jamais sur une vraie scène.

— Tu croyais que ce serait ennuyeux, n'est-ce pas ? lui dit Celeste en montant dans la Jaguar. Mais j'ai bien vu que tu adorais ça. Tu es comme un enfant qui a étudié Shakespeare à l'école et n'arrive pas à croire qu'il s'agit de la même chose quand il voit une représentation.

— Je n'ai aucun souvenir de Shakespeare à l'école.

— Guy chéri, c'était au programme quand tu faisais le fou dans les rues de Notting Dale.

— Peut-être. Sais-tu à quoi cette pièce m'a fait penser ?

Elle ne répondit pas. Il perçut la chaleur et la détresse qu'impliquait son silence. Puis, fataliste, elle lâcha : « Oui. »

C'était leur histoire, à lui et à sa Leonora, les amants maudits, la famille autoritaire et répressive. Il n'avait tué personne, bien entendu, mais à leurs yeux, si : Corny Mulvanney. Corny Mulvanney était son... (comment s'appelait-il, déjà ?) Tybalt. Il continua d'être habité par la pièce tout en conduisant vers le sud, évoquant des images brillantes. Quand ils étaient dans le verger et sur le balcon, il pouvait si facilement se mettre à la place de Roméo, et identifier Leonora à Juliette. Il aurait bien aimé se souvenir de quelques phrases, en parler avec Celeste. Quelque chose dans son attitude, ses épaules raides, son profil de bronze durci, son regard fixé droit devant elle dans l'obscurité, lui indiqua qu'il ne fallait pas.

Il était minuit quand ils entrèrent dans leur chambre d'hôtel. La journée s'était passée sans qu'il ait téléphoné à Leonora. Il avait tellement voulu l'appeler, il avait même songé à le faire pendant les entractes, au théâtre, il avait tant souhaité échapper à Celeste et trouver un téléphone, mais cela avait été impossible. Ce n'était pas la première fois qu'une journée passait sans qu'ils se parlent. Loin de là. La semaine précédente, il ne lui avait parlé qu'une seule fois — cependant, il l'avait vue chez Susannah. Mais c'était la première fois qu'ils ne se parlaient pas par sa faute à lui.

Celeste sortit de son silence. Elle se remit à bavarder, commentant leur chambre, la vue qu'ils auraient le lendemain matin. Mais la connivence qui les avait unis, le fait que, sans pourtant l'aimer, il ait pu lui dire tout ce qui lui passait par la tête, cette intimité de leurs esprits, tout cela avait disparu.

C'était perdu, il l'avait tué, cela ne reviendrait jamais.

Quelle importance ? Il songea, allongé dans son lit jumeau, à un mètre de Celeste, qu'il était voué à la perdre de toute manière, quand il serait de nouveau avec Leonora.

16

— TU NE M'AS PAS téléphoné hier.

— Je suis désolé, ma chérie. Tu ne t'es pas inquiétée ? Je ne t'ai pas bouleversée, j'espère ?

Qu'elle lui reproche de ne pas avoir appelé rendait Guy si heureux qu'il ne pouvait maîtriser sa voix.

— Je n'avais pas de téléphone à portée de main, poursuivit-il, d'un ton où perçait une excitation jubilatoire, c'était tout simplement impossible. Me pardonnes-tu ?

— Oh, ça n'a aucune importance, là n'est pas le problème. Je veux seulement dire que c'était curieux, cela ne te ressemblait pas.

Elle avait dû attendre son appel. Son cœur se mit à chanter. Un tumulte envahit sa tête, comme si, à l'intérieur, quelqu'un se livrait à une danse effrénée.

— Tu es restée là, à attendre que le téléphone sonne ? Oh, Leo !

— Il s'est trouvé que j'étais là. Je n'avais rien de spécial à faire dehors.

Oui, bien sûr. Une excellente excuse ! Il faillit rire ouvertement.

— Leo, peux-tu me dire une chose ? C'est au sujet de notre conversation de samedi dernier. Je ne sais pas pourquoi je ne te l'ai pas demandé alors. Tu m'as dit que tu étais au courant pour, enfin… Corny Mulvanney. Tu te rappelles ?

— Qui ?

— L'homme qui est mort après avoir été piqué par des abeilles. Tu m'as dit que tu savais tout de lui, que tu en avais entendu parler dans le temps. Cela fait exactement quatre ans, si tu veux savoir.

— Oui, répondit-elle. Cela doit faire dans les quatre ans. J'habitais encore chez papa et Susannah. C'était avant que je n'emménage dans ce studio de Fulham avec Rachel.

— Leo, qui t'en a parlé ? C'était Rachel, n'est-ce pas ?

— Rachel ?

C'était tellement évident pour lui qu'il commença à raconter l'histoire telle qu'il la concevait.

— Corny Mulvanney vivait à Balham, dans le sud de Londres, ainsi que cette femme qui se trouvait auprès de lui quand il est mort. C'était une sorte d'assistante sociale, or Rachel est assistante sociale dans le sud de Londres. Tu vois comment elle a pu lui en parler. Elle avait menacé de raconter l'histoire à tout le monde...

— Guy, qu'est-ce que tu racontes ? Sais-tu au juste de quoi tu parles ? Parce que moi, je ne sais pas. C'est Susannah qui m'en a parlé, Susannah.

Le nom explosa dans ses oreilles. Susannah, qu'il croyait être son amie, la seule personne qui, de tous les parents et amis de Leonora, se soit montrée gentille avec lui. C'était donc elle qui l'avait trahi et l'avait coupé de son amour. Il aurait dû y penser. Comment avait-il pu être si bête ? Il s'entendit bredouiller :

— Bien sûr. La mère de Susannah vivait à Earsfield, qui se trouve à l'est de Wandsworth, qui jouxte Balham. C'est là qu'elle était hospitalisée.

— Sérieusement, Guy, j'ignore de quoi tu parles. Cela ne s'est pas passé comme ça. La mère de Susannah n'avait rien à voir avec cette histoire. J'ai l'impression qu'il vaut mieux tout te dire, bien que je me sois juré de ne jamais le faire.

— Me dire quoi ?

Il toucha le chambranle en bois de la porte-fenêtre et s'y appuya.

— Une femme a écrit à Susannah — en réalité, elle a écrit à Susannah et à mon père, je veux dire à M. et Mme Anthony Chisholm. J'étais là quand la lettre est arrivée. Elle devait penser qu'ils étaient mes parents, enfin, que Susannah était ma mère. Elle leur a écrit pour les mettre en garde contre toi, je veux dire, c'était pour mon bien. Écoute, Guy, qu'est-ce que c'est que cette histoire ? Quelle importance ? Je t'ai dit que cela ne changerait rien. Je dois te quitter, cela fait une demi-heure que nous parlons.

— Ne t'en vas pas, Leo, je t'en prie, ne raccroche pas. C'est extrêmement important pour moi, il faut que je sache. Qui a écrit à tes parents ?

— A papa et à Susannah, précisa-t-elle. (Il perçut une pointe d'impatience dans sa voix.) Bon, je te raconte ça en vitesse et, après, je raccroche. Je t'ai déjà dit que cela ne changeait rien à mes sentiments pour toi et tu dois me croire. Le nom de cette femme était Vasari, je ne l'oublierai jamais parce que c'est celui de l'homme qui a écrit sur la vie des artistes.

Il n'avait pas la moindre idée de ce qu'elle voulait dire, il était complètement perdu.

— Vasari, poursuivit-elle. Polly ou un prénom comme ça. Elle leur a écrit pour les prévenir de ne jamais me laisser t'épouser. Seigneur, j'avais vingt-deux ans. Ils devaient m'empêcher de t'épouser parce que tu étais un danger pour la société et que tu avais donné de la drogue à son petit ami. Quelque chose de ce genre. Susannah a ouvert la lettre parce que papa était parti travailler et qu'elle leur était adressée.

— Et elle t'a tout dit, comme ça ?

— J'étais là quand elle a ouvert la lettre. Évidemment, elle me l'a montrée. Écoute, rappelle-moi plus tard si tu veux, mais je dois te quitter tout de suite.

Il promit de rappeler à 19 heures. Elle lui dit au revoir en hâte et raccrocha. Il soupira. Éclaircir les mystères passés et présents n'apportait que des complications supplémentaires. Bien sûr, il était facile de voir comment Poppy Vasari avait découvert ses liens avec Leonora et trouvé qui elle était. A cette époque-là, ils étaient souvent ensemble, il fréquentait beaucoup Lamb's Conduit Street. Elle devait l'avoir suivi et avait lu le nom inscrit près de la sonnette d'entrée. Quel plaisir cette femme vindicative devait avoir pris à rédiger la lettre qui allait briser sa vie !

Et Susannah, cette traîtresse, ce serpent tapi dans l'herbe... N'importe quelle personne gentille, douée d'un minimum de loyauté, aurait jeté la lettre avec dégoût aussitôt lue la première ligne. Le genre de femme que Susannah était dans son esprit n'en aurait pas cru un seul mot, elle n'aurait certainement pas montré la lettre, et sur-le-champ, à la jeune fille qu'elle était censée mettre en garde. Tant d'hypocrisie soulevait son indignation. Passe encore si cela était venu de Tessa, qui n'avait jamais prétendu l'aimer, ni dissimulé sa haine. Il se souvenait des conseils que Susannah lui prodiguait avec tant de gentillesse, de ses baisers de Judas.

Il rappela Leonora à 19 heures. S'attendant à entendre la voix de Newton, il s'arma préventivement contre le ton exaspéré et supérieur de celui-ci, car, après tout, il allait devoir passer la soirée du lendemain avec lui. De fait, ce fut Leonora qui répondit.

— Peut-il entendre ce que tu dis ? demanda-t-il.

— Si c'est de William que tu parles, il n'est pas là. Il a passé la journée à Manchester et n'est pas encore rentré.

— Sera-t-il de retour demain soir ?

— Oui, bien sûr. Il doit rentrer ce soir, d'une minute à l'autre à mon avis.

— Leonora, dis-moi tout sur la lettre que Poppy Vasari a écrite à Susannah.

— Mon Dieu, j'aurais préféré que tu l'oublies. Je n'aurais jamais dû t'en parler. Tu y attaches beaucoup trop d'importance. Poppy — c'est donc son prénom ? — Vasari a écrit à papa et à Susannah que tu gagnais ta vie en vendant des drogues dangereuses. Je crois qu'elle les a qualifiées de drogues de la catégorie A. Elle a dit que tu avais donné un comprimé hallucinogène — ce sont exactement les mots qu'elle a utilisés — à ce Mulvanney, qu'il était devenu fou et avait plongé la tête dans une ruche. Bon, cette partie-là était dans le journal. Elle avait joint à la lettre une photocopie du compte rendu de l'enquête donné par un journal. Susannah me l'a montré — enfin, je l'ai lu par-dessus son épaule. Elle a dit qu'elle pensait ne rien répéter à papa. Elle était très troublée.

— Que lui as-tu dit ?

— En fait, j'ai dit qu'à mon avis c'était probablement de la diffamation d'écrire des choses pareilles dans une lettre.

— En a-t-elle parlé à ton père ?

— Je ne sais pas. Je n'ai rien demandé et il n'a rien dit. Mais elle l'a dit à Magnus.

— *Pardon ?*

— Guy, je t'en prie, ne te mets pas dans tous tes états. Elle l'a raconté à Magnus parce qu'il est avocat. Elle lui a téléphoné au bureau pour lui demander ce que l'on devait faire quand on recevait ce genre de lettres. Je crois qu'elle voulait dire, devait-elle en parler à la police ?

— Oh, mon Dieu, mon Dieu.

— Quoi qu'il en soit, tu n'as pas lieu de t'inquiéter car il a dit que la meilleure chose à faire était de la brûler. Il devait penser que c'était une lettre anonyme, alors qu'en fait elle était signée.

— Bien entendu, la vieille tête de mort a tout répété à ta mère.

— C'est possible. En fait, oui, je crois que oui. Nous n'en avons jamais parlé, ma mère et moi. J'aimerais bien que tu n'appelles pas Magnus ainsi. Susannah et moi en avons parlé longuement. Elle est très compréhensive, tu sais. Je lui ai avoué que nous fumions tous de l'herbe à l'époque et elle m'a confié qu'elle aussi. Je lui ai dit qu'à mon avis tu avais fait du trafic de drogue quand tu étais plus jeune. C'était à cause du milieu dont tu étais issu et des gens que tu fréquentais — tu ne m'en veux pas d'avoir dit ça, n'est-ce pas, Guy ?

— Je ne t'en voudrai jamais, quoi que tu dises.

— Susannah a dit que cela aurait pu être grave si j'avais sérieusement envisagé de t'épouser, mais ce n'était pas le cas.

— C'est ce qu'elle a dit ?

— Ce n'est pas la peine de tout reprendre en détail pour la énième fois. *Cela ne changeait rien à mes sentiments à ton égard.* Guy, tu sais ce que j'éprouve, je te l'ai assez souvent répété. Attends, j'entends William qui rentre. Nous te voyons demain soir, d'accord ?

— Je t'appellerai en me réveillant demain matin.

— Non, ne le fais pas. Je ne serai pas là. Je t'attends vers 19 h 30 demain.

Il devait dîner dehors en compagnie de Bob Joseph et du président d'une chaîne d'hôtels espagnols. Ils avaient rendez-vous dans un restaurant de Chelsea pas très éloigné de celui où il avait dîné le soir où il avait vu dans la rue l'individu qui aurait pu être Linus. Guy marcha jusqu'à Old Brompton Road. Que voulait dire Leonora en affirmant qu'elle ne serait pas là à l'heure où il se réveillerait ? Elle était là en ce moment. Où pouvait-elle donc bien aller ? Soudain, il comprit. Demain était le 6 septembre, c'est-à-dire très probablement le premier jour du trimestre scolaire. Demain c'était la rentrée pour les enfants. Elle devait aller travailler.

Mais attendez une minute. C'était quand même bizarre de faire sa rentrée de professeur quand on avait l'intention de se marier moins de deux semaines plus tard et de prendre une quinzaine de jours de congé. Les enseignants ne faisaient jamais ça. Les enseignants étaient censés se marier et partir en voyage de noces pendant les grandes vacances. Par conséquent, cela ne pouvait signifier qu'une seule chose : elle n'allait pas se marier, elle n'avait jamais eu l'intention de se marier vraiment. C'était une invention. Et si cela avait été mis au point pour le rendre jaloux ? Dans ce cas, c'était parfaitement réussi. Il sourit intérieurement. Les femmes, se dit-il, étaient comme ça.

Il quitta Earl's Court Road et se mit en quête de Linus. Un homme était couché dans une embrasure de porte, mais pas celle du magasin de produits naturels. Il dormait recroquevillé en position fœtale, le visage et la tête recouverts d'un journal. Guy pensait que c'était le même, quoique sans certitude. Il ne pouvait se résoudre à le réveiller. Ayant fini par comprendre que le mariage de Leonora était une mise en scène ou un rêve, il se sentait si joyeux, si optimiste, que le cas de Linus lui paraissait pour l'instant moins intéressant. Et, de toute manière, il ne voyait pas ce qu'il aurait pu faire. Soulever le journal pour inspecter le visage de l'homme endormi lui semblait être un geste scandaleux, d'une insolence dépourvue de sensibilité. C'était à l'évidence le territoire de Linus. Il saurait le retrouver.

Il monta dans un taxi qui passait par là. Il eut une pensée haineuse pour Susannah, la revoyant dans son appartement vêtue de son élégant ensemble avec pantalon noir. Elle souriait, appuyée à la rampe en haut de l'escalier. Il la suivait dans le salon. Le carton blanc bordé d'argent était posé sur le manteau de la cheminée. C'était probablement un faire-part de mariage concernant quelqu'un d'autre. Oui, c'était sûrement ça, une invitation au mariage d'un autre couple. La cérémonie ayant eu lieu, le carton n'avait plus de raison d'être, aussi Janice, en allant préparer le thé, l'avait-elle ramassé sur son passage pour le jeter. Cette explication le satisfaisait entièrement.

Des fleurs, des chocolats, du vin… ou un véritable cadeau ? Il ne l'avait jamais vue manger des chocolats. Elle ne se nourrissait que de choses saines. Les fleurs, il fallait les mettre dans un vase, ce qui signifiait qu'elle devrait s'absenter de la pièce, le laissant en tête à tête avec Newton. Un véritable cadeau, pour elle, ne pouvait être qu'un bijou, des boucles d'oreilles par exemple, or il sentait que ce serait un peu déplacé, exagéré et ostentatoire. Après tout, aussi insignifiant Newton fût-il, un simple fantoche, une marionnette amenée par Anthony et Susannah, c'était quand même sa maison et il considérait certainement Leonora comme sa fiancée, qui devait l'épouser le samedi suivant. Guy ne pensait pas pouvoir offrir à Leonora des boucles d'oreilles d'une valeur de, disons, trois cent livres, en présence de Newton.

Il opta pour le champagne. Une bouteille de piper heidsieck. Devait-il se mettre en costume ? Il n'imaginait pas que Newton en possédât même un. Un jean et un chandail conviendraient sans doute mieux. Il n'allait pas faire chaud. Guy s'aperçut qu'il était aussi nerveux et mal à l'aise, à la perspective de cette soirée, que s'il n'avait jamais été invité à dîner de sa vie. Y aurait-il d'autres invités ? Si seulement il pouvait lui téléphoner. Il nourrissait vaguement l'idée de la reprendre définitivement à Newton ce soir, de l'enlever sous ses yeux, victime consentante du rapt, de la ramener ici pour toujours.

Une nuit de sommeil avait calmé sa colère. Il n'éprouvait plus de haine envers Susannah. Il la blâmait, il ne voulait plus jamais la revoir, si jamais il la rencontrait dans la rue il passerait devant elle en détournant la tête, mais sa haine avait disparu. Après tout, elle avait échoué. Quelle que fût la malignité de ses intentions, elle n'avait pas réussi à détourner Leonora de lui. D'ailleurs, Leonora disait que cela n'avait rien changé. Susannah s'était immiscée dans sa vie d'une manière inexcusable, mais son intervention n'avait plus d'importance, n'en avait jamais eu. Cela ne comptait pas, tout simplement.

Cependant, sa découverte modifiait les données de la situation. A l'évidence, Rachel, victime désignée à Chuck, n'était absolument pas coupable. N'ayant jamais parlé à Poppy Vasari ni même entendu parler d'elle, n'ayant pas été informée de ses activités de pourvoyeur de drogue, Rachel ne méritait pas la mort. Pourtant, Guy, qui n'avait rien d'un lâche, rechignait à l'idée de l'avouer à Danilo. Quand il avait changé d'avis pour Robin Chisholm, il avait été fraîchement reçu par Danilo, aussi hésitait-il à l'appeler pour lui dire qu'il s'était également trompé pour Rachel.

Ce n'était pas comme s'il avait pu lui dire, laisse tomber Rachel Lingard, Susannah Chisholm est la cible. Susannah *n'était pas* la cible, il ne voulait pas que Susannah soit tuée, il voulait simplement ne plus jamais lui parler. En s'habillant pour le dîner — il s'était décidé, le soleil étant apparu, pour un pantalon de toile blanche et une chemise de soie noire avec un chandail de soie en V à motif blanc et crème — Guy parvint à la conclusion qu'il n'était pas nécessaire, du moins pour l'instant, de dire quoi que ce soit à Danilo. Car Rachel n'était pas en

Angleterre mais en sécurité dans une quelconque station balnéaire espagnole. Chuck le savait probablement, ou du moins savait qu'elle était partie, et ne tenterait rien avant son retour le 15 septembre.

Juste avant de sortir, il se versa un généreux cognac, puis un autre. Il en avait bien besoin et l'on risquait de ne pas lui proposer grand-chose de cet ordre à Georgiana Street. Le taxi attendit le temps qu'il entre chez le marchand de vin et achète le champagne. Voyant qu'il allait être en avance, il demanda au chauffeur de l'arrêter à Mornington Crescent et entreprit de parcourir le reste du chemin à pied, serrant contre lui la lourde bouteille enveloppée de papier de soie mauve. Il était seulement 19 h 20 quand il arriva. Les jardins misérables qui précédaient les maisons de cette rue consistaient en minuscules plaques de gazon roussi et en buissons poussiéreux. On accédait à la porte d'entrée par un escalier et le sous-sol était profond. Dans le jardin de la maison de Newton, une pancarte d'agent immobilier accrochée à un piquet planté dans le sol indiquait : *Appartement de luxe, une chambre,* puis, *Vendu, négociation en cours.*

Il y avait cinq appartements, un par étage. Avant même d'avoir appuyé sur la sonnette de Newton, Guy avait une idée très précise de ce que l'on pouvait attendre de la mention *de luxe* annoncée sur la pancarte. Une salle de bains effectivement carrelée avec un vague chauffage central. Il n'aimait pas beaucoup savoir Leonora dans un tel endroit, une rue sordide qui ne devait pas être très sûre la nuit, une maison de brique grise qui avait nettement besoin d'une couche de peinture fraîche.

Au lieu de demander qui était là, la voix de Newton dit « Montez » dans l'interphone et la serrure de la porte grésilla.

Un escalier escarpé et deux longs étages à gravir. Encore une de ces ascensions sinistres. Newton l'attendait sur le palier, devant une porte grande ouverte. « Salut ! » dit-il en lui tendant la main. Guy hésita une seconde et finit par la serrer. Heureusement qu'il n'avait pas mis un costume. Newton portait un jean et l'un des coudes de son chandail gris était troué. Ses cheveux roux relativement longs étaient dressés comme ceux d'un punk, à cette différence qu'ils poussaient comme ça, ce n'était pas un effet capillaire obtenu à l'aide d'un gel coiffant.

Leonora se tenait dans le salon, l'air mal à l'aise, estima Guy, ou peut-être gênée. Il y avait de quoi dans cette espèce de grange au plafond étonnamment bas, dont les deux petites fenêtres à guillotine donnaient sur la façade grise de la maison voisine. Il avait surmonté tous ses battements de cœur pendant l'ascension, aussi s'avança-t-il vers elle avec la même assurance que si elle avait été Celeste. Elle l'embrassa légèrement. Normal, en présence de Newton. Il tendit la bouteille de champagne à celui-ci qui dit :

— Quel luxe ! Que célébrons-nous ?

Cela fit sourire Guy. Le petit homme aux cheveux roux manquait vraiment de raffinement. Guy se sentit puissant, maître de la situation. Il expliqua gentiment :

— De nos jours, beaucoup de gens boivent le champagne en apéritif, vous savez. Il n'est pas nécessaire d'avoir quelque chose à célébrer.

— Oh, je vois. Il serait donc convenable de le boire maintenant ?

— Ne sois pas absurde, William, lui dit Leonora, l'air embarrassé, alors que Guy ne voyait pas où était l'absurdité.

Son regard fit le tour de la pièce. Le mobilier était de ceux dont se débarrassent des gens d'une quarantaine d'années qui, ayant accédé à un niveau de vie confortable, le repassent à des jeunes parents plus modestes. Il repéra que le tapis provenait d'une de ces ventes organisées après l'incendie d'un magasin. On voyait très bien la trace de brûlure dans un angle. Les épées étaient accrochées au-dessus d'une cheminée victorienne en fonte, décorée de carreaux de faïence à motifs floraux. Elle n'était pas arrivée là après que Newton l'eut découverte chez un antiquaire mais avait été installée avec les autres éléments miteux du décor en 1895.

Les épées se croisaient en un point nommé « fort », si Guy avait bonne mémoire. La lame de l'une était nue, l'autre gainée d'un fourreau brodé, d'un piètre aspect. Leur vue rappela à Guy le rêve où il affrontait Corny Mulvanney à l'épée dans Kensington Gardens et lui transperçait le cœur. Il se souvint d'avoir entendu Newton dire qu'il désirait les vendre. Il avait également, quand ils s'étaient réunis après le cinéma, parlé de vendre son appartement.

— Est-ce cet appartement qui a été vendu ? demanda-t-il quand Leonora revint, munie d'un plateau et de trois verres (une flûte à champagne, un verre à vin et un récipient qui paraissait avoir été conçu pour accueillir un demi-pamplemousse). Guy faillit proposer d'ouvrir la bouteille mais se reprit, souhaitant voir Newton rater l'opération en présence de Leonora.

Elle semblait soucieuse et pas dans sa meilleure forme. Il ne restait pas la moindre trace de la jeune femme élégante en ensemble de lin rose et bleu foncé, si joliment chaussée. Être avec Newton ne lui convenait tout simplement pas. C'était une conclusion incontournable, n'importe qui aurait pu s'en rendre compte. Ce genre de pantalon blanc n'était acceptable que si on le lavait chaque fois qu'on le portait. Quant au tee-shirt aux couleurs passées... Ses cheveux étaient retenus en arrière par l'une de ces abominables barettes à mâchoires de crocodile. Les roses de verre rouge qui pendaient à ses oreilles avaient l'air grotesques avec le reste de son attirail.

Newton ouvrit la bouteille sans encombre. Ce devait être un bouchon facile, pensa Guy, cela arrive quelquefois. Ils se mirent à parler de la vente de l'appartement de Newton et Guy lui demanda où il allait habiter. Guy lui avait demandé où *il* allait habiter mais Newton répondit :

— Je pense que nous allons acheter une maison.

Guy ignora le « nous ».

— Il ne faut pas trop traîner. N'oubliez pas que l'immobilier est le meilleur investissement. Même en période de récession du marché immobilier, c'est une grave erreur de placer son argent dans autre chose.

— Je m'en souviendrai, Guy, dit Newton.

Guy connaissait très bien le marché immobilier. Il continua à en parler. Il confia qu'il envisageait aussi de déménager, peut-être pour acheter une maison du « bon côté » de Ladbroke Grove. Que penserait Leonora de Stanley Crescent, séjour, lui avait-on dit, de plusieurs vedettes de la télévision et d'un chanteur de renommée internationale ? Une villa à l'italienne, valant un million de livres, dans ce coin élégant qu'était Stanley Crescent ? William dit qu'il voyait mal comment ce que pensait Leonora pouvait changer quoi que ce soit à la décision de Guy. Il prononça ces mots d'un ton glacial et Guy se demanda si le couple ne s'était pas disputé avant son arrivée. Leonora alla mettre la touche finale à son dîner et Guy changea de sujet. Il était décidé à faire preuve de tact, à se conduire bien, dans la mesure du possible.

— Cela sent l'automne, ce soir, dit-il en regardant en direction de la fenêtre.

— Les jours vont bientôt raccourcir, répondit Newton.

Guy lui jeta un regard perçant pour voir s'il prenait la mouche mais cela avait l'air d'aller. Newton avait une expression à la fois sérieuse et plaisante. Il commença à parler de l'été qui venait de s'écouler, le plus ensoleillé du siècle.

Le dîner n'était pas terrible. Si l'on ne savait, ou ne pouvait pas cuisiner, songea Guy, mieux valait offrir du saumon fumé ou un poulet froid à ses amis que se lancer dans cet étrange pain de viande. Il fut encore plus sceptique quand Leonora lui dit qu'il n'y avait pas de viande dans son plat, seulement du soja et des herbes. La seule chose acceptable était le vin, un bordeaux d'une qualité qui le surprit et dont Newton ouvrit deux bouteilles. Le fait de boire l'aida, comme toujours, à se sentir bien mieux. Ce qui ne l'empêchait pas de savoir qu'il lui serait impossible de passer une soirée passive dans cet endroit et de rentrer seul chez lui ensuite. Le cognac et le vin lui avaient merveilleusement éclairci les idées. Il sut que le moment critique était arrivé. Pourtant, ce ne fut pas sa décision qui provoqua le changement d'atmosphère et les difficultés conséquentes. Ce fut la question qu'il posa innocemment à Leonora sur sa première journée de rentrée scolaire.

— C'est vraiment dommage que tu aies dû faire la cuisine. Nous aurions pu dîner dehors.

Cette remarque avait été provoquée en partie par le dessert qu'elle venait de leur apporter, un sorbet fait maison qui avait la couleur et la texture d'une neige vieille de trois jours mais d'où émergeaient de gros cristaux de glace semblables à des morceaux de verre brisé. Le sorbet avait autant de goût que la neige, d'ailleurs, quoique Guy ait vaguement identifié le parfum comme étant du citron.

— Pourquoi est-ce si dommage, Guy ? Parce que mon dîner est infect ? Je suis désolée, je sais que je ne suis pas une grande cuisinière, seulement William est encore pire, sauf pour le curry. Son curry est vraiment merveilleux, mais nous ignorions si tu aimais cela.

L'idée qu'un homme pût préparer le dîner pour des invités le choquait, mais il n'en dit rien. Il s'empressa de rassurer sa Leonora — c'était inconcevable qu'elle ait dû lui présenter des excuses ! Il voulait dire qu'elle avait dû avoir une rude journée à l'école, puisque c'était le jour de la rentrée.

Le visage de Leonora s'empourpra. Il ne l'avait pas vue rougir ainsi depuis des années. Newton ne parut rien remarquer. Il était aux prises avec du fromage pour piège à souris, c'est tout ce qu'il y avait. Il leva pourtant les yeux et dit, la bouche pleine :

— Elle n'y est pas allée aujourd'hui. Elle a laissé tomber, vous vous rappelez ?

Vous vous rappelez ? Que voulait-il dire ?

— Leo, tu as quitté ton travail ? Tu ne me l'avais pas dit.

— J'ai donné ma démission dès que j'ai su... Enfin, j'ai donné ma démission en juin.

— Tu étais sur le point de dire quelque chose. Dès que tu as su quoi ?

Newton prit la bouteille de vin. Il regarda Leonora qui secoua la tête, remplit le verre de Guy, puis le sien. Il but une grande gorgée avant de répondre :

— Dès qu'elle a su que j'allais travailler pour BBC Northwest.

Guy la regarda.

— Je ne comprends pas.

— Je ne vois vraiment pas pourquoi vous devriez comprendre.

Newton pouvait être tout à fait simple et sans malice puis devenir brusquement cassant. Son irritation commençait à se figer en glace.

— J'ai un nouveau travail. A Manchester. Les studios de BBC Northwest se trouvent à Manchester. Il est par conséquent naturel que je m'installe là-bas, vu que je n'éprouverais aucune joie à faire la navette. Cela répond-il à votre question ?

— A la vôtre certainement, mais je ne vois pas pourquoi Leonora devrait abandonner son poste sous prétexte que vous allez vivre à Manchester.

— Ah non ? Vous pouvez être vraiment lent, parfois. Je l'avais déjà remarqué. Laissez-moi vous expliquer ça en termes simples. Leonora a quitté son poste dans l'ouest de Londres parce qu'elle compte bien en retrouver un à Manchester. Elle va vivre là-bas avec moi. Dès la fin du mois. Leonora va vivre avec moi parce qu'*elle sera ma femme.*

— Pourquoi ne m'en as-tu pas parlé, Leonora ?

— Parce qu'elle redoute votre réaction. Elle a peur de ce que vous allez faire. Et qui le lui reprocherait ? Maintenant, parlons d'autre chose. Nous pouvons revenir à n'importe quel sujet qui vous fascine, les maisons à vendre ou le climat automnal, n'importe quoi, mais pour l'amour du ciel, ne nous énervons pas davantage.

Il n'employait certainement pas la bonne méthode pour calmer Guy. Celui-ci bondit. Avant qu'il ait pu ouvrir la bouche, Leonora supplia :

— Je vous en prie, cessez de vous quereller, tous les deux. Cessez immédiatement. J'aurais dû t'en parler, Guy, mais William a raison, tu es si violent.

— Tu voudrais que j'encaisse cela sans broncher ? Quand il s'apprête à t'enlever ? A t'emmener dans le nord de l'Angleterre ?

— Et pourquoi pas ? Elle sera ma femme et je serai son mari. Si elle avait eu un travail à Manchester, je l'aurais suivie. Être marié, c'est certainement partager la vie de l'autre.

— Je veux entendre le point de vue de Leonora, pas le vôtre. Laissez-la dire ce qu'elle a à dire. Elle en est parfaitement capable, je vous assure. Maintenant, dis-moi, Leonora, tu n'allais pas me quitter, n'est-ce pas ? Tu n'envisageais pas sérieusement d'aller vivre à Manchester ?

— Qu'entendez-vous par « me quitter » ? demanda Newton d'un ton parfaitement glacial, maintenant. On ne quitte pas quelqu'un avec qui l'on n'est pas. Leonora vous a quitté il y a sept ans.

— C'est un mensonge ! s'écria Guy. Elle m'aime, elle me l'a répété des centaines de fois. Elle ne va pas vous épouser. Qu'est-ce qui vous fait croire une chose pareille ? Sa famille vous a trouvé et l'a jetée dans vos bras, mais ils n'ont aucun contrôle sur sa pensée, ils n'ont pas accès à son cœur. Elle est à moi et le sera toujours.

— Guy, dit Leonora en contournant la table pour s'approcher de lui. (Newton resta assis, les regardant calmement, froid comme de la glace. Guy, tu dois cesser ceci, il le faut.)

— Dis-lui d'arrêter de me mentir et je m'arrêterai aussi.

— Il ne ment pas. Je vais l'épouser et je vais partir à Manchester avec lui.

— Je n'en crois rien. Je refuse de le croire. Je préférerais te voir morte plutôt que de te laisser partir avec lui.

— Tu t'étonnes que je ne t'en aie rien dit, alors que tu te mets dans un tel état ? Si je ne t'en ai rien dit, c'est que je voulais éviter de te voir dans cet état.

Guy la regarda, sentant une vague de désespoir monter en lui. Jamais il n'avait autant eu envie de pleurer dans ses bras. Il voulait l'enlacer et la supplier de ne pas partir.

— Tu ne partiras pas, n'est-ce pas, Leonora ?

Elle ne répondit rien mais son visage était bouleversé, comme si elle souffrait vraiment.

— C'est pour ça que tu vends ton appartement, hurla-t-il. C'est pourquoi il vend le sien.

— Ne t'emballe pas ainsi, Guy, je t'en prie. S'il te plaît, arrête de crier.

Peu à peu, tout s'éclaircissait dans son esprit.

— Voilà pourquoi il se débarrasse de… (Il fit un grand geste du bras) toute cette merde. Toute cette saloperie. Ces épées. Il a dit qu'il voulait vendre ses épées.

Guy tremblait. Il avança vers la cheminée et décrocha les épées. Newton resta assis, l'air incrédule. Guy jeta l'épée nue sur la table et dégagea l'autre de son fourreau. Leonora lui saisit le bras. Il repoussa sa main et bondit en arrière en brandissant la lame étincelante.

— Je me battrai pour elle ! Nous nous battrons en duel.

Il ne tremblait plus. L'adrénaline montait, soulageant sa douleur.

— Je vous combattrai jusqu'à la mort !

17

WILLIAM NEWTON ramassa l'épée sur la table et la considéra comme s'il s'agissait d'un étrange outil dont il aurait entendu parler sans jamais l'avoir vu. Il la reposa en disant à Guy :

— Vous devriez lâcher ça et rentrer chez vous.

— Il a peur de se battre contre moi, Leonora.

— Cela pourrait s'avérer déraisonnable. (Un léger sourire, probablement nerveux, était apparu sur le visage chevalin de Newton.) Ce sont de vieilles épées de combat, elles n'ont rien de décoratif.

— Espèce de lâche, s'écria Guy. Où est votre sens de l'honneur ? Avouez-le, vous avez la trouille. Voilà l'homme que tes parents t'ont choisi pour mari, Leonora. Pathétique, n'est-ce pas ?

Il brandit l'épée. Cela faisait des années que Guy n'avait pas pris de leçon d'escrime mais il était fort et en bonne condition physique. Il tint l'arme inclinée, la pointe à hauteur des yeux de Newton.

Retenant son souffle, Leonora déclara :

— Je vais téléphoner à la police.

— Pourquoi ? demanda Guy. Je ne risque rien.

— Je vais les appeler si tu ne poses pas immédiatement cette épée.

— Non, ma chérie, tu n'appelleras pas.

Le téléphone, sur une petite table, était muni d'un très long fil mais il n'appartenait pas à la catégorie que l'on peut brancher ou débrancher à volonté. Guy abattit l'arme dans un ample mouvement qui amena la lame à une dizaine de centimètres de l'endroit où le fil sortait du mur. Le téléphone sursauta sur son support mais le fil ne fut pas entamé. Guy le saisit fermement et tira dessus, l'arrachant à sa prise murale.

— Pour l'amour du ciel ! Es-tu fou ?

— Ne me dis pas ce genre de choses, Leo. Tu n'aurais pas dû parler d'appeler la police. Recule, s'il te plaît. Va dans l'autre pièce si tu veux. S'il y en a une, ajouta-t-il, avec mépris.

Il se retourna vers Newton, qui n'avait pas bronché, qui n'avait répondu à aucune de ses insultes mais se contentait de rester là, son éternel sourire au coin des lèvres.

— Espèce de nabot rouquin, misérable avorton. Espèce de foutu prétentiard.

Newton ramassa l'épée d'un air très naturel. La lame, quoique ternie, semblait acérée. Même si elles paraissaient peu rutilantes sur le mur, les armes avaient été bien entretenues. Les deux hommes se firent face, tenant chacun une épée, mais ils ne les croisèrent pas, se passant de tout rituel préliminaire. Ils se dévisagèrent sous les yeux de Leonora, qui avait porté la main à sa bouche bée.

Guy bougea le premier. Il fit voltiger son épée latéralement, à gauche puis à droite, avant de porter une botte violente à Newton, qui esquiva prestement en contournant la table. Guy frappa à nouveau par-dessus la table, renversant la bouteille de vin. Newton se déroba et surgit à l'autre extrémité. Son épée rencontra celle de Guy dans un fracas sonore. Guy tira à nouveau et les deux armes s'entrechoquèrent. Newton, ayant utilisé sa lame pendant quelques secondes comme un joueur de tennis qui ferait des balles avant un match, lança brusquement une attaque balayante qui coucha l'épée de Guy sur le côté.

— Maquereau ! s'écria celui-ci. Nabot rouquin, planqué, lopette, intello...

Newton se mit à rire.

— Je dois vous prévenir que j'ai quelque expérience dans ce domaine. Si vous préférez que nous arrêtions maintenant, cela ne me dérange pas.

— Il essaie de dire qu'il est bon escrimeur, cria Leonora. Il a représenté son université.

— Moi aussi, hurla Guy. L'université de la vie ! Maintenant, faites disparaître ce sourire de votre visage, aboya-t-il à l'intention de Newton en se fendant en avant.

Leonora se prit la tête entre les mains. Les armes se

heurtèrent violemment, Guy agitant la sienne en tous sens avec des mouvements désordonnés qui dénotaient une absence totale de finesse et de maîtrise. Il fit un bond en arrière et dirigea son épée vers Newton dans un mouvement tournant qui évoquait plutôt une balle d'échauffement avant un match de tennis. Cette fois, Newton n'esquiva pas latéralement mais détourna la lame d'un seul geste. Guy sentait la présence de Leonora derrière lui. L'une de ses mains lui agrippa le dos. Il s'en débarrassa et rompit en position de défense. Elle hurla :

— Je t'en supplie, Guy, arrête. Je vais appeler les voisins, je te jure que je vais le faire. Je vais descendre dans la rue et téléphoner à la police. Tu dois arrêter.

— Pour l'amour du ciel, reste en dehors de ça !

Jamais il ne lui avait parlé sur ce ton. Elle hoqueta.

— Je t'aime ! cria-t-il. Je t'aimerai toujours. Je te conquerrai en duel.

Newton attendait, les jambes écartées. Son sourire avait disparu. Il rejeta sa chevelure rousse en arrière. Ils se dévisagèrent pendant quelques secondes, parfaitement immobiles. Guy eut l'impression que Newton aurait aimé arrêter, qu'une trêve ne lui aurait pas déplu. Cela ranima son énergie. Il bondit en avant et imprima à son arme un mouvement tournoyant qui aurait décapité son adversaire si la lame avait été acérée et si le coup avait porté. Leonora poussa un hurlement. Mais le coup ne porta pas. Newton le para. Il le fit avec une aisance qui rendit Guy fou, avec tant de fluidité et de grâce que l'éclat sonore des lames en fut décuplé.

Newton riposta aussitôt, par une feinte en réalité. Il se moquait de Guy. Il dansait avec son épée, effectuant des mouvements couvrants et vifs tandis que l'arme de Guy voltigeait dans toutes les directions sans le moindre contrôle. Leonora s'efforçait de soulever l'une des fenêtres à guillotine. Guy oublia tout ce qu'il avait appris en escrime. Ce n'était plus qu'un homme muni d'une arme tranchante. Il faisait tout ce qu'aurait fait un néophyte, portant des coups inconsidérés à droite, à gauche, en avant, aboyant des insultes à chaque estocade. Il pouvait entendre ses propres grognements.

Leonora, n'ayant pas réussi à soulever le châssis à coulisse, s'y appuya un instant, la tête posée sur les mains. Guy lança des coups en l'air, heurta la lame de Newton quand elle entra en contact avec la sienne, toucha même l'abat-jour du plafonnier, qui se mit à osciller dangereusement. De voir Leonora s'éloigner de la fenêtre et rester plantée là, à les regarder comme en état d'hypnose, renouvela son élan. Cependant Newton, parfaitement silencieux, ne craignait plus rien de ce que Guy pouvait entreprendre. Il contrôlait parfaitement la situation. Soit son épée glissait le long de celle de Guy, soit elle l'effleurait d'une chiquenaude. La rage de Guy, qui avait déjà atteint le seuil d'ébullition, monta d'un degré et déborda. Il bondit hors de portée de l'épée de Newton et tenta follement de l'atteindre par le flanc.

Si la lame rata Newton, ce n'est pas parce qu'il para le coup mais parce qu'il contracta ses muscles en une fraction de seconde. La pointe de l'arme traversa son chandail à hauteur de la taille et arracha la laine depuis l'ourlet jusqu'au col.

Newton gronda comme un ours. Son sweater s'ouvrit en deux comme une camisole de force non attachée. Il dégagea ses bras des manches et se retrouva, haletant et furieux, en tee-shirt d'un blanc douteux. Guy éclata d'un rire triomphal. Il se débarrassa de son chandail et le lança à l'autre bout de la pièce. Sa réussite lui avait conféré une nouvelle adresse, ou du moins de l'énergie. Il se mit à frapper à grands coups, pourfendant l'air en tous sens et poussant de ces cris de joie féroces que l'on entend dans les westerns. Leonora, les yeux écarquillés, observait la scène avec horreur et fascination, comme quelqu'un qui assisterait à une course de taureaux pour la première fois.

Guy se mit à orienter la pointe de la lame vers le bas, visant les parties génitales de Newton. Ricanant, il lui faisait dessiner des petits moulinets rapides. Il dansait d'avant en arrière en hurlant des insultes, l'arme jaillissant et sabrant l'air à hauteur de cuisse. Cette tactique visait à prendre l'amant de Leonora par surprise et, si le coup inattendu qu'il venait de tenter avait atteint son but, Newton serait maintenant un eunuque. Mais ce fut la dernière botte que Guy eut l'occasion de porter. Le dénouement intervint avec une soudaineté terrifiante. Newton para l'attaque d'une rotation précise du poignet, effectuant un mouvement de défense latéral, riposta aussitôt et toucha Guy au bras gauche. La pointe de l'épée dessina une entaille rectiligne du poignet au coude.

L'arme de Guy lui tomba des mains. Le sang jaillit de sa blessure comme une fontaine et il bascula en avant, saisissant ce qui se trouvait sous sa main pour amortir sa chute. Ce fut le bord de la nappe, qui vint avec les assiettes, les verres, la bouteille de vin, les couteaux et les fourchettes. Il s'effondra par terre, recouvert de débris gluants de porcelaine et de verrerie. Il entendit Leonora hurler, un cri d'animal devenu fou. Elle lâcha la fenêtre à guillotine et se précipita vers lui. Guy ferma les yeux, les rouvrit et s'assit. Le sang dégoulinait sur son bras.

— Oh, mon Dieu, sanglotait Leonora. Mon Dieu, mon Dieu !

— Tout va bien, lui murmura-t-il. Ça va aller.

Il tint sa plaie, mais sa main n'était pas assez grande pour la recouvrir. Leonora entreprit de déchirer la nappe en lanières. Le premier bandage qu'elle appliqua fut aussitôt imprégné de sang. Elle continuait de sangloter et de haleter.

— Ne t'inquiète pas, ma chérie, lui dit Guy. Ce n'est qu'une éraflure.

Pour une raison inconnue, ce propos arracha à Newton un véritable croassement. Avec une impassibilité grotesque, il essuya la lame souillée et inséra l'arme dans son fourreau sans la laver, puis raccrocha les deux épées au mur.

— Vous voulez toujours me les acheter ? demanda-t-il.

— Oh, William, je t'en prie. Cela ne te suffit pas ?

— Je suis désolé. Je n'aurais jamais dû me battre contre lui.

— Non, tu n'aurais pas dû. C'était atroce. Regarde ce que tu as fait. Maintenant, appelle une ambulance, s'il te plaît.

— Je ne peux appeler personne, puisqu'il a arraché le fil du téléphone.

Leonora défit le premier pansement et en appliqua un autre. Guy était toujours assis par terre. Il se releva. Son bras gauche était engourdi mais ne le faisait pas souffrir. Il n'avait éprouvé aucune douleur en dehors de la première morsure, telle une piqûre d'insecte, quand la pointe de l'épée de Newton avait zébré sa chair. Newton soupira et dit :

— Je vais vous conduire à l'hôpital. Je suis désolé, Guy. C'est un vrai gâchis. Tout ce que nous pouvons faire, maintenant, c'est trouver un service d'urgences.

— Merci bien. Je préférerais mourir plutôt que de vous laisser m'accompagner quelque part.

— D'accord, à votre guise. Il faut quand même que vous fassiez soigner votre bras.

— Je vais le conduire, dit Leonora. C'est moi qui vais t'accompagner, Guy.

Tout ce qui s'était passé valait bien de l'entendre prononcer ces mots. Elle lui appliqua un nouveau pansement fait d'une lanière de nappe qu'elle serra davantage cette fois, et utilisa un de ses foulards pour lui tenir le bras en écharpe.

— Mets ton chandail sur tes épaules. (Elle le ramassa par terre.) Veux-tu un manteau ? Je vais bien te trouver une veste.

— Pas l'une des siennes.

— Il préférerait mourir de froid, dit Newton en souriant.

Cela fit bondir Guy, les poings en garde malgré son bras blessé. Leonora l'agrippa et le força à se retourner. C'est là que la blessure commença à le faire souffrir, un début d'élancement intense. Guy grogna. Le visage de Leonora était humide de larmes. Elle les essuya avec un morceau de nappe. Newton lui toucha le bras et elle leva les yeux vers lui, mais Guy ne pouvait lire ce regard. Il aurait aimé s'appuyer sur elle pour descendre l'escalier mais sa fierté l'en empêcha.

Au rez-de-chaussée, une porte s'ouvrit. Un jeune cadre bien propre à petite moustache passa la tête dans l'entrebâillement.

— Tout va bien ?

— Ce n'était qu'un duel, répondit Leonora, d'une voix au bord de l'hystérie.

L'homme ne parut pas comprendre.

— J'avais cru entendre quelque chose. Ma femme a dit que c'étaient des ouvriers sur un chantier.

Ils trouvèrent un service d'urgences dans un grand hôpital sur la colline. Guy en ignorait le nom. Il ne connaissait pas bien le nord de Londres. Il avait l'impression d'avoir perdu des litres de sang. Sa chemise en était saturée. Elle lui avait coûté deux cents livres, contrairement aux apparences. Le sang ne partirait jamais. Il y en avait aussi sur le haut de survêtement de Leonora, ainsi que quelques taches sur son pantalon blanc. Tous deux avaient l'air de sortir d'un champ de bataille.

Il était heureux. Bien sûr, il avait conscience d'avoir fait quelque chose d'horrible. Il allait garder la cicatrice toute sa vie. Mais elle l'aimait. Il l'avait récupérée. N'avait-elle pas fait des reproches à ce minable de Newton ? Ne s'était-elle pas précipitée vers lui, sacrifiant une nappe en parfait état pour panser sa blessure ?

— Je paierai la note pour le téléphone, murmura-t-il.

Elle se mit à rire. C'était un rire hystérique, sans joie, ponctué de sanglots.

— Allons, dit-il, tout va très bien se passer, tu verras. Je lui rachèterai un chandail.

C'est alors qu'on appela son nom. Un interne épuisé nettoya la plaie et s'enquit, évidemment, de son origine. Un accident avec un couteau à découper, expliqua Guy. Le médecin n'en crut pas un mot mais n'en demanda pas davantage. Il injecta à Guy un vaccin antitétanique et appliqua une demi-douzaine de points de suture sur la blessure. Ce n'était en réalité qu'une profonde égratignure.

— Vous savez à quoi cela ressemble, selon moi ? Par simple curiosité ? On dirait que quelqu'un de très habile à l'épée a voulu marquer un point. Montrer qu'il prenait la chose au sérieux mais que cela suffisait pour l'instant. Je me trompe ?

— Je ne vois pas de quoi vous parlez, répondit Guy.

— Je tire un peu à l'épée, moi aussi, ou du moins je le faisais quand je menais une vie normale et disposais de... comment dit-on déjà, de loisirs. Vous pouvez y aller, maintenant ? Revenez mercredi prochain, on vous enlèvera les points de suture.

Dans la voiture, Guy demanda :

— Tu es en colère après moi ?

— Je ne sais pas. Je pense que je suis simplement fatiguée, à bout, écœurée par tout ça.

— Je comprends, ma chérie. Je sais ce que tu éprouves.

— Non, Guy, tu n'en sais rien. C'est bien là le problème. Tu ne sais pas ce que j'éprouve, tu ne l'as jamais su et ne le sauras jamais. Maintenant, je vais te racompagner chez toi. Tu tiendras le coup tout seul ?

— J'espérais que tu allais rester avec moi.

— C'est impossible. A quoi cela servirait-il ? Veux-tu que j'appelle Celeste ?

Il secoua la tête. Ils attendaient que le feu passe au vert. Il lui prit la main.

— Reste avec moi.

— Guy, je vais entrer avec toi et m'assurer que tout va bien. Je te préparerai une boisson chaude et je t'appellerai demain matin.

Il comprit qu'elle n'allait pas lâcher Newton comme ça. Newton, ce fou, ce psychopathe, était capable de venir la chercher chez lui, armé probablement. Et, d'ailleurs, elle avait sans doute envie de se retrouver seule avec Newton pour lui dire en face ce qu'elle pensait de son comportement.

Elle ne discuta pas sa proposition suivante.

— Déjeune avec moi samedi.

— Je déjeune toujours avec toi le samedi.

Qu'elle entre chez lui comme elle l'avait promis l'étonna cependant.

— Ta jolie maison, dit-elle. C'est la plus jolie que je connaisse.

— Vraiment ? Ce sera la tienne un jour.

Il attendit qu'elle nie, mais rien ne vint.

— Je ne me rappelle pas où est la cuisine.

— Tu n'as pas besoin de la cuisine. Je n'ai pas envie de boire, pas ce genre de choses en tout cas. Tu vas t'asseoir, ma chérie, et c'est moi qui vais te préparer un verre. Tu as besoin quelque chose de fort après toutes ces émotions.

— Je dois conduire, n'oublie pas.

— Oh, allons ! Personne ne va te demander de souffler dans un ballon.

Elle lui prit le verre des mains et y ajouta de l'eau gazeuse. Son bras blessé le rendait maladroit. Quelque chose lui revint de la soirée écoulée. Peut-être à cause du poste de télévision, dans l'angle de la pièce, qu'il n'allumait presque jamais. Il remplit généreusement son verre de cognac.

— N'as-tu pas un oncle qui travaille à la télévision ? Quelque chose à voir avec la BBC ? Est-ce que je l'ai rencontré ?

Elle hocha la tête.

— Le frère de mon père. Mon oncle Michael. Il est président de TVEA. Pourquoi ?

— J'imagine que c'est grâce à lui que Newton a trouvé ce travail ?

— Bien sûr que non, Guy. Cela n'a rien à voir. William va travailler pour BBC Northwest, il te l'a dit.

— Enfin, cela revient au même, non ? Un renvoi d'ascenseur. Comment appelle-t-on ça, déjà ? Cela commence par « n ».

— Du népotisme. Seulement, ce n'en est pas. Guy, tu vas pouvoir t'en sortir tout seul ? Il faut que je parte.

— Où allons-nous déjeuner samedi ?

— Où tu voudras.

— Tu sais quoi ? Pendant un instant, dans la voiture, j'ai craint que tu ne refuses de déjeuner avec moi, que tu sois trop fâchée.

Elle se leva en souriant.

— Eh bien, sois rassuré. Je ne suis pas trop fâchée.

— On retourne chez Clarke ?

— On ne pourrait pas aller… disons, plus dans le centre ? N'avons-nous pas déjeuné une fois dans un restaurant de poissons agréable à Haymarket ?

— Si, le café Fish, dans Panton Street.

— C'est ça. A 13 heures ? Guy... ?

Elle lui prit la main. Ils avancèrent côte à côte vers l'entrée. Il resta devant la porte, la regardant, son bras gauche toujours soutenu par le foulard de soie rouge et noir qu'elle lui avait prêté.

— Guy, je ne sais comment te le dire...

Elle tremblait. La lumière de l'entrée était faible mais il voyait qu'elle était devenue très pâle et que ses yeux brillaient.

— J'aimerais... Pourrions-nous passer la journée de samedi ensemble ? Je veux dire, pourrions-nous déjeuner et rester ensemble le reste de l'après-midi ? Peut-être aller au cinéma ou au théâtre et dîner ensuite... Oh, je ne sais pas. J'aimerais bien, mais ton bras ! Peut-être ne seras-tu pas en état...

— Oh, ma chérie ! Il l'enlaça de son bras valide. Elle se blottit contre lui.

— Cela m'aurait été égal qu'il me coupe le bras, si cela est le résultat. Tu ne sais toujours pas qu'il est inutile de demander si nous pouvons passer la journée ensemble ? Ne sais-tu pas que c'est tout ce que j'attends ?

— Alors, c'est parfait.

Elle leva le visage vers lui. Il l'embrassa comme il ne l'avait jamais embrassée depuis des années, même le jour où ils se trouvaient à Embankment Gardens. Ses lèvres tièdes, consentantes, s'ouvrirent sous les siennes. Il sentit ses seins se presser contre lui. Son cœur se mit à battre et son bras blessé fut parcouru d'élancements. Le plus étonnant, c'est qu'il fut le premier à s'écarter, à prendre du recul. Il y fut obligé par la douleur, le corps de Leonora appuyant sur sa blessure. Elle ne souriait pas mais le dévisageait avec une drôle d'expression, à moitié hypnotisée.

— Je dois y aller, dit-elle enfin.

— Tu as dit que tu m'appellerais demain matin.

— Je le ferai, c'est promis.

Il regarda la voiture effectuer un demi-tour sur le gravier. La nuit était froide et très claire. Pour une fois, cela arrivait rarement, les étoiles étaient visibles là-haut, dans la pourpre lumineuse, petites taches flottantes de lumière. Elle agita le bras par la fenêtre ouverte, la remonta et disparut rapidement. Il était presque minuit. Il rentra et but du cognac jusqu'à ce que sa tête tourne légèrement et sa blessure ne le fasse plus souffrir.

18

Il dormit trop longtemps. Il avait rêvé qu'il se mariait. Il allait épouser Leonora à l'église, du moins le croyait-il, il n'était plus très sûr. Il se rendit en taxi à St. Mary Abbots et entra en hâte dans l'église, seul. Il était en retard et les invités, des centaines d'invités, étaient déjà sur place. Il arriva hors d'haleine au pied de l'autel et s'aperçut qu'il avait oublié l'alliance. Il resta là, se demandant que faire, tandis que derrière lui une vague de gloussements gagnait l'assistance. Elle s'amplifia, devenant un gigantesque fou rire prolongé. Guy baissa les yeux et constata qu'il était habillé en escrimeur, veste ajustée, gant, culotte au genou et bas blancs. Il s'aperçut alors que son visage était masqué.

La sonnerie du téléphone le tira de son rêve avant que l'humiliation n'empire. Il tendit la main pour prendre le récepteur et, se retournant, sentit une douleur lancinante traverser son bras gauche. Le souvenir des événements de la veille lui revint au moment où il décrochait, accompagné d'un flot de panique. Qu'avait-il fait ? D'une voix prudente, il dit :

— Allô !

— Comment vas-tu ce matin, Guy ?

Qu'il entendît réellement la voix de Leonora lui paraissait incroyable. Combien de temps cela faisait-il qu'elle l'avait appelé pour la dernière fois ? Des années. Mais il est vrai, la situation avait changé. Il se rappelait mieux ce qui s'était passé la veille. Presque sans y croire, il se souvint de ce qu'elle avait dit.

— Guy ? Ça va ?

— Je vais très bien, ma chérie. Je suis tout à fait bien.

— Tu as pu dormir ?

— Comme une bûche. J'étais assommé. En fait, c'est la sonnerie du téléphone qui m'a réveillé.

— Oh, je suis désolée. J'ai attendu jusqu'à 9 heures. Mais je m'inquiétais pour toi.

Il ferma les yeux, submergé de bonheur, et lui dit d'une voix douce :

— C'est merveilleux d'entendre ta voix.

— Tu ne crois pas que tu devrais consulter ton médecin ?

— Pourquoi ? Tout ce qui pouvait être fait l'a été. C'est juste un peu douloureux.

Il entendit Fatima qui entrait au rez-de-chaussée et refermait la porte.

— Il est vraiment 9 heures. Dis-moi, Leo, ai-je rêvé ou as-tu vraiment dit que tu passerais le samedi avec moi ?

— Tu n'as pas rêvé.

— Dieu merci ! J'ai fait des rêves si étranges que je ne distingue plus le rêve de la réalité. Si je prenais des billets pour un spectacle, qu'est-ce qui te ferait plaisir ?

Il se rappela trop tard qu'elle n'aimait pas le mot « spectacle », préférant « pièce », et attendit qu'elle le corrige. Elle répondit seulement :

— Cela m'est égal. A toi de choisir.

— Je sais que tu n'aimes pas les comédies musicales. Je ne choisirai pas une comédie musicale. Mais, Leo ?

— Oui, Guy ?

— Après le spectacle, le soir, est-ce que tu rentreras ici avec moi ?

Il savait qu'elle allait répondre non. C'est toujours ce qu'elle faisait. Son hésitation ne signifiait rien, sinon qu'elle cherchait la manière la plus gentille de refuser. Un jour, elle accepterait, mais il n'était pas ridiculement optimiste, il savait que cela prendrait du temps. Il attendit stoïquement. Le silence se prolongeait. Il l'entendit soupirer.

— Oui, je viendrai. Bien sûr que je viendrai. Tout ce que tu voudras.

— Leo, tu es sûre de ce que tu viens de dire ? As-tu vraiment dit que tu rentrerais avec moi ? Que tu resterais ici avec moi ?

— C'est ce que j'ai dit.

— Leo, je suis tellement heureux. Je suis si heureux, ma chérie. Je sais que je l'ai déjà dit, mais je n'y peux rien. Je suis tellement heureux. Leo, tu ne pleures pas ?

— Guy, dit-elle, pardonne-moi.

Cela le fit rire.

— Il n'y a rien à pardonner. Dis-moi que tu m'aimes. Dis que je suis le seul homme de ta vie.

— Tu es le seul homme de ma vie. Je t'aime. Alors, à 13 heures samedi, d'accord ?

— A treize heures samedi, chérie. Au revoir, en attendant. Prends soin de toi, ménage-toi pour moi.

C'était arrivé. Elle lui était revenue. Ce n'était pas une promesse pour l'année prochaine, ou dans quelques années, c'était pour maintenant, le surlendemain. Il pouvait se l'avouer maintenant, il en avait douté, il lui était arrivé de perdre espoir, mais sa persévérance, sa lutte avaient porté leur fruit. Il l'avait reconquise. Il s'était battu pour elle et l'avait emporté. Il considérait avec fierté sa cicatrice, gagnée au combat. Même s'il y avait laissé le bras, cela en eût valu la peine.

Au moment de prendre un bain (il fallait éviter les douches pour l'instant, vu l'état de son bras), il se demanda s'il serait judicieux de garder l'écharpe. Le sang n'avait pas traversé le pansement. Son bras le faisait souffrir, mais sans plus. Il était assez malin pour percer la véritable raison de son doute concernant l'écharpe. En réalité, il avait envie de continuer à porter le foulard de Leonora. N'était-ce pas ainsi qu'agissaient les chevaliers d'antan — du moins dans les films ? Ils arboraient une faveur offerte par leur dame. Susannah lui avait dit qu'il était le chevalier de Leonora, que sa fidélité était magnifique.

Le foulard que Leonora lui avait donné était en soie tissée rouge et noir. Il se vêtit avec soin : un blue-jean, une chemise rose, un chandail à côtes qu'il n'avait pour ainsi dire jamais mis mais dont le motif de rayures verticales gris foncé et rouge vénitien s'accordait bien avec le foulard. Guy se surprit à se contempler dans le miroir plus longtemps qu'à l'accoutumée. Il était tellement plus beau que William Newton, d'une supériorité physique si évidente que c'en était presque une plaisanterie.

Il aurait volontiers passé la matinée au club de tir mais cela ne servirait qu'à aggraver l'état de son bras. Il entreprit de téléphoner aux bureaux de réservation de différents théâtres. Il aurait bien aimé voir *Aspects of Love* d'Andrew Lloyd Weber. Le prix des places au marché noir devait être astronomique, mais cela ne l'avait jamais arrêté. Seulement, il n'en était pas question, puisque Leonora détestait les comédies musicales. Celeste lui avait raconté le sujet de *M. Butterfly*[1]. Elle pensait qu'il aimerait voir la pièce avec elle. Mais ce n'était pas le genre de spectacle où l'on emmène la femme que l'on va épouser. Son choix se porta finalement sur *Henceforward* d'Ayckbourn. Il réserva deux places au troisième rang d'orchestre, qu'il paya avec sa Gold Card d'American Express.

Le jour suivant, Celeste lui téléphona pour lui rappeler qu'ils dînaient avec Danilo et Tanya, et des amis américains à eux, de passage à Londres. Guy songea à refuser en prétextant l'état de son bras mais il se ravisa. Cela l'aiderait à tuer le temps jusqu'au lendemain. Il était prévu de dîner au Connaught. Logiquement, il aurait dû aller chercher Celeste en taxi et, pourtant, il choisit de prendre la Jaguar. L'idée de conduire d'une seule main le séduisait. Il allait raconter la vérité à tout le monde, comment il s'était fait blesser dans un duel.

— Tu plaisantes ! s'exclama Danilo.

Aux yeux de Guy, les Américains avaient l'air de vrais gangsters. Ils étaient tous deux de petite taille, très bruns, genre italien et vêtus de manière voyante. L'un d'eux avait à la joue une cicatrice dont l'empreinte circulaire évoquait une bouteille de vin brisée à la base. Tanya devait une fois de plus avoir oublié de changer de chaussures car elle portait des sandales blanches avec une élégante minirobe noire et un collant noir. Elle adressa un clin d'œil à l'un des Américains.

— Quelqu'un a manqué de respect à Celeste, c'est ça ?

— Cela n'a rien à voir avec Celeste. Une affaire privée.

Guy la vit tressaillir, bien qu'il lui ait tout expliqué en venant dans la Jaguar.

— Sois honnête, dit Danilo, le tempérant. Tu t'es fait ça tout seul après avoir trop bu.

Ce ne fut pas une soirée très réussie. Tanya parla de ses enfants. Les Américains répondirent comme si les enfants étaient une espèce rare de mammifère à laquelle ils ne s'intéressaient pas. Cela n'empêcha pas Tanya de poursuivre en racontant comment Carlo, ayant versé de la teinture rouge dans la piscine, lui avait dit que le jardinier s'était tranché la gorge avant de basculer dans l'eau. Guy but considérablement. Il passa au

1. Il s'agit d'une liaison entre un diplomate français et une jeune personne asiatique qui est en réalité un garçon. (N.d.T.)

cognac. Il avait promis à Celeste qu'ils partiraient à 22 h 30 au plus tard. Elle devait se trouver à Kensington Gardens avant 8 heures pour une séance de photos. A 11 heures, elle annonça qu'elle devait partir.

— Attends encore une demi-heure et je te raccompagne.

— Non, Guy, ce n'est pas la peine. Je prendrai un taxi.

— Il n'en est pas question. (Il se leva péniblement et réprima un cri de douleur.) Je te raccompagnerai comme je te l'ai promis.

— Tu n'es pas en état de conduire et il faut vraiment que je parte. Je leur ai déjà demandé de m'appeler un taxi.

Il n'avait conscience que d'une chose. Ainsi, il n'aurait pas à la ramener chez lui, elle ne passerait pas la nuit avec lui. Elle lui posa doucement la main sur l'épaule.

— On se voit demain soir.

Ils devaient avoir quelque projet. Il faudrait qu'il l'appelle le lendemain matin pour se décommander. Pas question de le faire devant tout le monde. Se sentant coupable et confusément honteux, il effleura la main attardée sur son épaule. Elle les salua et disparut.

— Joli petit lot, déclara l'un des Américains contre toute attente.

Guy se dit qu'il serait extrêmement gênant de ramener Leonora chez lui et d'y trouver Celeste. Ou que la pauvre Celeste arrive à un moment où il serait là avec Leonora. Il allait devoir réfléchir sérieusement à la façon d'expliquer à Celeste le tour qu'avaient pris les événements.

— Nous allons te raccompagner, proposa Tanya. C'est-à-dire, nous allons conduire ta voiture. Nous sommes venus en taxi, alors c'est facile de te ramener et d'en prendre un ensuite pour rentrer chez nous.

Danilo ne fit aucun commentaire. Son visage de crapaud était figé dans une expression grimaçante. Guy ne se rappelait plus où il avait garé la Jaguar et ils durent parcourir les rues vides de Mayfair à sa recherche.

— Je sens que je vais t'adorer s'ils t'ont mis un sabot, dit Tanya.

Il n'y en avait pas. Guy grimpa à l'arrière. La fraîcheur de l'air automnal lui avait rendu ses esprits. Il était près de minuit, on approchait du jour qui marquerait le début de sa vie commune avec Leonora. Quelle serait la réaction de Danilo et Tanya ?

Il aurait très bien pu conduire. Il se sentait en parfaite forme, hormis son bras douloureux. Ils longeaient Knightsbridge quand Rachel Lingard lui revint à l'esprit. Tanya savait tout des activités de Danilo — du moins le croyait-il.

— Peux-tu arrêter Chuck, Dan ?

— Puis-je quoi ?

— Simplement mettre fin à tout ça, d'accord ?

Danilo garda le silence. Guy voyait bien qu'il était perturbé. Il prit une mauvaise direction et ils se retrouvèrent dans Fulham Road. Tany haussa légèrement les épaules et dit :

— Ne faites pas attention à moi. J'ai appris à fermer les oreilles quand il le fallait.

— Tourne à droite dès que tu pourras, dit Guy. Écoute, je suis désolé. Je ne veux pas récupérer les trois briques.

— Il ne manquerait plus que ça, bordel.

— Mais tu peux interrompre le processus ?

— Merde, Guy. Je m'en passerais bien.

— Mais tu peux t'arranger ?

— Honnêtement, je ne sais pas. Je ne sais pas qui Chuck a mis sur le coup et il est parti en Irlande. Il se peut même qu'il y soit encore. Je ne sais même pas si c'est un des types de Chuck qui s'en charge, ou si c'est un type du type de Chuck.

Danilo tourna à gauche dans Old Brompton Road. Guy dit :

— Il te reste une semaine entière. Enfin, une semaine à partir de demain. Elle sera encore absente pendant huit jours.

Soudain, il prit conscience de l'endroit où ils se trouvaient et de ce qu'ils pouvaient voir.

De très mauvaise humeur, Danilo répondit :

— Ouais, ouais, d'accord. Cela prendra du temps mais peut-être pas tant que ça. Seulement ne t'imagine pas que tu pourras recommencer ce genre de connerie avec moi, compris ? Seigneur, qu'y a-t-il maintenant ?

Guy était en train de lui taper sur l'épaule.

— Arrête-toi, je t'en prie. Juste une minute. Gare-toi ici. Je n'en aurai pas pour longtemps, c'est promis.

— Qu'est-ce que c'est que cette histoire, Guy ? (Tanya s'impatientait à son tour.) Il faut que j'aille au magasin demain matin.

— S'il te plaît, Danilo, gare-toi ici.

Ils durent faire quelques mètres à pied. L'homme maigre et élancé était allongé sur le seuil du magasin de produits naturels. Il était vêtu des mêmes haillons mais, cette fois, il était couché sur le dos et la casquette qui la dernière fois servait à recueillir les aumônes recouvrait maintenant son visage.

— C'est Linus, dit Guy.

— Tu plaisantes.

— Non, j'en suis sûr. C'est la troisième fois que je le vois. Je sais que c'est Linus. Cela m'a tracassé, ça a pesé sur ma conscience, tu sais. Dan, on ne peut pas le laisser ici comme ça. Il faut faire quelque chose pour lui.

Danilo traversa le trottoir et souleva la casquette qui recouvrait le visage de l'homme allongé. Cela le réveilla. Il se redressa et se mit à hurler, le visage tordu de rage, dévoilant ses dents blanches, parfaites et éclatantes. Un torrent d'injures obscures sortit de sa bouche.

— Ah, bon Dieu ! dit Danilo. Il brandit deux doigts en direction de l'homme qui criait.

Maintenant, Guy voyait bien qu'il ne s'agissait pas de Linus. Il ne lui ressemblait pas davantage qu'à Danilo.

— Donne-lui au moins quelque chose.

— Donne-le-lui toi-même, répondit Danilo en repartant vers la voiture, suivi de Tanya.

Guy se sentit profondément troublé. Que se passait-il dans sa tête pour qu'il ait pu confondre ce vagabond avec son vieil ami ? Il lui donna un billet de dix livres, ce qui eut pour effet de le réduire au silence mais ne suscita aucun remerciement. L'homme saisit le billet, l'enfonça dans sa poche de pantalon et se recoucha sur le seuil en recouvrant son visage.

— Linus est mort, dit Danilo en parquant la Jaguar dans le garage. Ils l'ont pendu à Kuala Lumpur. Tu n'as jamais songé à t'inscrire à l'AA ?

— Je suis membre depuis plusieurs années.

— Danny ne parlait pas de l'Automobile Association, dit Tanya, prise d'un fou rire incontrôlable.

Ils partirent à la recherche d'un taxi.

Il boirait moins quand il serait installé avec Leonora. Si elle souhaitait qu'il cesse de fumer, il se soumettrait à cela aussi. Il allait avoir trente ans dans un mois et, d'ici à quelques années, il ne serait plus capable de tenir l'alcool comme maintenant. Quand il serait tout le temps heureux, satisfait de sa vie, il n'aurait plus besoin de l'alcool comme rempart contre les coups, de faire passer sa conscience du malheur aux limbes.

Il ne sentait pas le contrecoup des excès de la veille et son bras allait beaucoup mieux. L'écharpe n'était plus indispensable mais il voulait continuer à la porter parce qu'elle appartenait à Leonora. D'humeur sentimentale, il envisagea de la porter ce jour-là pour la dernière fois et de la lui rendre cérémonieusement quand elle serait revenue ici avec lui. Elle lui adresserait son sourire à la Vivien Leigh, enfin épanoui et libéré.

Comment s'habiller ce matin-là était un autre problème. Tout en sachant qu'elle n'avait jamais été très éprise de Newton, qu'on le lui avait présenté en la persuadant de l'accepter, il y avait néanmoins quelque chose qui lui plaisait chez cet homme en dehors de sa conversation. Or Newton s'habillait toujours au déballage des petites sœurs des pauvres et chez Dirty Dick. Il fallait se rendre à l'évidence : les vêtements élégants ne l'intéressaient ni pour elle ni pour son homme. Peut-être finirait-il par apprendre, lui aussi, à moins s'en soucier. Fort de cette perspective, il choisit le jean qu'il portait la veille, une simple chemise en coton bleu et une veste en seersucker à rayures bleues et grises. Cela paraissait encore trop habillé, ou du moins le serait-ce à ses yeux. Troquer la veste contre le chandail de la veille fut pour lui un véritable sacrifice, mais il le consentit. Il renoua soigneusement les extrémités de l'écharpe et le glissa autour de son cou pour soutenir son bras.

Il était sur le point de partir quand il pensa à la bague. Il possédait toujours la bague de fiançailles qu'il avait achetée autrefois pour Leonora. Elle était dans le coffre-fort. Cela faisait quatre ans qu'il ne l'avait ouvert. L'occasion ne s'était pas présentée. La dernière fois, c'était après la visite de Corny Mulvanney. Il remonta dans sa chambre, ouvrit le coffre et prit le petit écrin de cuir bleu à l'intérieur duquel la bague, un saphir taillé en émeraude avec des diamants sertis à la base du chaton, reposait sur un coussinet de velours bleu nuit. Il fourra le tout dans sa poche.

Il était midi quand il partit de chez lui, c'est-à-dire beaucoup trop tôt pour un rendez-vous à 13 heures dans le West End. Mais il n'avait rien d'autre à faire. Il avait déjà fait le tour de la maison, vérifiant consciencieusement que tout était en ordre pour la recevoir. Il avait rempli d'eau les bacs à glace dans la cuisine et le bar du salon, disposé sur la table basse les exemplaires du *Guardian,* du *London Review of Books* et de *Cosmopolitan* que le marchand de journaux avait, ô miracle, pensé à lui livrer, et arrangé dans la salle de bains qui allait être la sienne les divers cosmétiques de Paloma Picasso que Fatima était allée acheter la veille. Il ne restait rien à faire, et s'asseoir pour lire le journal lui semblait une perspective intolérable. Il avait tenté à plusieurs reprises d'appeler Celeste pour lui demander de ne pas venir et avait fini par se souvenir qu'elle se faisait photographier quelque part. Ayant quitté son domicile à midi pour faire une partie du chemin à pied, il s'arrêta devant la vitrine d'un agent immobilier et mû par une impulsion soudaine, poussa la porte.

Ils avaient dans leurs dossiers une superbe maison à Lansdowne Crescent, Notting Hill. Le prix, selon eux, avoisinait le million de livres. Voyant que cela ne l'impressionnait pas, ils le lui annoncèrent avec plus de précision. On sortit des photos de l'intérieur, un grand escalier à rampe en col de cygne, un magnifique salon de douze mètres de long, des salles de bains octogonales dans chacune des tourelles. Guy prit rendez-vous pour visiter le lundi après-midi. Il était maintenant 12 h 40, l'heure idéale pour arriver au rendez-vous en taxi.

La circulation était moins dense que d'habitude et le taxi le déposa devant le café Fish à 12 h 58. Elle était peut-être déjà là, cela s'était vu. Il éprouva les sensations familières, le petit sursaut du cœur, l'intérieur du corps qui se contractait, la pression dans son crâne. Il s'arrêta un instant sur le trottoir, se ressaisit et pénétra dans le restaurant.

Il y avait beaucoup de monde mais elle n'était pas encore arrivée, lui annonça la jeune fille dépêchée pour le conduire à sa table. Fumeur ou non fumeur ? Un jour, il choisirait non fumeur pour plaire à Leonora mais on n'en était pas encore là. Il alluma une cigarette aussitôt assis.

A l'évidence, c'était une erreur d'être venu ici. La cuisine était bonne et le choix varié, mais une centaine d'autres personnes étaient également au courant. Par nécessité, les tables étaient très rapprochées. Ils ne pourraient pas se parler discrètement. Guy claqua des doigts à l'intention d'un serveur et commanda un grand gin-tonic. Le cognac lui aurait mieux convenu mais il sentait que ce n'était pas forcément indiqué à pareille heure.

Il avait délibérément pris des billets pour le spectacle de matinée. Puisqu'il commençait à 17 h 30, ils pourraient dîner en sortant, à 20 heures. Cela leur laissait beaucoup de temps pour un tas de choses — ce serait décontracté et magnifique. S'il restait un peu de temps libre entre la fin du déjeuner et le théâtre, elle accepterait certainement de l'accompagner dans les magasins. Il avait déjà la bague de fiançailles, mais peut-être qu'un bracelet... Cartier? Asprey? Ou bien des boucles d'oreilles. Il imagina des diamants au contact de son visage radieux. Quand ils n'étaient encore que des enfants et qu'elle avait fait percer ses oreilles, il avait rêvé du jour où il pourrait lui acheter des boucles d'oreilles en diamants.

Le gin-tonic arriva fort à propos, il en avait grande envie. La première gorgée de la journée était toujours merveilleuse. Elle diffusait la paix dans son corps le long de canaux divergents. Il se laissa aller contre le dossier de sa chaise, contemplant le motif du tissage de l'écharpe de Leonora, puis examina le menu qui était inscrit traditionnellement sur une carte mais aussi à la craie sur des tableaux noirs accrochés aux murs. Que prendrait-elle? Elle mangeait davantage de poisson ces derniers temps, avait-il constaté avec satisfaction. Elle ne consommait pas suffisamment de protéines. En rajustant l'écharpe sous son bras, son regard accrocha le cadran de sa montre. Il était près de 13 h 15.

Voilà ce que c'était que de faire confiance à la Northern Line au lieu de prendre un taxi. L'expérience du Savoy allait se reproduire, mais dans un cadre nettement moins luxueux. Il termina son gin-tonic et en commanda un autre. Il se souvenait qu'elle avait eu plus de vingt minutes de retard pour leur déjeuner au Savoy. Elle était bien capable de marcher depuis la station de métro la plus proche que desservait la Northern Line, Leicester Square probablement.

Les quatre clients de la table voisine riaient de façon immodérée. Non que leur rire fût particulièrement grossier ou sonore, mais il l'irritait. Son deuxième gin-tonic disparut très rapidement. Si seulement on pouvait demander la bouteille dans ces endroits-là et se servir tranquillement comme à la maison, mais il n'osait pas le faire. Les remarques de Danilo et Tanya la veille concernant Alcoholics Anonymous lui revinrent désagréablement à l'esprit. Il était maintenant 13 h 25. Un serveur s'approcha de la table et demanda s'il voulait commander. Guy lui répondit non d'un ton sec. Une rafale de rires secoua la table voisine. Ils buvaient du champagne, célébrant certainement quelque anniversaire. Il avait eu un peu faim dans le taxi en contournant Hyde Park Corner, mais cela lui avait passé. Il avait la bouche sèche malgré le gin. Il commanda un grand verre de vin blanc.

A 13 h 40, il commença à se sentir mal. Elle était en retard de quarante minutes. Il n'avait pas souvenir qu'elle ait jamais eu plus de vingt-cinq minutes de retard. Elle ne viendrait pas. Il ne pouvait plus se leurrer, elle ne viendrait pas. Soit quelque chose de terrible s'était produit et elle avait eu un accident, soit on l'avait empêchée de venir. Un membre de son abominable famille avait découvert ce qu'elle projetait de faire — passer la journée, puis le reste de sa vie avec lui — et s'était mis en travers. Il resta assis encore dix minutes, les yeux rivés sur la porte d'entrée. Ensuite, il se leva.

Il déclara à l'imperturbable serveur au visage maussade que, finalement, il ne mangerait rien, ce qui lui valut pour toute réponse un haussement d'épaules très continental. Il régla les deux gin-tonics et le verre de vin. Par chance, il avait sur lui beaucoup de monnaie, ce qui n'était pas coutume. Il entra dans la première cabine téléphonique venue et composa le numéro de Georgiana Street. Cela faisait des années qu'il ne s'était servi d'un téléphone public. Ils avaient changé entre-temps et il dut lire les instructions attentivement avant de pouvoir l'utiliser. La sonnerie retentit mais personne ne répondit. Il répéta l'opération pour plus de sûreté. Toujours pas de réponse. Il ferma les yeux et rêva qu'il allait les rouvrir pour la voir descendre la rue en direction du restaurant, courant dans sa panique d'être en retard.

Bien sûr, elle n'était pas là. Il récupéra la monnaie restituée par la machine et composa le numéro de Lamb's Conduit Street. Tous ces numéros étaient gravés dans sa mémoire. Il les connaissait mieux que son propre numéro de téléphone ou celui de son compte bancaire. La sonnerie retentit indéfiniment mais, là non plus, personne ne répondit. Pas davantage de réponse au numéro de St. Leonard's Terrace, ni à celui de Portland Road, bien qu'il ait longtemps insisté. Peut-être l'un d'entre eux avait-il réussi à garder Leonora prisonnière dans son ancien appartement. Le dernier numéro qu'il essaya fut le domicile des Mandeville à Sanderstead Lane, mais en vain.

Ils ne pouvaient pas être *tous* sortis. Ce qui se passait était évident. Ils s'étaient tous alliés pour lui faire obstacle. Ils refusaient tous de répondre au téléphone. Elle leur avait innocemment raconté l'incident de mardi soir, s'imaginant encore qu'elle était libre de choisir son avenir. Elle était prisonnière quelque part. Il ne doutait pas que son père en fût le principal responsable. Son père qui, Tessa ayant réussi à empoisonner l'esprit de Leonora contre son amant, avait sorti un mari de sa poche, un valet soumis, un affreux intello, et qui pour plus de sûreté s'était arrangé, avec l'aide de son frère, pour lui trouver du travail dans le Nord où sa femme devrait l'accompagner.

Seulement voilà, cela n'allait pas se passer ainsi, décida Guy. Où pouvaient-ils bien la retenir ? A Portland Road ou à Georgiana Street ? Il rentra à Scarsdale Mews en taxi. Bien qu'ayant bu pas mal d'alcool sans rien manger, il se sentait l'esprit clair et d'humeur calme.

Une fois chez lui, il essaya à nouveau de téléphoner. Il composa méthodiquement chaque numéro : Lamb's Conduit Street, Sanderstead Lane, St. Leonard's Terrace, Georgiana Street, Portland Road. Et, à nouveau, aucun ne répondit. Il imagina tous les appareils débranchés ou encore ces gens, Anthony et Susannah, Tessa et Magnus, Robin et Maeve, Newton lui-même, assis chez eux et écoutant imperturbablement la sonnerie prolongée. Il était maintenant 14 h 45.

Il essaya encore une fois chacun des numéros pour les exaspérer, leur user les nerfs. Ensuite, il monta à l'étage et sortit de son étui le fusil de calibre 22.

19

Sur le chemin de Portland Road, il essaya de trouver une explication. Finalement, il avait l'impression de pouvoir comprendre. C'était son duel contre Newton qui était responsable de tout cela. La goutte d'eau qui fait déborder le vase, pourrait dire sa famille. Il imaginait mal Leonora leur racontant l'épisode, mais Newton s'en était certainement chargé. Pendant que Leonora l'emmenait à l'hôpital, il avait dû raconter au téléphone sa version des faits à son père, puis à sa mère. Il entendait d'ici la voix de Tessa :

— Il est fou, évidemment. C'est un fou dangereux et violent. Il est prêt à tout pour reconquérir Leonora. La seule chose à faire est de la tenir éloignée de lui jusqu'au 16, ensuite vous pourrez l'emmener dans le Nord et il ne la reverra jamais.

Et Anthony Chisholm :

— Il vous a attaqué avec une épée ? C'est un peu fort, quand même, vous ne trouvez pas ? Non, je suis d'accord, il n'est pas question que Leonora le revoie.

Et Magnus Mandeville :

— Leonora aurait dû aller chercher la police. Bien sûr, vous ne pouviez pas la laisser seule avec lui, je comprends parfaitement. Mais vous auriez dû l'y envoyer. C'était une agression, voyez-vous. On pourrait même appeler ça une tentative de meurtre.

Et Susannah :

— Pauvre Guy, il est tellement sensible, tellement *violent*. Mais il y a quand même du bon en lui. Il n'est pas du tout bien pour Leonora, c'est la dernière personne qu'il lui faut. S'il n'y a pas d'autre moyen, c'est évidemment fort regrettable, il faudra l'éloigner de lui par la force.

Il gara sa voiture en double file, espérant qu'un samedi après-midi cela se passerait bien. Le fusil était dans le coffre, enfermé dans un sac de golf en cuir noir. Il commençait à entrevoir qu'il s'agissait d'une drôle d'arme pour remplir une telle mission. La laissant où elle était, il gravit les marches et appuya sur la sonnette où apparaissaient encore les noms : Lingard, Kirkland, Chisholm. Personne ne répondit et cela ne l'étonna pas.

Son bras ne le faisait pas souffrir tant qu'il ne s'en servait pas trop, ce qui était facile avec la boîte à vitesses automatique. Il le posa doucement sur le volant. La circulation s'étant intensifiée depuis le matin, il mit longtemps pour arriver à Camden Town. Cette fois, il prit le sac de golf contenant le fusil. Comme il attendait, après avoir appuyé sur le bouton de la sonnette, il eut l'impression qu'on le regardait depuis l'étage. C'était une sensation très forte. Il recula, descendit deux marches et leva les yeux. Personne en vue. Toutes les fenêtres étaient fermées malgré la douceur de l'après-midi.

Étape suivante, Lamb's Conduit Street. Ce n'était pas trop loin. Il y avait une place libre juste devant la maison. Les jardinières de Susannah venaient d'être arrosées. L'eau dégouttait encore sur le sol pavé. Il en déduisit qu'il devait y avoir quelqu'un à l'intérieur, qu'il y avait forcément quelqu'un. Personne ne répondit à l'interphone. Il appuya une deuxième fois sur la sonnette et entendit des pas dans l'escalier. Une femme que Guy n'avait jamais vue ouvrit la porte. Il ne la connaissait pas mais, avant même qu'elle ait dit un mot, il sentit qu'elle avait dû l'attendre.

— Laura Stow, annonça-t-elle. Je suis la sœur de Susannah.

La ressemblance était perceptible. Un peu plus âgée, vêtue d'un jean et d'une chemise, elle avait la tête enturbannée d'une serviette éponge. Elle venait de se laver les cheveux. Il ignorait que Susannah eût une sœur mais cela ne l'étonna pas. Ces gens-là avaient-ils au moins quelques amis ? Connaissaient-ils quelqu'un qui ne fût pas de la famille ? Tous les gens que l'on rencontrait chez eux, à qui ils vous présentaient, étaient des parents.

Sans préliminaires, il annonça :

— Guy Curran.

Elle hocha la tête et regarda le sac de golf qu'il tenait à la main. N'importe quel individu doté d'un gramme d'intelligence pouvait voir qu'il contenait un fusil ou une carabine.

— Je cherche Leonora. Vous savez de qui je parle ?

— Bien entendu. Elle n'est pas ici. Il n'y a personne d'autre que moi. Je garde la maison pendant qu'ils sont partis.

— Partis ?

— En vacances. Ils sont partis en vacances aujourd'hui.

Elle lui répondit avec patience mais ses yeux se posèrent à nouveau sur le sac de golf.

— Je suis désolée mais je crains de ne pouvoir vous aider.

C'était une mise en scène. Quelqu'un l'avait préparée à sa visite, lui avait dicté ce qu'elle devrait lui dire.

— Vous êtes bien sûre qu'elle n'est pas là ? Vous êtes certaine qu'elle n'est pas quelque part en haut ?

Il crut pendant une seconde qu'il l'avait effrayée. Elle avait reculé d'un pas. Il adopta un ton plus conciliant, s'efforça de sourire.

— Pensez-vous que je pourrais entrer et... enfin, jeter un coup d'œil ? Je suis un vieil ami de la famille.

— Pour chercher Leonora ? Mais je vous ai dit qu'elle n'était pas là ! Je ne peux évidemment pas vous laisser entrer.

— Je vais épouser Leonora, dit-il en se contenant.

Elle le dévisagea, et un sourire nerveux fit trembler ses lèvres. Il se mit à crier en direction de l'escalier :

— Leonora ! Leo ! Tu es là ? Leonora ?

La femme émit un bruit incohérent et lui claqua la porte au visage. Sans la voir, il la sentait, le dos appuyé contre la porte, haletante.

Il ne pensait pas vraiment que Leonora fût là. Elle serait descendue depuis longtemps. Il n'arrivait pas davantage à croire qu'elle fût réellement emprisonnée, attachée et enfermée à clé dans une chambre. Ils n'allaient pas faire ça... à moins que ? Il imagina cette femme, Laura Stow, se précipitant sur le téléphone pour joindre Anthony et Susannah à l'hôtel où ils passaient leurs vacances. Elle allait certainement appeler tout le monde pour raconter sa visite. Peut-être avait-elle commencé par appeler Robin et Maeve, chez qui Leonora avait le plus de chances de se trouver en ce moment.

Il rentra chez lui, laissa la voiture devant la maison et monta ranger le fusil dans son étui. Cela avait été un mauvais choix de prendre cette arme encombrante. Il était maintenant 17 h 30.

La faim le reprit. Il n'y avait jamais grand-chose à manger dans la maison en dehors des ingrédients de base du petit déjeuner : pain, céréales diverses, œufs, fromage de Hollande, marmelade, jus d'orange. S'étant versé une dose de vodka qu'il compléta avec du jus d'orange, il se demanda s'il saurait cuire un œuf et décida que non. Il mangea du pain et du gouda, vida son verre et composa le numéro de St. Leonard's Terrace.

Ils continuaient à ne pas répondre. Ils laissaient le téléphone sonner indéfiniment. Guy coupa un peu plus de pain, se servit une autre vodka. Il appela en vain Sanderstead Lane, Georgiana Street et, par pure méchanceté, il devait en convenir, Lamb's Conduit Street. Laura Stow répondit. Elle semblait sur les nerfs. Il ricana sardoniquement et elle raccrocha brutalement. Il se sentit considérablement mieux. Dire qu'il était prêt à combattre, en dépit de son bras, n'aurait pas été exagéré. On lui avait lancé un défi. Comme s'ils lui avaient jeté un gant à la face, le mettant au défi de les affronter tous.

Il se retrouva soudainement entraîné dans un furieux conte de fées ou une aventure d'espionnage. La belle princesse avait été enfermée dans un donjon par son odieux père et sa belle-mère. Tu épouseras le nabot rouquin ou tu finiras tes jours ici ! Mais son sauveur arrivait à la rescousse, vêtu de son armure, brandissant ses armes, et, s'il ne chevauchait pas un destrier blanc, il conduisait une voiture dorée.

Il remonta dans sa chambre et sortit de la garde-robe la superbe veste de chevreau gris acier qu'il avait achetée chez Beltrami, à Florence, le mois de mai dernier. Il troqua ses chaussures contre des bottines de cuir gris. Il détacha l'écharpe à regret, mais il n'en avait plus vraiment besoin. En revanche, rien ne l'empêchait de la porter autour du cou.

Dans la troisième chambre, l'une des deux pièces du fond qui donnaient sur l'arrière des maisons d'Abingdon Villas, il se dirigea vers le bureau adossé au mur entre les fenêtres. Il prit dans le tiroir supérieur le lourd colt de calibre 45 qui se trouvait en sa possession depuis qu'il avait dix-sept ans mais dont il ne s'était jamais servi.

C'était Danilo qui le lui avait procuré, à l'époque où il « protégeait » les commerçants de Kensal. Il avait discrètement fait savoir qu'il préférerait posséder un véritable revolver à la place de la copie fort ressemblante qu'il portait toujours sur lui. Danilo l'avait apporté un soir au pub d'Artesian Road, le lui avait montré dans les toilettes et le temps de tirer la chasse, Guy l'avait payé en liquide, avec les munitions. Leonora l'avait vu et qualifié d' « arme effroyable ». Il comprenait ce qu'elle entendait par là.

Il n'avait pas d'étui pour le colt. A l'époque, cela ne lui avait pas paru nécessaire. Il le posa donc sur le siège du passager, recouvert de sa veste de cuir.

La température fraîchissait avec la tombée de la nuit. On était déjà entre chien et loup. C'était la première fois depuis des mois qu'il mettait le chauffage de la voiture. Il alluma une cigarette. Il ne lui fallut pas plus de dix minutes pour atteindre St. Leonard's Terrace. Guy ne savait plus s'il était déjà venu dans cette rue mais maintenant qu'il s'y trouvait, il était bluffé. De toute évidence, Robin s'en sortait mieux que les autres membres de la famille avec leurs appartements en duplex crapoteux de Bloomsbury ou leurs villas de banlieue. L'appartement était situé dans une maison élégante mais solide, d'architecture classique, avec une porte patricienne de couleur bleu foncé, coiffée d'un portique dont le toit en coupole était soutenu par des colonnes à chapiteau corynthien. Guy n'aurait vu aucun inconvénient à vivre là.

Au-dessus de la sonnette, une carte imprimée indiquait : Mlle M. Kirkland, R. H. Chisholm. Très formel. L'appartement qu'il leur attribuait bénéficiait d'une immense baie vitrée. Guy avait enfilé sa veste et glissé le revolver dans la poche droite qui, par chance, était assez grande. Personne ne répondit à l'interphone quand il appuya sur le bouton. Il essaya encore, encore. Il commençait à descendre les marches plates lorsqu'il aperçut Robin et Maeve arrivant du coin de la rue.

Il se donnaient le bras, mieux, ils semblaient emmêlés, la tête de Maeve penchée sur l'épaule de Robin, et ils avaient l'air d'excellente humeur, riant, se serrant l'un contre l'autre. Ce qui parut le plus remarquable à Guy était leur habillement. Disparus, les jeans et les maillots jumelés, envolées, les chaussettes de sport et les chaussures de tennis. Maeve portait un ensemble de soie rose pâle dont le décolleté en V était très profond, avec des manches bouffantes qui jaillissaient d'épaules rembourrées et une jupe ample, extrêmement courte. Ses longues jambes gainées de dentelle blanche étaient visibles jusqu'à mi-cuisse. Elle avait des souliers roses à talons hauts et tenait dans sa main gauche un chapeau blanc à larges bords couvert de fleurs roses.

Le costume beige de Robin devait être en soie sauvage. Il venait manifestement d'enlever sa cravate dont l'extrémité, un morceau de soie imprimée bronze et crème, sortait de la poche de sa veste. En voyant Guy, ils s'arrêtèrent, se regardèrent et éclatèrent de rire. Ceux-là aussi avaient répété leur numéro, se dit-il. Ils s'avancèrent vers lui, un large sourire aux lèvres.

— Où est-elle ? demanda-t-il.

Cela eut pour effet immédiat de plier Maeve en deux. Elle aboya de rire et se cramponna en hoquetant au bras de Robin. Tous deux avaient passablement bu. Robin gloussa bêtement.

— Veuillez me dire où elle se trouve, je vous prie.

Guy sentait le revolver dans sa poche, une masse lourde et froide qui pesait du côté droit de sa veste. Il posa sa main dessus, à travers le cuir.

— Je sais que vous l'avez cachée. Vous n'en avez pas le droit. C'est un pays libre. Vous ne pouvez pas garder quelqu'un enfermé contre sa volonté.

Ils gravirent les marches jusqu'à la porte d'entrée. Robin sortit sa clé. Ils continuaient de rire. Maeve en avait les larmes aux yeux. Guy vit Robin lui sourire avec indulgence, gagné malgré lui par son amusement, s'efforçant vainement de retrouver son sérieux. Il émit un ultime, apparemment irrésistible, éclat de rire, une sorte de hennissement strident, introduisit la clé dans la serrure et dit à Maeve :

— Entre, entre pour l'amour du ciel. Tu aggraves mon état. Chaque fois que je te regarde, ça recommence.

Guy sentit le froid l'envahir. L'aventure qu'il vivait depuis une demi-heure commençait à se dissoudre, à fondre et à s'estomper. Il se trouvait devant des êtres réels dans une rue réelle, et cela était la réalité. Il aurait voulu sortir son revolver et les abattre tous les deux, sur les marches. Il aurait adoré pouvoir faire ça. Mais s'il le faisait, se dit-il, il ne reverrait jamais Leonora. C'est ce qui le retint.

— Où est-elle ? répéta-t-il.

Robin, dont le fou-rire s'était calmé depuis que Maeve était entrée dans la maison, répondit d'une voix de petit garçon :

— Vous devriez demander à maman.

— Je devrais quoi ?

Redevenu soudain adulte, Robin déclara, avec son accent traînant :

— C'est ce que nous avons décidé. Si vous débarquiez, veux-je dire. Nous avons décidé que c'était à ma mère de vous répondre. Compris ?

Il entra chez lui et referma la porte.

Le temps pour Guy de franchir la rivière, la nuit était tombée. Il fuma cigarette sur cigarette en conduisant. Boire un verre était ce dont il aurait eu besoin, mais cela devrait attendre. Il portait toujours sa veste de cuir avec le colt 45 dans la poche et le foulard de Leonora noué autour de son cou. Son odeur y était encore imperceptiblement accrochée.

Il s'arrêta à l'extrémité nord de Sanderstead Lane, gara la voiture et chargea son arme. Les lampadaires étaient allumés dans la rue, globes jaunes à la lumière voilée, à demi-ensevelis, pour certains, sous le feuillage sombre et touffu des arbres qui bordaient cette longue rue. Le revêtement de la chaussée brillait. Aucune voiture n'était garée dehors. Toutes les maisons avaient leurs garages. Personne dans la rue, ni promeneurs de chiens ni jeunes filles se hâtant anxieusement vers un rendez-vous nocturne. Une voiture passa, suivie d'une autre. Le lieu était silencieux, immobile et plus froid que le centre de Londres.

Il avança jusqu'à la maison des Mandeville. Elle se dressait au fond du grand jardin de façade, généreusement éclairée. Des lampes étaient allumées dans les chambres et au rez-de-chaussée mais Guy n'avait pas l'impression qu'elle fût pleine de monde, qu'il y eût une soirée en cours par exemple. Cette vision était d'autant plus incongrue que la maison voisine, celle qui lui était accolée et n'avait pas d'occupants, était plongée dans l'obscurité la plus totale. Il n'y avait pas d'autre voiture que la sienne en vue. Il ne vit aucune ombre se profiler derrière les rideaux qui, pour être tirés, n'en étaient pas moins transparents et pourtant, il eut le sentiment d'être attendu, que l'on était préparé à sa venue.

Robin avait sans aucun doute téléphoné à sa mère, qui se tenait prête. Magnus et elle étaient prêts. Peut-être même avait-elle fait appel à un garde du corps. Il palpa le revolver dans sa poche, le tapota comme les flics, dans les films, qui effectuent une ronde. En se refermant, la grille de fonte produisit un bruit clair et métallique qui résonna dans le silence. La maison illuminée semblait le dévisager.

On ne lui laissa pas l'occasion d'aller jusqu'au bout, de sonner à la porte ou d'utiliser le heurtoir en forme de tête de lion. Il se trouvait à mi-chemin, ayant dépassé le point de non-retour, quand Tessa Mandeville ouvrit la porte d'entrée. Elle resta debout dans l'embrasure, le regardant silencieusement, sans sourire et apparemment sans crainte.

— Où est-elle ?

Maeve avait dit que ce serait écrit sur sa tombe. Peut-être. Peut-être seraient-ce ses derniers mots, juste avant de mourir. Il s'en moquait. C'étaient les seuls qu'il eût envie de prononcer. Il les répéta.

— Où est-elle ?

— Vous pouvez entrer, dit Tessa. Le ton était distant. Elle utilisait rarement son prénom, en fait cela ne lui était pour ainsi dire jamais arrivé.

— Entrez, je vous prie. Autant en finir tout de suite.

Magnus se tenait derrière elle. Comme Maeve, Tessa était vêtue avec recherche. Une robe moulante couleur cuivre avec un motif de spirale au cou et un ourlet orné de sequins bronze et or. Son cou ridé aux tendons saillants était dissimulé sous plusieurs rangs de perles d'ambre. Magnus, lui, était en vieux pantalon de serge et chandail gris, apparemment prêt à passer à l'action. Il offrait l'apparence fragile et diaphane d'une sauterelle.

Ils entrèrent dans un salon étouffant qui croulait sous le mobilier. Il y régnait une chaleur intense. Deux énormes vases contenaient des bouquets qui flétrissaient sous l'effet de la chaleur.

— Vous feriez mieux de vous asseoir.

— Je préfère rester debout.

— Comme vous voudrez. Vous avez demandé où était Leonora. (Tessa consulta sa montre d'un geste ample et théâtral et leva les yeux vers les siens.) En ce moment même, je crois qu'ils survolent la France à vingt mille pieds d'altitude. Leonora s'est mariée aujourd'hui à 13 heures.

20

LES FLEURS DISPOSÉES dans deux vases étaient manifestement en train de se faner. Elles étaient pâles, exotiques, avec d'abondants pétales. Guy voyait bien qu'il s'agissait de fleurs de mariage, d'anciens bouquets ou milieux de table. Il fut pris de vertige et s'assit, malgré son intention de ne pas le faire. Les fleurs dégagaient une odeur douceureuse et croupie, une impression d'obscénité. Comme du parfum sur un corps non lavé.

— Mais vous portez le foulard de ma fille ! s'exclama Tessa.

— Elle me l'a donné.

Il avait conscience de la faiblesse de sa propre voix, à peine contrôlée. Il toussa et répéta : « Elle me l'a donné. »

— J'imagine que vous êtes venu ici pour avoir une explication.

Tessa s'était assise en face de lui sur un canapé recouvert d'un chintz dont le motif ressemblait étrangement aux fleurs disposées dans les vases : des roses ouvertes, de couleur blanchâtre, lilas anémié, rose passé et pêche. Une femme petite, aux lignes nettes, qui se tenait bien droite, les mains nouées autour de ses genoux. Le brun éclatant de sa robe, les sequins rutilants, ses cheveux soyeux et la teinte noisette de sa peau donnaient l'impression qu'elle était coulée dans le bronze ou sculptée dans du bois. Il y avait dans ses yeux extrêmement brillants une lueur de satisfaction, de triomphe. Le coup que Guy venait d'encaisser était trop violent pour qu'il puisse se dresser face à elle et se battre. Son énergie avait disparu et le sang bourdonnait à ses tempes. Un frisson le traversa malgré la chaleur de la pièce et son corps se couvrit de chair de poule. Magnus, qui rôdait nerveusement dans la pièce comme un esprit malveillant, dut le sentir car il lui demanda :

— Voulez-vous boire quelque chose ?

Guy secoua la tête. Par la suite, il se demanda si ce n'était pas la première fois de sa vie qu'il avait refusé un verre. Il fit appel, quelque part en lui, à une voix capable de ressembler à la sienne.

— C'était donc là que vous étiez tous, à son mariage ?

— Exactement, répondit Tessa. Vous avez deviné juste du premier coup. Elle s'est mariée à 13 heures et, ensuite, nous avons déjeuné.

Elle ne parvenait pas à réprimer son sourire, malgré de visibles efforts. Elle était assise très droite sur le canapé et ses lèvres frémissaient.

— Nous n'avons cessé de festoyer depuis lors. C'était un très joli mariage, tout le monde l'a dit. Nous les avons accompagnés au taxi qui devait les conduire à Heathrow et Robin a attaché une chaussure à l'arrière de la voiture ! Il est incorrigible, rien ne l'arrête. Je suis sûre que vous aimerez savoir où sont allés Leonora et Newton. Dans les îles grecques, à Samos très précisément.

Il n'en crut rien. C'était à Samos que Leonora aurait dû l'accompagner en vacances. Les yeux de Tessa lancèrent des éclairs quand elle proféra son mensonge. Il comprit qu'elle n'oserait pas lui confier leur véritable destination. Il parla d'une voix désespérée, furieux de leur montrer qu'il était terriblement blessé, blessé à mort pour ainsi dire.

— Elle m'a dit qu'elle devait se marier le 16. Elle me l'a répété plusieurs fois. *Vous* m'avez dit que c'était le 16.

Tout en parlant, il comprit ce qu'était le faire-part de mariage sur la cheminée de Lamb's Conduit Street. C'était effectivement une invitation pour le mariage de Leonora. Janice et son mari étaient nécessairement invités. La véritable date du mariage y était inscrite, le 9, une semaine avant celle qu'ils lui avaient annoncée. Ils s'étaient empressés de la faire disparaître. S'il l'avait lue, leur plan tombait à l'eau.

— Pourquoi m'a-t-elle dit que c'était le 16 ?

Tessa souriait maintenant. D'un sourire diabolique, avec les sourcils arqués. Il ne l'avait jamais vue ainsi.

— Pourquoi m'a-t-elle dit qu'elle me retrouverait pour déjeuner aujourd'hui, comme d'habitude ?

Il était incapable de répéter les autres promesses qu'elle lui avait faites. Le visage de Tessa se détendit légèrement. Il sentit, non sans une sorte de honte, que la faiblesse de sa voix l'avait touchée, que malgré son impitoyable sentiment de triomphe, elle avait commencé à le plaindre.

— Essayez de vous mettre à notre place. Essayez de penser aux autres, pour une fois. Ma fille craignait sérieusement que, connaissant la date de son mariage, vous n'alliez y faire un scandale. Elle vous connaît bien, voyez-vous. Nous vous connaissons tous. Nous savons ce dont vous êtes capable. Voyez ce qui s'est produit la semaine passée, quand vous étiez ivre. Vous vous êtes battu contre Newton. Avec des épées. Je veux dire, c'est insensé, se battre à l'épée de nos jours. Vous êtes parfaitement capable d'aller à un mariage et de tout casser. Vous auriez pu vous introduire de force et hurler à l'officier public de tout arrêter — n'importe quoi. Vous auriez pu faire n'importe quoi. Il y a plusieurs années que ma fille a peur de vous, littéralement. Elle a vécu un cauchemar, terrifiée à l'idée de ce que vous alliez inventer la fois suivante.

Par quelque modification subtile de l'espoir et de l'inhibition, Leonora était devenue « ma fille ». Guy comprit que, devant lui, Tessa ne l'appellerait plus jamais par son prénom.

De son ton sec et modéré, Magnus dit alors :

— Voilà pourquoi, si l'on avait suivi mon conseil, nous aurions eu recours à la justice pour vous empêcher d'importuner ma belle-fille. Cela aurait été sans doute une mesure désagréable à prendre au départ, mais cela aurait finalement évité beaucoup de complications et de malheurs.

Guy leva les yeux. Il les sentait gonflés, alourdis par des larmes incapables de couler. Il regarda Magnus. A travers le cuir délicat de sa poche, il sentit la masse incontournable de son revolver. Mais il lui paraissait hors d'atteinte, comme la force non seulement de l'utiliser, mais aussi de le sortir de sa cachette, lui faisait défaut. La torpeur qui accompagne un choc ne lui était pas inconnue, mais il y avait longtemps qu'il ne l'avait pas éprouvée. « Pardonne-moi », lui avait-elle dit au téléphone hier matin. Il comprenait pourquoi, maintenant. « Pardonne-moi. » Elle avait parlé d'une voix aussi lourde et incertaine que ses yeux chargés de larmes en cet instant. « Pardonne-moi pour les mensonges qu'ils m'ont forcée à te dire, pour t'avoir trompé, pour cet ultime et terrible mensonge, la promesse de te retrouver demain et de rester toujours avec toi. »

Tessa avait continué à parler. Des mots, des phrases, des

paragraphes entiers sortirent de sa bouche sans qu'il les entendît. Il saisit un mot ou deux au passage : « soie crème », « roses jaunes », « or blanc ». Il se tourna vers elle, éprouvant un sentiment qui ne lui était pas familier, une douleur profonde à l'idée que des êtres humains fussent capables d'une cruauté si raffinée, si délibérée.

— Je ne veux rien entendre de tout ça, dit-il, d'une voix plus affirmée. C'était, bizarrement, une voix nouvelle, dure, cassante, raide de mépris. Je suis mort, se dit-il, et suis ressuscité avec une voix nouvelle, un nouvel ordre de valeurs.

— Je ne veux pas entendre parler de ça. (La colère commençait à monter en lui, la même vieille colère que d'habitude.) Cessez de me raconter ces conneries, ce qu'elle portait, vos foutues fleurs, arrêtez avec vos conneries.

— Je vous interdis de parler ainsi à ma femme !

— Vous avez l'intention de m'en empêcher ?

Il palpa le revolver dans sa poche. Magnus émit un son irrité, une sorte de « peuff », et Guy sut qu'il avait peur. Il aurait volontiers ri s'il en avait été capable, mais il se sentait la tête lourde et les paupières pesantes.

— Qui a eu cette idée ? demanda-t-il.

— Je vous demande pardon ?

Le ton de Tessa était très sarcastique, elle jouait maintenant les grandes bourgeoises condescendantes, sa compassion avait été de courte durée.

— J'ai demandé qui avait eu l'idée de me faire croire que Leonora allait se marier une semaine plus tard. Cela n'est pas venu d'elle, n'est-ce pas ? Ce n'est pas elle qui a mis ça au point.

— Quelle importance cela a-t-il donc ? Je ne sais plus qui en a eu l'idée. Ce n'est pas moi mais je le regrette. J'aurais aimé pourvoir penser à quelque chose d'aussi — eh bien, si simple et si efficace. Laissez-moi vous dire que si ma fille n'y a pas pensé toute seule, elle était absolument ravie de le faire. Elle a sauté sur l'occasion.

— Elle a été corrompue, affirma-t-il. Vous tous l'avez corrompue.

— Si corrompre un être, c'est l'aider à se débarrasser de quelqu'un qui le terrorise, alors, vive la corruption.

— Leonora n'avait pas peur de moi. Elle m'aimait. Elle m'a demandé de lui pardonner.

Guy se tourna vers Magnus et dit :

— Je prendrais bien un verre, finalement.

Tessa éclata de rire.

— Vous êtes incorrigible, vraiment ! Vous avez un culot du diable. (Elle se mit à l'imiter.) Je prendrais bien un verre, finalement. Vous ne faites pas partie de nos amis, figurez-vous. Vous n'êtes pas un ami de la famille. Vous vous êtes introduit de force il y a Dieu sait combien d'années et depuis, nous avons essayé de nous débarrasser de vous. Vous n'avez jamais paru comprendre que *votre place n'est pas parmi nous, vous n'êtes pas quelqu'un pour nous*. Pour être parfaitement franche, peu importe l'argent que vous avez gagné, vous n'êtes pas de notre milieu. Vous restez fondamentalement un voyou irlandais, un petit loubard. Ce serait insulter la classe ouvrière que de dire que vous lui appartenez. Non, vous êtes un minable zonard et l'avez toujours été.

On lui tapa sur l'épaule. Il leva les yeux et vit la tête de mort de Magnus au-dessus de lui, et une main parcheminée, légèrement tremblante, qui lui tendait un verre de quelque chose. On ne lui avait pas demandé ce qu'il voulait. On lui servait quelque chose que Magnus jugeait adapté (ou dont il avait d'amples réserves, ou qu'il n'aimait pas beaucoup personnellement). Un médicament, un remède pour les états de choc. En fait, c'était du whisky à peine coupé d'eau. Le goût procura à Guy la légère nausée que lui donnait toujours cet alcool, suivie d'un sursaut d'énergie.

— Le plus absurde, poursuivit Tessa, est que vous ayez été capable d'imaginer que ma fille pourrait vous épouser, pourrait être *autorisée* à vous épouser.

— Elle est majeure, Tessa, intervint Magnus, l'homme de loi. Il est évident qu'elle pouvait choisir elle-même. D'ailleurs, elle avait choisi, c'est un fait.

— Non, elle n'avait pas choisi. D'autres ont choisi à sa place, voilà le fait. Votre femme avait raison en parlant de « ne pas être autorisée ». Vous autres, Chisholm et Cie, vous ne l'avez pas autorisée à faire ce qu'elle voulait.

— Quelle absurdité ! Honnêtement, j'aurais dû enregistrer tout ce que ma fille a dit. J'aurais vraiment dû. Le nombre de fois où je lui ai demandé pourquoi elle prenait toute cette peine avec vous et où elle m'a répondu que c'était la seule solution possible. Elle a continué ce petit jeu pour avoir la paix, pour être libre de faire ce qu'elle voulait le reste de la semaine, voilà ce qu'elle a fait.

— Si seulement elle avait admis la solution très raisonnable qui consistait à porter plainte...

— Eh bien, elle ne l'a pas admis, Magnus. Elle ne voulait pas

— je cite — « lui faire de la peine ». Elle a toujours eu le cœur beaucoup trop sensible. A l'encontre de notre invité ici présent, elle pensait d'abord aux autres. Elle aurait fait n'importe quoi pour éviter de le peiner. Mais peu importe, tout ça est terminé maintenant. Elle est mariée. Et quand elle rentrera de... euh, Samos, ils vont à Samos, avec William, ils fileront directement vers le nord. Ils ne reviendront pas à Londres. Et si vous vous imaginez que je vais vous communiquer la nouvelle adresse de ma fille, c'est que vous êtes encore plus fou, dérangé, je ne connais pas le terme exact, que je ne le croyais.

Guy chercha ses cigarettes. Elles se trouvaient dans la poche opposée à celle du revolver. Il en porta une à ses lèvres et l'alluma sans cesser de la dévisager. Sa réaction fut conforme à son attente.

— Je n'admets pas que l'on fume chez moi.

— Dommage, dit-il. Si vous voulez que je l'éteigne, il faudra m'y forcer. Vous en voulez une bouffée ? Vous ou lui ?

— C'est scandaleux ! s'exclama-t-elle.

— Vous ne devriez pas imposer ce genre de règlement si vous n'êtes pas capable de le faire appliquer.

— Magnus, demanda-t-elle, fais-lui éteindre cette cigarette.

Pour toute réponse, Magnus posa un cendrier près du coude de Guy, qui reprit :

— Votre ex-mari a procuré cet emploi à Newton par l'intermédiaire de son frère. Leonora me l'a pratiquement avoué. Il lui a présenté Newton et, ensuite, il a tiré toutes les ficelles possibles pour lui obtenir un travail dans le Nord.

Tessa fit mine de tousser. Elle se couvrit la bouche de la main et frissonna.

— C'est fort possible, j'ignore tout de cette histoire. Cela fait des années que je n'ai pas vu Michael Chisholm. (Elle tendit la main vers son mari.) Je crois que je vais aussi prendre un verre, chéri. J'ai remarqué que tu ne m'en avais pas proposé. Gin et ginger ale. Pourquoi ne bois-tu pas quelque chose également ? Puisque nous sommes apparemment embarqués dans une longue discussion sur... euh, comment peut-on appeler ça ? Sa paranoïa ?

— Honnêtement, Curran, dit Magnus, vous ne trouvez pas que le moment est venu de partir ? Ma femme vous en a dit beaucoup plus que vous n'auriez pu espérer, vu les circonstances.

— Je ne partirai pas tout de suite. Je veux savoir qui a eu l'idée de me monter.

D'une voix lasse, Tessa demanda :

— Je ne suis pas sûre de vous suivre. Comment avez-vous été « monté » ?

— Trompé, si vous voulez. On m'a fait croire que le mariage aurait lieu samedi prochain. (Guy hésita et se reprit.) Non, on m'a fait croire qu'il n'y aurait pas de mariage.

Je t'aime, je viendrai avec toi, tout ce que tu voudras. Se rappelant son baiser le soir où il avait été blessé, il se toucha le bras, effleura l'étoffe soyeuse du foulard. Si j'éclate en sanglots en ouvrant la bouche, se dit-il, je les tue tous les deux.

— Qui, demanda-t-il d'une voix plus assurée, l'a incitée à faire ça ? Qui l'a forcée à me dire que le mariage était le 16, puis à me faire croire qu'il n'y avait plus de mariage ? Qui était-ce ?

— Je vous l'ai dit, je n'en sais rien.

Tessa prit le verre que lui tendait son mari. Elle le leva comme pour porter un toast et sembla sur le point de dire quelque chose, mais elle se ravisa et but.

— Peu importe qui c'était, nous étions tous d'accord.

— Elle n'aurait pas dû lui raconter de mensonges, déclara Magnus, d'une manière tout à fait inattendue. Si elle lui a effectivement dit, comme il le prétend, qu'elle n'allait pas épouser William, eh bien, elle n'aurait pas dû faire ça.

— *Quoi ?* De quel côté es-tu, au juste ? Je vais te confier une chose, elle était en droit de lui dire n'importe quoi. N'importe quoi. Et si tu prononces encore une fois le mot de « plainte », je hurle.

Magnus n'y prit pas garde. Les rides de son visages s'estompèrent légèrement comme du papier froissé en boule que des doigts appliqués s'efforcent de lisser. Il souriait.

— Je me rappelle parfaitement qui en a eu l'idée. J'étais plutôt stupéfait. Cela m'a semblé tellement, eh bien... audacieux.

Sa femme eut un geste impatient de la main.

— Savoir qui en a eu l'idée n'a aucune importance. L'important est que cela ait marché, que toute cette misérable affaire du passé soit bien du passé.

Elle se mit à dévisager Guy avec dureté, plongeant au fond de ses deux yeux. Il voyait qu'elle n'avait aucunement peur de lui et cela l'étonnait. Elle l'observait froidement, d'une manière quasi clinique, semblable à un bourreau évaluant les réactions de la victime qu'il torture.

Il crut un instant qu'elle allait lui demander sèchement s'il avait quelque chose à dire avant qu'elle ne commence à lui écraser les pouces, mais elle n'en fit rien.

— Tout est parfaitement clair. Maintenant, je pense que vous devriez partir.

— Oh, je m'en vais. Je n'ai aucune intention de rester ici. Pourquoi voudrais-je rester ?

Guy écrasa sa cigarette sans l'éteindre complètement et regarda Magnus.

— Bon, qui a eu cette idée ?

— Idée ? Vous voulez dire, qui a pensé au coup de la fausse date de mariage ? Il devrait exister un mot pour désigner notre lien. J'aimerais pouvoir dire quelque chose comme ma « belle-épouse » mais cela ferait un peu curieux, vous ne trouvez pas ? Je suis obligé de l'appeler par son nom, soit Mme Chisholm, Susannah Chisholm.

Guy constata avec dégoût que ce type avait l'air ravi de ce qu'il disait, cela lui plaisait de proférer ce genre de tirade prétentieuse. Soudain, il prit conscience de ce qu'il venait d'entendre.

— C'est Susannah qui y a pensé ?

— C'était à une réunion de famille. Très civilisé, tout ça. Dans ma jeunesse, on n'aurait jamais vu des ex-maris et des ex-femmes entretenir des relations amicales. Cela dit, c'est très agréable, je ne m'en plains pas. Mme Chisholm — c'est-à-dire Susannah — a proposé cette solution. Cela a beaucoup plu à ma femme, n'est-ce pas, chérie ?

— Oui, bien sûr. J'étais enthousiaste.

Tessa, qui avait affirmé ne se souvenir de rien, semblait avoir brusquement recouvré la mémoire.

— J'étais extrêmement reconnaissante à Susannah. Ce fut une joie de mettre les détails au point. J'ai joué mon rôle, rappelez-vous. Je suis sûre que vous n'avez pas oublié le jour où je suis venue chez vous pour vous préciser que le mariage aurait bien lieu le 16. Si l'on m'avait écoutée, vous auriez même reçu une invitation officielle pour cette date.

Son mari hocha la tête plusieurs fois de suite comme ces chiens en peluche que l'on voit sur la plage arrière de certaines voitures.

— Cela dit, Leonora n'était pas d'accord. Au début, elle ne voulait pas. Elle a dit que c'était mal mais je lui ai opposé qu'il n'y avait rien d'illégal à dire un pieux mensonge.

— Je ne me souviens pas de ça, Magnus. J'ai l'impression que tu as rêvé.

Elle toussa, tendit la main et écrasa le mégot de Guy en haussant les épaules.

— Ce fut merveilleux pour Leonora. Cela lui a ôté tous ses soucis.

— Il faut employer les grands moyens quand le diable est aux commandes, dit Magnus, les yeux brillants, ne laissant planer aucun doute sur l'identité du diable.

Guy se leva en tapotant la poche qui abritait le revolver. Les yeux de Tessa suivirent son geste. Le téléphone était à côté d'elle, à portée de main sur une table basse. Il n'avait pas d'épée pour couper le fil et avec son bras blessé, il n'était pas assez fort pour l'arracher du mur. Il n'en avait d'ailleurs pas l'intention. Il plongea la main dans sa poche et palpa le métal froid et lisse.

— Où sont-ils allés ?

— Où sont allés qui ?

Tessa dut se lever aussi.

— Anthony et Susannah. Ils sont partis en vacances. (A moins que ce ne fût aussi un mensonge, avancé par la sœur ?) On m'a dit qu'ils étaient partis.

— Pour quelques jours seulement. Je n'envisagerais pas un instant de vous dire où. C'était déjà assez pénible de subir votre interrogatoire mais il est vrai que j'étais volontaire. Je leur ai dit de vous envoyer ici, que je vous affronterais. C'était pour sauver les autres. J'ai senti que c'était le moins que je pouvais faire. Aussi vous pensez bien que je ne vais pas jeter le pauvre Anthony et la pauvre Susannah dans la cage aux lions maintenant. D'ailleurs, ils n'auraient rien de plus à vous dire que ce que je vous ai dit.

Il palpa le revolver et envisagea à nouveau de les tuer. Mais, en agissant ainsi, il gâcherait toutes ses chances de trouver Anthony et Susannah. Il sortit sa main de sa poche. Mettre la maison à sac, même renverser les vases de fleurs gâcherait ses chances de trouver Anthony et Susannah. Magnus Mandeville était le genre d'homme qui n'hésiterait pas à appeler la police. Il devait s'adresser à tout instant à elle pour une raison ou une autre. Guy les dévisagea l'un après l'autre et détourna le regard, écœuré.

Elle est mariée, se dit-il. Pendant que je l'attendais au restaurant, au moment prévu pour notre rendez-vous, elle était en train de se marier. J'ai essayé de téléphoner, je suis allé d'une maison à l'autre, je me suis vu en train de la sauver, et, pendant tout ce temps, elle était à une réception, sa propre réception de mariage. Elle buvait du champagne, riait, se laissait féliciter. Les fleurs qu'il voyait ici avaient été dans la salle du mariage, elle les avait probablement humées, touchées, peut-être même, pour certaines, portées en bouquet.

Il sortit de la pièce, traversa l'entrée, ouvrit la porte, la claqua et descendit le long chemin qui menait à la grille.

Ils le regardaient, il le savait, mais il ne se retourna pas. Ils avaient gagné, eux tous. Tessa et Magnus, Rachel, Maeve et Robin. Le frère d'Anthony et la sœur de Susannah, Anthony et Susannah. Ils avaient atteint le but qu'ils s'étaient fixé quatre ans plus tôt. Il leur avait fallu quatre ans pour y arriver, mais c'était fait et les instigateurs, la tête du complot, étaient Anthony et Susannah.

Il s'assit dans la Jaguar, alluma le contact et vit que la montre indiquait 20 h 52. Tout cela était arrivé, sa vie avait changé, lui-même avait changé, et il n'était que neuf heures moins dix. Ne pouvant le croire, il consulta sa montre. 20 h 50. Il conduisit la voiture un peu plus loin et se gara à nouveau, simplement parce qu'il y avait une place libre sans ligne jaune le long du trottoir. La cigarette qu'il alluma lui apporta un tel réconfort qu'il faillit en pleurer. Comment avait-il pu envisager de cesser de fumer ? Jamais il ne cesserait.

Quand il aurait recouvré ses esprits et serait en mesure de réfléchir, il se rappellerait l'endroit où étaient partis Anthony et Susannah. Susannah lui avait dit où ils allaient. Elle le lui avait dit le jour de sa visite à Lamb's Conduit Street. Il avait oublié mais cela lui reviendrait. D'un autre côté, il pouvait aussi appeler la sœur, comment s'appelait-elle, déjà ? Laura Stow. Il pouvait téléphoner à Laura Stow. Il n'était que 20 h 50 — enfin 21 h 5, maintenant. Il serait de retour chez lui à 21 h 45. Ce n'était pas trop tard pour appeler. Il ne se présenterait pas au téléphone, il inventerait une histoire — un message urgent pour Anthony, un paquet devant être livré sans délai…

Ils étaient tous coupables, Magnus et Tessa, Rachel, Robin et Maeve, Laura Stow et Michael Chisholm, et surtout, Anthony et Susannah. Tout avait commencé quand Susannah avait ouvert la lettre de Poppy Vasari. Cela avait été le début de leur vendetta contre lui. Puis Anthony était passé à l'action, interdisant à Leonora de l'accompagner en vacances, l'empêchant de lui emprunter l'argent pour l'appartement de Portland Road. Toutes ces actions avaient été négatives, mais pas la suivante.

Car ensuite, il lui avait trouvé un mari, il l'avait présentée à William Newton. Aux yeux de Guy, c'était aussi mal que les mariages arrangés chez les Indiens.

Une fois le mari assuré, il ne restait plus qu'à lui trouver du travail dans le nord du pays, loin de l'homme qu'elle aimait réellement. Et l'ultime étape fut l'idée de Susannah de célébrer le mariage en cachette, avec une semaine d'avance sur la date qu'on lui avait annoncée. Anthony et Susannah avaient tout dirigé. Ils avaient conçu le plan, procédé à sa réalisation et l'avaient mené à sa triomphale conclusion. Les autres n'avaient guère été que leurs employés, consentants et obéissants, attendant leurs instructions. Et Newton était leur pion, un innocent moins que rien. Combien l'avaient-ils payé pour se mêler à leur complot ?

Guy prit la direction de sa maison. Arrivé sur le pont de Battersea, il s'arrêta, descendit de voiture et alla regarder l'eau sale, d'un brun luisant, de la rivière en contrebas. Il sortit de sa poche l'écrin de cuir bleu qui contenait la bague de fiançailles en saphir, hésita un instant et finit par le jeter dans l'eau. Ses pensées revinrent aussitôt à Anthony et à Susannah Chisholm. Le monde n'était pas assez grand pour les contenir tous, lui d'une part, les Chisholm de l'autre. Il ne connaîtrait pas de repos tant qu'Anthony et Susannah seraient en vie.

21

IL ÉTAIT NORMAL que les lumières fussent allumées. Un programmateur électronique les mettait en route dès la tombée de la nuit. Il gara la voiture dans la rue, s'introduisit dans la maison et se dirigea droit vers le téléphone du salon. Son répertoire mnémonique, qui contenait la liste des numéros de la famille Chisholm, lui livra immédiatement celui de Lamb's Conduit Street.

Un homme répondit. Laura Stow devait avoir un mari. Guy affirma être un employé du service Colissimo de South Audley Street qui détenait un paquet urgent pour M. Chisholm. Où pouvait-on le joindre ? Si Laura Stow avait répondu au téléphone, il aurait été contraint de modifier sa voix mais ce n'était pas nécessaire avec le mari. L'homme n'eut aucun soupçon. Il donna à Guy le nom d'un hôtel de Lyme Regis.

Guy alla se servir à boire. Un triple cognac. *The London Review of Books* et le *Guardian* étaient toujours sur la table basse, là où il les avait posés. Il pensait y avoir également laissé un numéro de *Cosmopolitan,* mais c'était impossible, vu qu'il n'y était pas. D'autres choses lui revinrent à l'esprit, le parfum et l'essence pour le bain de Paloma Picasso qu'il avait disposés dans la salle de bains, la maison qu'il devait visiter le lundi. La rage qui s'empara de lui devait autant au chagrin qu'à la colère. Il attrapa les deux journaux et les déchira en morceaux tout en jurant, la tête levée, et insultant le plafond — ou Dieu. Il entendait sa propre voix vociférer comme si elle appartenait à un autre. Il donna des coups de pied dans la table et martela le mur de ses deux poings.

— Guy, dit quelqu'un, Guy, que se passe-t-il ?

Il se retourna. Celeste se tenait dans l'embrasure de la porte.

— Guy chéri, que s'est-il passé ?

— Oh, mon Dieu ! Seigneur !

Il avait oublié leur rendez-vous, ou plutôt, oublié qu'il n'avait pas réussi à l'annuler. Ils avaient prévu qu'elle vienne chez lui et elle était venue. Quand était-elle arrivée ? Il était presque 22 heures.

« Celeste. » Il prononça simplement son nom, la voix éraillée et tremblante d'avoir tant crié. « Celeste. »

— J'ai cru qu'il t'était arrivé quelque chose. Je me suis dit, Guy a eu un accident.

Comme s'il ne s'agissait pas de lui mais d'un autre homme, il la regarda avec les yeux de l'autre et la trouva magnifique. Sa longue chevelure brun foncé, retenue sur le front par un bandeau doré de trois centimètres de large, retombait en liberté, portant encore la trace des crans imprimés par les tresses. Elle était vêtue d'une tunique de soie noire et d'une jupe noire richement brodée de turquoise, bleu, rose et rouge. Tout était parfait, les minuscules coquilles d'escargot en or qui ornaient ses oreilles, les fils d'or qui encerclaient ses bras, les ballerines de soie bleu et vert à broderie d'or. Il ferma les yeux et vit Leonora dans son maillot délavé en coton bleu marine et blanc et son pantalon de jogging sale. La douleur le fit tressaillir.

— As-tu mal ? demanda Celeste. Est-ce ton bras ?

— Celeste, je suis désolé de ne pas avoir été là. J'ai oublié que tu venais. Je suis désolé.

S'il lui demandait en autant de mots de lui pardonner (pardonne-moi), il allait se mettre à pleurer.

— Il s'est passé, dit-il avec précaution, des choses terribles.

— Quelles choses, Guy ?

Il alluma une cigarette et lui en offrit une. Il goûta au cognac. Il le trouva bon mais il frissonna.

— Il faut que je ressorte. Je ne suis rentré que pour passer un coup de téléphone. Mais il faut que je reparte vite. Je dois conduire cette nuit.

— Puis-je t'accompagner ?

— Non, je dois y aller seul. Reste ici et endors-toi. D'accord ?

— J'aimerais venir avec toi. Je pourrais te conduire.

Elle ne dit pas qu'il ne serait bientôt plus en état de conduire, mais c'est ce que cela signifiait. Sans le quitter des yeux, elle s'agenouilla et ramassa les morceaux de journal.

— Oh, laisse donc.

Il porta la main à son front.

— Celeste, elle n'est pas venue aujourd'hui. Elle est mariée. Elle s'est mariée pendant que je l'attendais au restaurant.

— *Quoi?*

Il répéta. Ce fut plus facile la seconde fois. Elle s'assit à côté de lui et il lui dit tout ce qui concernait la conspiration de Chisholm. Celeste écouta silencieusement. Quand il eut terminé, elle garda le silence un instant, puis dit :

— C'est terrible d'avoir fait ça.

Il hocha la tête. Il avait toujours aimé sa façon de parler, avec une légère pointe de cet accent des Caraïbes qui appuie sur la dernière syllabe des mots. Il la regarda avec affection. Il sut qu'elle comprenait, qu'elle avait toujours compris.

— Ils se sont ligués contre moi. Ils ont décidé de la dresser contre moi et ils y sont parvenus.

— Je voulais dire que c'était terrible de sa part d'avoir fait ça. Ce qu'elle a fait. C'était méchant, Guy. Quelqu'un de gentil ne ferait pas ça.

Il se leva d'un bond et resta debout à quelques pas d'elle. Tous les sentiments chaleureux qu'elle lui inspirait un instant plus tôt s'étaient évanouis. Elle continua à le regarder.

— Elle a vingt-six ans, dit-elle. Elle sait ce qu'elle fait. Elle fait ce qu'elle veut. Tu dois admettre qu'elle l'a bien voulu. Personne ne pouvait l'y contraindre, ce n'est ni une enfant ni un animal. Elle est intelligente, elle est beaucoup plus intelligente que moi et je suis plus jeune, mais je ne ferai jamais ce que l'on me dit de faire, jamais. Elle non plus. Elle a fait ce qu'elle voulait. Elle y a pris plaisir, j'en suis même convaincue. Tu m'as dit qu'elle était restée à vous regarder, quand tu te battais contre William. Cela lui a plu que tu te battes pour elle, faisant d'elle une déesse sans rien lui demander en retour.

Le corps de Guy se mit à trembler. Il aurait voulu la tuer. Son bras droit brûlait de se lever et sa main de lui assener un coup de poing. Pourtant, quelque chose le retint, une vieille tradition de galanterie qui interdit de frapper une femme. Tu peux la tuer mais tu ne la frapperas pas. Il emprisonna son poing dans son autre main, qui effleura le foulard, le foulard de soie de Leonora. Tout ce qu'il aurait jamais d'elle, songea-t-il.

— Tu es jalouse ! Tu l'as toujours été !

Elle secoua la tête. Il ne savait pas si cela signifiait oui ou non.

— Leonora est amoureuse de William, Guy. Ce n'est pas son

père qui lui a trouvé un mari, elle l'a trouvé toute seule. Elle l'aime.

— Qu'en sais-tu ?

— Elle me l'a dit. L'autre jour au restaurant. Elle a dit : « J'aimerais tant savoir que Guy aime quelqu'un comme j'aime William, et qu'il est aimé en retour. »

— C'est curieux que tu n'en aies jamais parlé avant.

— J'ai essayé de te le dire. Tu ne m'écoutais pas.

Il alla se resservir un verre. La nuit était devenue très calme, bien que ce fût samedi et qu'il fût encore assez tôt. Il l'entendit dire :

— Où vas-tu ?

— Loin. Dans le Dorset. (Le cognac lui donnait la nausée. Cela ne lui était jamais arrivé.) Je veux voir Anthony et Susannah.

Quelque chose dans son regard dut le trahir.

— J'ai caché les munitions de ton fusil. En ne te voyant pas venir, j'ai eu une prémonition. (Elle parlait de son calibre 22. Elle ignorait l'existence du colt.) Je ne te dirai jamais où je les ai mises. Il faudra me tuer d'abord.

— Cesse de te mêler de mes affaires, Celeste. Tu n'es pas ma femme. Tu n'es même pas ma maîtresse, tu n'es qu'une petite amie. Ne serait-il pas temps que tu en prennes conscience ?

Il voulait la blesser. Il lui était déjà arrivé de la voir tressaillir sous le choc et il avait envie que cela recommence. Mais elle resta impassible, immobile.

— Il ne t'est jamais venu à l'esprit que, pendant que tu poursuivais cette chimère, ce qui te convenait le mieux t'attendait ici même, chez toi ? Toi et moi avons tout en commun, Guy. Nous aimons les mêmes choses. Nous voulons faire les mêmes choses. Nous avons les mêmes goûts. Tu n'es pas amoureux de moi mais tu finirais peut-être par m'aimer un jour, si tu t'en donnais l'occasion. Moi, je t'aime. Je n'ai pas besoin de te le dire. Nous avons été de bons amants, n'est-ce pas ? Nous nous sommes fait plaisir, non ? Pour ma part, je n'ai jamais eu de meilleur amant. Et toi ? Sois honnête, Guy. As-tu jamais eu de meilleure maîtresse, et qui t'aime plus, que moi ?

— Je t'ai dit depuis le début que j'étais amoureux de Leonora.

— Je sais ce que tu m'as dit. Mais ce que tu dis et la réalité, ce sont deux choses différentes. Sais-tu que ta vie est une illusion à 100 p. 100 ?

— Tu parles de choses que tu ne comprends pas. Leonora est le grand amour de ma vie. Elle *est* ma vie.

Il se rappela cette formule que Leonora avait niée, l'attribuant à un personnage dans un bouquin quelconque.

— Je *suis* Leonora. Nous ne formions qu'un. (Le cognac l'énervait, son élocution devenait pâteuse.) Je suis mort sans elle. La vie n'a aucun sens sans elle.

Il crut un instant que Celeste allait se moquer de lui. Elle n'en fit rien et lui dit d'une voix douce :

— Combien de fois as-tu réellement couché avec elle ?

Cette remarque lui parut d'une impertinence monstrueuse.

— Cela n'a rien à voir, répondit-il, avec raideur.

— Depuis la première fois dont tu m'as parlé, sur une tombe ou je ne sais quoi, durant toutes ces années, combien de fois, Guy ?

Cela faisait penser à ces plaisanteries anticatholiques, où l'on voit le prêtre dans son confessionnal et la petite Irlandaise agenouillée. « Combien de fois, mon enfant ? » Cependant, Celeste le dévisageait avec un sérieux absolu. Elle ne plaisantait pas. Il repensa à ces années d'autrefois mais ne put évoquer que Kensal Green, l'herbe longue de l'été et les papillons.

— Est-ce donc important ?

— Je pense que ça l'est pour toi.

— Cinq ou six fois, murmura-t-il.

— Oh, Guy, dit-elle. Oh, mon cher Guy !

Il haussa les épaules et détourna le regard. Brusquement, il prit conscience de la fatigue, lourde et sombre, qui le recouvrait comme une couverture. Il prit son verre et but tout le cognac. La cigarette qu'il alluma ensuite eut un goût de cendre dès la première bouffée.

— Elle y prenait plaisir. Tu avais raison de dire qu'elle voulait te voir le samedi et que tu l'appelles tous les jours. Elle aimait te tenir à sa merci. Qu'est-ce que cela lui coûtait ? Rien. C'était flatteur de t'avoir à ses pieds, toi qui es si beau, si riche et si gentil, Guy. Et elle, elle n'en attendait rien, sinon que les gens sachent que tu étais amoureux d'elle. Elle pouvait trouver un autre petit ami et l'épouser, tu serais toujours là, téléphonant chaque jour et l'emmenant déjeuner le samedi. Elle, cela ne lui coûtait rien, elle n'avait même pas à coucher avec toi.

— Ce n'était pas comme ça, dit-il. (Pourtant, c'était vrai.) Donne-moi un autre verre, veux-tu ?

— Tu ne devrais pas conduire cette nuit ?

— Donne-moi un autre verre, s'il te plaît.

Il partirait pour le Dorset dès la première heure le lendemain. C'était la meilleure solution. Pendant que Celeste dormirait encore. Il se réveillait toujours tôt. En pleine forme, régénéré, il partirait à 8 heures et serait sur place à midi. Il avait conscience de n'avoir rien mangé de la journée en dehors d'un peu de pain et de fromage dans l'après-midi, mais il ne voulait rien. C'était la première fois depuis des années qu'il ne sortait pas dîner au restaurant ou chez quelqu'un.

Il se coucha dans le lit chinois pendant un moment, à l'écart de Celeste. Il pensait au programme du lendemain. Mieux valait commencer par une nuit de repos. En arrivant à Lyme, il irait directement à l'hôtel et les demanderait. Le réceptionniste lui dirait qu'ils étaient sortis et il partirait à leur recherche, le long des falaises, peut-être — y avait-il des falaises à Lyme Regis ? Certainement. Il les apercevrait de loin, marchant sur la plage, au bord de l'eau. Le colt n'avait pas quitté la poche de sa veste de cuir. Qu'il y reste. Au petit matin, il enfilerait sa veste et partirait. Qu'éprouveraient-ils, comment réagiraient-ils, en le voyant à distance, marchant dans le sable à leur rencontre ?

La grande plage vide, la mer immense, personne d'autre en vue. Aucun endroit où courir se réfugier, et pourtant ils se mettraient à courir... L'image de Leonora lui apparut, coquette, contrôlée, secrète, affichant le sourire de Vivien Leigh dans *Autant en emporte le vent.* C'était sa nuit de noces. Non que cela voulût dire grand-chose, vu qu'elle vivait plus ou moins avec cet homme depuis des semaines. Comme elle avait été cruelle avec lui ! Il n'avait jamais imaginé qu'il pourrait un jour trouver Leonora cruelle et pourtant c'était maintenant le cas. Il en fut tout étonné et s'attendrit sur lui-même.

Les fines mains de Celeste effleurèrent son visage. Elle attira ses lèvres contre les siennes, si douces et tièdes. Elle pouvait parler tout en vous embrassant, il ne connaissait personne d'autre qui en fût capable.

— Guy chéri, je t'aime. J'aimerais que tu fasses l'amour avec moi.

Il le fit. Il croyait indispensable d'évoquer Leonora pour y arriver, ce qui lui était toujours facile, mais cette fois, elle refusa d'apparaître, à moins que la présence de Celeste fût trop forte pour admettre l'intrusion de spectres. On aurait cru que Celeste avait décidé d'écarter par la force de son amour toute autre personne que lui et elle. C'était bien Celeste et personne d'autre qui se trouvait dans ses bras, silencieuse, les yeux ouverts et brillants. Une étrange force concentrée se dégageait d'elle et le mot « sorcellerie » lui vint à l'esprit. Dans les profondeurs de son corps, de son être, régnait une magie blanche et secourable.

Il éprouvait une certaine fierté à ne jamais dormir tard le matin. D'ailleurs, il ne s'était pas attendu à dormir du tout, seulement prendre quelque repos. Pourtant, lorsqu'il s'éveilla, les aiguilles du réveil lui indiquèrent qu'il était passé 9 heures et Celeste était toujours profondément endormie, aussi profondément enfouie dans le sommeil que si cela avait été l'aube.

C'était préférable ainsi. Il allait pouvoir s'échapper et partir seul sans qu'elle le sache. Il prit une douche. Qu'un homme éprouve le besoin de savonner entièrement son corps, de rester debout sous des cascades énergétiques d'eau chaude avant de se lancer dans une expédition meurtrière, lui parut soudain une idée absurde. Pourquoi se soucier de quoi que ce soit ? Quel était l'intérêt de préparer du thé, d'attendre que la bouilloire siffle ? Pourquoi se demandait-il, enveloppé dans son drap de bain, quels vêtements il allait porter ? Rien n'aurait dû se dresser entre son objectif et sa réalisation. Il aurait dû être déjà en route.

Un léger brouillard nappait le petit jardin. Les rayons du soleil commençaient tout juste à le percer. Pendant tout l'été, les nénuphars avaient fleuri sur le bassin et ils étaient encore en fleur maintenant que l'automne était arrivé. Un désir ridicule et absurde le prit, qu'il réprima aussitôt, de sortir pour caresser la tête de bronze des dauphins. Il n'en ouvrit pas moins les portes-fenêtres et huma le souffle délicat du matin.

Il avait mal à la tête, mais sans plus. Le matin, il avait presque toujours des maux de tête. Cela n'avait rien à voir avec ce déchirement des fibres cervicales qu'il appelait une « gueule de bois », quand les coups de marteau lancinants sont assortis d'éclatement des os. Il ne faisait jamais rien dans la maison, pas même laver une tasse, et pourtant il s'agenouilla et entreprit de ramasser par terre les morceaux de journaux déchirés et de les emporter dans la cuisine. L'eau avait bouilli, le voyant lumineux de la bouilloire était éteint. Il prépara le thé, un sachet par tasse, et décida qu'il ne réveillerait pas Celeste.

Soucieux de ne pas la déranger, il enfila silencieusement son pantalon, un tee-shirt noir et le chandail le plus sombre de sa garde-robe, un simple col roulé bleu marine. Le fait qu'il se soit habillé ainsi parce que c'était ce qui se rapprochait le plus d'un costume de bourreau ne lui échappa pas. Il passa le foulard de Leonora à son cou, se ravisa et le glissa dans un tiroir. Il se vit dans le miroir tel qu'Anthony et Susannah le verraient quand il s'approcheraient d'eux sur la plage. Il évoqua la veste de cuir, la poche alourdie, et fit mine de porter la main à son revolver. En même temps, se disait-il, tu fais semblant, arrête de faire semblant, tu sais bien que tu n'iras pas à Lyme, tu n'iras nulle part et tu ne tueras personne.

La nuit précédente, si. Brûlant d'une colère douloureuse, il n'avait songé qu'à sa vengeance, rien d'autre ne comptait. Il n'y avait pas d'avenir. Mais une nuit de repos avait modifié la situation, Celeste l'avait changée. Il serait parti, songea-t-il, si elle n'avait pas été là. Il serait parti dans la nuit.

Anthony et Susannah seraient morts, maintenant, et lui-même arrêté ou mort de sa propre main.

Je ne veux pas mourir, se dit-il. Je ne veux pas aller en prison. Je veux être libre. Et, de fait, il l'était. En agissant ainsi, Leonora l'avait libéré. Il n'y aurait plus d'asservissement au téléphone, plus de déjeuners du samedi qui procuraient autant de souffrance que de plaisir. L'idée était si neuve qu'il dut s'asseoir pour y réfléchir. Il s'installa dehors dans un des fauteuils blancs, sous les pâles rayons du soleil.

Il ne cesserait pas de l'aimer, il en était incapable. Il l'aimerait toujours. D'une manière détachée, saine, très adulte, il savait qu'il l'aimerait toute sa vie. C'était ainsi. Cela avait l'air bien mélodramatique, mais il était vrai qu'il avait rencontré son destin le jour où il se trouvait dans la rue avec Danilo et Linus et où elle était arrivée, une toute petite fille, et s'était arrêtée pour les regarder.

Maintenant, elle était partie, il l'avait perdue. Il avait jeté dans la Tamise la bague qu'il avait achetée pour elle. Elle en avait épousé un autre et, s'ils devaient jamais se revoir, ce serait en compagnie des autres, en présence de tout le monde : Tessa et Magnus, Anthony et Susannah, Robin et Maeve, Rachel Lingard et oncle Michael, peut-être Janice et son mari. Et il serait accompagné de Celeste.

Pourquoi pas Celeste ? Elle l'avait sauvé, cette nuit. Elle le sauvait toujours. Ce qu'elle avait dit sur leur façon d'être ensemble était vrai. Ils étaient bien ensemble, ils avaient tout en commun, ils pouvaient *parler* ensemble, ils pouvaient se taire ensemble, il n'y avait ni honte ni faux-semblants entre eux. Elle l'aimait comme personne ne l'avait jamais aimé et il l'aimait bien. Et lui, aussi endurci fût-il, gamin des rues monté en herbe, jadis revendeur de drogues de catégorie A, gangster, intermédiaire et homme d'affaires avisé, il avait quand même besoin d'être aimé.

Pourquoi ne pas essayer, songea-t-il. Pourquoi ne tenterais-je pas ma chance ? Qu'avons-nous à perdre ? Une merveilleuse légèreté de surface s'empara de lui à l'idée qu'il n'y aurait plus d'appels téléphoniques, plus de vagabondages de l'imagination, plus d'attentes malsaines. S'il avait mis son projet de vengeance à exécution, il aurait tout perdu.

« Oh, Leonora ! » s'exclama-t-il à voix haute en rentrant à l'intérieur. Cela avait été une si longue épreuve, si longue pour quelqu'un de son âge, vingt-neuf années d'existence seulement mais dont quatorze avaient été prises par la passion. « Oh, Leonora ! »

En traversant l'entrée, il jeta un coup d'œil au Kandinsky. Il ne l'avait jamais aimé. Peu importait ce que des gens comme Tessa Mandeville pouvaient en dire, le tableau était hideux. Il ne l'avait mis là que pour la frime. Il allait le vendre. Il sortit le colt de sa poche, s'assit dans un des fauteuils estampillés George Jacob et vida le chargeur.

Il entendit Celeste l'appeler du premier étage.

— Je t'apporte du thé, cria-t-il.

Si c'était Leonora qui était couchée là-haut, dans son merveilleux lit chinois de William Linnel, s'éveillant et lui tendant les bras... Le temps de tels fantasmes était révolu. Il monta la tasse de thé. Elle lui dit :

— Merci, Guy chéri. As-tu bien dormi ? Te sens-tu mieux ? Ah, oui, je vois que tu vas bien ce matin.

Il s'assit sur le lit à côté d'elle et lui prit la main comme il l'aurait fait avec un malade à l'hôpital. Celeste n'était pas malade, elle était jeune et en bonne santé, resplendissante de santé et de vitalité. Ses cheveux sombres brillaient comme les pierres précieuses appelées œil-de-tigre. Il envisagea de lui acheter un collier orné de ces pierres. Je vais essayer de l'aimer, oh, oui ! Je vais essayer. S'il suffit de le vouloir pour pouvoir, je l'aimerai.

La sonnette d'entrée retentit.

Malgré lui, il se rappela le jour où, quand cela s'était produit, il avait cru fermement que c'était Leonora. Mais là, ce ne pouvait pas être elle. Ce ne pouvait pas davantage être quelqu'un de sa famille. Il lâcha la main de Celeste et lui dit :

— On fera quelque chose d'agréable tout à l'heure. Nous irons à la campagne. Nous passerons une journée agréable.

La sonnette retentit à nouveau alors qu'il était dans l'escalier. Un visiteur insistant. Il ouvrit la porte et vit deux hommes dans l'embrasure. Le plus âgé, un Blanc en costume, avait l'air d'un comptable. Le Noir, celui qui avait à peu près son âge, portait le même jean que lui et un chandail à col roulé comparable au sien. Il ressemblait à un bourreau et son visage lui rappelait quelque chose. L'homme en costume demanda :

— Monsieur Curran ? Monsieur Guy Curran ?

Guy hocha la tête.

— Je suis de la police. Nous sommes tous deux de la police. Je pense que vous voudriez voir nos cartes, pour gagner du temps. Je suis le détective inspecteur Shaw, de la brigade criminelle, et voici le sergent Pinedo. Pouvons-nous entrer, je vous prie ?

C'était Linus. Il avait sûrement reconnu Guy, son vieux compagnon des rues, mais il n'en laissa rien paraître. Guy ne dit rien et se contenta de le regarder. Voici donc ce qu'il était advenu de Linus. Ce n'était pas un hors-la-loi ou un criminel exécuté pour trafic de drogue mais un policier. Le visage sombre, aux traits alourdis, moins beaux, avait une expression rigide, fanatique. Ils indiquaient qu'une frontière infime séparait le criminel du policier et qu'il y avait une forte affinité entre les deux. Linus avait choisi de chasser plutôt que d'être chassé.

Guy recula pour laisser entrer les deux hommes, et la lumière de l'extérieur, s'infiltrant par la porte ouverte, tomba sur la petite table où se trouvait encore le colt. Shaw demanda :

— Avez-vous un port d'arme pour ce revolver, monsieur Curran ?

— Oui, bien sûr.

En réalité, il n'en avait pas, or ils demanderaient à le voir.

— Pour un fusil, oui, un fusil de calibre 22.

— Cela n'est pas un fusil, dit Shaw.

Sans toucher au colt, il traversa l'entrée et pénétra dans le salon, suivi de Linus. Celui-ci avait toujours sa démarche chaloupée de maquereau. Il roulait des épaules en gardant les hanches raides et les cuisses rapprochées. L'homme mince en costume gris prit place sur le canapé du salon de Guy sans avoir regardé à droite ni à gauche. Il n'avait pas vu le Kandinsky

— Que voulez-vous ?

— Nous enquêtons sur la mort de Mme Llewellyn-Gerrard.

— Je ne connais personne de ce nom.

Guy éprouva un immense soulagement. Il devait s'agir d'une voisine. Ils enquêtaient dans chaque maison de la rue. Un de ces cas où l'on retrouve une bonne femme lardée de coups de couteau dans sa salle de bains ou morte d'une overdose. Cela arrivait tout le temps. Shaw le dévisageait avec attention.

— Mme Janice Lewellyn-Gerrard, dit Linus, à Portland Road, Londres W11.

— Janice, murmura Guy, songeur. Oui. Oui, je crois la connaître. Si c'est bien d'elle qu'il s'agit. Mais Portland Road ? Je connais d'autres gens à Portland Road.

Il devait avoir l'air perturbé et à court de souffle, il l'entendait au son de sa voix. Shaw le dévisageait. Linus le dévisageait.

— Elle est morte ? demanda-t-il pour arranger les choses. De quoi est-elle morte ?

— Elle a été assassinée.

La dent d'or de Linus étincela. Guy était en pleine innocence. Ne comprenant pas, il demanda :

— Comment a-t-elle été assassinée ?

— Il y a eu un faux pas, dit Shaw. L'homme a été repéré. Maintenant, il est en garde à vue. (Guy eut l'impression qu'il était fier de lui.) Il a été placé en garde à vue une heure après l'incident, hier soir à 20 heures.

— Voulez-vous dire qu'elle a été attaquée ?

— Non, ce n'est pas ce que je veux dire. Il a sonné à la porte mais l'interphone ne marchait pas, quelque chose dans ce genre, aussi est-elle descendue. Il lui a tiré dessus à bout portant, dans la poitrine et dans la tête. Elle est morte sur le coup, probablement sans savoir ce qui lui arrivait. Mais son mari était descendu derrière elle et il a tout vu. Il a réussi à identifier le meurtrier.

— Nous aimerions que vous nous accompagniez, M. Curran, dit Linus.

Il avait perdu son accent caraïbe, le même que celui de Celeste. Il parlait comme n'importe quel policier décidé à gravir les échelons. Le premier officier de police de race noire, pensa Guy.

— Allons au commissariat. Nous y serons mieux.

— Moi ? demanda Guy. Pourquoi moi ? Vous tenez le coupable, vous venez de le dire. Vous avez dit qu'il était en garde à vue.

— Charlie Ruck, oui. Aimeriez-vous prendre connaissance de

cette carte que nous avons trouvée sur lui ? Votre nom et votre adresse y sont inscrits.

Guy lut la carte, bien que ce fût superflu. Il l'avait reconnue. C'était celle qu'il avait donnée à Danilo au Black Spot, quand ils s'étaient mis d'accord sur l'élimination de Rachel Lingard : *Petite, visage rond, grosse, binoclarde, cheveux bruns brossés en arrière, environ vingt-sept ans.*

— Je peux vous expliquer ceci, dit-il, s'apercevant aussitôt qu'il ne le pouvait pas.

Il l'avait oublié mais cela lui revenait maintenant… L'un d'eux avait dit que Janice et son mari allaient habiter Portland Road. Peut-être était-ce Leonora qui l'avait mentionné. Il se rappelait toujours ce que Leonora lui disait, mais en constatant en cet instant qu'il ne le pouvait plus, il fut pris d'amertume.

Les deux policiers l'observaient attentivement.

— Allons, Curran, accompagnez-nous, dit Shaw.

Il ne daignait plus l'appeler « monsieur ». C'était le commencement.

Il cria courageusement à Celeste :

— A tout à l'heure !

— Cela m'étonnerait, dit Linus.

Ils se retrouvèrent dans la rue. L'un des voisins de Guy lui jeta un coup d'œil indifférent. Il monta dans leur voiture et ils l'emmenèrent.

Cet ouvrage a été composé
par l'Imprimerie **BUSSIÈRE**
et imprimé sur presse CAMERON
dans les ateliers de la S.E.P.C.
à Saint-Amand-Montrond (Cher)
en décembre 1992

N° d'édition : 11870/01. N° d'impression : 2929-2086
Dépôt légal : Janvier 93

Imprimé en France

